KB143766

사랑이
교차하는 시간

하노HANO 장편소설

II

동아

사랑이 교차하는 시간 II

초판 1쇄 인쇄일 | 2022년 3월 4일
초판 1쇄 발행일 | 2022년 3월 14일

지은이 | 하노HANO
펴낸이 | 박성면
펴낸곳 | (주)동아

출판등록 | 제406-3960100251002007000071호
주소 | 경기도 파주시 문발로 115, 세종대학교출판부 206호
전화 | (031)8071-5201
팩스 | (031)8071-5204
E-mail | bear6370@hanmail.net

정가 | 12,500원

ISBN 979-11-6302-568-9 (04810)
      979-11-6302-566-5 (set)

사랑이
교차하는 시간

When two loves cross

하노HANO 장편소설

II

동아

목 차

6. 시간을 따라 흘러가는 것들

"제프리."

로건의 부름에 제프리가 책상 위 서류에 고정했던 시선을 들어 올렸다.

"아내가 대학교에 다녔다고 들었던 것 같은데, 맞습니까?"

"맞습니다."

로건의 질문에 제프리가 고개를 끄덕였다. 누군가는 쓸데없이 여자를 많이 가르쳤다고 비난했지만, 제프리에게 제 아내의 대학교 졸업은 그의 자랑거리였다.

"10년 전에 최초로 대학에 입학한 5명의 여성 중 한 명이었습니다."

제프리가 무척이나 뿌듯한 목소리로 대답했다. 누가 보면 그가 이루어 낸 업적이라고 생각할 정도였다. 그러나 거기에는 이유가 있었다. 그가 첫눈에 반해 매달렸던 여자의 가장 뛰어난 점은 미모도, 재력도 아니고 '두뇌'였기 때문이었다.

'숫자 계산도 틀리는 게 무슨 수학의 천재.'

제프리가 아내를 만난 것은 수학 경연 날이었다. 그날, 제프리는 자신에 대한 무한한 자신감과 신뢰를 잃었다. 대신 저의 능력을 비웃는 사랑을 얻었다. 눈앞이 새하얗게 흐려지며, 그 여자만 보이는 경험은 그가 난생처음으로 경험한 일이었다.

"수석으로 졸업했고요."

제프리는 이제 가슴을 당당하게, 혹은 그 이상으로 넓게 펴고 있었다. 자부심이 지나쳤다. 숫제 위압감을 주려고 몸통을 크게 부풀린 수컷처럼 보일 정도였다.

"언제 부인의 시간이 되는지 알아볼 수 있겠습니까?"

"갑자기 제 아내는 왜……."

로건의 질문에 잠시 고개를 모로 기울인 채 곰곰이 생각하던 제프리가 아, 하고 짧게 소리를 흘렸다. 그가 왜 관심도 없던 제 아내를 만나고자 하는지 눈치를 챈 탓이었다. 신디 클래번은 이제 클래번 공작가에서 흔적도 없이 사라질 예정이었다. 정확히는 쫓겨날 예정이라고 봐야 옳았다.

'신디 클래번의 뒤처리를 부탁합니다.'

'……예?'

며칠 전, 로건은 그렇게 말했다. 그 앞뒤 자른 말에, 제프리는 이제 하다 하다 죽을 사람의 뒷수습까지 맡아야 하나 고민했다.

'이미 짐은 다 싸 두었다고 하니, 브룩스 후작가로 돌아갈 수 있게 조치만 취해 주면 됩니다.'

물론, 로건의 부탁이 그런 뜻이 아니란 것은 바로 알게 되었다. 어찌 되었거나 신디가 로건의 의지 때문에 내몰리는 것은 같았지만.

'정말로 대부인을 내보낼 생각이십니까?'

제프리가 질문했다. 당연히 몰인정하다고 로건을 비난할 사람은 없었다. 그는 이미 배다른 동생인 올리비아를 보살피고 있었고, 제 아버지가 죽은 이후에도 지금까지 신디를 대우하고 보호해 왔다. 신디가 제 딸인 올리비아, 그리고 로건의 약혼녀에게 저지른 잘못에도 불구하고, 오로지 제 아버지의 유언을 존중하여.

'신디 클래번은 내 경고를 우습게 보고, 선을 넘었습니다.'

그러니 로건 클래번은 신디 클래번에게 할 만큼 했다. 제프리는 그렇게 생각했다. 그러나 이처럼 조금의 여지도 없이 신디 클래번을 내쫓아도 되는지를 생각하면 다소 찜찜한 것은 사실이었다. 올리비아가 신디의 딸이며, 클래번 공작가의 고명딸로 남는 이상 어쩔 수 없는 문제였다.

'하지만 브룩스 후작가로 완전히 돌려보내는 건 다른 문제입니다, 각하.'

그러니 제프리는 자연스럽게 로건의 행동에 제동을 걸었다.

'가정의 문제에 있어서 타인의 이목까지 고려할 필요는 없지만, 어쨌거나 올리비아 아가씨의 친모이지 않습니까.'

로건은 차마 제프리의 주장을 무시하지 못하고, 느리게 한숨만 내쉬었다.

'올리비아 아가씨의 어머니인 대부인의 처지를 우습게 만드는 것이 차후 아가씨의 평판에 좋은 영향을 미치진 않을 겁니다.'

엘레노어를 생각하면 신디를 저택에서 내쫓는 게 옳았다. 이전에도 엘레노어를 거슬려 어쩔 줄 몰랐던 사람이었다. 심지어 자선 바자회에서의 실패를 엘레노어의 탓으로 생각하고 있을 테니, 저택에 남아 있는 이상 엘레노어를 향한 적의를 언제 드러낼지 알 수 없었다.

그러나, 올리비아를 생각하면 마냥 옳은 일만은 아니었다. 제프리의 말대로 신디는 올리비아의 친모였다. 모녀의 인연을 끊어 내는 것은 올리비아가 원할 때지, 로건이 원할 때 이루어지는 일은 아니어야 했다.

'그러면 어떻게 하는 게 좋겠습니까?'

로건이 질문했다. 그때, 제프리는 제가 생각한 바를 이야기했다.

'대부인에게는 각서를 받으십시오. 그리고 가문 내에서 허드슨 양이 입지를 다지도록 해야지요. 사용인들도 자연스레 허드슨 양을 따르고, 존경하도록.'

그가 실제 로건의 부인이 될 사람에게 기대하던 일이기도 했다. 로건은 특유의 압박감과 지위, 그리고 재력으로 사용인들이 그를 따르게 했다. 그러나 그것은 어디까지나 로건이 활용할 수 있는 방법일 뿐, 그를 제외한 사람에게는 유용한 방법이 아니었다.

"제프리, 엘레노어를 위해서 당신의 아내를 좀 빌려야 할 것 같습니다."

대충 로건의 생각을 짐작할 수 있었다. 전국의 신문에 이름을 날릴 정도로 유명한 사람이 되거나, 가문의 일을 효과적으로 해내는 사람이 되거나.

그리고 제프리의 아내인 소피아의 존재는 그 두 가지 모두에 영향을 미칠 수 있었다.

첫 번째, 여성으로는 처음으로 대학에 입학하여 이름을 날린 소피아는 엘레노어의 대학 입학시험에 도움을 줄 수 있었다. 두 번째, 회계학과를 졸업한 소피아는 엘레노어가 재단의 일을 할 때 예산 관리 등에 도움을 줄 수 있었다.

"무슨 뜻인지 알겠습니다. 소피아에게 이른 시일 내로 시간을 내 달라고 부탁하겠습니다."

제프리가 씩 웃으며 대답했다. 그는 이미 제 아내가 로건의 부탁을 거절하지 않으리라는 것을 확신하고 있었다.

"그렇지 않아도 각하의 약혼녀를 무척이나 궁금해하던 사람이니, 흔쾌히 응할 것 같습니다."

제프리의 상사, 로건의 약혼녀라는 사실만으로도 엘레노어는 소피아에게 지대한 관심을 받았다. 소피아가 오며 가며 본 로건은 칼로 찔러도 피 한 방울 나올 것 같지 않은 사람이라, 그가 사랑에 미쳐 정신 나간 짓을 한다는 소문을 믿을 수가 없어서였다.

"허드슨 양의 입학 시험에 조언해 주고, 재단 일을 돕는 일까지 얘기하면 아마 맨발로 뛰쳐나올지도 모르겠군요."

제프리가 제 아내를 익살스럽게 표현했다. 그러나 얼마 전, 은행장과 대판 싸우고 그의 수염을 쥐어뜯어 버린 바 있는 왈가닥 소피아를 생각하면 아예 가능성이 없는 일도 아니었다.

* * *

    소피아는 제프리의 짐작대로, 가장 이른 날짜를 짚었다.

    "엘레노어. 이쪽은 제프리의 아내 소피아 앤더슨입니다. 당신에게 도움을 줄 수 있을 것 같아서 만남을 요청했어요."

    제프리가 말을 꺼낸 날로부터 딱 이틀 뒤였다. 사실 바로 다음 날도 가능했지만, 적어도 엘레노어가 무슨 일인지는 알 시간은 줘야 한다는 남편의 말에 간신히 제동을 건 터였다.

    "반가워요, 앤더슨 부인."

    "편하게 소피아라고 불러 주세요."

    "아, 그러면 저도 편하게 엘레노어라고 불러 주세요."

    로건에게 소피아를 소개받은 엘레노어가 반짝이는 눈으로 소피아를 응시하며 이야기했다. 소피아는 엘레노어가 대학교에 입학하고 싶다는 꿈을 키우게 만든 사람 중 하나로, 동경의 대상이기도 했다.

    "자리 비켜 줄 테니, 편하게 이야기해요."

    로건은 그 모습을 지켜보다가 엘레노어를 위해 자리를 비켜 주기로 했다. 제게는 한 번도 닿은 적 없던 사랑스러운 시선 때문에 소피아를 질투하는 건 멍청하고, 생각 없는 일이라 자조하면서.

    "바자회 날, 장내에 계셨죠?"

    문이 닫히고 로건이 모습을 감추자마자, 소피아가 거리낌 없이 질문했다. 엘레노어는 로건과 동행하지 않고, 그가 선물한 옷을 입지 않았던 날을 떠올리며 고개를 끄덕였다. 그러고 보니 로건은 그때 엘레노어의 꾀병과 거짓말을 알고도 꾸짖지 않았다. 하긴, 그는 죽은 동생 얘기를 하며 감정적으로 구는데 몰아세울 정도로 냉정한 사람이 아니었다.

"알아보셨네요."

매번 로건에게 약게 구는 자기 자신이 우스웠다. 엘레노어가 씁쓸한 마음으로 인정의 말을 내뱉었다.

"그때, 연극을 감상하던 때에 각하와 함께 서 있던 모습이 기억에 남았거든요."

로건이 제 체격을 이용해 타인의 시선에서 거의 감추다시피 하는 존재가 단순히 가정교사일까?

소피아는 그 의문에 단호하게 아니라고 대답할 수 있었다. 게다가 그날의 엘레노어는 회장 내에서 유난히 초라한 차림이라 더 기억에 남았다. 눈에 띄고 싶지 않아 선택한 방법일 테지만, 역효과였다.

"누가 봐도 연인 같았어요."

소피아가 지켜보는 동안, 로건의 시선은 시시때때로 엘레노어를 향했다. 소피아는 그날의 기억을 떠올리며 씨익 웃었다.

"부끄러워할 필요가 있을까요? 어차피 약혼자인데."

진짜 약혼한 사이가 아니라고 말할 수 없는 엘레노어는 그저 어색하게 입꼬리만 끌어 올렸다. 그리고 소피아는 그런 엘레노어를 응시하며 확신했다.

이 관계는 기울어져 있다. 로건이 사용인들의 입단속까지 직접 나섰다는 이야기를 생각하면 더욱 그랬다. 마음을 감추지 못할 만큼 좋아하는 여자를 공식적으로 소개하지도 않고 초라한 차림으로 회장에 나타나게 하다니. 그건 엘레노어의 의지가 아니고서야 불가능한 일이었다.

"클래번 공작께서 여태 혼자였던 터라, 얼마나 눈이 높아서 그런가 싶었는데."

"……."

"오늘 보니, 눈이 높긴 높으시네요."

그 대단한 사내도 사랑에는 어쩔 수 없구나. 철저한 갑의 입장에서만 살아 봤을 사내가 절절매는 상황을 생각하니 짠하기도 했다.

"오히려 눈이 낮으신 거 아닐까요."

엘레노어가 농담을 뱉으며 짧게 웃었다.

"그게 무슨 말씀이세요? 대학교 입학 시험을 준비하고 계신다고 들었는데, 아닌가요?"

그러나 소피아는 정색하는 얼굴로 엘레노어의 농담을 부정했다.

"맞아요."

엘레노어가 다소 당황한 얼굴로 대답했다.

"자기 의사가 분명한 여자와 산다는 건, 그 남자가 그만큼 현명하다는 증거예요."

그러나 소피아는 제 주장에 한 치의 오류도 없다고 믿는 얼굴이었다.

"타의대로 사는 건 쉽잖아요. 남이 시키는 대로만 하면 되니까요."

"……."

"하지만 내 입을 틀어막으려 안달이 난 사람들 사이에서 목소리를 높이고, 자기 삶을 주장하며 살아가기는 쉽지 않죠."

특히나 그런 여자는 드물고, 귀한 보석이 몇 점 되지 않는 것처럼 만나는 것도 쉽지 않다. 모두가 잔디처럼 지르밟지 못해 안달이 나니까.

그걸 이겨 내는 여자는 심지가 곧고 현명한 사람이다. 소피아는 그 사실을 믿어 의심치 않았다.

"그런 여자를 찾고 있었으니, 여태 클래번 공작께서 혼자였던 이유를 알 것 같네요."

과연 제 남편이 충심을 다해 모시는 주인이다. 그만한 가치가 있다. 소피아는 그렇게 생각하며 고개를 주억였다.

"아, 이런 얘기나 하려던 게 아니었는데. 어쩌다 여기까지 왔더라."

그러나 바로 다음 순간, 소피아는 대화가 이상한 방향으로 빠졌음을 눈치채고 미간을 찌푸렸다.

"……입학 시험?"

엘레노어가 조심스럽게 그들이 만난 이유를 주지시키자, 소피아가 '아!' 하는 감탄사를 흘렸다.

"죄송해요. 최근에 남편에게 불쌍한 놈이라고 말한 인간이 생각나서 흥분했네요."

소피아가 머쓱한 얼굴로 사과했다.

"아니에요. 좋은 이야기였어요."

그 사과 바로 뒤에 역시 수염을 불태워 버렸어야 했다는 소리가 들린 것도 같았지만 착각이겠지. 엘레노어는 그렇게 생각하며 소피아에게 사과할 필요가 없다고 말했다.

"각하께서 입학 시험에 도움이 될 만한 게 있다면 말해 달라 하셨는데……. 전부 다 다시 하는 것만큼 비효율적인 방법은 없죠."

흠, 소피아가 고개를 모로 기울인 채 고민했다.

"어느 과목이 부족하신가요?"

* * *

"제프리의 아내와 대화는 잘 나누었습니까?"

나이프로 고기를 썰던 로건이 질문했다. 고기 한 조각을 막 씹어 넘긴 엘레노어가 고개를 끄덕였다.

"즐거웠어요. 좋은 얘기도 많이 해 주었고요."

로건은 엘레노어의 입가에 은은하게 밴 미소를 발견했다. 거짓말은 아닌 모양이었다.

"서던에는 아는 사람이 거의 없어서 친구를 만난 기분이었어요. 각하께서 신경 써 주신 덕분에 좋은 분을 만났어요."

엘레노어가 감사를 표했다. 로건은 엘레노어의 말을 경청하다가 눈을 깜박이는 것으로 대답을 대신했다.

"앞으로 종종 도움도 받기로 했고요."

"어떤 도움?"

"재단의 일은 잘 모르니까요. 예산 관리나 기획 같은 부분도 그렇고, 걱정이 되었는데 은행에서 일하신 적이 있다고 하셔서…….”

엘레노어가 말끝을 흐리며 대답했다. 로건이 맡긴 일을 제 능력 부족으로 해내지 못하는 게 두려운 것처럼.

“당신이라면 잘할 겁니다.”

로건은 그런 엘레노어를 북돋아 주었다. 실제로도 그는 엘레노어가 잘 해낼 것을 믿었다. 다른 것도 아니고, 줄리엣, 그리고 올리비아와 같은 아이들을 위한 일이었다. 엘레노어는 어떻게든 최선을 만들어 낼 터였다.

“기존의 장학금 사업은 그대로 진행하고, 각하께 특수 아동을 위한 시설 및 교육을 제공하는 사업은 보고서를 올릴게요.”

엘레노어가 결연한 얼굴로 이야기했다. 로건은 아무래도 좋은 사람처럼 고개만 끄덕였다.

“혹시 궁금한 게 있다면, 나에게든 제프리에게든 망설이지 말고 물어봐요.”

사실 소피아보다 자신이 더 잘 알고, 더 잘 알려 줄 수 있다고 하고 싶었다. 그러니 궁금한 게 있으면 바로 나를 찾아오라고.

하지만 차마 그렇게 말할 순 없었다.

“그렇게 하겠습니다.”

엘레노어 허드슨은 그가 적당한 거리를 유지할 때 웃어 주는 여자였다. 로건은 그 사실을 모를 만큼 멍청하거나 어리석지 않았다.

“아, 그리고 올리비아는 이제 괜찮으니 걱정하지 않으셔도 돼요.”

엘레노어가 문득 생각났다는 듯 말을 꺼냈다. 로건은 작게 썬 고기를 입 안으로 밀어 넣으며 엘레노어가 앉은 방향으로 시선을 돌렸다.

"그때 많이 놀라서, 파티 참석에 거부감을 느끼게 될까 봐 걱정했는데 다행이에요."

한결 걱정을 덜었다는 얼굴이었다.

"올리비아도 클래번 공작가의 일원입니다."

그러니 올리비아가 강한 것은 당연하다고. 로건은 그렇게 이야기했다. 엘레노어도 웃는 얼굴로 고개를 끄덕이며, 그의 말에 동감했다. 클래번이라는 성을 가진 사람들은 그렇다.

"그러고 보니, 대부인께서는……."

문득 신디 클래번에 생각이 멈추었다. 신디도 '클래번'이라는 성을 달고 있었으니까. 그때 로건이 무섭게 신디를 겁박한 것을 생각하면, 신디가 여태 저택에 남아 있는 게 용해 보였다. 당장이라도 사용인들을 시켜서 신디를 끌어낼 것 같았으니까.

"신디 클래번은……."

엘레노어의 질문에 로건이 망설이듯 입을 열었다. 오늘 엘레노어와 저녁 식사를 함께하게 된 이유였다.

"그때 말한 대로 처분을 내리지는 못할 것 같습니다."

로건의 표정이 진지해져 있었다. 손에 들고 있던 나이프와 포크도 테이블 위에 내려놓은 후였다. 엘레노어도 로건의 눈치를 살피다 커트러리를 내려놓았다.

"본래는 친정인 브룩스 후작가로 돌려보내려고 했습니다. 그리고 학대 및 방임으로 고소하여 올리비아에 대한 권한을 모두 박탈하려고 했는데…….”

로건이 드물게 말끝을 흐렸다. 엘레노어는 답을 재촉하는 대신, 그가 다시 말을 이어 가기를 기다렸다.

“제프리가 말리더군요. 신디 클래번이 올리비아의 친모인 것을 잊어선 안 된다고.”

올리비아를 생각하면 그녀의 이름에서 클래번이라는 성을 떼는 것도 거리껴졌다. 올리비아는 제 어미를 두려워하면서도, 예쁨과 인정을 받길 원했다.

한데 신디 클래번이 신디 브룩스가 되면, 제 어미에게서 버림받았다고 생각하게 되지 않을까? 언젠가 제 어미를 그리워하여 만나게 되었을 때, 그 처지가 비참하기 짝이 없다면 제 어미를 그렇게 만든 자신을 원망하지 않을까?

“그 얘기를 듣고 나니…….”

로건이 흠, 고민의 소리를 흘렸다.

“친모를 정리하는 것은 올리비아의 의지여야지, 내 의지여서는 안 되겠다고 생각하게 됐습니다.”

엘레노어가 고개를 주억였다. 제가 생각해도 제프리의 조언이, 로건의 판단이 맞는 것 같았다.

“그래서 올리비아에게 물어보니, 아직은 제 어미와 멀어지는 걸 불안해하더군요.”

신디가 올리비아에게 보이는 공격적인 태도나 폭력의 양상을 생각하면 올리비아와 분리되어야 하지만, 그것을 올리비아가 원하지 않는다면 그 또한 또 다른 폭력이 될 수 있었다. 며칠 전에 만난 신디는 이미 완전히 기가 꺾여 있었으니, 올리비아에게 해가 될 것 같지도 않았고.

"미안합니다, 허드슨 양."

그러나 불쑥 치고 들어오는 사과는 저를 향해 있었다. 엘레노어가 당황한 얼굴로 눈을 깜빡였다.

"각하께서 왜 제게 사과하세요."

엘레노어가 마치 받아선 안 될 것을 받은 사람처럼 안절부절못했다.

"잠깐이야 숨죽이고 있겠지만, 이 저택에 계속 머무르는 이상 당신에 대한 악의를 숨기지 않을 테니까요. 또 어떻게 괴롭힐지 모릅니다."

로건이 미간을 찌푸리며 이야기했다.

"저는 괜찮습니다, 각하."

엘레노어가 서둘러 입을 열었다. 애초에 신디의 처분은 가문의 주인인 로건에게 달려 있었고, 엘레노어는 그 문제에 있어서 고려할 사항이 되지 못했다.

"애초에 제 처지를 생각하면, 그보다 더한 대우를 받았다고 해도 할 말이 없는걸요."

게다가 대외적인 로건의 연인이 되기 전까지의 모든 일을 생각하면, 신디가 자신을 경멸하는 것을 이해하지 못할 것은 아니었다.

"그러니 대부인의 처분에 있어서, 저는 고려하지 않으셔도 돼요. 올리비아만 생각하세요."

엘레노어가 차분하게, 그리고 명료하게 이야기했다.

"……당신이 괴롭힘의 대상이 될 수 있는데도, 고려할 필요가 없다고 생각합니까?"

이상하게도, 그 모습에 입이 썼다.

"각하의 도움을 받은 대가라고 생각하면 되니까요."

그 담담함이 어디서 비롯되었는지 알 것 같아서였다. 엘레노어는 로건에게 기대하는 바가 조금도 없었다. 그에게 기대어야 할 이유도, 보호받아야 할 이유도 알지 못하고 있었다.

그쯤 되자, 얼마쯤 회의감이 들었다. 여전히 엘레노어에게 제 감정을 강요하고픈 것은 아니었다. 그러나, 이처럼 아예 모른 채 흘러가는 시간은 아까웠다. 그에게는 시간의 제한이 있었으므로.

"나는 그래도 고민할 때 당신을 고려할 겁니다. 신디 클래번에게 그와 관련한 각서도 받을 예정이고."

다소 신경질적인 대답이었다. 엘레노어가 무어라 대답해야 할지 모르는 얼굴로 눈만 깜빡였다.

"당신은 내 약혼자이고, 나는 당신을 보호해야 할 의무가 있어요. 그렇지 않으면 모두에게 질타받을 겁니다."

산 자가 죽은 자를 이기지 못할 일은 없겠지만. 그렇게 생각하면서도, 엘레노어와 관련된 문제에는 여유로울 수 없었다. 종종 홀로 쓴물을 삼키고 견딜 수 없어 하는 스스로가 꼴사나웠다. 그렇게 생각하면서도 말을 멈출 수 없었다.

"그러실 수도 있겠네요."

엘레노어가 고심하는 얼굴로 대답했다. 그의 말을 표면적으로 이해하기 위해 노력하는 모양이었다. 그의 진심이 조금이라도 느껴지는 순간에는 어떻게든 다른 이유를 덧씌우고 외면했다.

"제 생각이 짧았어요."

조금이라도 내게 기대하는 바가 있을 수는 없을까? 조금이라도, 나를 의지하고 싶어 할 수는 없을까? 로건은 차마 내뱉지 못한 질문을 삼키며 음울한 얼굴로 눈을 내리깔았다.

"괜찮습니다."

그 순간에 로건이 할 수 있는 말은 그게 전부였다. 그게 그가 엘레노어에게 허락받은 영역의 전부였으므로.

"마저 들어요."

로건이 차분한 얼굴로 식사를 이어 갈 것을 종용하자, 엘레노어가 다시 식기를 들었다.

그저 그런 생각이 들었다. 곁에 두면 언젠가는 자연스럽게 엘레노어를 차지할 수 있다고 믿은 것은 모두 오만한 자신감에 불과했다는 것을. 이대로 근처를 맴돌기만 하는 건, 그저 엘레노어를 곁에 두고도 외로워지기만 하는 방법이라는 것도.

그런 건 싫었다. 어떻게든 엘레노어의 몸을 붙드는 건 할 수 있겠지만, 그렇게 아무것도 아닌 존재로는 함께하고 싶지 않았다. 차라리 동정이라도, 무언가 감정의 한 조각이라도 받고 싶었다.

바라는 것은 한계를 모르고 자꾸만 부피를 키워 간다. 그리고 그 욕망을 숨기는 일은 점점 더 어려워지고 있었다.

* * *

그 이후로 로건이 신디에게 어떤 처분을 내렸는지, 엘레노어는 알지 못했다. 다만, 그 이후로 엘레노어가 저택 내에서 신디의 얼굴을 마주치는 일은 극히 드물었다.

우연히 마주친 건 봄이 가까워지던 어느 날이었다. 신나서 복도를 달리던 올리비아가 흠칫하며 멈추어 서고, 그 뒤를 따르던 엘레노어의 시선이 정면을 향했다.

'어, 엄마…….'

올리비아가 또 혼날까, 겁을 먹은 얼굴로 신디를 올려다보았다. 신디는 무표정한 얼굴로 올리비아를 응시하다가, 딱 한 마디만 남겼다.

'복도에선 뛰지 말아야지, 올리비아.'

그리고 조용히 돌아서 제 침실로 돌아가 버렸다. 이전의 클래번 대부인, 신디 클래번의 모습은 어디서도 찾아볼 수 없었다. 그래서일까, 햇빛조차 제대로 쐬지 않는지 창백해진 얼굴, 오만함과 거만함은 사라지고 얼굴에 드리운 그늘이 오래도록 기억에 남았다.

"파티에 초대하는 사람도 거의 없을 거예요."

그 얘기를 털어놓자, 소피아가 장부에 시선을 고정한 채 말했다. 심상한 목소리였다. 그녀는 제 남편인 제프리에게 들은 바가 많아, 신디를 좋아하지 않았다.

"거의가 아니라 이제는 아예 없을지도요."

바자회가 열리던 날, 엘레노어를 강제하여 로건의 파트너로 서지 못하게 한 일과 뺨을 갈긴 일, 그리고 올리비아의 존재를 숨기려던 매정함까지 이미 파다하게 소문이 났다고 했다.

"각하의 진노를 샀으니까요."

심지어 로건의 친모도 아니니, 그가 신디를 좌시할 리 없다. 신디가 끈 떨어진 신세라는 것을 알게 된 이들이 모두 신디와의 교류를 끊었다. 신디의 친정인 브룩스 후작가도 예외는 아니었다. 이제 신디의 남동생이 가주였지만, 그는 혹시라도 신디가 소송이라도 당해 집안에 불똥이 튈까 신디와 연락을 일체 차단한 상태였다.

"대신, 다들 엘레노어에게 관심이 많죠."

그래서였구나. 어쩐지 알지도 못하는 사람들에게서 쏟아지는 초대장이 늘어서 무슨 일인가 하던 참이었다.

"결혼도 하지 않았는데."

"정확히는 '결혼만' 아직 하지 않은 거죠. 아, 여기 틀렸네."

소피아가 잘못된 수치를 펜으로 짚은 채 고개를 들었다.

"각하께서 예비 마님을 향한 마음을 숨기지 않으시는데, 실질적인 혼사가 문제겠어요?"

어차피 시간이 지나면 결혼할 터였다. 그러니 신디가 종이로 만든 인형처럼 힘이 없어진 지금, 클래번 공작가에 줄을 대고 싶은 이들이 말이라도 한 번 붙여 봐야 할 곳은 엘레노어뿐이었다.

"예비 마님이라니……."

"국왕 폐하의 탄신 연회 초대장도 받으셨을 것 같은데. 아닌가요?"

소피아의 물음에 엘레노어가 머쓱한 얼굴로 고개를 끄덕였다. 4월 초, 국왕의 생일을 기념하는 연회가 열릴 예정이었다. 그리고 엘레노어는 단순히 로건의 파트너가 아니라, 아예 초대장을 받은 하나의 손님이었다.

"왕실까지도 인정하는 사교계 인사가 되신 거죠. 무려 클래번 공작가의 안주인이 되실 분인데 당연한 일이고요."

소피아가 빙긋 웃는 얼굴로 말했다. 진짜 로건의 약혼자가 아닌 엘레노어만 작금의 관심을 부담스럽게 여기고 있을 뿐, 모두가 지금의 상황이 당연하다 생각했다.

"이참에 탄신 연회에 참석해서 재단의 일을 홍보해 보는 건 어떠세요?"

"재단의 일을요?"

"각하께서도 관심을 기울이고 계신다고 들었어요."

올리비아 때문이었다. 엘레노어는 그렇게 짐작했다.

"힘 좀 쓴다고 하는 사람들은 모두 모이는 때이니, 도움받기도 좋지 않을까 싶어요."

* * *

"그래도 괜찮을까요?"

엘레노어가 소피아의 이야기를 전하며, 로건에게 그래도 괜찮을지 질문했다.

"남자들도 거기 모여 사업 이야기를 하곤 합니다. 특별한 문제는 없지만, 결정을 내리는 건 당신의 몫입니다."

엘레노어가 원한다면, 그럴 자리가 아니더라도 할 수 있다는 얘기였다. 클래번 공작가의 예비 안주인이라는 호칭이 주는 힘이 그랬다.

"원하는 대로 해요."

로건이 부드러운 목소리로 이야기했다. 엘레노어는 그의 지지에 한결 마음이 놓이는 얼굴이었다.

"그나저나 행사에 참석하려면 디자이너를 불러야 할 텐데. 제프리에게 연락해 두라 이르겠습니다."

"아뇨, 괜찮아요. 정말로요."

로건이 디자이너를 부르겠노라 말하던 순간, 엘레노어가 서둘러 디자이너의 필요성을 부정했다.

"이미 각하께서 많이 주셨으니까요."

로건이 미간을 조금 찌푸린 채, 제가 준 것이 무엇이냐는 무언의 질문을 건네 왔다. 로건은 늘 그랬다. 물론 가진 돈이 많아, 그 정도 소비로는 신경이 쓰이는 정도가 아니어서 그런 건지도 모른다. 하지만 엘레노어의 입장에서는 넘치게 받았는데, 그는 준 줄도 모르고 있는 경우가 많았다.

"각하께서 선물해 주신 목걸이가 그대로 있고, 맞춘 드레스도 아직 한 번도 입어 보지 않았고요."

엘레노어가 제가 가진 것들을 나열했다. 로건도 그제야 거기에 생각이 미친 듯했다.

"그래도 새 걸 사는 편이 낫지 않겠습니까?"

엘레노어가 고개를 절레절레 저었다.

"······내가 당신에게 주는 게 부담스럽습니까?"

로건이 질문했다. 엘레노어는 차마 대답하지 못한 채 머뭇거렸다. 부담스러운 건 사실이었다. 그러나 항상 로건이 적당한 이유를 갖다 댄 탓에, 마냥 부담스러운 것만은 아니었다. 그저 부담스러운 것은, 그의 호의를 이상하게 오해하려는 자신의 마음이었을 뿐이었다.

"알겠습니다. 좋을 대로 해요."

그리고 엘레노어가 대답을 망설이는 사이, 로건은 이미 자신만의 결론을 내린 모양이었다. 로건이 담백한 태도`로 물러났다. 그는 늘, 어떤 것도 엘레노어에게 요구하지 않았다.

그래서 매번 신경이 쓰였다. 제게 바라는 것이 없는 사내가. 어떤 것이라도 보답하고 마음의 무게를 내려놓을 기회를 주지 않는 사람이.

* * *

아직 아침저녁으로는 쌀쌀하지만, 완연한 봄이 왔다. 사교계의 새로운 시작을 알리는 계절이기도 했다. 그리하여 꽃망울이 터지기 시작하던 때, 엘레노어는 로건과 함께 수도의 타운 하우스로 이동했다. 국왕의 탄신일을 기념하는 연회에 참석하기 위해서였다.

그렇게 수도의 타운 하우스에 머무르기를 며칠, 마침내 왕의 탄신일을 기념하는 날이 되었다.

엘레노어는 저를 대신하여 수선을 떨어 대는 하녀 로지와 함께 연회 참석 준비를 했다.

"가만히 계시면 제가 다 해 드릴게요."

물론, 로지가 결연한 얼굴로 가만히 있어 달라고 부탁한 터라, 엘레노어는 머리를 땋아서 틀어 올리고, 얼굴에 가벼운 분칠을 하고, 입술을 바르는 내내 로지의 안내에 따르기만 했다.

"팔은 이쪽으로, 네."

그리고 마침내 드레스를 입을 때였다. 엘레노어는 살갗을 스치는 부드러운 감촉에 저도 모르게 짧게 몸을 떨었다.

"지난번에 입지 못하신 게 너무 안타까웠는데."

엘레노어의 새하얀 피부와 어우러지는 부드러운 파란색 드레스였다. 몸의 선을 자연스럽게 드러내며 타고 내려가는 드레스를 보며 로지가 감탄했다.

"다들 엘레노어 님만 쳐다볼 것 같아요."

엘레노어는 다소 푼수 끼 넘치는 로지의 말에 가만히 웃기만 했다. 사람이라, 예쁘다는 칭찬이 기분 나쁘지는 않아서였다.

"엘레노어."

그 순간, 로건이 문을 두드렸다. 화장대 앞에 앉아 있던 엘레노어가 자리에서 일어서려는 듯 움찔했다.

"제가 나가 볼게요!"

로지가 엘레노어를 만류하고, 서둘러 문을 열었다.

"들어오셔도 돼요, 각하."

로지가 무어라고 얘기하기도 전이었다. 로건이 안쪽에서 들리는 엘레노어의 목소리에 로지를 내려다보았다.

"아직 목걸이랑 귀걸이 착용을 안 하셨어요."

로지는 아직 마무리되지 않았다고 했다.

"각하께서 착용을 도와주시려고요?"

그러고는 발칙하게도, 엘레노어의 장신구 착용을 도와주겠냐고 물었다. 잠시 무언가를 생각하던 로건이 로지를 밖으로 내보내고, 안으로 들어섰다. 화장대 앞에 앉아 있던 엘레노어가 거울 너머로 로건을 응시했다.

"각하."

"앉아 있어요."

엉거주춤하게 일어섰던 엘레노어가 다시 자리에 앉았다. 조용히 엘레노어에게 접근한 로건은 화장대 위에 놓인 케이스를 들어 올렸다. 엘레노어의 시선이 제 어깨 위로 뻗어 나가, 장신구가 들어 있는 케이스를 들어 올리는 로건의 행동을 따라 움직였다.

"이 목걸이는 매번 내가 착용을 돕는군요."

로건의 긴 손가락 끝에서 제법 묵직한 목걸이가 늘어졌다.

"제가 하겠습니다, 각하."

"가만히."

로건의 말에 엘레노어가 입을 다물었다. 양손에 목걸이의 끝을 잡은 로건의 팔이 엘레노어의 쇄골 근처에 드리웠다가, 목 뒤로 옮겨 갔다. 특별할 것도 없는데, 기묘하도록 느리게 느껴지는 동작이었다. 엘레노어는 체온이 닿지 않아 차갑게 느껴지는 보석의 감촉에 반사적으로 몸을 움츠렸다. 목덜미의 솜털이 서는 게 느껴졌다.

"……"

그렇게 목걸이 착용을 도운 로건은 귀걸이까지 집어 들었다. 말랑한 귓불에 로건의 손이 닿았다. 거울 너머로, 한껏 집중한 듯 엘레노어의 귓불을 잡고 응시하는 로건의 시선이 보였다. 어쩐지 얼굴이 화끈거리고 목이 탔다. 귀는 손대기에 지나치게 은밀한 부위인 것 같았다.

"각하, 제가……"

로건은 엘레노어가 절절매는 것을 보고도 물러나지 않았다. 결국, 엘레노어가 체념한 얼굴로 시선을 반쯤 내리깔았다. 그나마 그가 장갑을 꼈다는 게 유일한 위안이었다. 그렇지 않고서는, 붉어진 귓불이 보이는 것보다 더 뜨끈하다는 사실을 알아차렸을 것이었으므로.

"여긴, 여긴 제가 할게요!"

마침내 로건이 왼쪽 귓불까지 손대려던 찰나였다. 엘레노어가 서둘러 로건의 손에서 귀걸이를 빼앗아, 제 귓불에 찔러 넣었다. 잠깐의 헛손질 끝에, 귀걸이의 침이 귀를 통과했다. 무표정한 로건의 얼굴에 짧은 아쉬움이 스쳐 지났다. 엘레노어가 발견하지도 못할 만큼 찰나였다.

"잘 어울립니다."

그러나 그 아쉬움 이상으로 수 배는 더 만족스러웠다. 그가 고른 드레스, 그가 선물한 장신구를 착용한 여자.

사랑스럽지 않을 리 없었다.

"각하의 안목이 뛰어난 덕분이죠."

로건의 칭찬을 들은 엘레노어는 그렇게 말하며 순하게 웃었다. 기실 엘레노어의 차림에 가장 큰 영향을 미치는 드레스는 로건의 선택이었으니 아예 틀린 말은 아니었다.

　"시간이 다 되어서 오신 거죠?"

　"늦진 않았습니다."

　"저도 준비가 다 끝났으니 바로 출발하면 될 것 같아요."

　화제를 돌리는 방식이 자연스러웠다. 그러나 로건은 그런 엘레노어를 내버려 두었다. 붉어진 귓불과 자연스러운 홍조가 그를 기분 좋게 만들었다. 엘레노어도 그를 사내로 보고 있었다. 그의 손길이 닿았을 때, 속절없이 설레었다. 마치 처음 로건이 제 손가락 끝에 엘레노어의 살갗이 닿아 어쩔 줄 몰라 했던 그날처럼.

　"엘레노어."

　로건이 열린 차의 문을 붙잡고 엘레노어를 향해 손을 뻗었다. 엘레노어가 조심스럽게 로건의 손을 붙들고 차에 올랐다. 엘레노어는 한쪽 좌석에 드레스를 정리한 채, 얌전히 앉았다.

　"……각하?"

　로건은 그 모습을 물끄러미 응시했다. 그의 시선을 느낀 듯, 엘레노어가 옆을 돌아보았다.

　"어서 타세요."

　가만히 자리에 서 있는 로건이 이상하다는 얼굴이었다. 로건은 고개를 끄덕이고 차에 올라탔다.

　어쩌면. 어쩌면 조금쯤은.

　속절없는 설렘을 품에 안은 채.

* * *

"클래번 공작님께서 오셨네요."

"파트너는 엘레노어 허드슨이 맞나요?"

엘레노어가 로건의 에스코트를 받아 회장으로 들어섰다. 이미 한 번 왕궁의 행사에 참석해 본 적이 있기에, 그렇게 색다른 일은 아니었지만 새삼스럽게 긴장이 됐다.

"그렇게 전국으로 기사까지 뿌렸는데, 당연히 함께 왔겠죠."

그때 제게 호의를 보이던 사람이 없었던 것을 생각하면 그럴 수밖에 없었다. 소피아는 다른 이들이 먼저 엘레노어에게 다가올 거라고 장담했지만, 이들이 보는 엘레노어의 본질은 변하지 않았을 테니까.

"맞네요. 허드슨 자작가의 엘레노어 양."

샬롯 모티어가 지난번에 대화를 나누었던 엘레노어의 얼굴을 떠올리고 확언했다. 그녀의 얼굴에는 다소 결연한 의지가 감돌고 있었다.

"안녕하세요, 클래번 공작 각하. 그리고 허드슨 양."

수군거리는 사람들을 성큼성큼 지나친 샬롯이 로건과 엘레노어에게 다가가 먼저 인사했다. 엘레노어가 샬롯을 알아보곤 허리를 곧게 세웠다.

"오랜만에 뵙네요, 모티어 양."

부드럽고 상냥한 목소리였다. 일단 목소리에서는 적의가 느껴지지 않아, 다소 안심이 되었다.

"네, 다시 뵙게 되어 무척 기쁘네요."

샬롯의 인사에 엘레노어가 예의상 미소 지었다.

"각하, 허드슨 양과 둘만 대화할 수 있을까요?"

뜻밖의 요청에 로건이 샬롯을 물끄러미 내려다보았다. 일견 서늘하게 보이는 무표정한 시선에 담긴 것은 의문과 경계였다. 아직 엘레노어가 수도의 사교계에서 가까이 지내는 사람은 없었으므로, 그럴 만도 했다.

"엘레노어."

"모티어 양과 잠시 대화를 나누고 갈게요. 각, 아니, 로건."

그러나 엘레노어의 실바람 같은 설득에도 로건은 그대로 넘어갔다. 로건은 엘레노어의 허리를 감고 있던 팔을 풀었다. 그리고 마지못해 걸음을 떼기 직전, 샬롯을 일별하고 떠났다.

"제게 하고 싶은 말이라도 있으신가요?"

제게 잠시 닿았다 떨어지는 칼 같은 시선에 움찔하고 있자니, 엘레노어가 나지막이 질문해 왔다. 샬롯은 그제야 잠시 웅크렸던 어깨를 폈다.

"지난번에 제가 보인 무례를 사과하고 싶었어요."

샬롯의 사과에 엘레노어가 지난번의 만남을 회상했다. 긴 대화도 아니었지만, 거짓으로라도 기분이 좋다고는 할 수 없는 만남이었다.

"사과해 주실 줄 몰랐어요."

"……."

"고맙습니다."

그러나 이처럼 정중하게 사과까지 할 일은 아니었다. 그러니 엘레노어는 까탈스럽게 구는 대신, 샬롯의 사과를 받아들였다. 그러나 그게 전부였다. 그 사과가 진실한 것이 아니라는 사실을 알아서였다.

그 사과가 향한 곳은 '로건 클래번의 약혼자'이지, 그날 은근한 멸시를 받았던 '엘레노어 허드슨'이 아니었으니까.

"늘 건강하시길 바랄게요."

엘레노어는 그렇게 이야기하고 샬롯을 둔 채 자리를 떠났다. 부부와 대화를 나누고 있던 로건이 엘레노어를 발견하고 먼저 손을 뻗었다. 엘레노어가 로건의 반경 안으로 들어서자, 단단한 팔이 엘레노어를 그의 품에 바짝 붙였다.

엘레노어를 감싸 안은 팔이 드러내는 의지는 분명했다. 그의 곁에 있는 여자를 향한 마음, 그리고 그 여자의 곁을 맴도는 이들을 향한 경고.

"이쪽은 제 약혼자인 엘레노어 허드슨입니다. 엘레노어, 두 분은……."

로건의 소개에 마주 보고 있던 부부가 격식을 차려 인사하던 순간이었다. 격식 있는 차림을 한 왕실의 일원들이 연회장 안으로 들어섰다.

"모두 오랜만이오."

왕이 장내를 훑어보며 인사했다. 회장 내의 인원은 모두 몸을 낮추어 왕에게 인사를 올렸다.

"전쟁이 예기치 않게 길어지기만 하더니, 결국은 수많은 장병의 노력으로 봄이 왔으니 말이야."

왕이 사람 좋은 얼굴로 웃었다. 모두의 시선이 로건을 향했다. 가장 위험한 곳에서 목숨을 걸고 나라의 명예를 지킨 사내. 전쟁 영웅인 그의 노고를 모두의 노력 따위로 뭉개고 들어가니, 불쾌한 티를 내지는 않는지 지켜보는 모양새였다.

"내 생일이 이처럼 기쁜 날이 있었나 싶군."

물론 로건은 크게 동요하지 않았다. 그쯤 되어서는 왕도 심상한 얼굴로 로건에게서 시선을 뗐다. 엘레노어는 제프리가 왕 얘기만 나오면 발작하듯 펄쩍 뛰는 이유를 조금 이해할 수 있을 것 같았다. 왕은 저열했다.

"오늘의 연회는 내 생일보다는, 종전의 기쁨과 완전한 마무리가 이루어졌음에 감사하는 마음이라고 생각하오. 연회에 참석해 준 모든 이들에게 고마운 마음을 전하노니, 모두 레던의 평화를 즐겨 주시오."

왕이 샴페인 잔을 들어 올리며 축사했다. 모두 왕을 향해 손뼉을 치고, 그의 존재를 칭송했다. 그가 루앵, 그리고 키엘레와의 전쟁에서 한 건 뒷짐을 지는 일 말고는 아무것도 없었다는 것을 생각해 보면, 그를 향한 칭찬은 우스운 일이었다.

"……."

속으로 왕을 조금 비웃던 순간이었다. 샴페인을 한 모금 넘기며 시선을 들어 올린 엘레노어가 멈칫하며 굳었다. 피츠먼 백작 부인, 그러니까 제인이 엘레노어를 지켜보고 있었다. 속을 알 수 없는 시선에 속이 꽉 막히는 기분이 들었다.

"각하."

엘레노어의 부름에 로건이 시선을 내렸다.

"무슨 일입니까?"

잠시 제인과 대화하고 와도 되겠느냐는 질문을 던지려던 참이었다. 엘레노어의 눈동자가 주변을 훑었다. 왕의 축사가 끝나고, 모두가 왕에게 개별적으로 인사할 시간을 기다리고 있는 참이었다. 그리고 로건은 몇 안 되는 공작 위와 전쟁 영웅 타이틀을 가진 사람으로서, 가장 우선순위에 있었다.

"아뇨, 아니에요."

그리고 지금 로건의 파트너로 참석한 엘레노어가 우선으로 해야 할 것은 로건뿐이다. 제인과 대화를 나누는 건 그 이후에도 충분하다. 그렇게 생각한 엘레노어는 제인과의 대화를 청하는 대신, 로건과 함께 한 발짝 걸음을 뗐다.

"오, 허드슨 양!"

왕이 과장된 목소리로 엘레노어를 반겼다. 엘레노어가 나붓하게 그에게 인사를 올렸다.

"이게 몇 년 만인지 모르겠군."

왕이 소탈한 척, 반가운 척 웃었다.

"처음 클래번 공작의 파트너로 나타났을 때는 이렇게 깊은 관계가 될 줄 미처 몰랐는데 말이야."

"……"

"클래번 공작처럼 서늘한 사내에게도 심장은 있었나 보오. 하긴, 허드슨 양이 미인이긴 하지."

왕의 칭찬에 엘레노어가 어색하게 웃었다. 로건은 대답 없이 왕의 말을 듣기만 했다.

"용케 차이지 않았나 보네요."

그 사이를 비집고 들어온 건 다프니 공주였다. 로건의 시선이 부른 배를 여유롭게 쓰다듬고 있는 다프니 공주에게 향했다.

"그날 파트너를 잃어버리고 혼자 정원을 헤매고 다니기에 차였으려나 했더니. 허드슨 양이 마음이 많이 약한가 봐요."

다프니 공주가 영 섭섭하다는 얼굴로 이야기했다.

"사랑하는 게 아니라면, 마지못해 잡혀 있지 말아요, 허드슨 양."

"……."

"뭐, 희망 고문이라면 그것도 나쁘진 않지만."

그가 온갖 관심과 정성을 기울여 붙잡고 있는 여자에게, 사랑이 아니면 제게 시간을 쓰지 말고 떠나 버리라고?

다프니 공주가 무엇을 알 리가 없는데, 그의 불안을 정조준한 게 불쾌했다. 내내 입을 다물고 있던 로건이 깊게 숨을 내쉬며 다프니 공주를 내려다보았다. 부풀린 두툼한 가슴팍에서 느껴지는 위압감, 그리고 다소 오만불손하게 느껴지는 시선에 다프니 공주가 저도 모르게 움찔했다.

"다프니 공주."

"전하. 여기는 사적인 대화를 나누기에 적합한 자리는 아닌 것 같습니다. 국왕 폐하께서도 계시고요."

왕비가 나지막이 다프니를 부르며 무람한 태도를 막아 세웠다.

동시에 엘레노어가 서둘러 둘 사이에 끼어들어 중재했다. 시의적절한 행동에 왕의 안색도 조금 밝아졌다.

"그래요. 다음에 개인적으로 이야기하죠."

다프니 공주가 새침한 얼굴로 시선을 돌렸다. 도통 남에게 사과하지 않으려고 하는 태도는 그 오라비와 같았다.

"그래, 다음번에는 약혼자가 아니라 부인으로서 볼 수 있으면 좋겠군. 클래번 부인, 무척 듣기 좋잖은가."

왕이 로건과 엘레노어의 결혼을 재촉하며 씩 웃었다. 로건을 위시하는 세력이 더 커지기를 바라지 않는 그로서는 다프니의 말이 현실화되지 않는 게 좋았다.

"예, 폐하."

엘레노어는 순순한 대답으로 왕을 안심시켰다. 그저 제게 주어진 역할에 충실했을 뿐, 진심은 아니었다. 그러므로 그 대답이 바로 옆에 선 사내도 안심시켰다는 사실은, 미처 알지 못했다.

* * *

연회가 무르익을수록, 남자와 여자 사이에 경계선이 생기기 시작했다. 남자들은 남자들끼리, 여자들은 여자들끼리 모여 각자의 관심사에 관해 이야기를 나누기 시작한 탓이었다.

"만나서 반가워요, 허드슨 양."

"만나 뵙게 되어 영광입니다, 왕비 폐하. 편히 엘레노어라 불러주세요."

그리하여 엘레노어 역시, 여자들의 대화 사이에 편입되었다. 그리고 그건 왕비가 먼저 손을 뻗어 준 덕분이었다. 어딘가 오만한 구석이 흘러넘치는 왕이나 다프니 공주와는 달리, 왕비는 온화한 인상을 가진 사람이었다. 하긴, 그녀는 날 때부터 왕족은 아니었으니, 그들만큼의 오만함을 가지긴 어려웠으리라.

"두 사람의 사랑 이야기가 수도까지 하도 자자하게 소문이 난 터라, 꼭 한 번은 보고 싶었답니다."

왕비가 즐거이 웃었다. 제 결혼은 고작 정략혼에 불과했던 탓일까. 한창때의 아가씨와 청년들이 연애하는 모습을 지켜보고 있노라면 즐거운 마음이 들었다. 통속 소설이니, 연극이니 하는 것들은 고대부터 현재까지 이어져 온 인간의 유구한 관심사가 아닌가.

"그 무심한 사내를 어찌 사로잡았을까, 궁금하였거든요."

"클래번 공작께서도 사내이시니, 어여쁜 분을 보면 마음이 설레는 게 당연하지요."

주변의 아가씨들이 엘레노어를 둘러싸고 은근히 치켜세워 주었다. 엘레노어는 어색한 웃음을 얼굴에 걸었다. 자신은 로건을 유혹한 적도, 사로잡은 적도 없으니 할 말이 없었다.

"약자를 아끼고 포용할 줄 아는 분이세요."

"……."

"각하께서 좋은 분이시라, 제 모자란 점을 많이 이해해 주셨습니다."

저를 가엾게 여겨 준 로건 덕분에 약혼자가 될 수 있었노라고, 자신을 낮추는 엘레노어의 대답에 모두가 오묘한 얼굴을 했다.

신디는 제 딸을 학대하고, 엘레노어를 괴롭히다가 분노한 로건에게 버림받았다. 외부로 알려진 것은 그 소문들이 전부였다. 그러므로, 그들이 짐작할 수 있는 것은 엘레노어가 제 주제 파악은 잘하되, 사내의 마음은 잘 모른다는 점이었다.

"하긴, 클래번 재단에서 특수 아동을 돕는 부문을 신설하도록 했다는 이야기를 들었어요."

왕비가 마침 기억이 났다는 듯, 재단의 일을 화젯거리로 꺼냈다. 엘레노어는 왕비가 깔아 준 판을 놓치지 않기로 했다.

"네, 맞습니다. 일단은 제가 올리비아와 제 동생을 가르쳤던 방법을 이용한 교육 시설을 만들고 지원할 생각이에요. 교육학 공부를 하면서 계속 보완해 나갈 예정이고요."

엘레노어가 긍정의 답을 내어놓았다.

"대학교에 갈 예정이군요?"

"네. 교육학 학위를 따려고 계획 중입니다. 목표로 하는 일이 있어서요."

엘레노어를 제외한 채, 오고 가는 의미심장한 시선들이 올리비아의 장애와 관련된 소문을 내포하고 있었다.

"본론으로 돌아가자면, 특수 아동의 대부분이 정신 병원에 수감된 것이나 다름없는 생활을 하고 있어요."

엘레노어의 말에 귀부인들 사이로 오묘한 시선이 오고 갔다. 제 일이 아니더라도, 건너 건너 듣는 소식들이 있기 마련이었다.

"가르치는 게 아니라, 정신 교정을 해야 한다고 생각하기 때문입니다."

"그렇다면 엘레노어는 달리 생각하고 있는 건가요?"

왕비가 나지막한 목소리로 질문했다. 그 속에서 어떠한 불쾌함이라든가 공격성은 보이지 않았다.

"네. 그 아이들은 교육을 통해 달라질 수 있고, 사회의 구성원으로 살아갈 수 있어요. 어릴 때부터 교육받는다면, 적절한 지식과 사회성을 가지고 살아갈 수도 있고요."

엘레노어가 망설임 없이 말하자, 왕비가 느리게 고개를 끄덕였다.

"그걸 보여 주겠다는 거군요."

왕비가 재단의 새로운 신설 부문이 말하는 바를 완전히 이해한 듯 중얼거렸다.

"그렇게 되면 그 아이들도 쓸모없는 잉여 인력으로 평가되지 않을 거예요."

빠른 이해력에 더 설명할 것도 없었다. 엘레노어가 제법 자신감 있는 목소리로 대답했다.

"자신감이 넘치네요."

흐릿한 인상으로만 보였던 엘레노어가 이 이야기를 할 때만은 똑 부러진 여자처럼 보이는 게 제법 흥미로웠다.

"왕비님께서 관심을 보여 주신다면, 큰 도움이 되리라 생각합니다."

엘레노어가 다소 긴장한 얼굴로 왕비를 향해 관심을 가져 달라 부탁했다. 그 모습을 지켜보던 왕비가 낮게 웃었다.

"멋진 일이에요. 재단에서 기부도 받나요?"

고개를 끄덕이는 엘레노어의 얼굴에 화사한 빛이 번져 나갔다. 왕비는 엘레노어를 향한 로건의 관심이 어디서 왔는지 대충 이해하게 되었다. 그러니 클래번 재단에 하는 기부는 제 흥미를 채워 준 것에 대한 합당한 대가였다.

"저도 관심이 있어요."

"저도요. 좀 더 자세히 들을 수 있을까요?"

왕비가 먼저 기부를 언급하고 나서자, 귀부인들도 하나씩 엘레노어에게 말을 붙였다. 기부는 그들이 할 수 있는 가장 큰 미덕이었고, 지금으로서는 클래번 공작가와 연을 잇는 제일 효율적인 방법이었다.

* * *

진심이든 아니든, 여러 사교계 인사들 사이에서 그럭저럭 괜찮은 대화가 오갔다. 피곤했지만 그 이상으로 뿌듯했다. 귀부인들 뒤로 빠진 엘레노어가 자연스레 입매를 끌어 올렸다.

"엘레노어."

그 순간, 우아한 목소리가 엘레노어의 이름을 불렀다. 엘레노어가 조용히 등 뒤를 돌아보았다.

"……부인."

피츠먼 백작 부인, 제인이었다. 엘레노어는 직전까지의 기쁨을 백지처럼 지운 얼굴로 제인을 마주했다. 오랜만에 마주 본 제인은 여전히 말라 있었지만, 안색은 마지막으로 만났을 때보다는 훨씬 화사하게 보였다.

"이전보다 많이 좋아졌네요."

제인이 마지막으로 만났을 때의 수척했던, 비극에 젖은 여자를 떠올리며 온화하게 미소 지었다.

"부인, 저는……."

"잠시 나가서 대화하겠어요?"

제인이 밖을 향해 눈짓하며 물었다. 엘레노어는 망설이지 않고 고개를 끄덕였다. 제인이 나붓하게 걸음을 떼고, 엘레노어는 그 뒤를 따랐다.

"밤은 아직 쌀쌀한데, 옷을 좀 더 따뜻하게 입지 그랬어요."

예쁘기는 하지만. 제인은 그렇게 이야기했다. 엘레노어는 마치 죄인처럼 고개를 수그렸다. 자연스레 어깨가 안으로 굽았다.

"어깨 펴요, 엘레노어. 사람을 대할 땐 자신감이 중요해요."

그걸 지적한 건 제인이었다. 인적이 드문 정원을 불안하게 둘러보던 엘레노어는 이곳이 어셔에게 고백을 받았던 자리였음을 기억해 냈다.

"그처럼 소극적인 태도로는 사람들을 휘어잡기 어려워요."

"……."

"클래번 공작 부인이라면, 응당 아까 재단의 이야기를 할 때처럼 자신감이 넘쳐야죠."

제인은 담담하게 엘레노어에게 충고하고 있었다. 그리고 제인의 얼굴에서는 어떠한 불쾌함도 읽을 수가 없어서, 엘레노어는 오히려 당황스러워졌다.

"저를 욕하고 꾸짖어도 돼요, 제인."

어째서 아들 친구의 약혼자로 나타난 나를 보면서 그렇게 아무렇지도 않아. 어째서 충격을 받지도, 나를 비난하지도 않아. 그럴 줄 알았다는 것처럼.

그러니 앞뒤 자르고, 그런 이야기밖에 할 수 없었다.

"클래번 공작과 엘레노어의 약혼 소식을 듣고 놀라지 않았다면 거짓이겠죠."

제인이 분수대에 걸터앉으며, 옆자리를 가볍게 두드렸다. 엘레노어는 거부하지 않고 제인의 옆에 앉았다.

"하지만 내가 왜 엘레노어를 욕하고 꾸짖겠어요."

"제인!"

"엘레노어에게 자기 인생을 씩씩하게 살아야 한다고 충고한 게 나이고, 어셔와 엘레노어의 약혼이 깨진 이상 우리는 아무 사이도 아닌 것을."

당연한 진리를 말하듯, 고저 없는 목소리였다. 엘레노어가 충격을 받은 얼굴로 제인을 돌아보았다.

"인정하고 싶지 않아도 그게 사실이에요."

그러나 제인은 단호했다. 제인은 이미 모든 것을 명료하게 정리한 상태였다. 어셔는 죽었고, 둘 사이의 혼사는 깨졌으며, 엘레노어는 제 인생을 살아 나가야 한다.

"나는 당신이 대견해요, 엘레노어."

그러니 지금, 엘레노어가 누군가를 만나 안정적으로 잘살고 있어서 다행이다.

"앞으로도 그렇게 씩씩하게 살아요."

"제인, 저는……."

"클래번 공작은 좋은 사람이니, 엘레노어를 많이 아껴 줄 거예요. 당신도 그걸 알아 선택한 것일 테고."

제인은 진심으로 그렇게 믿었다. 그리고 진심으로 그렇게 엘레노어의 삶을 응원하고 있었다.

"엘레노어."

엘레노어가 저도 모르게 눈물을 쏟는 것을 발견한 제인이 씁쓸한 얼굴로 손수건을 내밀었다. 엘레노어는 손수건에 얼굴을 묻은 채 흐느꼈다.

"당신이 행복해지는 일에 죄책감은 품지 말아요."

제인은 그저, 흘려보내듯 말했다. 세상을 달관한 것 같은 태도였다.

"어셔의 죽음은 누구도 예측할 수 없던 일이고, 그것은 당신의 잘못도, 내 잘못도 아니죠. 그런 상황에서 당신이 자기 인생을 찾아갔다고 원망할 사람은, 그리고 원망할 자격이 있는 사람은 없어요."

규칙적인 손길이 엘레노어의 등을 다독였다. 엘레노어가 여전히 눈물에 젖은 눈을 들어 제인을 응시했다.

"어미인 나도 내 생활을 영위하며 살고 있어요. 내 남편도요. 이렇게 파티에도 참석한 걸 봐요."

제인이 어린 손주를 달래듯 말하며, 엄지로 그 눈가를 문질러 닦아 주었다. 마치 딸을 대하듯 다정한 손길이었다.

"그러니 부부도 아니고 연인 관계에 불과했던 엘레노어가 어셔 때문에 미래의 즐거움도, 기쁨도 잃어버리는 것은 부당해요."

그래서 엘레노어는 로건과의 관계를 솔직하게 털어놓으려던 마음을 모두 지웠다. 로건에게는 그가 비난받을 만큼 자신도 감수하겠다고, 그러므로 제인에게 말하지 않겠다고 했지만, 오늘 제인을 마주치는 순간 모든 것을 잊고 털어놓으려고 했다.

하지만, 제인에게는 아무런 의미가 없었다. 오히려 사실대로 털어놓는다면, 엘레노어가 제 인생을 제대로 살지 못하고 있다는 사실을 불편해하기만 할 것 같았다. 오늘의 이 만남조차, 엘레노어가 로건의 약혼자로 나타났기 때문에 이루어진 일이라는 것을 확신할 수 있었다.

"그러니 죄책감 때문에 지나간 시간에 매여 있지 말고, 앞을 보고 살아요."

"……."

"그게 내가 당신에게 바라는 일이고, 어셔가 당신에게 바랐을 일이니."

그저 허망했다. 부서진 잔해를 하나, 하나 끌어모아 쌓아 놓은 공간을 누군가가 갈고리로 긁어 단숨에 치워 낸 듯.

"……엘레노어!"

텅 빈 공간에 홀로 서 있는 기분이었다. 불현듯 끔찍한 외로움이 몸을 할퀴었다. 그 순간, 흔들리는 나뭇가지와 이파리들이 만들어 내는 소음 사이로 낯설지 않은 사내가 모습을 드러냈다.

"클래번 공작이 엘레노어를 찾는 모양이에요."

제인이 치맛자락의 엉덩이 부분을 손으로 털며 앉은 자리에서 일어났다. 그녀는 떠나기 전, 엘레노어를 내려다보며 희미하게 미소 지었다.

"앞으로도 행복하게 살아요."

마지막 덕담을 남긴 제인이 걸음을 뗐다. 엘레노어는 잔디를 밟고 멀어져 가는 제인의 사박거리는 발걸음 소리를 들으며, 동시에 로건이 가까워지는 소리를 들으며 울음을 참았다.

"왜 울어요?"

"……."

"무슨 일이 있었습니까?"

그의 이마에 송골송골 맺힌 땀이 보였다. 아직, 밤에는 서늘할 정도로 추운 날씨인데. 마치 기어코 모르는 척하려고 외면하던 것을 발견하게 된 기분이 되었다. 그저 사라진 자신을 찾기 위해 뛰어다녔을 사내의 마음이 무엇인지 알 것 같아서, 엘레노어는 그만 울음을 터뜨리고 말았다.

"피츠먼 백작 부인이 뭐라고 했습니까?"

로건이 분수대에 걸터앉은 엘레노어의 앞에서 한쪽 무릎을 굽히고 앉았다. 그 비싼 옷이 구겨지는 것도, 잔디가 심어진 흙에 닿는 것도 신경 쓰지 않고.

"엘레노어."

남들의 시선이 없을 때는 허드슨 양이라고만 부르던 것도 잊고.

"말해 봐요."

그저 엘레노어 허드슨의 눈물에 황망해져서.

"……각하."

엘레노어는 차마 제게 손가락 하나 대지 못한 채 머뭇거리는 사내에게 시선을 던졌다. 그의 눈에 요동치는 감정의 이름을 알 것 같아서.

"저를 좋아하세요?"

* * *

엘레노어가 푹신한 침대 위에서 몸을 뒤척였다. 잠이 오지 않았다. 복잡한 생각이 여러 갈래로 뻗어 있었다. 하나는 제인이었고, 다른 하나는 어셔였으며, 나머지 하나는 로건이었다. 그리고 그 생각은 결국 꼬이고 뭉쳐 하나로 귀결되었다.

'저를 좋아하세요?'

엘레노어의 질문에 로건은 어떠한 대답도 하지 않았다. 그저 엘레노어를 응시하기만 했다. 마치 엘레노어가 어떤 기분을 느끼고 있는지를 살피듯이. 그게 그의 대답에 어떤 영향을 미치기라도 하는 듯이.

미칠 것 같은 기분이 들었다. 그래선 안 되니까. 다른 누구도 아닌 로건과 자신이 그래선 안 되니까. 엘레노어가 그에게 대답을 재촉하려던 찰나, 로건이 먼저 자리에서 일어났다.

'대답을 꼭, 해야 합니까?'

'각하.'

'미안합니다. 나중에 이야기해요.'

엘레노어가 손을 뻗었으나, 로건은 손을 허우적거리는 엘레노어를 두고 먼저 돌아섰다. 연회장에서는 내내 따로 있었다. 로건은 엘레노어의 곁으로 다가오지 않았고, 엘레노어는 사내들 틈에만 끼어서 대화하는 로건에게 쉽게 말을 걸 수 없었다. 그가 기회를 주지 않으면, 이처럼 대화조차 어려운 사이였다. 엘레노어는 새삼스럽게 그 사실을 깨달았다.

'오늘은 먼저 돌아가요. 난 가 볼 곳이 있어서.'

그리고 로건은 아예 엘레노어에게 그 사실을 주지시킬 모양이었다. 연회가 끝나자, 로건은 엘레노어를 먼저 차에 태워 타운 하우스로 돌려보냈다. 자신은 가 볼 곳이 있다고 했지만, 늦은 밤에 갈 만한 곳은 많지 않았다. 엘레노어는 그저 그가 자신을 회피한다고 생각했다.

그리고 그건 어느 정도 진실이었다. 엘레노어가 타운 하우스로 돌아와 오랜 시간 동안 목욕을 마칠 때까지도 로건은 돌아오지 않았다. 마치 엘레노어가 잠들기 전까지 기다리는 것처럼. 그리하여 다시 캐묻지 못하도록.

어디로 간다는 말도 없이 돌아오지 않았으니, 누구에게 물어볼 수도 없었다. 엘레노어는 아기처럼 몸을 웅크린 채 눈을 내리감았다. 어차피 잠이 들기는 요원한 밤이었으나, 제 체온으로나마 몸을 감싸고 안정을 되찾고 싶은 마음이었다.

"……."

그 순간, 낯선 소음이 들렸다. 툭, 투두둑. 엘레노어가 눈을 떠서 시커먼 하늘을 응시했다. 늦은 밤임에도 투명한 빗방울이 창문

이며 창틀을 예의 없이 두드리고 있었다. 한두 방울 내리기 시작
하던 빗줄기가 서서히 굵어지기 시작했다.

결국 엘레노어는 침대에서 내려왔다. 실내용 슬리퍼를 꿰어 신은
작은 발이 망설이지 않고 창문 근처로 나아갔다.

"우산, 없으실 텐데……."

엘레노어가 돌아온 이후에 운전수가 타운 하우스를 나서는 것도
보지 못했으니, 그가 비를 맞지 않은 채 무사히 돌아올 확률은 무척
이나 낮았다. 그러니 자연스럽게 걱정이 됐다. 화젯거리로 입에 담
았던 이야기의 주제와는 별개로, 그를 걱정하는 마음은 어쩔 수 없
었다.

그 순간, 하늘에서 번개가 번쩍였다. 엘레노어가 반사적으로 움찔
하며 창턱을 짚고 일그러진 하늘을 보다가 시선을 내렸다.

"……?"

이렇게 비가 쏟아지는데, 대문 너머에 검은 인영이 보였다. 엘
레노어가 미간을 조금 구긴 채, 창문에 손바닥을 대고 얼굴을 바
짝 붙였다. 다시 번개가 하늘의 구석구석을 찢고 번져 나갔다. 그
빛이 무거운 철로 만들어진 대문 앞, 석상처럼 선 사내의 모습을
잠시 비추었다.

"각하."

로건이었다. 엘레노어는 앞뒤 가리지 않고, 어깨에 숄만 두른
채로 침실 밖으로 뛰쳐나갔다. 그러고는 우아함이라곤 집어치운
몰골로 계단을 달려 내려갔다.

"우산, 우산이……."

엘레노어는 허둥지둥 주변을 두리번거리며 우산을 찾았다. 다행히도 비가 자주 오는 수도의 특성상, 현관문 옆에는 우산을 두는 길쭉한 통이 있었다. 엘레노어는 망설이지 않고 우산을 낚아채어 현관문을 열었다.

"각하!"

굵은 빗줄기가 날카롭게 쏟아지는 칼날 같았다. 엘레노어는 기울어진 빗줄기가 우산 아래의 제 살갗을 스칠 때마다 아릿함을 느끼면서도 멈추지 않고 걸었다.

"각하, 왜 우산도 없이 여기에……."

"……."

"지금 바로 문 열어 드릴게요."

비에 쫄딱 젖은 생쥐 꼴로 문 앞에 선 로건을 보고 있자니 마음이 급해졌다. 엘레노어가 우산을 귀와 목 사이에 낀 채, 무거운 철문의 고리를 덜거덕거리며 움직였다.

"이게 잘 안 돼서, 잠시만요."

그러나 마음은 급하고, 비는 쏟아지니 자꾸만 손이 미끄러졌다. 무거운 우산은 뒤로 기우뚱거려, 엘레노어의 옷자락도 조금씩 젖어 들기 시작했다.

"사람을 불러와요."

로건이 나지막이 말했다. 저 혼자 비를 맞고 있을 때는 아무렇지도 않았으면서, 엘레노어가 비를 맞기 시작하자마자 그런 말을 하는 게 우스웠다.

"다 됐어요."

끼이익, 하는 소리와 함께 고정해 둔 문이 열렸다. 엘레노어는 한 손으로 무거운 문을 밀고, 다른 한 손으로는 우산을 들어 로건의 머리 위로 드리웠다.

"바로 사람을 부르시지······."

엘레노어가 안타까운 목소리로 로건의 안색을 살폈다. 얼굴은 다소 창백하고, 입술은 푸르스름했다.

"······술 드셨어요?"

그리고 그가 숨을 내쉴 때마다, 입 밖으로 옅은 주향이 풍겼다. 엘레노어의 질문에 로건의 푸른 눈동자가 느리게 굴러 엘레노어를 향했다.

"조금 마셨습니다."

로건이 짧게 대답했다. 어쩐지 조금 비틀거리는 것 같기도 해서, 엘레노어는 망설이지 않고 로건의 팔을 붙잡고 부축했다.

"젖어요."

"괜찮으니 기대세요."

엘레노어가 그렇게 말하며 몸을 더 바짝 붙였다. 서늘한 봄밤의 공기 때문인지, 쫄딱 젖었음에도 몸에서 김이 피어올랐다. 그걸 발견한 순간, 로건은 엘레노어에게서 한 걸음 물러섰다. 그러고는 엘레노어의 손에 들린 우산을 빼앗아 들었다.

두 사람은 한 우산 아래, 딱 한 걸음만큼 떨어진 거리를 사이에 두고 걸었다.

"그 정도로 취하진 않았으니 걱정하지 않아도 됩니다."

거짓말이다. 엘레노어가 그의 젖은 행색 때문에 마음이 급한 것은 신경도 쓰지 않는 느릿한 걸음이었다. 취한 게 분명했다.

엘레노어는 현관 앞에 거의 다다르자마자, 우산 밖으로 뛰쳐나갔다.

"소파에 앉아 계세요."

엘레노어가 어디론가 달려가기 전, 로건에게 그렇게 말했다. 로건은 마치 주인의 명령을 받은 개처럼 순종적으로 소파에 몸을 기댔다. 로건의 행동을 마지막으로 확인한 엘레노어는 그대로 계단을 올라가, 2층의 욕실에서 가운과 커다란 수건을 챙겼다. 지금 로건의 모습으로 보건대, 침대에 눕히면 그대로 잠들 것만 같아서였다.

"그대로 주무시면 안 돼요."

엘레노어가 서둘러 챙긴 물건들을 들고 1층으로 내려갔다. 소파 헤드에 고개를 젖히고 앉은 로건이 천천히 눈을 떴다.

"일단 젖은 상의는 벗고 수건으로 물기를 닦으세요. 그대로 자면 큰일 나요."

엘레노어가 내민 가운과 수건을 받아든 로건은 순순히 젖은 재킷을 벗고, 옷으로서의 기능을 하지 못하는 셔츠 단추를 풀었다.

"다행히 관리인이 각하께서 돌아오시지 않았다고 난로를 끄지 않아서 따뜻하네요."

로건이 완전히 셔츠의 앞을 풀어 헤쳤을 때, 엘레노어가 황급히 고개를 돌리며 더듬더듬 말했다. 실내가 따뜻하니 술기운이 더 오르는지, 로건은 엘레노어의 앞에서 웃통을 벗는 일에도 거리낌이 없었다.

"따뜻하게 차라도 한 잔 내올게요."

그러나 로건은 괜찮은지 몰라도, 엘레노어는 아니었다. 엘레노어가 자리에서 벌떡 일어서며, 따뜻한 차라도 내오려고 주방으로 향하려던 순간이었다.

문득 난로에서 퍼진 주홍빛 조명이 시선을 사로잡았다. 엘레노어는 길게 뻗은 빛을 따라, 탄탄하게 드러난 로건의 몸에 시선을 두었다. 가운 소매 밖으로 드러난 단단한 근육질의 팔과 목덜미에 커다랗게 남은 상흔이 유난히 눈에 띄었다.

"아까 내게 당신을 좋아하냐고 물었죠."

그러나 어떻게 그렇게 큰 상처를 입었느냐고 물을 새도 없었다. 엘레노어는 로건이 직설적으로 물어 온 뜻밖의 질문에 그의 상처에서 시선을 뗐다.

"정말로 궁금합니까?"

로건이 물었다. 엘레노어는 입술을 달싹이며 대답을 망설였다. 알고 싶기도, 모르고 싶기도 했다.

"네."

마침내 엘레노어가 대답을 내어놓았다.

"왜 그게 궁금해요?"

로건이 진심으로 이해할 수 없다는 듯 질문했다. 타고 남은 것처럼 흐릿한 잿빛의 눈동자가 로건의 푸르스름한 눈동자와 마주쳤다.

"지금은 모르는 게 나을 것 같다고 생각하지는 않습니까?"

"……."

"당신이 원하는 대답이 아닐지도 모르는데."

대답하고 싶지 않은 것인지, 엘레노어에게 경고하는 것인지 알수 없었다. 그렇게 생각하니 덜컥 두려운 마음도 들었다. 어쩌면 정말로 로건도 몰랐던 마음이 아닐까. 괜히 들쑤셔서, 본인도 모르던 그의 마음을 깨닫게 한 것은 아닐까. 그리하여 오늘 그의 마음까지 심란하게 만든 것은 아닐까.

그러나 그 혼란스러운 생각의 끝에, 엘레노어는 조용히 고개를 저었다. 회피하는 건 비겁하다고 생각했다. 로건의 마음을 알든 모르든, 그를 이용하는 것은 원하지 않았으므로.

"각하께서 저를 좋아한다면, 이 관계는 절대로 이어 가선 안 되는 것이니까요."

엘레노어의 단호한 선언에 로건이 희미하게 미소 지었다.

"왜?"

엘레노어는 상황에 맞지 않는 그의 미소를 낯설게 응시했다. 로건의 곁에 머무르며, 그의 미소를 본 것은 처음이 아니었다. 그렇지만 이처럼 낯설게 보인 경우는 처음이었다.

"아시잖아요. 각하께선 어셔의 절친한 친구였고, 저는 어셔의 약혼녀예요."

로건이 느리게 한숨을 내쉬었다. 그러나 그러는 동안에도, 그의 시선은 엘레노어에게 꽂혀 있었다.

"안 되는 이유가 그뿐입니까?"

그뿐이냐니. 엘레노어의 눈동자에 충격의 기운이 스몄다.

"당신과 어셔가 결혼을 약속했다는 것을 아는 사람들조차 당신이 나와 약혼한 줄 알고 있어요. 어셔와의 기억은 이미 잊혀 가고 있고."

"……."

"모두가 이대로 나와 당신이 결혼할 것이라 믿죠. 당신이 파티에서 만났던 피츠먼 부인마저."

그러나 로건은 엘레노어의 충격에도 개의치 않고, 담담한 목소리로 말을 이어 갔다.

"한데 왜 안 됩니까."

"각하."

"어차피 모두가 당신과 내가 이어질 것으로 알고 있고, 그러한 관계에 있는데. 왜 내 마음이 당신의 생각과 다르다는 이유만으로 이 관계를 끝내야 합니까?"

아니, 담담한 게 아니었다. 그의 목소리에는 낯선 감정이 들끓고 있었다. 남들처럼 바깥으로 툭툭 튀어나오는 감정이 아니라 눈치채기가 어려웠을 뿐. 기실 엘레노어도 그걸 읽어 낼 만큼 그와 가까워진 상태였다.

"마음이, 우리의 마음이 다르잖아요."

엘레노어가 덜덜 떨리는 두 손을 맞잡은 채 대답했다.

"이 약혼은 제가 어셔를 기다리는 동안 강제 결혼에 휘말리지 않게 하기 위해서였어요. 각하께서는 친구의 약혼자를 지키기 위함이라고 하셨고요."

그랬었지. 진심은 아니었지만.

로건은 미움받을까, 차마 대답하지 못한 말을 목구멍으로 삼켰다.

엘레노어가 끝을 말하는 이 순간에도 미움받고 싶지 않았다. 미련하게도 그랬다.

"저는 그래서 각하께 도움을 받은 거예요. 각하와 특별한 관계가 되기를 바라서가 아니라."

"……."

"한데 지금 우리의 관계에 다른 감정이 끼어든다면, 그건 기만이에요."

누구를 향한 기만인가? 로건이 그 질문을 내뱉기도 전에, 엘레노어가 다시 입을 열었다.

"저는 어셔를 잊지 못했어요. 각하께서도 그를 향한 죄책감을 지울 수 없으시잖아요."

기만의 대상은 명확했다. 엘레노어에게도, 로건에게도.

"그가 돌아올 수 있든 없든 말이에요."

엘레노어는 로건이 엘레노어가 도망갈 것을 우려한다는 명목으로 남겨 둔 마지막 머뭇거림을 명확히 짚어 냈다.

"공작저에 돌아가는 대로, 짐을 정리할게요."

"……."

"죄송합니다."

엘레노어가 자리에서 일어서며 허리를 숙여 인사했다. 눈앞이 어지러웠다. 로건은 손등으로 눈을 덮어 가린 채 소파에 깊숙이 몸을 기댔다. 엘레노어가 멀어져 가는 소리가 들렸다. 로건은 멍청한 자신의 망설임을 자조하며, 도망갈 틈을 발견하고 기어이 돌아서는 여자를 원망했다.

"얼간이 새끼."

그러나 바로 다음 순간, 로건은 낮게 욕을 뇌까리며 스스로를 비난했다. 엘레노어는, 그를 두고 돌아선 여자는 잘못한 게 없었다. 그저 자신이 홀로 마음을 빼앗겨 가눌 줄을 몰랐다. 그래서 여기까지 흘러왔을 뿐이었다.

"……."

로건이 눈을 덮고 있던 손을 내렸다. 비척거리며 일어난 거구의 사내가 느릿하게 걸음을 뗐다. 로건은 계단을 하나씩 밟고 올라, 엘레노어의 침실을 지나쳐, 제 침실의 문을 열었다. 그러고는 침대 위에 무방비하게 드러누웠다.

쏴아아, 비가 무겁게 쏟아지는 소리가 요란했다. 술기운이 도는 머리는 뜨끈하고 어지러웠으나, 로건은 유난히 빗소리가 크게 나는 창문 근처로 시선을 옮겼다. 끝까지 닫히지 않은 창문 사이로 찬 바람과 함께 빗방울이 조금씩 들이치고 있었다. 마치 엘레노어에게 시선을 빼앗기는 줄도 모르고 있었던 어리석은 과거의 로건 클래번의 마음처럼.

'저를 좋아하세요?'

로건이 뜨거운 숨을 내뱉으며 짧게 웃었다. 문득, 그렇게 묻던 엘레노어의 얼굴이 떠올라서였다. 제발 아니라고 대답해 주기를 간절히 바라던 그 얼굴을 보고 무슨 말을 할 수 있었을까. 그래서 좋아한다는 고백도, 아니라는 거짓말도 하지 못한 채 도망쳤다.

하지만 똑똑한 여자는 그의 도망에 넘어가지 않았다. 그 용감한 여자는 진실을, 그리고 자기 자신의 신념을 외면하지 않았다.

멍청하고 어리석은 것은 로건 클래번뿐이었다. 마음을 정리해야 하는 순간에도, 그렇게 돌아선 여자마저 사랑스러워 견딜 수가 없었다.

"……괜찮을까."

이제는 조금 두려웠다. 이 사랑에 영원히 잠겨 허우적거리게 되지는 않을까. 로건이 천천히 눈을 감았다. 우우웅, 거센 바람이 겁 많은 그를 대신하여 울었다.

* * *

도통 잠이 오지 않는, 고민이 많은 밤도 시간이 지나면 흘러가기 마련이었다. 침대에서 내려와 선 엘레노어는 한숨도 자지 못해서 다소 초췌한 낯빛이었다.

"이른 시간에 일어나셨네요. 푹 주무셨어요?"

침대 옆의 설렁줄을 흔들자, 얼마 지나지 않아 로지가 기다리고 있었다는 듯 문을 열고 들어왔다. 엘레노어는 그저 어색한 웃음으로 대답을 넘겼다.

"각하께서는요?"

엘레노어의 질문에 침대 옆에 늘어진 캐노피를 끈으로 묶던 로지가 으음, 하며 고개를 모로 기울였다.

"아마 아직 주무시는 것 같아요. 아무도 부르지 않으셨거든요."

기이한 일이었다. 로건은 늘 아침 일찍부터 하루를 시작하는 부지런한 사람이었다. 전장에 다녀온 뒤로는 하루에 몇 시간이나

자는지 궁금할 만큼 그랬다.

"일단은 엘레노어 님의 식사를 먼저 준비하라 이를게요."

"침실에서 먹을게요. 피곤해서."

로건이 불편해, 함께 식사할 수 없을 것 같았다. 혹여나 이상하게 보일까 걱정했지만, 로지는 순순히 고개를 끄덕였다. 그러고는 정리를 마친 뒤 침실을 나섰다가, 간단한 아침 식사 차림을 들고 돌아왔다.

"드시고 불러 주세요."

"늦게 부를 테니까 로지도 편하게 식사해요."

쟁반을 내려놓은 로지가 가벼운 걸음으로 떠났다. 까탈스럽지 않고, 사용인들의 생리를 이해하고 있는 엘레노어는 모시기에 편한 주인이었다.

그러나 로지가 떠난 후, 엘레노어는 저분질을 몇 번 하다가 멈추었다. 무기력한 손에 들린 숟가락은 고기와 야채를 곱게 갈아 만든 수프에 푹 잠겨 있었다. 빵은 아예 뜯어 보지도 않았다. 식욕이 돌지 않아서였다.

어젯밤, 로건은 엘레노어에게 사랑을 고백하지 않았다. 그러나 그가 한 말 모두가 사랑을 이르고 있어, 그 마음을 눈치챌 수밖에 없었다.

'어차피 모두가 당신과 내가 이어질 것으로 알고 있고, 그러한 관계에 있는데. 왜 내 마음이 다르다는 이유만으로 이 관계를 끝내야 합니까?'

그저 그렇게 시간이 지나, 모든 것을 묻어 버리고 제게 오기를 바라는 그의 마음을 어떻게…….

엘레노어가 두 손에 얼굴을 묻고 한숨을 길게 내쉬었다. 로건이라면, 그냥 그를 이용하라 할 테지만. 분명히 그럴 사람이지만, 어떻게 그런 짓을 할 수 있을까.

"어떻게 이용해."

마음을 주지도 않을 거면서, 곁에 머무를 생각도 없으면서 그가 건네는 이득만 쏙쏙 받아 챙기는 건 약아 빠진 행동이었다. 적어도 엘레노어가 로건에게 진심으로 감사한다면 절대로 해선 안 될 행동이었다.

식사를 포기하고 자리에서 일어선 엘레노어가 창문 근처에서 멈추어 섰다. 지난밤, 하염없이 비를 맞고 있던 로건을 발견한 자리였다.

엘레노어가 로건을 발견했을 당시 로건은 이미 푹 젖어 있었다. 갑작스럽게 비가 폭우처럼 쏟아지긴 했지만, 잠깐 사이에 그만큼 젖었을 리는 없었다. 그 역시 복잡한 생각으로 오랫동안 대문 앞을 우두커니 지키고 서 있었으리라.

"하…….."

로건이라고 편했을 리가. 그 역시 복잡한 마음으로 잠을 이루지 못하는 날이 많았을 터였다. 그저 자신이 어리석고 멍청하게 여겨졌다. 혹시나 하면서도 모른 척 외면하지만 않았더라면 지금까지 희망 고문처럼 긴 시간을 유지하지는 않았을 텐데. 그런 생각 때문이었다.

그래도, 지금이라도 끝을 낸다면. 조금 늦기는 했지만 모든 게 제자리로 돌아갈 수는 있을 터였다. 로건의 마음이 그리 깊지는 않을 테니까. 그의 마음에 이는 풍랑이고 싶지 않았다.

그리하여 엘레노어는 클래번 공작저로 돌아가는 시간만을 기다렸다.

"로지."

"엘레노어 님."

그러나 아무리 기다리고, 또 기다려도 타운 하우스를 떠날 거라는 연락이 들려오지 않았다. 이상한 일이었다. 아무리 엘레노어와 그런 일이 있었다곤 해도, 로건이 정해진 일정을 지키지 않을 리는 없었으니까.

"각하께서 아직도 사용인을 들이지 않으셨나요?"

엘레노어의 질문에 로지가 눈치를 살피며 고개를 끄덕였다. 아무리 생각해도 이상했다. 엘레노어는 그대로 몸을 돌려, 로건의 침실로 향했다. 출발하기 전까지 최대한 로건을 피하겠다는 결심은 까맣게 잊은 뒤였다.

"각하."

두어 번 노크한 뒤에 로건을 불렀으나, 돌아오는 대답은 없었다. 엘레노어는 몇 번 더 노크하다가 결심한 듯 허락 없이 그의 침실 문을 열어젖혔다.

"……."

문을 열자마자 불어오는 바람이 따스했다. 창가에 늘어진 커튼이 평화롭게 팔락거렸다. 그리고 로건은 엘레노어가 건네주었던 그 가운을 입은 채, 침대 위에 죽은 사람처럼 잠들어 있었다. 로건의 무방비한 모습을 발견한 엘레노어가 저도 모르게 한 걸음 물러서며 문을 닫으려던 순간이었다. 엘레노어가 이상한 기분을 느끼고, 로건에게 다시 시선을 돌렸다.

로건의 이마에는 땀이 조금 맺혀 있었고, 얼굴이 조금 벌겠다. 물론 따뜻한 날씨이긴 하지만, 이불도 덮지 않고 자는 사람이 더위를 느낄 만큼 더운 날씨는 아니었다. 그 사실을 깨달은 엘레노어가 망설임 없이 로건의 침대로 뛰어들었다.

"각하!"

손에 닿는 체온이 뜨거웠다. 엘레노어가 사색이 된 얼굴로 침대 옆의 설렁줄을 흔들었다. 몇 번이고 쩔렁대는 소리에 사용인들이 후다닥 달려왔다.

"의사를 불러요, 당장!"

엘레노어가 로건의 이마를 짚은 채 비명처럼 소리치자, 눈치 빠른 하녀 하나가 휙 튀어 나갔다. 치맛자락 같은 커튼이 팔락거리며 은근슬쩍 그 밑단을 들어 올렸다. 훤히 열린 창문 아래, 바닥이 흥건하게 젖어 있었다. 속절없이 젖어 들다가 마침내 잠겨버린 누군가의 마음처럼.

* * *

"식수는?"

"오염된 것 같지 않습니다."

로건의 질문에 병사가 긴장한 얼굴로 대답했다. 추저분한 전장에서 가장 중요한 건 깨끗한 식수였다. 상한 물을 먹고 복통을 호소하는 사람이 생기는 일이 부지기수였기 때문이었다.

"배급하도록."

로건의 명령에 너저분한 수통에 담긴 물이 병사들에게 배급되었다.

"저자는?"

그러나 줄의 제일 끄트머리, 하얗게 질린 사내 하나는 물조차 받지 못한 채 몸만 벌벌 떨고 있었다.

"무척 심약한 자라 마음을 가누지 못하는 상태입니다."

로건이 전쟁터에 나선 지 반년. 최근 있었던 전투는 레던의 손실도 적잖을 만큼 컸다. 누군가의 팔다리가 한 쪽씩은 날아갔으며, 그대로 사망하여 형체조차 구분하지 못하게 된 이들이 넘쳤다.

처음 전쟁에 참여한 이들이 바로 눈앞에서 목격하기에 좋은 광경은 아니었을 것이다. 그러나 그것을 극복하지 못하면, 그다음으로 꺾일 목숨은 자신이 되는 법이었다.

"……어, 어."

로건이 수통을 내밀자, 내내 멍한 얼굴로 앉아 눈만 껌뻑이던 사내가 자리에서 벌떡 일어서서 받아 들었다. 제복만 봐도 제 눈앞의 남자가 누구인지 모를 수가 없어서였다.

"소, 소령님."

"본인의 직위와 이름부터."

"일병 피터 잭슨입니다!"

우렁차게 외치는 소리에 병사들의 시선이 로건과 피터가 있는 방향을 향했다가, 언제 그랬냐는 듯 다시 돌아갔다. 로건이 열등하다 못해 군대에서 낙오 직전인 피터를 교육하려는 모양이라고 생각했기 때문이었다.

"언제부터 합류했지?"

"2주 전입니다."

피터가 최대한 말투에서 머뭇거림이나 더듬거림을 제하려고 노력하며 대답했다.

"참전은 처음인가?"

"그렇습니다."

피터가 왜 그렇게 당장 고꾸라져 죽을 사슴처럼 벌벌 떨었는지 이해하기는 쉬웠다. 제일 처음 참여한 전투가 그처럼 끔찍했으니, 눈앞이 새하얗게 느껴질 수밖에.

"익숙해져야 해."

"……."

"죽음은 네가 생각할 시간을 주지 않으니."

잔인하지만 그게 현실이었다. 로건이 그의 휘하에 있는 병사들에게 일러 줄 수 있는 충고도 그뿐이었다.

"필요하다면 찾아와 상담을 요청해."

"그래도 되겠습니까?"

"계속 그 상태면 일주일 뒤에 자네 목숨은 보장 못 해."

로건은 그렇게만 말했다. 잔인하기 그지없는 선고였는데도, 피터는 순진한 소년병처럼 웃었다.

* * *

온몸이 무겁고 축축 늘어졌다. 로건의 인생에서는 두 번째로 경험하는 일이었다.

"……각하!"

그냥 이대로 계속 잠드는 편이 좋을 것 같다는 생각이 들었다. 그대로 의식의 끈을 놓으려던 로건이 애타게 저를 부르는 소리를 듣고 반사적으로 움찔했다. 그가 잘 아는 목소리였다. 시체 더미를 스치고 걷는 걸음마다 그리워했던 목소리이기도 했다.

"괜찮은 건가요? 열이 너무 높아요."

"어쩌다 이렇게 되신 겁니까?"

"어젯밤에 비를 많이 맞으셨어요. 바로 물기를 닦고 난롯불을 쬐게 해 드렸는데……."

그 목소리에 걱정이 어려 있었다. 걱정, 시름, 슬픔, 그런 것 따위는 느끼지 않게 해 주고 싶었는데.

"주무시는 동안 저 창문이 열렸나 보군요. 젖은 몸에 내내 찬바람을 쐬었으니 감기가 든 모양입니다."

엘레노어가 감기라면 위험하진 않은 거냐고 다급하게 물었다.

"열이 내리지 않으면 아무래도 단순한 감기로 취급할 수가 없으니……."

의사가 머뭇거리며 대답했다. 단순한 감기가 폐렴으로 진행될 수도, 고열로 몸이 망가질 수도 있었으니까.

"위험한 건가요?"

이상한 일이었다. 그를 향한 걱정으로 어쩔 줄 몰라 하는 목소리를 듣고 있자니 기분이 좋았다. 어린 날, 어미를 잃은 뒤로는 경험해 본 적 없던 일이라서.

"어떻게, 뭘 해야 하죠?"

이대로 머무르고 싶었다. 어쩌면 영원히.

로건의 의식이 다시 깊게 가라앉았다.

* * *

누군가 문을 두드려, 로건은 방문을 허락했다. 그러나 허락이 떨어지고도 문은 한참이나 열리지 않고 머뭇거렸다. 로건은 인내심 있게 기다렸다.

"안녕하십니까!"

피터 잭슨이었다. 그의 희멀건 얼굴은 여전히 참상이란 것을 모를 것 같고, 커다란 눈망울은 송아지 같았다.

"무슨 용건으로?"

로건의 질문에 피터 잭슨이 커다란 눈알을 굴리다 허리를 뻣뻣하게 세우고 곧게 섰다.

"사, 상담을 요청하러 왔습니다!"

군기가 바짝 든 모습이었다. 로건은 가엾은 열등생을 꾸짖거나 깎아내리는 대신, 앞자리를 눈짓했다. 피터가 눈치를 보며 슬슬 걸어와 자리에 앉았다. 그러나 그는 한참이 지나도 입을 열지 않았다. 뭘 하든 긴 망설임이 그의 특징인가 싶었다.

"가족이 그리울 땐 어떻게 하십니까?"

마침내 피터가 입을 뗐다. 창문 너머, 이파리에 몸을 반쯤 가린 보름달을 응시하던 로건이 피터에게 시선을 돌렸다.

"……성인 남성에게 마음을 달래는 방법까지 일일이 알려 줘야 하나?"

그 말을 내뱉기까지는 약간의 시간이 소요되었다. 이런 질문을 받아 본 건 처음이었다. 애초에 로건은 일반 병사가 쉽게 말을 걸어올 만한 사람이 아니었다. 그러니 상담을 요청해 오는 경우는 더욱 드물었다.

"편지를 써."

"상대가 읽을 수 없는 경우라면……."

거기까지 말한 피터가 슬쩍 로건의 눈치를 살폈다. 로건의 대답이 영 탐탁지 않자, 제가 질문하러 온 것이 잘못되었다고 느낀 듯했다.

"시력에 문제가 있나? 아니면 상대가 글을 몰라?"

그러나 의외로 로건이 진지하게 질문하자, 피터의 얼굴에 약간의 놀라움이 비쳤다.

"아, 그게……."

로건이 피터가 말을 잇기를 기다렸다. 상대에게 장애가 있다거나, 글을 모르는 경우는 로건도 잘 알고 있었기에 피터에게 다소 측은한 마음이 생긴 터였다.

"고양, 고양이라서……."

하지만 이럴 때는 무슨 대답을 해 줘야 하는 걸까. 사람이 아니라

짐승이라서 편지를 읽을 수 없는 거라고 한다면.

로건이 저도 모르게 헛웃음을 터뜨렸다. 이따위 어처구니없는 질문을 위한 상담은 처음 받아 보는 터라, 그도 어쩔 수 없는 일이었다.

"피터 잭슨."

"예?"

로건이 길게 한숨을 내쉬었다.

"나가."

단호한 명령에 피터가 엉거주춤 자리에서 일어났다. 로건은 갑자기 머리가 지끈거리는 것을 느끼며, 건성으로 문을 향해 손을 한 번 흔들었다.

"그, 그럼 가 보겠습니다."

마지막까지 얼빠진 인사를 잊지 않은 피터가 문을 닫고 나갔다. 굳이 저런 녀석까지 군대에 끌고 와야 했을까. 머리가 아팠.

그러나 그 한심한 피터는 얼빠진 대신, 선량했다. 전쟁터에서 적응하지 못해 나사 하나 빠진 놈처럼 덜덜 떨어 대기에 후방으로 보냈더니, 사상자를 두고 보다 못해 알아서 의무병이 되었다. 처음엔 피터를 무시하던 병사들도 은근슬쩍 그에게 말을 붙이기 시작했다. 적어도 그가 죽기 직전의 자신을 구할 수도 있는 사람이라고 생각하게 되었기 때문이었다.

"소령님, 다치신 곳은 없으십니까?"

"파편이 튀었을 뿐이야."

영 시원찮던 전투 끝에 눈썹 근처가 길게 베어 상처가 났다. 처음에는 피가 제법 나서 머리통이 터진 줄 알았을 정도였다.

"여기 앉으십시오. 꿰매 드리겠습니다."

아니나 다를까, 피터도 그렇게 생각했는지 사색이 된 얼굴이었다. 하긴, 이 부대를 이끄는 로건이 나자빠져 죽어 버리면 모두가 궤멸하는 수순이 될 터였다.

로건은 피터가 지정한 자리에 앉아 술병을 집어 들어 입 안으로 털어 넣었다. 마취제랄 게 없는 곳이니, 고통을 잊는 방법 중 가장 좋은 건 독한 술이었다.

"제가 의사가 아니라서 흉터가 남지 않게는 못하겠지만……."

눈앞에서 바늘에 꿴 실이 움직이고, 살을 뜨는 느낌이 들 때마다 어쩔 수 없이 몸이 움찔거렸다.

"다 됐습니다."

피터가 마지막으로 깨끗한 물에 적신 수건으로 로건의 이마를 슬슬 닦아 주었다. 벌어졌던 상처가 제법 세밀하게 꿰매어져 있었다.

"고생했다."

로건의 칭찬에 피터가 씩 웃었다. 부대에 온 이래로 로건에게 처음으로 듣는 칭찬이었다.

"그래서 그 고양이는."

"……예?"

"고양이에게 편지는 썼나?"

로건의 질문에 피터가 키득거리며 웃었다.

"아뇨. 대신 읽어 줄 사람이 없어서 못 보냈습니다."

그러고 보면, 편지를 읽어 줄 엘레노어가 올리비아의 곁에 있는 건 천만다행인 일이었다. 로건이 그렇게 생각하며 고개를 끄덕였다.

"대신 전쟁이 끝나고 돌아가면, 소령님께 오늘 칭찬받은 내용을 말해 줄까 합니다."

"실없군."

로건이 정 없이 피터를 힐난했다.

"천애 고아인 제가 사랑할 수 있는 건 그 실없는 고양이 하나뿐이라서요."

피터가 그 정도 힐난쯤은 예상했다는 듯이 대답했다.

"소령님께서는 주변에 사람이 많으실 테니, 아마 모르시겠지만……"

"알아."

로건이 짧게 대답했다. 다른 사람도 아니고, 서던을 포함한 영지의 주인인 클래번 공작의 곁에 사람이 없다니, 피터가 믿기지 않는다는 듯 눈을 휘둥그레 떴다.

"안타깝게도 그 보답이 실없으리란 것마저 같아."

로건이 피터의 회색 눈동자를 일별하곤 느릿한 한숨을 토해 냈다. 오랜만에 멍청하게 로건을 지켜보던 피터가 그의 눈치를 살피다 조심스럽게 입을 열었다.

"그래도 보고 싶으신 거죠?"

"……."

"그렇다면 돌아가서 그 실없는 보답이라도 받으셔야죠. 더 좋아하는 사람이 약자지, 뭐 어쩌겠습니까."

피터는 로건의 짝사랑을 눈치챘음에도 꼬치꼬치 캐묻지 않았다.

"그러고 보니 제 고양이에게 들려주려고 만든 노래가 있는데……."

"필요 없으니 혼자 들어."

"소령님께서도 들어 보시면 좋을 거라니까요!"

그저 로건에게 귀찮게 치대며, 그의 슬픔과 외로움을 덜어 주고자 했다. 지위의 높고 낮음도 괴로움과 슬픔에는 영향을 미치지 않기에.

로건은 무표정한 얼굴로 피터를 노려보았다. 눈동자에 섞인 건 애매한 경멸이었다. 하지만 생각해 보면, 우습게도 피비린내가 나는 그 땅에서, 얼렁뚱땅 만들어 낸 피터의 노래가 위안이 되었던 것 같다.

그 한심한 피터는 4개월 뒤 죽었다. 첩자의 피습으로부터 로건을 지키려고 달려들었기 때문이었다.

"소, 소령님……."

"여기서 뭐 하는 거지?"

로건도 얼굴이 익숙한 자였다. 호쾌한 성격으로 주변인을 끌어들이던 자였으니까. 그러나 어떻게 봐도 그의 책상을 뒤적거리고 있던 꼴은 수상했다.

"책상이 어지러워 청소하고 있었습니다."

"그래?"

로건이 그렇게 되묻고 걸음을 뗐다. 손은 총의 손잡이를 만지작거리는 채였다.

"그 종이는 왜 쑤셔 넣었고?"

"……."

"내 방에 그런 쓰레기는 없었을 텐데."

로건이 군복의 앞주머니를 지적한 순간, 병사가 얼굴색을 달리하며 로건에게 뛰어들었다. 근접한 거리라 조준이 필요한 총보다는 칼이 빨랐다.

목덜미를 스치는 칼날의 감촉이 선명했다. 경동맥을 노린 듯, 치고 들어온 칼날이 조금만 더 깊숙이 들어왔더라면, 로건은 즉사했을 것이다.

그러나 피습을 당한 로건을 향해 달려온 피터가 뒤에서 습격자의 팔을 붙잡은 탓에, 그 힘이 약해졌다.

"소령님!"

로건이 어쩔 수 없는 충격으로 비틀거리며 벽에 기대어 주저앉는 순간, 쑤걱, 잔인한 소리가 피터의 몸을 꿰뚫었다. 컥, 피터가 피를 토하며 무너졌다.

"여기 침입자다! 소령님 방에 침입자가 있어!"

"제기랄!"

큰소리와 함께 문이 벌컥 열리던 순간, 첩자 노릇을 하던 키엘레의 병사가 욕을 지껄이며 창문 밖으로 뛰어내렸다. 이어진 총소리와 무언가 터지는 소리가 그 첩자도 무사하지 못함을 알렸다.

로건은 잠겨 가는 의식을 간신히 부여잡고, 흐릿한 시야를 더듬었다. 로건을 구하려던 피터가 바닥에 축 늘어져 있었다.

"소령님!"

"의식은 있어! 얼른 간호사를 불러와!"

과량의 피가 새어 나오지 않게 목을 지혈하는 병사들 사이, 로건은 아득바득 눈을 뜨려고 했다.

순간, 바닥을 향해 힘없이 늘어진 손가락 끝에 미지근한 액체가 닿았다. 로건의 푸른 눈동자가 느리게 굴렀다. 시선은 손가락에 닿은 피가 흘러온 방향으로 향했다. 심장에 칼이 꽂힌 피터가 흘린 피였다. 피터는 피 웅덩이 속에 잠겨 있는 것처럼 보였다.

"……."

죽었겠구나.

더 보지 않아도 알 수 있었다. 로건이 눈을 감았다.

* * *

아득하게 먼 길을 홀로 걷고 있었다. 로건은 그 길의 끝에서 엘레노어를 보았다.

'엘레노어.'

처음이었다. 친밀한 관계라도 되는 양, 성을 떼고 이름만 불러 보는 건. 놀랄 법도 한데, 로건을 돌아보는 엘레노어는 그저 부드럽게 웃고 있었다.

'왜 아직도 거기에 있어요?'

엘레노어는 그렇게 이야기했다. 로건은 그런 엘레노어를 보고서도 어떤 말도, 어떤 행동도 하지 못했다. 내가 왜 여기에 있더라. 본인도 알지 못했다.

"소령님! 의식 잃으시면 안 됩니다!"

삐이, 이명이 울리고 의식이 무겁게 가라앉았다. 누군가 목을 잡고 비틀어 버린 것처럼 목덜미가 욱신거리고 목과 심장이 바싹 조여들었다. 로건이 통증에 무릎을 꿇었다. 엘레노어는 여전히 그 자리에서 로건을 내려다보고 있었다.

'이쪽으로 와요.'

그러고는 제가 있는 방향으로 다가오라 손짓했다. 로건은 마지막까지 망설였다. 볼품없는 몸 상태는 둘째 치고, 가까이 다가가면, 싫다고 몸부림쳐도 끌어안아 버리고 말까 봐.

"……엘레노어."

"예?"

중얼거린 게 꿈이었는지, 현실이었는지 기억나지 않는다. 로건은 그저 그 이름을 중얼거리며 자리에서 벌떡 일어나 달렸다. 금방이라도 사라질 듯 흐릿해지는 상을 향해서. 부서질 것 같은 몸을 하고서도, 숨이 턱 끝까지 차올라도 달렸다.

닿을 수 없다면, 이대로 죽어 버려도 된다는 마음으로.

그리고 마침내 그 가녀린 몸을 품에 끌어안았다. 동시에 모든 배경의 귀퉁이가 서걱서걱 베여 나갔다. 그래도 로건은 품에 안은 엘레노어를 놓지 않았다.

"소령님, 정신이 드십니까?"

로건이 느리게 눈을 떴다. 불안한 몸 상태처럼 시야가 흔들렸다. 불을 밝힌 램프도, 그를 치료하고 상태를 살피던 간호사와 의무병도, 부관도. 모두 그를 걱정스러운 얼굴로 내려다보고 있었다.

역시 그 여자를 품에 안아 본 건, 꿈이었구나. 꿈에서나 가능한 일이었구나.

"……피터는."

로건이 간신히 질문했다. 죽은 걸 알면서도, 확인은 해야 할 것 같아서 그랬다. 잘려 나갈 뻔했던 목덜미는 봉합해 됐지만, 그가 움직일 때마다 피가 배어났다.

"말씀하시면 안 됩니다."

의무병이 급히 마른 천을 목덜미에 가져다 대며 충고했다. 로건은 입을 다물고, 부관에게 시선을 돌렸다. 사실 그의 얼굴도 누군가 스펀지로 대고 뭉갠 듯, 명확하게 보이지 않았다.

"일병 피터 잭슨은 죽었습니다."

"……."

"하지만 대장을 구하고 죽었으니, 보람을 느낄 겁니다."

그래. 로건은 차마 대답하지 못한 말을 삼키며 다시 눈을 감았다. 가장 행복한 꿈을 꾸었으니 이대로 죽어 버려도 좋을 것 같은 기분이 들었다.

'돌아가면 고양이를 데리고 길거리 음악가가 될 겁니다. 제 고양이라면 좋은 동반자가 되어 줄 것 같거든요.'

그러니 그를 지키려다가 꿈을 영원히 잃어버린 피터의 길동무가 되어도 괜찮을 것 같았다.

"쉬시게 둬. 소령님께서 다친 건 극비에 부쳐야 한다. 상부에도 보고하지 마."

그러고도 일주일, 로건은 사경을 헤맸다. 그렇게 그는 소리 없이 그의 죽음과 가까워지고 있었다. 모두가 이대로 로건이 죽을지도 모르겠다고 걱정하던 때, 그를 구한 건 엘레노어였다. 꿈속, 실체조차 없는 여자가 그를 구했다.

'로건. 거기에 있으면 안 돼요.'

꿈속의 다정한 엘레노어는 가엾고 멍청한 사내를 끌어안아 주며, 삶이 움직이는 방향으로 그를 이끌었다.

'나는 꿈에 불과해.'

'엘레노어.'

'정말 이대로 만족해? 진짜 내게는 마음조차 전하지 않았잖아.'

그가 다시 삶의 의지를 찾을 때까지.

그리하여 로건은 살았다. 저는 꿈에 불과하다며, 현실에 있는 자신을 끌어안고 사랑을 말해 달라던 여자 때문에.

"모두 물러나!"

수없는 총칼의 위협과 포탄이 자신을 스치는 순간에도. 지뢰가 터지며 주변을 쑥대밭으로 만들던 때에도.

"시신을 수습해라. 명예로운 사자이니 예의를 갖춰."

전날까지 같이 식사하던 전우가 시신으로 발견되어도. 바로 옆에서 누군가의 몸통이 터지고 내장이 쏟아지는 광경을 목격하게 되더라도.

그리고 그것이 그의 오랜 악몽이 되더라도……

"……엘레노어."

하나의 목적을 생각하며 버텼다.

* * *

"열은 조금 내린 것 같아요."

로건이 앓아누운 지 하루가 넘었다. 서던으로 돌아가는 건 둘째 치고, 로건의 열이 내리지 않아 타운 하우스는 내내 시름에 잠겨 있었다. 물론, 그 걱정과 시름 대부분은 엘레노어의 것이었다.

"약을 써야 이 정도라니……."

의사가 더운 실내의 공기에 이마에 맺힌 땀을 손수건으로 눌러 닦으며 중얼거렸다.

"일단은 기다려 보지요. 그 험한 전장에서도 살아 돌아온 강인한 분이신데, 고작 감기 하나를 이겨 내지 못하겠습니까."

그의 말이 옳기는 했다. 감기로 앓아누운 사내의 머리를 열거나, 수술을 할 수는 없는 노릇 아닌가. 그런데도 뜻 모를 걱정이 일었다.

"나머지 약은 여기 두고 가겠습니다. 때에 맞춰 복용할 수 있게 해 주시고, 문제가 생기면 바로 연락하십시오. 기다리고 있겠습니다."

의사가 의자에 걸쳐 두었던 재킷을 꿰입으며 말했다. 엘레노어는 침대 옆 협탁에 놓인 약을 일별하고 고개를 끄덕였다.

"조심히 들어가세요, 닥터 베이커."

그래도 약이 있으니 큰일은 없겠지. 엘레노어는 불안한 마음을 다독이며 의사를 배웅했다. 그러나 다시 침실로 돌아와 로건을 보고 있자니 불안증이 도졌다.

눈앞의 사내는 연약했다. 로건은 열이 끓을 때마다 상처 입은 짐승처럼 으르렁거렸다. 핏줄이 선 목, 고통스럽게 꿈틀거리는 팔과 다리, 새살이 돋았어도 색이 다를 만큼 깊게 베인 목덜미의 상흔을 타고 땀이 흘러내렸다. 그럴 때마다, 그의 입에서 튀어나오는 말은 모두 전시 명령 및 시신의 수습과 관련되어 있었다.

"각하."

믿을 수 없었다. 그러니까, 뭐라고 해야 할까. 로건은 엘레노어에게 있어서 단단한 벽 그 자체 같은 사람이었다. 무슨 일이 있어도 무너지지 않고, 아주 오랜 시간이 지나도 늘 그곳에 그대로 있을 것만 같은. 그를 무너뜨릴 수 있는 것은 오로지 무너지려는 그 자신의 의지이며, 타인의 영향력은 개입되지 않을 것만 같았다.

"각하."

하지만 그건 어디까지나 엘레노어의 맹신, 혹은 잘못된 편견이었을 뿐이었다. 신체적인 병으로 앓아눕는 것과 전쟁의 후유증에 시달리는 것은 그에게도 예외가 되지 않는 사항이었다.

"각하께서도 사람인데, 그걸 몰랐나 봐요."

엘레노어가 당연한 말을 자조적으로 중얼거리며, 로건의 침대 옆에 둔 의자에 앉았다.

제대로 된 고백조차 하지 않았던 로건을 단호하게 거절하고 밀어낼 수 있었던 것은, 그가 강한 사람이라고 생각했기 때문이었다.

제가 입히는 미약한 상처쯤은 금방 극복하고 일어날 사람이라고 생각했기에.

"……."

하지만 지금, 눈앞의 사내를 보고 있으면 그 판단이 완전히 그릇되었다는 사실을 깨달을 수 있었다. 당연한 얘기였다. 로건은 엘레노어가 자신을 거절할 것을 예상했고, 그 때문에 어찌 말해야 할지를 몰라 제집을 두고도 밖에서 하염없이 헤맸다. 쏟아지는 비를 맞으면서 엘레노어가 잠들어 그가 돌아온 것을 모르기를, 다시 그를 추궁하지 않기를 소원했다.

그러나 로건도 마음의 상처에는 연약한 평범한 인간이었다.

"……엘레노어."

그 순간, 여태 눈 한번 뜨지 못하고 식은땀만 줄줄 흘리며 무의식 속 전쟁의 참상에만 빠져 있던 사내가 손을 움찔거리며 간절히 이름을 불렀다. 제 이름이었다. 엘레노어는 저도 모르게 입술을 꾹 깨물며 울음을 참았다.

나를 향한 당신의 마음은 언제부터였던 것일까.

원망스러웠다. 현명한 사내의 어리석음이.

서러웠다. 생각보다 깊은 이 사내의 사랑이.

* * *

마침내 로건이 천천히 눈을 떴다. 눈을 뜨자마자 흐릿하게 보이는 천장은 평소와 같았고, 조금 열어 놓은 창문 사이로 스며드는 봄바람은 부드러웠다. 몸을 에는 추위 같았던 그 밤의 온도는 기억이 나지 않았다. 평화로웠다.

다만 그런 평화로움과 별개로 몸은 축축해져 있었다. 자는 동안 몸부림이라도 쳤는지 이불과 시트는 엉망진창으로 뭉치고 뒤틀려 있었다.

"……아."

또 꿈을 꿨구나. 기억도 나지 않지만, 로건은 지난밤 자신이 했을 일을 짐작했다. 트라우마였다. 강한 척해도 그에겐 남은 흔적이 있었으므로.

그의 신체는 지옥에서 살아 돌아왔지만, 마음은 여전히 지옥에서 불타고 있었다. 그건 편안해진 주변 환경만으로는 회복되지 않는 부분이었다. 어쩌면 영원히, 극복되지 않는 상처와 함께 살아야 할지도. 그건 전쟁 영웅 이면에 숨겨진 고통이었다.

"각하."

멍하니 눈을 깜빡이던 로건의 귓가에 낯설지 않은 목소리가 그의 귀로 흘러 들어왔다. 로건이 고개를 돌려 침대 옆의 사람을 확인했다.

"이제 괜찮으세요?"

그가 짐작한 대로, 엘레노어였다. 다소 창백한 낯을 한 엘레노어의 손에는 젖은 수건이 쥐어져 있었다. 그리고 침대 옆의 테이블 위에는 차가운 물을 담은 대야가 놓여 있었다. 그쯤 되니, 그의 몸이 왜 그렇게 축축했던 건지, 지난밤이 어떻게 흘러온 것인지 대강 짐작할 수 있었다.

"이틀이나 꼬박 앓으셨어요."

"……."

"괜찮으셔서 정말 다행이에요."

엘레노어가 젖은 눈을 깜빡이며, 정말로 다행이라는 듯 미소 지으며 그의 무사함을 기뻐했다. 꿈속의 엘레노어가 그가 살아서 현실로 돌아오기를 바라던 것처럼.

가슴속이 격정으로 요동쳤다. 지난한 고통 속에서도 이를 꽉 깨물고 버텨 온 이유가 무엇 때문이었는지를 기억하게 되자, 겁먹고 물러설 수가 없었다.

"닥터 베이커에게 각하께서 깨어나셨다고 전하고 올게요. 와서 한번 살펴보기도 해야 할 테니까요."

엘레노어가 자리에서 일어섰을 때였다. 로건이 손을 뻗어 엘레노어의 손목을 잡았다.

"엘레노어."

며칠이나 말을 하지 않은 만큼, 목소리는 지독히도 낮게 가라앉아 있었다. 가뭄으로 땅이 쩍쩍 갈라진 것처럼 내뱉는 목소리의 군데군데가 버석버석했다.

그럼에도 불구하고, 엘레노어는 문으로 향하던 움직임을 멈추고, 로건을 돌아보았다.

"어디 불편하세요?"

걱정스러운 눈동자로 저를 내려다보는 엘레노어와 시선을 마주쳤다. 엘레노어는 목이 말라붙어서 말이 쉽게 나오지 않는 상황을 알아차린 듯, 컵에 미지근한 물을 따라 로건에게 건넸다.

"······."

반쯤 몸을 일으킨 로건은 단숨에 컵에 담긴 물을 목구멍으로 넘겼다. 내내 엘레노어의 손목은 놓지 않은 채였다.

"내게 당신을 좋아하냐고 물었죠."

로건이 입을 열었다. 걱정 어린 눈길로 로건을 지켜보던 엘레노어가 반사적으로 몸을 굳혔다. 그걸 발견한 로건은 엘레노어가 도망갈세라, 엘레노어를 붙잡은 손에 조금 더 힘을 주었다.

"각하, 그 이야기는······."

엘레노어가 난처한 기색을 보였다. 그러나 로건은 오늘에서야 제대로 마음먹은 고백을 멈출 생각이 없었다. 그 지옥 같던 시간을 견디고, 여기까지 살아 돌아온 이유가 무엇이었는데. 죽더라도, 그전에 고백 한번은 해 보고 싶은 마음이 아니었던가.

"좋아합니다."

그러니 로건은 제 마음을 고백하는 일을 참지 않았다.

"당신이 어셔의 연인이던 순간에도 홀로 마음을 접지 못했어요."

"······."

"전장에서 죽음에 가까워진 그 순간에도 당신을 생각했습니다."

앓다 일어난 꼴이 얼마나 우스운 줄은 알았다. 꼬질꼬질하고 못나기 짝이 없겠지만, 지금이 아니면, 또 멍청하게 어물어물 물러설 것 같아서. 엘레노어가 모든 것을 알고서도 아직 그를 떠나지 않은 지금 말하는 게 옳았다.

"살고 싶었습니다. 당신에게 고백 한번은 하고 죽고 싶어서. 그래서 살아 돌아왔어요."

로건이 담담한 듯 내뱉는 말 한마디 한마디가 쓰라렸다. 상처에 소금을 뿌린 것처럼 가슴팍이 따끔거렸다. 엘레노어는 자유로운 한 손으로 블라우스를 움켜쥐었다.

"아마 어셔가 살아 있었다고 해도, 나는 전쟁에서 돌아온 이후에 연을 끊을 각오로 당신에게 내 마음을 전했을 겁니다."

한 번은 꼭 그러고 싶었다고. 그렇게 말하는 로건의 얼굴에 어린 것은 희미한 체념의 기색이었다.

"하지만 내 마음을 숨기면 당신이 곁에 머물러 주는 걸 알았으니, 드러내는 게 두려웠습니다. 쓰레기 같은 소리라는 건 알지만, 어셔에 대한 죄책감은 그다음의 일이었어요."

로건이 목이 아픈 듯, 낮게 기침했다. 동시에 엘레노어는 그의 뜨끈한 체온이 매달려 있던 손목이 서늘해지는 것을 느꼈다.

"내 맘을 알면 당신이 떠나리란 걸 알았으니까."

로건이 연달아 마른기침을 토해 냈다. 말아 쥔 손으로 입을 가린 채 미간을 찌푸린 사내를 물끄러미 내려다보던 엘레노어가 조용히 몸을 움직였다.

"아직……."

아직 말이 끝나지 않았다고 하기도 전이었다. 엘레노어는 방을 나서지 않았다. 그저, 다시 컵에 물을 따라 그에게 건넸을 뿐이었다.

"목이 괜찮아지면 말씀하세요. 열이 높았던 터라 상태가 많이 안 좋으실 거예요."

로건의 손에 컵을 쥐여 준 엘레노어가 침대 옆의 의자에 사뿐히 앉았다. 경청하겠다는 태도였다. 로건은 놀라움과 기쁨 따위로 혼재된 감정의 동요를 서둘러 감추었다.

"그리고 이제 할 만큼 했으니, 고백도 했으니 당신이 떠난다고 하면 보내 줘야 한다는 걸 압니다."

그것이 엘레노어의 자유 의지라면, 로건은 존중해야 했다. 감정을 제 맘대로 통제할 수 없다는 건 본인 스스로가 제일 잘 알고 있었으므로.

"하지만."

그러나 상대가 떠나기 직전까지, 빌고 애원해 볼 수는 있지 않은가.

"내게 기회를 한 번 줄 수는 없겠습니까?"

구질구질하고 못나게 보이더라도 상관없었다. 가엾게 보여도 좋았다. 그렇게라도, 불쌍하여 한 번은 돌아봐 줄 수 있다면.

"아직 당신이 어셔를 좋아하는 거 압니다."

로건의 푸른 눈동자가 그 어느 때보다도 선명했다. 엘레노어는 감정으로 부딪쳐 오는 로건의 시선을 피하지 않고 마주했다.

"당장 그를 잊고 나를 받아들이라고 할 생각은 없어요. 그렇게 할 수도 없다는 걸 알고."

늘 어딘가 차고 서늘하게만 느껴지던 그의 눈동자에 이는 열기가 다소 낯설었다.

"3년을 기다리겠다고 했죠."

감정을 숨기지 않는 사내의 눈동자란 이처럼 강렬한 것이었구나.

엘레노어는 모르고 있던 사실을 깨닫고, 조용히 시선을 내렸다. 익숙해진 회피였다.

"어셔와 약속한 날까지, 원하는 대로 해요. 당신이 원하는 대로 그를 기다려도 됩니다."

계약 결혼을 제안하던 그때와 달라진 것이 없었다. 로건은 엘레노어의 마음을 존중하고, 엘레노어가 원하는 3년의 기다림을 채울 수 있도록 해 줄 요량이었다.

"그동안은 조금의 미안함이나 불편함이 없도록, 당신에게 내 마음을 받아 달라고 강요하지 않겠습니다."

"……."

"그냥 곁에 있게만 해 줘요. 내가 당신에게 주고 싶은 것들을 줄 수 있도록."

로건이 속삭이듯 애원했다. 그의 고백을 듣는 동안, 엘레노어의 시선은 허벅지 위에 무기력하게 늘어진 제 두 손에 멈추어 있었다.

"……그 3년 뒤에는요?"

흔들리지 않는 것일까, 로건이 낙담하여 고개를 숙이려던 때에 엘레노어가 질문했다.

"어셔와 제가 약속한 3년이 지난 다음에는 어떻게 하고 싶으신 건가요?"

사실대로 말해도 될까? 로건이 그러한 생각으로 잠시 대답을 늦춘 사이, 엘레노어가 고개를 들어 올렸다.

"그때까지 어셔가 돌아오지 않는다면."

로건은 자신을 피하지 않고 직시하는 잿빛 눈동자에 저도 모르게 입을 열었다. 거짓말은, 그리고 마음을 숨기는 일은 이제 지겨웠다.

"내 연인이 되어 주기를 바랍니다."

"……."

"내 아내가 되어, 곁에 머물러 주기를 바라요."

로건의 담담한 고백에 엘레노어가 조용히 두 손을 마주 잡았다. 그가 내건 조건은 대답을 망설이는 것이 우스울 만큼 좋은 조건이었다. 로건이 아니라면 누가 이해해 줄까. 사망했다는 전 약혼자를 놓지 못하고 3년을 질질 끌며 기다리겠다는 여자를.

그리고 로건은 그의 고백을 받아들이지 않는 게 이상할 만큼 좋은 사람이었다. 길에 나가서 아가씨들에게 로건 클래번과 결혼할 기회가 생긴다면 결혼하겠느냐고 물어본다면 답은 하나일 터였다.

"제게 바라는 것은 그것뿐인가요?"

하지만 너무 불공평하지 않은가. 로건은 고작 엘레노어를 기다리는 시간을 사기 위해 매달리고 있는 셈이었다.

"이렇게 기울어진 조건이어도, 정말로 괜찮은 건가요? 정말로 이렇게……."

로건은 좋은 사람이다. 그래서 이기적으로 그의 사랑을 이용하고 싶지는 않았다.

"엘레노어."

로건도 엘레노어의 머뭇거림이 어디서부터 비롯된 것인지를 알았다. 그리고 그가 그것을 알고 있다는 건, 마지막 망설임을 거두게 할 기회라는 소리이기도 했다.

"당신만 생각해요."

한 번 사는 당신의 인생. 이 마음을 털어놓지 않고는 견딜 수 없었던 이기적인 나처럼.

"정 미안하거든."

정오를 지나자 슬며시 실내로 기울어지기 시작한 햇빛처럼, 로건이 조용히 엘레노어에게 손을 뻗었다.

"내가 마음을 표현하는 일까지는 참아 주면 좋겠습니다."

로건이 부드러이 덧붙였다. 하지만 그건 미안하면 그의 말대로 해 달라는 요청보다는, 엘레노어의 부담을 덜어 주기 위함에 가까웠다.

엘레노어는 제 손등 위를 부드럽게 감싸 쥔 로건의 커다란 손을 뿌리치지도, 도망치지도 않았다. 그저 커튼 아래서 몸을 부풀렸다가, 장난치듯 가라앉기를 반복하는 바람의 농탕질을 평화로이 구경할 따름이었다.

그게 대답이었다.

그 평화로운 대답에 만족한 듯, 로건은 얼마 지나지 않아 다시 잠에 빠져들었다. 부모의 손을 잡고 놓아주지 않는 갓난쟁이처럼 엘레노어의 손등을 부드럽게 감싸 쥔 채.

"……."

엘레노어는 허리를 곧게 세운 채, 한참이나 그 곁을 지켰다. 그가 또 악몽에 괴로워하지는 않는지, 열이 끓어 앓지는 않는지.

그러나 마음에만 담아 두었던 열병을 토해 낸 탓일까, 그는 더는 앓지 않았다. 사흘째 지켜본 로건의 얼굴 중 가장 편안한 수면에 빠져 있었다.

그렇다면 다행이다. 제 대답 하나가 그를 평온하게 만들어 줄 수 있었다면, 적어도 그를 향한 보답 하나쯤은 해 준 셈이니. 엘레노어는 그저 그 하나만을 생각했다. 미안함, 죄책감, 체념, 감사함, 선의. 그 모든 감정으로 범벅된 마음에서 사랑이라는 단어만큼은 발견할 수 없었더라도.

'어셔의 죽음은 누구도 예측할 수 없던 일이고, 그것은 당신의 잘못도, 내 잘못도 아니죠. 그런 상황에서 당신이 자기 인생을 찾아갔다고 원망할 사람은, 그리고 원망할 자격이 있는 사람은 없어요.'

새로운 인생을 준비하는 과정에 로건이라는 동반자를 두는 일은 나쁘지 않은 일이니까. 아니, 오히려 감사한 일이었다.

* * *

이틀 뒤, 로건은 감기를 완전히 털고 일어났다. 열이 너무 높아서 그가 잘못될지도 모르겠다고 은근히 걱정하던 닥터 베이커의 걱정은 완전히 헛것이 되었다.

"아프기 전보다 더 건강해 보이시는군요."

닥터 베이커가 왕진 가방을 정리하며 말했다. 로건은 평소와 달리 소매 끝까지 잠근 단추를 만지작거리며 짧게 웃었다.

"걱정거리라도 더신 모양이지요?"

닥터 베이커의 질문에 로건이 깊게 숨을 내쉬었다. 단단한 가슴 팍이 힘차게 오르내렸다. 닥터 베이커는 그 모습을 보며, 저 사내가 폐병으로 죽는 일은 없겠다고 생각했다.

"비슷합니다."

로건이 단답형으로 대답했다. 그러나 그의 입가에 희미하게 밴 미소가 짧은 답이 표현의 미숙함일 뿐임을 분명히 드러내고 있었다.

"가끔은 크게 아프고 나면 연인 관계가 더 돈독해지기도 하니까요."

닥터 베이커의 장난스러운 말에 로건이 움찔했다. 거구의 사내가 마음을 숨기지 못하는 것을 구경하는 일은 제법 즐거웠다.

"각하께서 아파 누워 계시는 동안, 허드슨 양이 무척이나 걱정했습니다."

"……그렇습니까."

"예. 혹여나 잘못될까 봐 어쩌나 발을 구르던지. 사용인들이 만류해도 내내 옆을 지키고 있었습니다."

로건은 말없이 입꼬리만 끌어 올렸다. 어셔의 전사 소식을 들었을 때를 제외하고 엘레노어가 속절없이 무너지는 모습은 본 적이 없어서 상상되지 않았다. 하지만 닥터 베이커가 하는 말이 거짓이라고도 생각하지 않았다. 선한 사람이니까. 자신이 상처 입혔다고 생각한 사람이 아파 누워 있는 모습을 지켜보기가 힘들었을 것이다.

"베이커 씨도 그간 고생 많았습니다."

"이제 서던으로 돌아가십니까?"

"아마도 그럴 겁니다."

로건의 애매한 대답에 닥터 베이커가 고개를 갸웃했다. 로건은 애매한 그들의 관계를 설명하는 대신, 닥터 베이커를 현관 앞에서 배웅했다.

"아!"

마지막으로 로건이 내민 손을 붙잡고 악수하던 닥터 베이커가 무언가 생각이 났다는 듯 짧게 소리를 냈다.

"오늘 바로 서던으로 돌아가실 게 아니라면, 데이트 코스를 하나 알려 드릴까요?"

"데이트 코스?"

"허드슨 양이 각하를 간호하느라 고생했으니까요."

감사함도 표하지 않을 작정이었느냐고 묻는 닥터 베이커의 눈동자와 마주쳤다. 로건은 쓸데없는 변명을 덧붙이는 대신, 부족했던 생각을 반성했다.

"조언해 준다면 큰 도움이 될 겁니다."

닥터 베이커가 씩 웃으며 로건의 귓가에 추천을 늘어놓았다. 로건은 고개를 끄덕이며 그를 경청했다.

"베이커 씨."

계단을 내려오던 엘레노어가 그 모습을 발견하고 의아한 얼굴을 했다.

"지금 돌아가세요?"

"네. 각하께서 쾌차하셨으니 저는 그만 가 볼까 합니다."

"고생하셨어요."

로건에게서 한 걸음 물러난 닥터 베이커가 엘레노어와도 마지막으로 인사하고 마침내 타운 하우스를 떠났다.

"이제 정말 괜찮으세요?"

"오전에도 물어보지 않았습니까?"

로건의 질문에 엘레노어가 걱정과 불안증으로 똘똘 뭉친 자신을 돌아보고 어색하게 미소 지었다. 하지만 어쩔 수 없었다. 태산 같은 사내가 그처럼 앓아누울 수도 있다는 사실을 알게 되었으니까.

"엘레노어."

아직은 로건과의 관계가 어색했다. 그의 시선을 피해 닫히지 않은 현관문 너머로 시선을 두고 있던 엘레노어가 고개를 돌렸다. 그가 아무도 없는 시간에도 자신을 이름으로 부르는 것에 거부감을 느끼지 않는 듯했다.

"서던으로 돌아가기 전에 발레 공연이라도 한번 보겠습니까? 오늘 오후에 공연이 있다더군요."

그 사실이 무척이나 기꺼웠다. 그것은 엘레노어에게 그가 자연스럽게 스며들었다는 뜻이고, 그의 방향으로 난 마음의 문을 조금쯤은 열어 놓았다는 뜻이었으니까.

"간호해 준 보답으로."

"……네. 각하께서 보여 주신다면 감사히."

긍정의 대답을 표하기 직전에 보였던 머뭇거림은 습관적인 거부를 지우기 위해서였음이 틀림없었다. 그러나 엘레노어는 부드럽게 미소 지으며 그의 제안을 받아들였다.

마음을 강요하지 않는다고는 했지만, 엘레노어가 어셔와 약속한 3년을 지킨다는 명목하에 그와의 동행을 허락한 순간부터 그에게는 얼마쯤의 자유와 권리가 있었다. 그러니 그의 마음을 표현할 자유는 정당했다.

"사람을 보내어 예매해 두도록 하죠"

엘레노어가 고개를 끄덕였다. 로건이 사용인을 불러 공연 예매를 부탁하는 동안, 엘레노어는 외출 준비를 위해 침실로 돌아갔다. 연회용으로 준비한 드레스를 입거나 로건이 선물한 액세서리를 착용하는 건 과했다. 엘레노어는 제가 가지고 온 평범한 옷 중, 가장 칙칙하지 않은 옷을 골라 입었다.

물론, 로지는 엘레노어의 머리를 정돈해 주며 영 아쉬운 듯 입맛을 다셨다. 그러나 제가 생각해도 엘레노어의 수수한 차림과 화려한 장신구가 어울리지 않다는 건 알아 굳이 추천하지 않았다. 떠날 시간까지 시간을 때울 만한 책을 쥐어 줄 따름이었다.

다만, 로지는 방을 나서면서 무언가 결심한 듯 결연한 얼굴을 하고 있었다.

* * *

저녁에야 있을 공연 시간을 생각하면, 타운 하우스를 나서기에는 다소 이른 시간이었다. 그러나 로건이 은근히 재촉하기에 나선 길, 거리는 사람들로 북적거리고 있었다.

"공연장 근처에 괜찮은 식당이 있다더군요."

차가 거리에 막 멈추어 선 순간, 로건이 설명했다. 엘레노어는 그제야 그가 자신을 서두르게 했던 이유를 이해했다.

"춥지 않다면 야외에서 먹는 건 어떻겠습니까?"

엘레노어가 고개를 끄덕였다. 로건은 자연스럽게 엘레노어를 식당으로 에스코트했다. 종업원이 총알같이 튀어나와 그들을 맞이했다.

로건과 엘레노어는 간단히 주문을 마쳤다. 노을에 가까워진 햇빛이 어스름하게 가라앉는 거리에서 로건과 마주 보고 있자니 기분이 조금 이상했다. 정말로 데이트하는 기분이 들어서였다.

"올리비아가 많이 기다릴 것 같아요."

"아마도 그렇겠죠."

로건이 순순히 인정했다. 갑자기 자신이 앓아눕지만 않았어도, 이미 며칠 전에 서던으로 출발했을 테니까. 금방 온다던 엘레노어와 로건에게서 어떤 소식도 없으니 초조해할지도.

그러나 무정한 오라비인 로건은 그 사실을 알면서도 서두르고 싶지 않았다. 어차피 서던으로 돌아가면 엘레노어는 바쁠 테니까. 올리비아와도 함께 있어야 했고, 코앞에 닥친 입학시험을 준비해야 했으며, 재단 일까지. 지금이 아니면 로건이 그 사이에 자연스럽게 끼어드는 건 거의 불가능했다.

"지금은 올리비아 말고 당신을 생각해요."

로건의 말에 엘레노어가 머쓱한 표정으로 웃었다. 어떻게든 대화를 끌어낼 만한 대상으로는 올리비아만큼 적합한 인물이 없다고 생각했는데, 로건은 엘레노어와 생각이 다른 모양이었다.

"왕비께서 당신을 칭찬하시더군요."

"왕비님께서요?"

그리고 로건이 꺼낸 이야기는 엘레노어의 칭찬이었다. 왕비가 엘레노어가 이끌어 갈 재단이 무척 기대된다고 했노라고.

"왕비는 독실한 신자라, 가여운 이들에게 관심이 많습니다. 왕실의 굵직한 예산이 보육원이나 구휼원으로 많이 흘러드는 것은 그 때문이고."

아. 엘레노어가 작게 감탄사를 흘렸다. 그제야 엘레노어의 말에 귀를 기울이던 왕비의 태도가 이해되었다.

"당신이 이끌어 갈 클래번 재단이 기대된다고 했다더군요."

로건의 말에 엘레노어가 멍한 얼굴로 눈을 깜빡이다가 배시시 웃었다.

"사실 각하께서 다 준비해 주신 덕분에 가능한 일인데, 제가 기대를 받는다는 게 우스워요."

"그렇지 않아요. 과거의 나는 당신이 하려는 일에 관심을 기울이지조차 않았던걸요."

"제가 뭐라고 기대가 된다고 하셨는지 모르겠지만……."

엘레노어가 손가락 끝으로 허벅지 위에 펼쳐 둔 냅킨을 만지작거리며 중얼거렸다.

"기쁘기는 하네요."

엘레노어는 저 자체로 인정받은 경험이 드물었다. 그러니 지금의 상황이 기껍고, 흥분되지 않을 리가 없었다.

"꼭 대학교에 입학해서, 특수 아동을 위한 교육법을 만들고 클래번 재단에서 아이들을 지원할 수 있도록 최선을 다할 거예요."

엘레노어가 심지 곧은 얼굴로 제 결심을 털어놓았다. 로건은 가만히 고개를 끄덕여 주었다. 그는 언제까지고 엘레노어가 하고 싶은 일을 지원할 의향이 있었다.

바라는 것이 있어서였다. 눈앞에 있는 작은 여자의 위상이 더 높아지기를. 더 많은 성공을 경험하고, 자기 자신을 사랑하는 방법을 배우기를. 그렇게 내면 깊숙이 깔린 자격지심과 자학을 버리고, 그와 급이 맞지 않다는 마지막 심리적 거부감마저 극복하기를.

그리하여 그저 자신을 올리비아의 오빠, 고용주, 전 약혼자의 친구, 클래번 공작과 같은 기울어진 관계가 아니라 로건 클래번이라는 남자로만 사랑하게 되기를.

하지만 그건 시간이 어느 정도 지난 뒤의 일이었다. 로건은 지금 당장 엘레노어를 재촉할 생각도, 자격도 없었다.

"일단은 식사부터 해요."

로건이 테이블 위에 놓인 접시를 눈짓하자, 엘레노어가 고개를 끄덕였다.

식사는 맛있었다. 노을이 지는 거리에 앉아 여유를 누리는 것 역시 즐거웠다. 그리고 엘레노어가 부담을 내려놓자, 간간이 이어가는 로건과의 대화도 편안했다. 사실 그의 마음을 고백하기 전과 다르지 않았다.

"이제 출발해야 할 시간이 된 것 같군요."

시간을 확인한 로건이 그렇게 말했다. 엘레노어는 순순히 자리에서 일어났다.

"공연까지는 시간이 좀 남아서 다른 곳에 좀 들렀다 오려는데, 같이 가겠어요?"

짤랑거리는 종소리를 뒤로하고 식당을 나왔을 때였다. 로건이 뜻밖에도 갈 곳이 있다고 말하며 동행을 제안했다. 엘레노어로서는 거절할 이유가 없었다.

"멀지만 않다면, 저도 잠시 걷고 싶어요."

"춥진 않습니까?"

차츰 해가 지기 시작하자, 거리의 통행량이 많이 줄었다. 제대로 된 겉옷 하나 없는 엘레노어가 추워 보였던지, 로건이 미간을 조금 찌푸린 채 물어 왔다.

"어차피 거의 실내로 움직이니까요."

밤이 되면 쌀쌀해지긴 할 테지만, 식사를 마칠 때까지는 적당했다. 그리고 공연장 앞까지 차를 타고 움직이고, 다시 차를 타고 돌아올 테니 큰 걱정은 하지 않았다.

"어딜 가시려고요?"

"올리비아에게 줄 선물을 살까 합니다."

로건의 이야기에 엘레노어가 아, 하는 소리를 냈다. 올리비아에게 줄 선물까지는 미처 생각하지 못해서였다.

"미처 생각하지 못했어요. 돌아가서 올리비아에게 핀잔을 들을 뻔했네요."

엘레노어가 다행이라는 듯 안도의 한숨을 내쉬었다. 약속한 날짜보다 늦게 돌아가기까지 하는데, 선물까지 없다면 언짢아졌을 올리비아의 마음을 다독이기 어려울 터였다.

그런 면에서 보면, 로건 클래번은 신기할 정도로 세심한 남자였다. 공작가의 주인이 아니었다면, 그리고 군인이 아니었다면 이 사내는 무엇으로 살았을까 궁금해질 만큼. 피 튀기는 전장에서 살았던 군인인데, 제 주변에 있는 사람들에게는 세심한 관심을 기울일 줄 알았다.

"주문한 물건을 찾으러 왔습니다."

쇼케이스를 정성 들여 닦던 가게 주인이 손님을 맞이하기 위해 웃으면서 자리에서 일어났다가 흠칫했다. 그는 신문에 실렸던 전쟁 영웅 로건 클래번의 얼굴을 알고 있었다.

"고, 공작 각하! 어떻게 이런 곳까지……. 어서 오십시오!"

주인이 허둥지둥 엘레노어와 로건을 맞이했다. 믿기지 않는 상황이라 그랬다. 귀족이라면, 보통 구매한 귀금속류는 직접 찾으러 오지 않았다. 애초에 구매조차 제집에 앉아서 하는 경우가 많았으니까.

게다가 외부에서 구매했다 한들, 부리는 사람에게 찾아오라고 명령하기만 하면 그만이었다. 한데 찾아온 게 상류층 사이에서도 흔치 않은 고위급 귀족인 클래번 공작이라니, 쉽게 믿길 리가 있나.

"주문하신 물건은 여기 있습니다."

주인이 한쪽에 곱게 보관해 두었던 물건을 내밀었다. 로건은 벨벳 케이스를 열어, 폭신한 쿠션 위에 놓인 금반지와 목걸이를 훑어보았다.

"부탁했던 음각은?"

"잊지 않고 해 두었습니다."

로건이 목걸이를 뒤로 뒤집었다. 목걸이 팁의 뒷면에는 올리비아의 이름과 생년월일, 그리고 클래번 공작가의 문장이 있었다. 올리비아가 혹여나 외부에서 미아가 되는 일이 생길까 싶어 마련한 모양이었다. 전력이 있으니, 걱정할 만한 일이었다.

"같이 오신 분은?"

"약혼자입니다."

엘레노어는 저도 모르게 흐뭇한 얼굴로 로건을 지켜보았다.

"그, 그렇다면."

그 순간, 주인이 쇼케이스를 뒤적거리더니 진주 귀걸이 한 쌍을 가지고 왔다.

"이걸 각하의 연인께 선물해 드리고 싶습니다."

"……네?"

갑자기 자신에게 선물을 주고 싶다는 말에, 엘레노어가 당황해서 되물었다. 로건에게 선물하면 모를까, 제게 선물할 이유가 없지 않은가 싶어서였다.

"제 아들 녀석도 부대에 있었는데, 소령님 덕분에 목숨 부지하고 돌아왔다며 어찌나 각하를 찬양하던지."

감사한 마음에 드리고 싶은 것이라며, 사내는 기어코 엘레노어의 손에 귀걸이를 쥐어 주었다. 엘레노어는 당황해서 눈만 굴리다 로건을 바라보았다. 로건의 업적을 칭송하며 준 선물이니 거절한다면 로건이 해야 할 것 같아서였다.

"고맙습니다."

그러나 로건은 거절하지 않았다. 하면 기어코 이 선물을 받아야 하나? 엘레노어가 이러지도 저러지도 못하는 것을 지켜보던 로건이 엘레노어의 어깨의 팔을 두르고 가게에서 나가기 위해 몸을 돌렸다.

"또 오십시오!"

가게 주인이 몇 번이고 허리를 숙여 가며 인사했다. 엘레노어는 로건의 힘에 이끌려 가게 밖으로 나오면서도 영 내키지 않는 표정을 감추지 못했다. 로건이 가게를 빠져나오기 전, 문 옆에 있던 의자에 귀걸이의 가치에 상응하는 지폐를 몰래 내려놓는 것을 보기 전까지는 그랬다.

"각하."

문가에 서서 싱글벙글 웃고 있는 가게 주인은 아직 모르는 모양이었다. 로건은 조용히 올리비아의 선물을 든 오른손의 검지를 들어 제 입 앞에 세로로 갖다 댔다.

그제야 그의 생각을 조금 알 것 같았다. 팔아야 할 물건을 무료로 받는 것도 그렇지만, 자신에게 선물을 주려는 사람들의 성의를 거절하는 것 역시 무례하다고 생각하는 것이다.

엘레노어는 로건과 나란히 발을 맞추어 걸으며, 제 손에 들린 진주 귀걸이를 물끄러미 내려다보았다. 그 정신없는 와중에도 알이 곱고 예쁜 것으로 골랐던지, 진주알에는 흠집이나 찌그러짐조차 없었다.

"지금 착용해 봐요."

로건이 나지막이 제안했다.

"어차피 지금 착용한 것도 없으니."

달린 것도 없으니, 선물 받은 귀걸이를 하는 게 이상한 건 아니지 않으냐고 묻는 목소리가 여상했다. 사실 보관할 케이스조차 없는 귀걸이를 계속 들고 다니는 것도 이상했다.

"거울이 없어서 착용하기 어려우면 내가 해 줄 테니 이리 줘요."

로건이 당장이라도 귀걸이를 달아 줄 것처럼 손을 뻗었다. 엘레노어는 제 앞으로 불쑥 내밀어진 커다란 손을 보고 흠칫 놀라 고개를 저었다.

지난번에 로건이 귀걸이 착용을 도와줄 때의 기억이 났기 때문이었다. 핏줄이 선명하게 드러나고 마디가 불거진 커다랗고 길쭉한 손. 섬세한 움직임이라곤 전혀 못 할 것같이 생겨선 손가락 끝마저 단단했다.

그러나 정작 엘레노어의 귓가에 닿은 그의 손은 부드럽고 조심스러웠다. 그리고 그 손이 닿았을 때, 엘레노어는 등을 가로지르는 오묘한 느낌에 몸을 떨어야만 했었다.

"혼자서 할 수 있겠습니까?"

로건의 질문에 엘레노어가 고개를 끄덕였다. 그러곤 제가 알아서 착용하겠다는 듯, 손끝으로 귓불을 더듬어 침을 맞추었다. 말랑한 귓불을 통과한 귀걸이 침이 귀 뒤편으로 모습을 드러냈다. 로건은 다소 아쉬운 눈빛이었다.

"잘 어울리는군요."

로건이 주인이 보는 눈이 있다며 짧게 칭찬했다. 엘레노어는 고개를 두어 번 끄덕이곤, 고개를 푹 숙인 채 조금 서둘러 걸었다. 로건은 그런 엘레노어를 따라잡는 대신, 그 자리에 멈추어 섰다.

노을마저 완전히 자취를 감추고, 검은 어둠 속 달빛만이 늘어지는 거리는 꿈결 같았다.

* * *

처음으로 보는 발레 공연은 무척이나 신기하고 즐거웠다. 엘레노어는 공연을 보는 내내 소리 없이 울기도 하고, 즐거워했다. 그리고 로건은 그런 엘레노어의 다채로운 표정을 즐겁게 관찰했다.

"정말 즐거웠어요."

공연이 끝나고, 엘레노어가 흥분을 숨기지 못한 얼굴로 로건에게 속삭였다. 로건은 가만히 웃어 주었다. 엘레노어가 이처럼 좋아할 줄 알았다면, 온갖 공연의 티켓을 갖다 들이밀었을 것을.

그저 공연을 보는 게 어떻겠냐고 제안했던 닥터 베이커가 고마웠다. 로건은 섬세하되 섬세하지 못한 남자였다. 좋아한다는 것을 표현해야 한다는 것은 알았지만, 돈으로 표현하는 것 이외에는 알지 못했다.

"즐거웠다니 다행입니다."

로건이 부드러운 시선으로 엘레노어를 내려다보며 속삭였다.

"부끄럽지만 발레 공연을 본 건 처음이었어요."

"다음엔 올리비아와 함께 보고 와요."

로건의 말에 엘레노어가 고개를 주억였다. 둘은 사이좋은 연인처럼 공연장을 빠져나왔다. 훅 불어온 밤바람에 엘레노어가 저도 모르게 몸을 움츠렸다. 막 노을이 질 때까지는 괜찮았지만, 늦은 밤은 공기가 제법 싸늘했다.

"괜찮습니다. 각하께서도 회복하신 지 얼마 되지 않으셨잖아요."

그 모습을 발견한 로건은 망설이지 않고 제 재킷을 벗어 엘레노어의 어깨에 덮어 주었다. 엘레노어가 어쩔 줄 몰라 하며 거절했지만, 무용한 일이었다.

"내가 지금 당신에게 재킷을 주지 않는다면, 사람들의 입에서 클래번 공작이 약혼자의 추위도 신경 쓰지 않는 무례한 자라는 소문이 오르내릴 겁니다."

로건의 말에 엘레노어가 입을 다물었다. 오고 가며 그들을 지켜보는 시선이 많다는 건 모르려야 모를 수 없는 일이었다. 서던에서는 그와 외출하는 일이 없어 몰랐을 뿐이었다.

"감사합니다."

엘레노어가 조용히 이야기했다. 로건은 말없이 엘레노어를 이끌어 계단을 내려갔다. 공연이 끝날 시간에 맞추어 기다리고 있던 운전수가 차의 문을 열어 둘을 맞이했다. 엘레노어와 로건이 차에 오르자, 문이 닫혔다. 엘레노어는 로건의 재킷이 어깨에서 흘러내리지 않도록 한 손으로 붙잡은 채 고개만 왼쪽으로 돌렸다.

공연장을 제외하곤 거의 불이 꺼진 시내의 길목이 천천히 움직였다. 뒤로, 그리고 또 뒤로 사라져 갔다. 시간이 흐르면, 그 뒤로 흘러가는 수많은 것들처럼.

ㄱ. 미련, 사랑의 그림자

엘레노어가 로건의 손을 잡고 차에서 내렸다. 차 문이 닫히기까지 했으나, 올리비아는 제 자리에 서 있기만 할 뿐, 엘레노어에게 달려오지 않았다.

아이가 급작스레 성장했다고 긍정적으로 볼 수도 있겠지만, 뚱한 얼굴에 가득한 불만을 보면 그게 아니란 건 금방 알 수 있었다. 엘레노어가 난처한 얼굴로 올리비아에게 손을 뻗었다.

"올리비아."

엘레노어가 저를 부르는 데도, 듣지 못한 척 고개를 확 돌려 버리는 꼴이 삐진 강아지 같았다.

"올리비아 클래번."

로건이 나지막한 목소리로 올리비아를 부르자, 작은 몸이 눈에 띄게 흠칫했다. 늘 제게 다정하기만 한 엘레노어는 몰라도 제 오라비는 무서운 탓이었다. 로건은 엘레노어의 영향으로 올리비아의 많은 부분을 받아들이고 이해했지만, 예의 없이 구는 것만은 보아 넘기지 못했다.

"각하."

엘레노어가 로건의 팔을 붙잡으며 그를 막았다. 로건은 순순히 입을 다물었다. 목줄을 쥔 것 같았다.

"올리비아, 늦어서 미안해."

"……."

"갑자기 급한 일이 생겨서 늦어졌어."

엘레노어가 올리비아의 앞에 몸을 낮추고 부드럽게 얼렀다. 올리비아는 여전히 못마땅한지, 입을 비죽거리고 있었다. 애초에 타운하우스에 같이 가면 안 되냐고 조르던 올리비아를 떼 놓고 갔을 때부터 예견된 일이긴 했다.

"대신 올리비아 선물을 사 왔는데."

엘레노어의 말에 올리비아의 귀가 쫑긋거렸다. 마지못해 입을 여는 것처럼 되묻는 얼굴이 들어는 보겠다는 의지를 표명하고 있었다.

"들어가서 같이 볼까?"

엘레노어의 제안에 올리비아가 뾰로통한 얼굴로 먼저 돌아섰다. 엘레노어가 웃으며 그 뒤를 따랐다.

"각하."

로건이 그 뒤를 따르려던 때였다. 갑자기 나타난 제프리가 웃는 얼굴로 길목을 막았다.

"밀린 일이 많습니다."

그의 숙명이었다. 로건은 제프리의 압박을 순순히 받아들이고 집무실로 발길을 돌렸다.

"기분이 좋으신가 봅니다."

제프리가 로건을 흘끗 보며 말했다. 로건은 대답하지 않았다. 그러나 로건과 오랫동안 합을 맞춰 왔던 제프리는 그게 긍정의 대답이라는 걸 알 수 있었다.

'분명히 클래번 공작이 예비 마님한테 계속 매달리는 거라니까.'

'그걸 어떻게 알아? 이미 연인이고 약혼자인데 매달릴 이유가 있나?'

'여태 보고도 몰라? 하여간 남자란.'

한심하게 되묻던 아내의 목소리가 여전히 귓가에 선연했다. 그러니 제프리는 수도에서 로건의 연애가 순탄히 잘 풀린 모양이라고 생각했다. 그는 아내의 말이라면 무조건적으로 신뢰하는 병이 깊었다.

"아, 그리고."

로건이 막 집무실에 들어서던 때였다. 제프리는 로건의 책상 위에 놓아둔 편지 하나를 떠올리고 입을 열었다.

"각하께 온 편지가 여러 장 있는데, 그중 하나는 따로 확인이 필요할 것 같아 빼 두었습니다."

로건이 손에 끼고 있던 장갑을 벗으며, 의아한 얼굴로 책상 근처로 향했다.

"발신인이 누굽니까?"

로건이 편지로 손을 뻗으며 질문했다.

"조나단 워슨입니다."

누구였더라. 기억을 더듬던 제프리가 입을 열었다. 그 순간, 편지 봉투를 들어 올리던 로건의 손이 멈칫했다.

"……누구?"

"조나단 워슨이라고 쓰여 있었습니다. 확인해 보시지요."

제프리가 알지 못하는 로건의 인맥이었다. 그러니 사적인 인맥이란 뜻이었는데, 함부로 편지를 열어 볼 수는 없었다.

로건은 한참이나 편지 봉투 위에 또박또박 쓰인 조나단 워슨이라는 이름을 내려다보았다. 그리고 테이블 위에 놓인 레터 나이프로 편지 봉투를 개봉했다. 저품질의 종이가 로건의 손길에 팔락거리며 입을 벌렸다.

"……."

직전까지 로건을 감싸고 있던 부드러운 기운이 완전히 사라졌다. 제프리는 단숨에 무표정해진 로건의 얼굴을 보고 눈치를 살폈다.

"혹시 무슨 일인지 여쭤봐도 되겠습니까?"

제프리의 질문에 로건이 느린 한숨을 내쉬며 입을 열었다.

"조나단 워슨은 어셔가 전쟁터에서 구제해 준 소년병의 이름입니다. 어셔는 그 애를 살리고 죽었어요."

제프리가 작게 탄식했다. 친구였던 어셔의 이름은 로건에게도 아픈 이름이었다. 게다가, 어셔의 연인이었던 엘레노어가 그의 연인이 된 이후로 더욱 복잡한 감정을 느끼고 있을 터였다.

"나 대신 워슨 군에게 어셔의 묘지에 관해 회신을 부탁합니다."

로건이 생각만으로도 괴로운 사람처럼, 제프리에게 부탁했다. 제프리는 군말 없이 고개를 끄덕이고 제 지정석에 앉아 펜을 들었다.

'클래번 공작 각하께.'로 시작하는 조나단의 편지는 자신이 어셔에게 입은 은혜를, 그리고 죄책감을, 전쟁 이후의 소식을 궁금해하고 있었다. 혹시 그의 시신을 찾았느냐는 질문 역시 편지에 담겨 있었다.

제프리는 이를 대신 대답해도 좋을지 고민했다. 사실 어셔의 무덤에 묻은 관은 텅 비어 있었다. 레던의 군사가 전쟁을 마치고 돌아온 이후에도 마지막 피격이 있었던 곳으로 사람을 파견했지만, 어셔와 관련된 어떤 흔적도 찾지 못했다. 군번줄조차 발견하지 못했으니, 시신은 당연히 찾지 못했다.

[몇 번이나 사람을 보냈지만, 시신이나 이름표 같은 흔적은 하나도 발견하지 못했습니다.]

제프리는 그 사실을 솔직히 적었다.

[그러나 모두가 그곳을 찾아 어셔 님을 추모합니다. 워슨 군도 방문하고 싶다면 아래의 주소로 찾아오면 됩니다.]

그리고 제프리는 어셔의 묘가 있는 주소를 한 글자 한 글자 꾹꾹 눌러썼다. 땅 아래 그의 시신은 묻혀 있지 않을지언정, 어셔의 묘지는 큰 의미가 있었다. 시신은 존재하지 않고 비석만 자리한 곳일지라도, 모두가 그 장소를 소중히 여기고 있었으므로.

* * *

"어디 가시려고요? 방금 돌아오셨잖아요."

엘레노어가 올리비아를 달래어 보내고, 모자를 눌러 썼다. 막 침실 청소를 위해 들어온 로지가 의아한 얼굴로 엘레노어를 향해 질문했다.

"시내에 잠시."

엘레노어가 웃는 얼굴로 짧게 답변했다. 로지는 그와 관련해서는 더 캐묻지 않았다. 물론 로건이 엘레노어가 어디로 갔는지를 궁금해하리란 건 분명했다. 하지만 사용인이 윗분들의 행선지까지 일일이 알 수는 없는 노릇이었다. 로건에게도 그쯤 말하면 캐묻지 않으리라.

"식사는……."

"준비하지 않아도 된다고 일러 줘요."

엘레노어의 말에 로지가 알겠다고 대답했다. 엘레노어는 그런 로지를 지나쳐 침실 문 앞에 섰다. 그러나 마침내 문고리를 손에 쥐고도 쉽게 나서지 못했다.

"하실 말씀이라도 있으세요?"

참다못한 로지가 먼저 질문했다. 엘레노어가 몸을 반쯤 틀어

로지에게 시선을 두었다.

"혹시라도 각하께서 찾으시면."

로지가 먼지떨이를 손에 든 채 엘레노어의 말을 경청했다.

"서점에 갔다고 해 줘요."

굳이 고할 필요도 없는 행선지였다. 로지는 대단한 것이라도 있나 하며 품었던 기대감이 쪼그라드는 것을 느끼며 고개를 끄덕였다. 하지만 뭐, 연인들이란 서로의 비밀에 대해 다 알지 못하면 해갈이 되지 않는 족속들이니.

"다녀오세요."

엘레노어가 로지의 인사를 뒤로한 채 저택을 나섰다. 물론, 시내까지 나오는 데는 운전수 맨더튼 씨의 도움을 받아야만 했다. 애초에 로건은 엘레노어가 제 발로 저택을 나서는 꼴을 보지 못했고, 사용인들도 그러면 큰일이 나는 줄로만 알아서였다. 하지만 그 이후부터는 온전히 혼자였다.

"튤립 사세요!"

마차와 차가 뒤섞여 지나가는 거리, 서점으로 향하던 엘레노어는 바구니에 꽃을 담아 파는 소년을 물끄러미 응시했다.

"사랑하는 연인에게 튤립을 선물하세요!"

소년은 빨간 튤립의 꽃말이 영원한 사랑을 의미한다며 목청을 높였다. 지나가던 사내들이 홀린 듯이 꽃을 구매하여 제 곁에 있는 여자들에게 선물했다.

"꽃말……."

엘레노어가 중얼거렸다. 꽃마다 특별한 꽃말이 있는 것은 알았지만, 진지하게 생각해 본 적은 없었다. 그러나 꽃으로 자신의 마음을 설명할 수 있다는 사실은 제법 매력적으로 들렸다.

서점으로 향한 엘레노어는 원래 구매하려던 책 대신, 꽃말과 관련된 책부터 찾아 펼쳤다. 책에는 소년이 설명한 대로, 빨간 튤립의 꽃말은 사랑이라고 표기되어 있었다. 그 외에 다양한 꽃과 꽃말을 훑어가던 엘레노어의 손가락 끝이 한 군데에서 멈추었다. 꽃말이 기다림인 꽃의 종류를 구분해 놓은 부분이었다.

흰색 크로커스, 해바라기, 그리고 달맞이꽃.

잠시 생각에 잠긴 듯 눈을 깜빡이던 엘레노어가 책을 구매하기 위해 계산대로 향했다. 제 상황을 잊지 않기 위해서 곁에 두기에 적절하다는 생각이 들어서였다.

"이 근처에 꽃집은 어디 있나요?"

건성으로 책을 계산하던 주인이 코를 찡긋하며 잠시 생각했다.

"밖으로 나서서 직진하다가, 마치 씨의 식당을 끼고 두 블록을 들어가면 있습니다. 이슬라가 운영하는 꽃집이에요."

서점 주인에게 감사를 표현한 엘레노어가 서점을 나섰다. 이슬라의 꽃집은 서점에서 그리 멀지 않은 곳에 있었다.

"어서 오세요."

엘레노어가 꽃집의 문을 열자, 딸랑거리며 종소리가 났다. 줄기에서 이파리와 가시를 떼어 정리하던 이슬라는 손님이 온 걸 알아차리고, 몸을 돌려 인사했다.

"찾으시는 꽃이 있으신가요, 아가씨?"

엘레노어가 클래번 공작의 약혼자라는 사실은 미처 알지 못해,

자연스러운 응대였다.

"크로커스, 해바라기, 그리고 달맞이꽃 중에 지금 가게에 있는 꽃이 있나요?"

엘레노어의 질문에 이슬라가 눈을 슴벅였다. 세 가지의 꽃 모두 꽃말이 그리 유쾌한 종류는 아니라서 그랬다.

"음, 지금은 크로커스도 끝물이라서 가게에는 없어요."

이슬라가 가게 내에 있는 꽃을 곰곰이 생각하다가 사실대로 털어놓았다. 지금은 장미 철이라, 장미꽃 위주로 판매하고 있어서 어쩔 수 없었다.

"어떤 용도로 찾으세요? 약으로 쓰시는 거면 달맞이꽃은 여름에나 구해 드릴 수 있어요."

이슬라가 친절한 목소리로 질문했다.

"약으로 쓰려는 건 아니고, 침실 옆에 두려고요. 달맞이꽃은 여름에만 나나요?"

그러나 엘레노어의 대답은 무척이나 아리송했다.

"네. 달맞이꽃은 여름에 쉽게 구할 수 있지만, 침실을 꾸밀 용도로는 그리 적합하지 않을 것 같은데요."

약으로 쓰려는 게 아니면, 달맞이꽃을 구태여 장식용으로 구하는 사람은 없었다. 이슬라가 혹여나 엘레노어가 꽃의 이름을 오해하고 있는 것일까 생각하며, 보통의 달맞이꽃 구매 목적에 관해 설명했다.

"상관없어요."

그러나 엘레노어는 희미하게 웃는 얼굴로 다른 이들과 구매 목적이 다른 건 상관없다고 이야기했다.

"음, 그러시면 일단 내일은 되는 대로 크로커스를 구해 놓을게요."

그렇다면야, 뭐. 이슬라는 깊게 생각하지 않고 엘레노어를 위해 크로커스를 구해 놓겠노라 했다.

"혹시 배달이 필요하신가요? 미리 값만 지불하시면, 아들이 자전거를 타고 배달해 드릴 수도 있어요."

이슬라가 막 꽃집으로 돌아오는 아들을 가리키며 이야기했다. 길거리에서 수완 좋게 꽃말을 이야기하면서 붉은 튤립을 팔던 그 소년이었다.

"괜찮아요. 제가 가지러 올게요."

엘레노어가 고개를 저었다. 그러곤 제가 구매하려는 가격을 미리 치르겠노라 했다. 이슬라는 제게 조금도 손해가 되지 않는 장사에 함박웃음을 지었다.

"최대한 신경 써서 모양이 예쁜 꽃으로 가져다 놓을게요."

엘레노어가 고개를 끄덕이고 꽃집 밖으로 나섰다. 허리를 곧게 세운 채 걷는 걸음은 우아하면서도 꼿꼿했다. 일견 결연한 기색까지 비쳤다.

아직은 어셔를 향한 신의를 지켜야 할 때였다. 로건이 아무리 강하게 불어오는 바람일지라도, 아직은 그 바람에 흔들릴 때가 아니라고 생각했다. 엘레노어 허드슨은 그런 여자였다.

"엘리, 어디 가?"

거실 소파에 앉은 올리비아가 고개를 갸웃하며 질문했다. 엘레노어가 아침부터 번잡스럽게 저택 안을 쏘다니는 게 이상한 모양이었다.

엘레노어가 보통 조용하게 제 할 일만 하며 움직인다는 것을 생각하면 의아한 일이긴 했다.

"대학교 입학 시험 보러."

올리비아의 입에 묻은 쿠키 가루를 손으로 털어 주던 로건이 짧게 대답했다. 시험? 올리비아가 고개를 갸웃하며 로건이 앉은 방향으로 고개를 돌렸다.

"그게 뭔데?"

"학교에 들어갈 자격이 있는지 알아보기 위해 보는 시험."

핵심만 짚는 로건의 설명은 늘 어딘가 부족하다. 올리비아에게는 좀 더 자세한 설명이 필요했다. 올리비아는 영 성에 차지 않는다는 얼굴로 미간을 찌푸린 채 다시 엘레노어에게 시선을 돌렸다. 그러나 올리비아가 원하는 대답을 해 줄 수 있는 엘레노어는 흔치 않게 허둥거리고 있었다.

"올리브가 엘리 배웅해 줄래."

"그래."

"따라가는 건?"

로건이 순순히 배웅을 허락하자, 올리비아가 떠보듯 따라가겠다고 말을 꺼냈다.

"안 돼."

단박에 로건에게서 안 된다는 대답이 돌아왔다. 올리비아가 입을 비죽 내밀며 못마땅함을 표현했으나, 로건은 개의치 않았다.

올리비아의 외출이 엘레노어의 정신력을 흐트러뜨릴까 걱정이 되어서였다.

"올리비아, 다녀올게."

준비를 마쳤는지, 현관 앞에 선 엘레노어가 올리비아에게 인사했다. 소파에 앉아 있던 올리비아가 서둘러 일어났다. 로건 역시 자리에서 일어나, 현관으로 향했다.

"엘리, 시험 잘 봐!"

"응. 잘 보고 올게."

엘레노어가 올리비아의 이마에 짧게 입을 맞추며 빙긋 웃었다. 해가 지날수록 올리비아도 쑥쑥 컸지만, 아직은 엘레노어보다 작았다.

"시험 잘 보고 와요."

"……."

"당신이라면 잘 해낼 테니, 너무 긴장하지 않아도 됩니다."

엘레노어의 시선이 올리비아의 곁에 선 로건을 향한 순간이었다. 로건은 망설이지 않고, 엘레노어에게 건네고 싶었던 응원을 건넸다. 실제로도 충분히 해낼 수 있는 사람이 긴장으로 일을 망치기를 원치 않아서였다.

"감사합니다."

다른 누구도 아닌 로건이었다. 진심이 아닐 리 없었다. 그의 진심을 느낀 엘레노어도 응원을 기쁜 마음으로 받아들였다.

"잘하고 올게요."

로건이 고개를 끄덕여 주었다. 엘레노어는 심호흡을 한 번 하더니,

망설이지 않고 뒤를 돌았다.

"서던 대학교로 가 주세요."

"드디어 결전일이로군요!"

운전수가 씩 웃으며 말했다. 엘레노어가 고개를 끄덕이며, 창문 너머를 응시했다. 여전히 밖에 나와 있는 로건과 올리비아에게 손을 흔들어 주기가 무섭게 차가 출발했다.

"다들 엘레노어 님이 대학교에 붙을 것을 의심하지 않던데요."

엘레노어의 긴장한 얼굴을 발견한 운전수가 부드러운 목소리로 이야기했다. 엘레노어의 긴장과 부담을 덜어 주기 위한 노력이었다.

"과대평가죠. 클래번 공작저의 사람들은 저를 너무 믿으니까요."

엘레노어가 희미하게 웃으며 대답했다. 차는 빠른 속도로 클래번 공작저의 정원을, 그리고 저택 밖의 긴 플라타너스 길을, 서던의 시내를 달렸다.

"잘하고 오십시오."

"응원 고마워요."

그리고 마침내 도착한 서던 대학교 입구 앞. 차에서 내린 엘레노어가 심호흡을 한 번 한 후, 학교 이름을 써 놓은 장식물을 지나쳤다. 시험 때문인지, 교정은 사람들로 북적거리고 있었다.

'당신이라면 잘할 테니, 너무 긴장하지 않아도 됩니다.'

심장은 여전히 긴장으로 두방망이질 치고 있었으나, 어쩐지 자신감이 생겼다. 누구보다 그간 엘레노어가 해 왔던 노력을 아는 사람이 잘할 수 있을 거라고 했으니까.

엘레노어는 로건의 응원을 떠올리며 마음을 다잡았다. 그리고 많은 사람 사이, 천천히 걸음을 뗐다. 부드러운 봄바람이 응원하듯 그 곁을 따라 걸었다. 그리고 '서던 대학교 입학 시험장'이라고 쓴 안내문을 지나쳐 건물 안으로 빨려 들듯 사라졌다.

* * *

올리비아의 시선이 하염없이 창밖만 내다보는 제 오라비를 향했다. 정신 사납게 왔다 갔다 하는 건 아닌데, 어쩐지 우두커니 서서 밖을 내다보고 있는 게 더 신경이 쓰였다. 의도한 바는 아니겠지만, 로건이 넓은 등판을 자랑하며 창문 너머의 시야를 모두 가리고 있어서였다.

"로건."

결국 참지 못한 올리비아가 로건을 불렀다.

"로건!"

두 번이나 신경질적인 목소리로 부르고 나서야 로건이 올리비아의 부름을 듣고 몸을 반쯤 틀었다.

"로건이 다 가리고 있어서 밖이 안 보여."

아. 로건이 말없이 창문에서 조금 비켜섰다. 올리비아가 그림을 그릴 때 가장 애용하는 장소였으므로, 지금 상황에서 로건이 이 저택의 주인이라는 점은 조금도 중요하지 않았다. 그는 그저 풍경 감상을 어렵게 하는, 하나의 방해물 같은 존재였다.

"왜 그렇게 밖을 보는 거야?"

마구잡이로 칠하던 그림을 내팽개친 올리비아가 종종걸음으로 다가와 로건의 옆에 섰다. 평소와 같은 클래번 공작저의 정원이 내려다보였다.

"똑같은데."

모든 건 똑같은데, 로건만 이상하다. 올리비아는 그렇게 말하고 싶은 듯, 로건을 물끄러미 응시했다. 내내 불안해 어쩔 줄 모르는 것처럼 자리에도 앉지 못했던 자신을 인지한 로건이 허탈하게 웃었다.

"왜 웃어?"

올리비아가 로건의 허리를 스스럼없이 껴안으며 물었다. 로건은 익숙하지 않은 체온의 접촉을 꺼리는 사내였으나, 이제 제 반 토막보다 조금 커진 어린 동생에게는 관대했다.

"엘레노어가 보고 싶어서."

"……"

"잘하고 있나 걱정도 되고."

로건의 솔직한 대답에 올리비아가 작은 입을 헤 벌린 채 굳었다. 제가 들은 말이 믿기지 않는다는 얼굴이었다.

"로건."

한참이나 멍한 얼굴로 눈만 깜빡이던 올리비아가 로건의 이름을 불렀다. 로건은 대답 대신, 청소년기에 이른 지금도 어린아이의 흔적이 남은 올리비아의 얼굴을 눈으로 더듬었다. 올리비아는 성장할수록 아버지인 저스틴을 닮아 갔다.

"엘리 좋아해?"

아버지를 닮은 올리비아가 직설적으로 질문했다. 로건은 아버지에게 질문을 받은 것처럼 움찔했다가, 제 감정을 어린애에게 털어놓아도 좋을지 잠시 고민했다.

"엘리랑 결혼할 거야?"

"그래. 엘레노어와 결혼할 거야."

 그러나 바로 다음 질문에는 굳이 대답을 망설이지 않았다. 엘레노어는 마음을 주겠다 하지는 않았어도, 3년이 지난 뒤에는 함께할 기회를 주겠노라 하였으니까. 올리비아는 이제 벌어진 입만큼이나 눈을 크게 뜨고 있었다.

"그럼 어셔는? 엘리는 어셔랑 결혼한다고 했는데……."

 그러다 내놓은 질문은 어셔였다. 로건은 올리비아의 반질반질한 머리통 위에 손을 얹은 채, 부드럽게 쓰다듬었다.

"어셔는 엘레노어랑 결혼할 수 없어."

 왜? 의문을 담은 올리비아의 눈동자가 로건을 응시했다.

'흰색 크로커스를 사 오셨어요.'

 문득 로건은 엘레노어의 하녀인 로지의 목소리를 떠올렸다. 엘레노어는 그 전날에는 꽃말 사전을, 그리고 어제는 흰색 크로커스를 사 왔다고 했다. 그 말을 들은 로건은 흰색 크로커스의 꽃말을 찾아보았다.

[당신을 기다립니다.]

 그 짧은 문장에서 로건은 여전히 어셔를 기다리겠다는 엘레노어의 마음을 읽을 수 있었다. 그리고 그건 로건에게 의식적으로 세우는 장벽과도 같았다.

"어셔는 이제 세상에 없어서."

하지만 이미 죽은 어셔가 죽음의 강을 건너 다시 살아 돌아올 수는 없는 법이었다.

그러나 로건은 엘레노어에게 헛된 일이라고 말하지 않았다. 무의미한 자극으로 엘레노어를 슬프게 하고 싶지 않았다. 자연스러운 수용을 기다릴 따름이었다.

"아버지처럼 다시 돌아올 수 없는 곳으로 멀리 떠났어."

로건이 낮은 목소리로 설명했다. 올리비아는 아버지의 얘기를 꺼내고서야 이해한 듯 고개를 주억였다. 그러고는 무언가를 생각하며 눈을 굴리기 시작했다.

"그럼, 그러면 로건."

"……."

"올리브, 엘리랑 가족이 되는 거야?"

로건이 고개를 끄덕여 긍정의 대답을 내어놓았다. 작은 손으로 입을 틀어막은 올리비아가 꺄악 소리를 질렀다. 발을 동동 구르며 로건의 옆을 뛰어다니던 올리비아가 눈을 반짝이며 고개를 돌렸다.

"엘리는 언제 와?"

"글쎄. 시험이 끝나면."

"데리러 가면 안 돼?"

올리비아가 다시 로건에게 달려와 셔츠의 허리 부근을 붙잡고 물었다.

"안……."

"엘리 데리고 들어오자. 응?"

로건은 아양 부리는 제 동생에게 시선을 두고 생각했다. 올리비아를 대책 없이 혼자 내보내는 것도 아니고, 엘레노어에게 기다리고 있다고 부담을 주는 것도 아니라면 괜찮지 않을까.

"그래."

잠깐의 망설임을 끝낸 로건이 순순한 대답을 내놓았다. 올리비아가 행복해 어쩔 줄 모르는 얼굴로 방으로 잽싸게 튀어갔다. 로건도 같은 자리에서 서성거리는 대신, 제 드레스 룸으로 향했다.

그리고 약 30분 뒤, 하녀들의 손길로 예쁘장하게 치장한 올리비아가 거실에 모습을 드러냈다. 재킷을 접어 팔에 걸친 로건이 올리비아에게 손을 내밀자, 올리비아가 후다닥 달려와 그 손을 붙잡았다.

"엘리 시험은 언제 끝나?"

"이제 끝날 때쯤 되지 않았을까."

로건도 시험이 끝나는 시간은 정확히 알지 못했다. 너무 꼬치꼬치 캐물으면 엘레노어가 부담스러워할 것 같아서였다. 다만 한 과목마다 대충 한 시간이라고 치면, 서던 대학교 앞에 도착했을 때쯤에는 엘레노어의 시험도 끝나 있을 것 같았다.

"그럼 얼른 가자!"

올리비아가 로건의 손을 붙잡고 채근했다. 로건이 못 이긴 척 발을 뗐다. 미리 명령을 듣고 대기하고 있던 운전수가 웃으며 차의 문을 열었다.

* * *

　시험이 끝났다. 약 일곱 개의 과목에 응시해야 했던 터라, 오전
에 시작한 시험은 점심까지 거르고 오후 5시에 이르러서야 끝이
났다.

　엘레노어는 서둘러 건물을 빠져나가는 사람들 사이에 섞여 밖
으로 나와, 노을이 지기 시작하는 하늘을 올려다보았다. 춥다는
느낌조차 들지 않을 정도로 따뜻해진 날씨였다.

　"날씨가 좋네……."

　올리비아, 그리고 어셔와 함께 서던 대학교에 방문했던 때도 이
런 날씨였다. 따뜻하고, 평화롭고, 다채로운 색조로 세상이 반짝
였다. 함께 있던 사람 덕분이었는지, 그저 추억의 아름다움이 만
들어 낸 보정이었는지는 알 수 없는 일이었지만.

　과거의 기억을 떠올린 엘레노어가 멈추었던 걸음을 다시 뗐다.
발이 향한 곳은, 어셔와 함께 방문한 적 있었던 대학 도서관이었다.
다행히 아직 문을 닫지 않은 도서관 안쪽에는 불이 켜져 있었고,
외부인의 출입도 가능했다. 엘레노어는 묵직한 문을 열고, 안쪽으
로 들어섰다.

　조용한 실내에는 책을 읽는 학생, 사서, 그리고 엘레노어를 포
함해 시험을 보고 난 후 도서관에 방문해 본 손님 몇이 있었다.
엘레노어는 그 모든 광경을 부드럽게 지나쳐, 지난번에 책을 꺼내
어 보았던 서가 근처에 섰다.

　노을빛이 은은하게 기울어진 서가와 서가 사이는 비어 있었다.

"이쯤이었던 것 같은데."

엘레노어가 작게 중얼거리며 자리에 멈추어 섰다. 과거에 흥미를 보이고 꺼내어 봤던 책이 바로 눈앞에 있었다. 엘레노어는 떨리는 손가락 끝을 이용해, 책의 모서리를 잡고 천천히 끄집어냈다.

"……."

한때 햇빛과 함께 화사하게 드러났던 어셔의 얼굴은 없었다. 그저 반대편 공간을 막고 있는 책의 존재만이 거기 있었다. 엘레노어가 허탈한 얼굴로 뒤편의 서가에 등을 기대고 섰다.

알고 있었다. 어셔가 없다는 건, 이미 알고 있었는데.

그런데 왜 이렇게 마음이 허전할까. 엘레노어는 어쩐지 뜨끈거리며 달아오르는 눈가를 손바닥으로 꾹 눌렀다. 그리고 제법 시간이 흐른 다음에야 손을 떼어 냈다. 눈물의 흔적은 없었다.

울지 않기로 했다. 앞으로도 이런 날이 더 있을 텐데. 그때마다 울음을 터뜨릴 수는 없으니까.

엘레노어가 조용히 걸음을 옮겨 도서관을 빠져나왔다. 어깨를 내리누르던 적막은 흔적도 없이 사라지고, 살랑거리는 봄바람이 교정을 휘돌며 시야를 자극했다.

"엘리!"

그 사이로, 올리비아와 로건이 모습을 드러냈다. 잡고 있던 로건의 손을 팽개친 올리비아가 단번에 잔디밭을 달려 엘레노어의 품으로 안겨들었다.

"올리비아, 여기까지 왜 왔어."

올리비아의 무게에 속절없이 몇 걸음 물러났던 엘레노어가 올리비아에게 물었다.

"엘리가 보고 싶어서!"

올리비아는 제 감정을 숨기지 않고 드러냈다. 엘레노어는 사랑스러운 소녀의 머리통을 쓰다듬으며, 천천히 제게 다가오는 로건에게 시선을 두었다.

"다들 학교를 나서는데 당신이 보이질 않아서."

어째서 여기까지 왔을까, 하는 엘레노어의 궁금증을 안다는 듯, 로건이 먼저 변명했다.

"잠시 도서관에 들렀어요."

엘레노어가 뒤편의 도서관 건물을 손가락으로 가리키며 이야기했다.

"예전에 올리브랑 같이 갔던 데?"

"응. 올리비아, 그리고 어셔랑 같이 갔던 곳."

엘레노어가 올리비아의 잔머리를 귀 뒤로 넘겨 주며 상냥하게 대답했다. 그러나 저도 모르게 꺼낸 이야기에 어셔의 이름이 담겨 있었음을 뒤늦게 눈치챈 엘레노어가 슬그머니 로건의 눈치를 살폈다. 어셔의 이름이 세상에 드러나면 안 되는 것은 아니지만, 로건에게게만은 신경이 쓰였다.

이제는 그의 마음을 아니까. 알면서도 일부러 어셔의 이름을 꺼내어 그를 자극할 생각은 없었다.

"시험은 잘 봤습니까?"

로건은 평소와 같은 얼굴이었다. 죄책감을 느끼거나, 정도 이상으로 불쾌하거나 슬퍼하지도 않았다. 그저 엘레노어의 시험이 어땠는지를 질문하며 자연스럽게 화제를 바꾸었다.

엘레노어는 조용히 고개를 끄덕였다. 결과야 아직은 모르지만, 느낌이 나쁘지 않았다. 소피아의 뒤를 이어 서던 대학교의 여성 학부생이 될 수 있으리라는 생각이 들었다.

"당신이라면 할 수 있을 거라고 했잖아요."

"……."

"곧 좋은 소식이 있을 겁니다."

로건의 응원에 엘레노어가 의식적인 미소를 띤 채 고개를 끄덕였다. 심적인 부담감과는 별개로 그의 응원은 고마웠다. 나이 차이로만 따지자면 아저씨라 하기는 우습지만, 엘레노어에게 로건은 『키다리 아저씨』* 같은 면이 있었으므로.

"배고플 것 같은데, 올리비아와 같이 밖에서 식사하고 들어가죠."

엘레노어는 순순히 로건의 제안을 받아들였다. 엘레노어의 손을 잡은 올리비아는 대학교를 나서는 동안 쉴 새 없이 종알거리고, 엘레노어는 간간이 대답해 주었다.

로건은 마치 모녀처럼 친밀한 둘의 모습을 몇 걸음 떨어진 거리에서 지켜보기만 했다. 엘레노어에게 솔직한 마음을 고백하고 3년 이후의 약속을 받아 내긴 했지만, 그에게 허락된 것은 딱 거기까지였다.

---

* 1912년에 출간된, 미국 여류 작가 웹스터의 아동 문학 작품. 한 고아 소녀가 4년의 대학 생활 동안 이름도 모르는 후원자 평의원에게 보내는 편지 형식으로 이루어져 있다.

그의 마음을 엘레노어에게 강요할 수 없다는 것은, 표면적인 말 이외에도 다른 뜻을 가지고 있었다. 엘레노어가 불편할 만큼, 솔직하게 모든 것을 드러내어 평화를 깨뜨리는 일 역시 용인할 수 없다는 뜻이었다.

솔직히 제한된 조건이 편안하지는 않았다. 그러나 로건은 남은 시간은 저의 편이라 믿었다. 그러므로 간혹 초조하고 불안한 마음이 들더라도, 그의 뜻대로 될 것이라 믿어 의심치 않았다.

* * *

엘레노어와 로건, 그리고 올리비아까지 세 사람은 서던 역 근처의 레스토랑으로 향했다.

"저기, 지난번에 갔던 곳이야!"

차를 타고 이동하는 내내, 올리비아는 아는 가게가 나타날 때마다 손가락으로 짚고 흥분해서 외쳤다.

"올리비아 기억력이 좋네."

엘레노어의 칭찬에 올리비아가 히죽 웃었다.

"올리비아가 길머리가 좋은가 봐요. 잠깐 지나쳤던 곳도 기억하고 있고."

엘레노어가 중얼거리듯 로건에게 말했다. 로건의 시선이 자연스레 엘레노어가 있는 방향으로 움직였다.

"그리고 보면 올리비아도 벌써 열세 살이고……."

혼자 올리비아의 나이를 곱씹던 엘레노어가 슬그머니 로건이 앉은 방향으로 고개를 돌렸다. 엘레노어를 계속 응시하고 있던 로건과 시선이 정면으로 마주쳤다.

"각하."

"말해요."

"올리비아를 데리고 종종 외출해도 될까요?"

로건은 언제나 올리비아의 교육에 협조적이었다. 제 동생이 세상과 분리된 채 갇혀 살기만을 바라지도 않았다. 그러니 이것도 허락해 주지 않을까?

"위험한 일은 없을 거예요. 제가 항상 지켜보고 있을 거고요."

그러나 혹여나 하는 불안감이 입을 움직이게 했다. 서둘러 변명하는 엘레노어를 보던 로건이 짧게 웃었다.

"당신이 올리비아에게 해가 될 일을 할 리가 없다는 건 이미 알고 있습니다."

"……."

"원하는 대로 해요. 필요할 때 맨더튼 씨를 불러 이동하도록 하고."

클래번 공작저에서 서던 시내까지 움직이는 거리는 그리 짧지 않았다. 차를 타고도 30분 이상은 나가야 하는 거리이니, 걸어서는 한참이었다. 그러니 로건은 운전수를 대동하는 건 당연한 일이라고 생각했다.

"그렇게 할게요."

만일 부담스러워하며 싫다고 하면, 외출도 안 된다고 말하려던 찰나였다. 로건의 생각을 눈치챈 사람처럼 엘레노어가 즉답했다.

"올리비아와 외출해서 하고 싶은 일이 있습니까?"

차가 멈추어 섰다. 로건은 운전수가 열어 주는 문 너머로 발을 넘기며 엘레노어에게 질문했다. 가운데 있던 올리비아가 로건의 손을 잡고 차에서 내리고, 그다음으로 엘레노어가 로건의 손을 잡았다.

"이곳에서 길을 잃지 않게 해 줘야죠."

둘 다 장갑을 끼고 있어 손바닥 너머로 닿는 체온은 미지근했다. 특별히 설레는 접촉은 아니었다. 엘레노어가 눈을 휘며 웃지만 않았더라면 그랬을 터였다.

로건이 잠시 말문이 막힌 얼굴로 엘레노어를 내려다보았다. 저도 모르게 당기는 행동을 멈추는 바람에, 엘레노어가 기우뚱하며 그의 품 안으로 기울어졌다. 로건이 그제야 당황해 두 손으로 엘레노어의 어깨를 붙잡았다.

"각하께서도 이런 실수를 하시네요."

엘레노어가 작게 웃으며 기울어진 몸을 바로 세웠다. 엘레노어의 부드러운 몸에 닿았던 손은 금세 떨어졌으나, 로건이 허공에서 손을 움직이는 건 조금 더 이후의 일이었다.

늘 칼 같은 로건이 마치 고장 난 기계가 된 것 같았다. 올리비아는 언젠가 어셔와 엘레노어 사이에서 그랬던 것처럼 고개를 갸웃했다. 세상에는 아직 올리비아처럼 어린아이가 이해하기는 어려운 일이 많았다.

"제가 없고, 각하가 없더라도."

"……."

"올리비아가 길을 잃으면 안 되니까요."

엘레노어가 그렇게 이야기하고 로건을 지나쳐 올리비아에게 손을 뻗었다. 엘레노어의 말은 단순히 지리적인 것뿐만이 아니라, 심리적인 것까지도 의미하고 있었다. 평생 그의 울타리 안에서 안온하게 살게 하겠다고 마음먹은 로건과는 달리, 엘레노어는 올리비아의 심리적인 독립까지도 생각하고 있었다.

그렇지 않으면 올리비아는 영원히 자라지 않는 어린이가 될 테니까. 그리고 자라지 않는 어린이는 슬프게도 피터팬처럼 홀로 남을 뿐이다.

"종종 엘레노어 님이 올리비아 아가씨의 어머니 같다는 생각이 듭니다. 두 분은 좋은 가족이 되실 거예요."

운전수 애쉬 맨더튼이 로건의 옆에서 속삭이듯 말했다. 로건도 그 말에 동의했다. 종종 올리비아가 어미 같지도 않은 어미인 신디의 태에서 태어난 것은 엘레노어를 만나기 위해서라는 생각이 들었으니까.

"로건!"

앞서 걷던 올리비아가 뒤를 돌아보며 로건을 불렀다. 엘레노어도 로건을 돌아보았다.

붉게 물든 노을이 지는 데도 찬란했다. 오로지 엘레노어, 그 찬란한 여자가 이 거리에 있기에.

"빨리 와!"

그러니 부나방처럼 보이더라도 그는 이 사랑에 몸을 던지지 않을 수 없었다.

로건이 한 걸음을 뗐다. 막 뗀 걸음은 조금씩 빨라지다가, 어느 순간에는 반쯤 뛰고 있었다.

* * *

시간은 빠르게 흘렀다.

늦봄에 시험을 치렀던 엘레노어는 초여름에 시험 합격 통지를 받았고, 교수들과 면접을 보았다. 그리고 면접 결과가 나오기 전까지는 올리비아의 교육과 재단 일에만 몰두했다. 특히, 새로운 시설에 지원할 아동과 그들을 도울 선생을 찾는 데에 집중하고 있었다.

그리고 마침내 올리비아가 서던 역 근처의 대로변에서도 울먹거리지 않고 길을 찾을 수 있게 된 늦여름, 엘레노어는 서던 대학교에 합격했다.

"거봐요. 제가 붙을 거라고 했잖아요!"

소피아는 마치 자기의 일처럼 기뻐하며 엘레노어를 꼭 끌어안아 주었다. 엘레노어도 소피아의 품에 안긴 채 하염없이 웃고 있었다.

"소피아, 그만."

보다 못한 제프리가 어색하게 웃으며 소피아의 팔을 잡아끌었다. 소피아는 엘레노어를 무척 격 없이 대했지만, 엘레노어는 그의 상사의 약혼자였다. 제프리에게는 늘 조심해야 할 대상이기도 했다. 소피아는 남편의 만류가 있고서야 엘레노어에게서 떨어졌다.

"소피아가 많이 도와준 덕분이에요."

"제가 한 게 뭐 있나요. 다 알아서 하셨잖아요."

소피아가 키득거리며 쾌활하게 대답했다. 젠트리 가문의 일원이라서일까, 소피아는 귀족의 예법에 익숙했지만, 그들보다는 자유로운 생활 습관을 자주 보였다. 그리고 엘레노어는 그런 소피아를 동경했다. 아버지에게 벗어나고서도, 엘레노어는 여전히 스스로를 심리적으로 옭아매는 틀이 많았다.

"일단 식사부터 해요."

제프리와 소피아를 저녁 식사에 초대한 건 로건이었다. 제프리는 늘 로건을 물심양면으로 도왔고, 소피아 역시 엘레노어의 일을 성심성의껏 도왔다. 게다가 엘레노어가 대학교에 합격하기까지 했으니, 로건은 그들에게 감사를 표해야 할 의무가 있었다.

"그 영감은 아직도 그러는 모양이네요."

그리고 식사 자리는 유쾌했다. 엘레노어도 마음 한구석에서 계속 신경 쓰고 있던 큰일이 하나 해결된 탓인지 내내 웃고 있었고, 소피아는 분위기를 유쾌하게 이끌어 갔다.

"처음으로 면접 볼 때도 웃기는 사람이었거든요. 여기 왜 왔냐느니, 애는 없냐느니."

아주 불쾌하기 짝이 없는 질문이었다고. 소피아가 면접관이었던 교수 한 명을 지목하고 인상을 구겼다.

"그가 당신에게도 그랬습니까?"

그 순간, 로건이 옆자리에 앉은 엘레노어에게 시선을 두며 질문했다. 와인을 한 모금 넘기던 엘레노어가 어색하게 웃었다. 긍정의 대답이었다. 사실, 서던 대학교에서 여성 학생을 받기 시작한 건 10년 남짓 된 일이며, 그나마도 매년 손으로 꼽을 수 있는 숫자인 것을 생각하면 자연스러운 일이었다.

부당한 일이라 하여도, 변화까지는 제법 시간이 걸리는 법이니까. 로건은 그렇게 생각하면서도 어쩐지 입이 썼다. 그가 엘레노어에게 모든 것을 다 해 주고 싶어도, 어쩔 수 없는 것들이 돌부리처럼 튀어나오는 순간마다 그랬다.

"너무 속상해하지 마세요, 각하."

그 모습을 지켜보던 소피아가 웃으며 로건에게 말을 걸었다.

"각하께서 매년 서던 대학교에 기부하는 금액이 얼마인지 알고 계세요?"

소피아의 질문에 로건이 미간을 조금 찌푸린 채 생각에 잠겼다. 정확한 금액은 기억이 나지 않는 모양이었다. 그도 그럴법했다. 로건이 해마다 개인적으로 기부하는 금액 이외에도 재단에 포함되는 장학금이 있기 때문이었다. 게다가 그의 기부는 돈과 책 등 유무형의 존재를 포함하고 있었다.

"서던 대학교는 각하와 클래번 재단의 기부에 무척 의지하고 있답니다."

재학생이었던 소피아는 누구보다 그 사실을 잘 알았다. 자신 역시 로건의 기부로 장학금을 받은 적이 있기 때문이었다.

"조언 고맙습니다, 앤더슨 부인."

로건은 잊고 있던 사실을 깨우쳐 주어서 고맙다고 인사했다. 소피아는 대단한 일도 아니라는 듯 손사래를 쳤다. 그저 엘레노어가 부럽다며 의미심장한 눈빛을 보내 남편인 제프리를 속상하게 했을 따름이었다.

그렇게 저녁 식사는 유쾌하게 끝났다. 소피아는 취기가 돌았는지 얼굴에 홍조를 띤 채 제프리와 함께 클래번 공작저를 떠났다.

"당신도 취한 것 같은데, 엘레노어."

한참이나 소피아와 제프리가 떠난 자리를 지켜보던 엘레노어가 고개를 돌렸다. 소피아만큼은 아니지만, 엘레노어의 두 볼도 발그레 물이 들어 있었다.

"조금 그러네요."

엘레노어가 순순히 인정했다. 로건이 손을 들어 엘레노어의 볼에 가져다 댔다. 커다랗고 시원한 손에 닿은 말랑하고 부드러운 엘레노어의 볼은 보통 체온보다 따끈했다.

"각하의 손은 무척 시원해요."

"원래 손이 찬 편입니다."

로건이 완전히 덮어서 가린 볼을 손가락 끝으로 조금 훑었다. 기분 좋게 눈을 감고 있던 엘레노어가 반사적으로 몸을 움찔 떨며 눈을 떴다.

눈이 마주쳤다. 잔잔한 호수처럼 무던한 눈동자에 기이한 열기가 돌고 있었다. 그가 붙잡은 것도 아닌데도 엘레노어는 손에서 벗어나지 못한 채, 눈도 깜빡이지 못했다. 여름의 더운 바람이 불어와 옷깃을 흔들지만 않았어도 시간이 멈추었다고 생각했을 것이다.

"……."

로건의 목울대가 한 번 오르내렸다. 엘레노어가 저도 모르게 입술을 달싹인 순간이었다. 로건의 얼굴이 홀린 듯이 아래로, 엘레노어에게로 조금 기울어졌다. 엘레노어는 점차 가까워지는 그의 얼굴을 망연히 응시했다. 그냥 모든 것이 비현실적이어서 그랬다. 엘레노어의 눈꺼풀이 금방이라도 감길 듯, 속눈썹이 파르르 몸을 떨었다.

그러나 그 순간, 저택 내의 괘종시계가 큰 소리로 울었다. 저택 안에서 진동하는 소리에 정신을 차린 엘레노어가 파드득 로건에게서 물러났다.

"……엘레노어."

로건이 작게 엘레노어의 이름을 불렀다. 엘레노어는 흔들리는 눈동자로 로건을 올려다보았다.

"약속, 약속하셨잖아요."

그리고 원망하듯 이야기했다. 3년, 기다려 주기로 약속했으면서. 제 마음을 강요하지 않기로 했으면서 어째서.

물론 그의 약속에 제 마음을 표현하지 않는다는 것은 없었지만, 엘레노어는 저 좋을 대로 해석을 내어놓으며 로건을 탓했다.

"미안합니다."

로건이 입술을 달싹이며 엘레노어를 바라보다가 조용히 사과의 말을 뱉었다. 엘레노어는 그의 사과를 받아들이는 대신, 서둘러 몸을 돌리고 제 침실로 달렸다.

쾅, 소리가 날 정도로 크게 침실 문을 닫은 엘레노어는 미끄러지듯 바닥에 주저앉았다. 힘없는 몸은 두꺼운 문짝에 기대어 있었다.

'미안합니다.'

로건의 잘못이 아니란 건 안다. 하지만 그를 원망하는 것만이 그 순간 엘레노어가 할 수 있는 최선이었다.

"……아."

사과하던 로건의 목소리를 떠올린 엘레노어가 작게 탄식하며 두 손에 얼굴을 묻었다. 괜찮다고 말할 수 없었다. 그가 내뱉은 말을 지키지 않았기 때문에. 3년이 되기 전까지는 어셔를 향한 마음을 간직해도 괜찮다고 해 놓고서, 흔들려고 했기 때문에.

그래서 자신도 모르게 로건의 애정 표현에 반응할 뻔했을 뿐이다. 로건이 갑작스레 선을 넘지만 않았다면 그런 일은 생기지 않았을 것이다. 자신이 이렇게 빨리 어셔를 저버렸을 리 없다.

"그랬을 리 없어."

엘레노어가 스스로를 세뇌하듯 중얼거렸다. 손바닥에서 얼굴을 떼고 뒤통수를 문에 기댄 엘레노어의 시선이 테라스로 향하는 통창에 멈추었다. 별이 쏟아지고 있었다. 제게로 하염없이 쏟아지는, 그러나 도달할 곳이 없어 그저 주변에 흐드러지기만 하는 로건의 마음처럼.

엘레노어는 그 사실을 외면하듯 침대 옆 화병에 꽂힌 달맞이꽃에 시선을 고정했다.

* * *

그 밤의 일을 비밀로 하는 것은 둘 사이의 불문율이 되었다. 엘레노어는 술에 취해 어떤 것도 기억이 나지 않는 것처럼 굴었고, 로건 역시 굳이 화젯거리로 만들지 않았다. 입 밖으로 내지만 않으면 유지될 평화였다. 그걸 굳이 깨뜨릴 이유가 없었다. 그러니 엘레노어와 로건은 정규 학기가 시작한 이후로도 그날의 일에 대해서는 입도 벙긋하지 않았다.

"오늘 오후에 어셔의 묘지에 다녀오려고 해요."

식사가 막 끝났을 때였다. 묻은 것도 없는 말끔한 입가를 눌러 닦던 로건의 손이 멈칫했다. 어셔라는 이름은 그에게 늘 정지선을 의미하고 있었으니까.

"그래요."

그러나 그렇다고 해서 로건이 엘레노어의 선택을 옭아맬 자유는 없었다. 그건 그들의 약속이었으며, 로건은 엘레노어가 마음을 스스로 정리하기를 바랐다. 그러므로 그는 순순히 허락의 대답을 내어놓았다.

"혼자 가고 싶은 것일 테니, 편히 다녀와요."

탓하는 말은 아니었다. 그러나 그 말에 아무런 죄책감도 느끼지 않을 수는 없었다.

"각하."

"난 식사가 끝나서, 먼저 일어나 보겠습니다."

엘레노어가 무어라 말을 붙이려던 찰나, 로건이 엘레노어의 말을 자르고 자리에서 먼저 일어났다.

"날씨가 추우니 옷 따뜻하게 입고 다녀와요."

로건은 마지막으로 그렇게 말한 채 엘레노어를 지나쳤다. 마음

한구석이 계속 따끔거렸다. 말아 쥔 두 손을 허벅지 위에 올려놓고 생각에 잠겨 있던 엘레노어가 자리에서 일어섰다. 로건이 먼저 자리를 비운 이후로는 손대지 않은 접시를 보고서도 입맛이 돌지 않았다.

"벌써 식사를 끝내셨어요?"

침실로 돌아오자, 방을 정리 중이던 로지가 놀란 얼굴로 엘레노어를 돌아보며 물었다.

"식욕이 없네요."

"지난밤에 갑자기 와인을 드셔서 숙취가 온 건 아닐까요? 꿀을 탄 물이라도 좀 드셔 보시겠어요?"

로지가 잽싸게 꿀물을 권했다. 엘레노어는 어색하게 웃으며 고개를 저었다.

"몸은 괜찮아요."

"괜찮으시다면 다행이지만……."

"오후엔 잠시 외출할 거예요. 각하께서도 알고 계시니 찾지는 않을 테지만, 혹시 찾으시거든 그렇게 이야기해 줘요."

엘레노어의 부탁에 로지가 고개를 끄덕였다. 로지에게는 하던 침실 정리를 마저 부탁한 엘레노어는 간단한 치장을 마친 채 저택을 나섰다.

"도착했습니다, 아가씨."

매번 로건의 호의로 운전수를 대동하고 움직이다가 마차로, 발로 이동하려니 다소 번거롭게 느껴지긴 했다.

그러나 어셔의 묘지로 가는 길에 운전수를 대동할 수는 없는 일이었다. 사실 로건은 신경 쓰지 않겠지만, 표면상으로 엘레노어는 로건의 약혼자였으니까. 어셔의 묘지로 데려다 달라고 하면, 무슨 소문이 돌지 모를 일이었다. 클래번 공작저의 사용인들 대다수는 엘레노어가 어셔와 연인이었다는 사실을 알고 있으니까.

마차에서 내린 엘레노어는 익숙한 길을 거쳐 어셔의 묘지에 이르렀다.

"어셔."

날씨는 좋지 않았지만, 그리 나쁘지도 않았다. 다만, 눈이 오려는지, 공기에 약간의 습기가 섞여 있었다.

"나 왔어요."

엘레노어는 옷에 먼지가 묻는 것도 고려치 않고 무릎을 꿇은 채, 납작한 비석 위를 손으로 쓸었다. 아주 소중한 것을 대하듯 부드럽고 다정다감한 손길이었다. 그 손짓에 먼지가 쓸려 나가며, 어셔의 이름과 생년월일, 그리고 사망한 날짜가 선명히 모습을 드러냈다.

"벌써 겨울이네요. 우리 약속도 이제 반년 정도밖에 남지 않았어요."

그러나 그의 사망일은 거짓이었다. 시신은 발견된 적조차 없으므로. 엘레노어는 조심스럽게 그의 사망일을 손으로 덮어 가렸다.

"난 잘 지내고 있어요. 서던 대학교에 합격해서 다니고 있고, 클래번 재단 일도 그럭저럭 잘 흘러가고 있고요."

엘레노어가 조용히 자신의 소식과 클래번 공작저 사람들의 안부를 속삭였다. 가만가만 불어온 바람이 엘레노어의 머리통을 부드럽게 쓰다듬었다. 마치 잘하고 있다고 이야기하듯이.

"벌써 시간이 참 많이 흘렀네요."

벌써 어셔와 약속했던 기간 중, 반년 정도가 남았다. 어셔와의 행복했던 시간도, 어셔의 전사 소식을 들은 후 죽을 것같이 괴로웠던 시간도 지났다. 이제는 그럭저럭 삶을 꾸리며 엘레노어 허드슨의 삶을 살아가고 있었다.

"나는 사실 아직도⋯⋯."

하지만 사실 여전히 그와 함께한 시간을 그리워했다. 그의 죽음을 믿고 싶지 않고, 받아들이고 싶지 않았다.

"당신이 그리워."

추억에 매몰된 것인지도 모른다. 엘레노어도 그 사실을 모르지 않았다. 하지만 꾸역꾸역 붙들고 늘어지는 것은 왜일까.

질문인 척했지만, 사실 답은 알고 있었다. 엘레노어 허드슨의 인생에서 가장 찬란했던 시간. 가장 아름다운 사랑을 했던 순간. 그 순간만을 생각하면 행복해지곤 했으니까. 어셔가 떠난 이후로는 그때처럼 가슴이 뛰는 일은 없었다.

"사실이 무엇이든 상관없어요."

엘레노어의 손이 다시 비석을 쓸었다. 마치 어셔의 얼굴을 쓰다듬듯, 조심스러운 손길이었다.

"나는 당신과 약속했으니까."

어차피 3년, 전쟁이 끝나고도 3년간 그가 돌아오지 않는다면.

"공작 각하와도 약속했고."

그때는 이 마음을 버리기로 했다. 그러니까 지금 자신이 하는 일이 어리석은 추억을 향한 매달림이라고 해도, 끝은 명확히 정해져 있었다.

"그러니까 나는 약속한 시간 동안은 당신을 기다릴 거야."

그러니 제인이 엘레노어에게 어셔를 잊을 것을, 완전히 놓아 버릴 것을 종용하더라도 흔들리지 않을 생각이었다. 그 기간만큼은 절대로. 게다가 로건은 한 번 약속한 것을 무르거나 번복할 정도의 사람은 되지 못하니까.

"다른 이들은 내가 이기적이라고 하겠지만……."

그래도 상관없었다. 애초에 로건의 마음을 완전히 받아들인 것도, 거부한 것도 아닌 상황에서는 그런 소릴 듣는다고 해도 이상할 게 없었으니까.

엘레노어가 뒷말을 삼키며 눈을 꾹 감았다. 다시 눈을 뜨고 바라본 세상은 여전히 고요했다. 어떠한 비극도, 슬픔도 없었던 것처럼.

"다음에 또 올게요."

하지만 당연한 일이었다. 개개인의 슬픔이 세상을 덮어 버리는 일은 있을 수 없는 일이니까.

"당신 생일에는 오지 못하겠지만."

엘레노어가 비석 위를 톡톡 두드렸다. 마치 어셔의 어깨를 다독이는 듯한 행동이었다.

"제인이 별로 좋아하지 않아서 어쩔 수 없어요. 요새 날 만날 때마다 당신을 완전히 잊고 살라는 충고만 하시기도 하고."

처음엔 분명 자신이 마음에 차지 않아 어쩔 줄 몰라 했었던 사람이었다. 엘레노어 역시 그 사실을 잘 알았다. 그러나 제인은 정작 어셔의 사망 통보를 받은 이후에는 엘레노어에게 늘 마음을 썼다.

"생일 전날이나, 생일 다음 날에 올게요."

그렇게 속삭인 엘레노어가 꿇고 있던 무릎을 펴고 자리에서 일어났다. 영 아쉬운 것처럼, 부드러운 바람이 엘레노어의 곁을 빙빙 돌며 머리를 흐트러뜨렸다.

엘레노어가 희미하게 웃는 얼굴로 등을 돌렸다. 그러나 앞으로 나아가지는 못했다.

"아……."

국화를 품에 안은 남자가 눈앞에 서 있었다. 엘레노어는 낯선 사내를 물끄러미 응시했다. 그가 걸음 한 방향이 어셔의 묘지라는 것을 눈치챘기 때문이었다.

"누구신가요?"

그러나 처음 보는 사람이었다. 어셔의 묘지를 찾는 사람이 한정적이라는 것을 생각하면 의아한 일이었다. 엘레노어의 질문에 남자가 동그랗게 뜬 두 눈을 깜빡였다. 그제야 엘레노어는 눈앞의 남자가 완전한 성인과는 조금 거리가 있다는 사실을 알아차렸다. 덩치도 크고, 목소리도 낮은 편이지만 어딘가 어수룩한 태도가 그랬다.

"저는 조나단 워슨입니다."

조나단 워슨? 엘레노어가 느리게 눈을 깜빡였다. 어디선가 들어본 듯도 한 이름이었으나, 낯익지도 않았다.

"지난 전쟁에 소년병으로 참전했었고요."

조나단이 마른침을 삼키며 우물우물 이야기했다. 엘레노어는 그의 정체에 대해 고민했다.

"또, 또……."

조나단이 망설이는 얼굴로 눈을 굴렸다. 엘레노어는 조나단이 똑바로 말을 꺼낼 때까지 닦달하지 않고 기다렸다.

"피츠먼 대위님께서 구해 주신 목숨이기도 합니다."

"어셔가 당신을 구해 주었다뇨?"

"대위님께선 저를 구하고……."

거기까지 말한 조나단이 눈을 질끈 감았다. 엘레노어는 구겨진 소년의 얼굴에서 숨겨진 비극의 이야기를 읽을 수 있었다.

바람이 불었다. 직전까지는 상냥하게 엘레노어를 감싸던 듯했던 바람에 스산한 기운이 섞여들었다. 엘레노어는 쉽사리 입을 열지 못했다.

"제가 그 자리에 없었더라면."

조나단이 울먹거리며 이야기했다. 엘레노어는 떨리기 시작하는 손을 맞잡았다. 그렇지 않고서는 소년의 앞에서 형편없는 꼴을 보일 것 같아서였다.

"……잠깐 자리를 옮겨서 얘기할 수 있을까요?"

엘레노어가 다소 서둘러 조나단의 말을 끊었다. 그러나 조나단은 불쾌한 기색 하나 없이 고개를 끄덕였다.

"꽃만 두고, 두고 갈게요."

예의를 갖추기 위함이었는지, 가진 것 중 가장 괜찮은 것들로만 갖춰 입고 나온 티가 났다. 엘레노어는 조나단이 꽃다발을 내려놓고, 잠시 묵념하는 모습까지를 지켜보다 돌아섰다.

사박사박, 발밑에 풀이 밟히는 소리만이 엘레노어와 조나단 사이에 맴도는 소리의 전부였다.

한참을 침묵 가운데 걷던 엘레노어와 조나단은 마침내 근처에 한적한 카페 하나를 찾아 들어섰다.

"커피 마실 줄 알아요?"

엘레노어의 질문에 조나단이 눈치를 보며 고개를 저었다. 제일 먼저 해야 했던 질문이었는데, 정신이 없어서 그것조차 깨닫지 못했다. 엘레노어가 뒤늦게 그 사실을 깨닫고 한 손으로 제 이마를 덮었다.

"미안해요. 제일 먼저 물어봤어야 하는데."

"아뇨, 괜찮습니다. 먹어 보면 되죠."

조나단이 서둘러 테이블 위에 놓인 커피 잔을 들어 올렸다. 그러곤 아직 뜨거운 커피를 한 모금 입에 머금었다가 놀라서 입가에서 잔을 뗐다. 덩치는 성인 남성만큼 큰데, 행동은 영 순진하기만 했다.

그럴 만했다. 그리고 전쟁에 소년병으로 지원했을 당시 열둘. 올리비아와 비슷한 나이였으니 로건과 어셔 모두에게 눈에 밟히는 아이였을 것이다.

"어셔의 이야기를 더 듣고 싶어요. 해 줄 수 있을까요?"

엘레노어가 조심스럽게 말을 꺼냈다. 뜨거운 혀를 식히려고 날름

거리던 조나단이 금세 어둑해진 얼굴로 눈을 내리깔았다.

"피츠먼 대위님은 생각보다 예민한 분이었어요."

그러곤 조용히 말을 꺼냈다.

"분명히 잘 숨길 수 있을 거라고 생각했는데, 그 많은 병사 사이에서 제가 어린애라는 걸 찾아내셨거든요."

엘레노어가 고개를 끄덕였다. 어셔는 늘 사람 좋은 척 웃기만 했지만, 그렇게 쉽기만 한 사내가 아니었다. 그가 내내 로건의 곁에 있었던 것은 단순히 친구였던 것 때문만은 아니었다.

"그리고 무척 친절한 분이었어요."

조나단의 거친 손가락 끝이 잔의 손잡이 부분을 의미 없이 쓸었다. 엘레노어의 열없는 시선 역시 거기에 고정한 채였다.

"어차피 혼자 돌아갈 수 있는 길이 아니라고, 상황이 좀 좋아질 것 같으니 곁에 두고 있다가 돌려보내 주시겠다고 하셨어요."

그렇게 말하고도 영 마음에 걸렸던 모양인지, 매일같이 조나단을 찾아왔다고 했다. 뭘 먹기는 하는지, 가족이 보고 싶다고 질질 짜지는 않는지, 누가 괴롭히지는 않는지, 누군가에게 끌려 전장으로 나오게 되지는 않는지.

"저를 제외한 모든 사람의 몸에 상처가 늘어도, 저는 늘 무사했어요."

"……."

"사실 집이 무척 가난해서, 저는 오히려 그 전장에서 살이 오를 정도였거든요."

조나단이 농담을 내뱉곤 짧게 웃었다. 진실로 기뻐 웃는 것은 아니었다. 엘레노어는 선량하기 그지없는 어셔의 이야기를 아득한 마음으로 하나하나 챙겨서 들었다.

조나단은 엘레노어가 알지 못하는 수없이 많은 일화가 모두 어셔의 덕분이라고 했다. 어셔 덕분에 살았고, 어셔 덕분에 건강해졌으며, 어셔 덕분에 꿈을 가지게 되었다고.

"하지만 저는 그분의 마지막을······."

조나단이 울먹거리며 말을 멈추었다. 엘레노어는 차마 말을 재촉하지 못했다. 어린 소년에게 트라우마가 되었을 기억이니까.

제 호기심을 채우고자 소년의 상처를 후벼 파선 안 된다. 그 사실을 알면서도 입술이 자꾸 달싹이려고 했다. 엘레노어가 의식적으로 입술을 꾹 깨물고 입을 닫았다.

"곧 종전이 될 거라고 했던 날이었어요."

그러나 조나단은 엘레노어의 생각보다 더욱 용감한 소년이었다. 조나단은 울먹임을 멈추곤, 무언가 단단히 결심한 얼굴로 말을 꺼냈다.

"연합군은 키엘레의 군인들과 음식을 나누어 먹고, 같이 게임을 했어요."

"······."

"모두가 신나 있었죠. 연합군의 사령관과 키엘레의 사령관이 만나 종전 선언문에 서명한다고 하는 얘기를 들었거든요."

엘레노어가 들었던 좋은 소식은 군인들에게는 더 큰 기쁨이었을 것이다. 목적이 있었던 주동자라면 몰라도, 전방에서 희생되는 졸병에 불과한 이들에게는. 그러니 기쁨은 국경이 없었겠지.

"그때 저는 피츠먼 대위님, 그리고 키엘레의 군인과 함께 있었어요. 일상적인 대화를 나누고 있었고, 곧 전쟁이 끝나면 집으로 돌아갈 수 있으리라는 생각에 들떠 있었죠."

조나단이 그때의 기억을 더듬으며 희미하게 미소 지었다.

"그때 저희가 있었던 건물로 전투기가 날아들었어요."

그러나 바로 다음 순간의 기억을 떠올린 조나단의 얼굴은 딱딱하게 굳어 있었다.

건물이 무너지고, 자신은 나가떨어져서 절뚝거리던 기억. 그리고 피에 젖은 채, 건물의 파편에 깔려 움직이지 못하던 어셔. 여린 손의 살이 찢기는 줄도 모르고 파편을 파고, 집어 던지다가 끝내 어셔의 끊어진 군번줄만 손에 쥔 채 엉엉 울던 자신.

"대위님께선 저보고 혼자선 할 수 없으니 다른 사람을 데려오라고 하셨어요."

믿음직한 모습이 아니라서 그런 줄로만 알았다. 어린애가 그 커다란 건물의 일부를 파헤치고 자신을 구할 수 있을 리가 없으니까.

하지만, 사실은 전투기가 폭발할 것을 눈치채고, 조나단까지 휘말리지 않도록 도망치게 한 것 같았다. 조나단은 그의 시체조차 찾지 못하게 된 때에 그의 생각을 짐작했다. 이미 죽어 버린 사람의 진짜 생각을 알 길이야 없겠지만.

"전, 저는……."

조나단이 소매로 거칠게 눈을 문질러 닦았다. 피부가 쓸린 탓인지, 그도 아니면 눈물 때문이었는지 조나단의 눈매는 시뻘겋게 달아올라 있었다.

"저 때문인 것만 같아서, 대위님의 묘지에도 찾아오지 못했어요."

어수룩한 자신이 근처에 있지 않았다면, 어서는 상대적으로 자유롭게 운신할 수 있지 않았을까? 그렇다면 조금 다치더라도 무사히 레던으로 돌아올 수 있지 않았을까?

그 생각만 하면 잠이 오지 않았다. 조나단이 얼굴 근육을 움찔거리며 안간힘을 다해 눈물을 참았다. 적어도 이 여자 앞에서 울면 안 된다는 사실만은 알 것 같아서였다.

"하지만 이젠 비겁하게 회피해선 안 된다는 사실을 알아요."

엘레노어가 원망해도 견딜 수 있다. 조나단은 마음을 굳게 먹은 얼굴로 엘레노어와 시선을 똑바로 마주쳤다. 엘레노어의 눈동자는 흐리게 가라앉아 있었다.

"내가 누구인 줄 알고 그렇게 자세히 이야기해요?"

엘레노어는 조나단을 비난하거나 탓하지 않았다. 그저 조용히 질문했다. 조나단이 희미하게 미소 지었다.

"엘레노어 님이시죠?"

엘레노어가 멈칫했다. 얼굴 한번 본 적이 없는 제 이름을 정확히 짚어 낸 소년이 놀라웠다.

"대위님이 항상 그러셨어요. 자기 연인은 화사한 금발에 흔치 않은 잿빛 눈동자를 가진 아가씨라고요."

조나단의 시선은 엘레노어의 회색 눈동자에 꽂혀 있었다. 조나단은 나지막한 목소리로 생전 어셔가 엘레노어에게 가졌던 마음을 강조했다.

"그래서 대위님의 묘지에서 엘레노어 님을 마주친 순간 바로 알았어요."

그의 사랑은 언제, 어디서든 변함이 없었노라고. 그리하여 그의 곁에 있던 사람 누구든 엘레노어를 모를 수가 없었다고.

"여태까지 시신조차 발견하지 못했다고 하니, 마지막 이야기만 은 엘레노어 님께 솔직하게 털어놓아야 할 것 같았어요."

그저 아직 어리고 정신이 없다는 이유로 울면서 회피하기만 했던 진실. 누구에게도 털어놓지 않았던 마지막 순간의 무력함. 사실 엘레노어가 들어야 할 말은 아니었다. 피츠먼 백작가의 사람들이 들어야 할 얘기였지. 제인의 말에 따르면 이제 엘레노어는 어셔와 '아무' 사이도 아니었으니까.

하지만 욕심을 부리고 싶었다.

"고마워요, 워슨 군."

"……."

"그리고 어셔의 죽음에 당신의 탓은 어떤 것도 없으니, 스스로를 원망하지 않았으면 해요."

제게도 상처일 기억을 되짚어 얘기해 준 소년에게 할 수 있는 말은 그게 전부였다. 어셔도 그러기를 바랐을 테니까.

"감사합니다."

조나단이 웃으며 고개를 끄덕였다. 그러곤 이제야 저도 마음의 짐을 조금 덜었노라고 고백했다. 엘레노어는 그에게 위로가 되어 다행이라고 생각하며, 떠나는 조나단과 반대의 길로 돌아서서 걷기 시작했다.

"비가 오네."

엘레노어가 하늘을 올려다보며 중얼거렸다. 저택을 나설 때까지만 해도 그럭저럭 괜찮았던 하늘이 아예 뭉개지기 시작했다. 그러고는 툭, 툭, 물방울을 던지다가 쏟아지기 시작했다. 엘레노어는 눈이 아니라, 칼날처럼 쏟아지는 빗속에 길을 잃은 아이처럼 망연히 섰다.

두 팔이 허벅지 옆에서 힘없이 늘어졌다. 손에 쥔 것도, 든 것도 없어 무거울 리가 없는데. 어쩐지 몸이 견딜 수 없이 무거웠다. 어디서 두들겨 맞은 것만 같았다.

'하지만 저는 그분의 마지막을…….'

아마 오늘 조나단을 만나서 어셔의 마지막과 관련된 이야기를 접했기 때문일 것이다. 그가 정말로 죽었을지도 모른다는 확신에 가까워졌기에.

"……하."

엘레노어는 터벅터벅 걸음을 옮기는 내내, 헛웃음처럼 울음을 토해 냈다. 어차피 비가 폭우처럼 쏟아져, 자신이 울고 있다는 사실을 알아채는 사람은 없을 테니까.

어셔 피츠먼, 주변인들이 모두 엘레노어가 누구인지 알 정도로 자랑하고 사랑했다던 사내. 그렇다면 당신은 어떻게 그렇게 사랑했다던 나를 두고 눈을 감을 수 있었을까?

어떻게, 외로이 떠날 수 있었을까…….

"어셔."

그저 그 이름을 불러 보았다. 마지막 순간에 끝없는 무저갱으로 외로이 떨어졌을 어셔를 안아 주고 싶어서.

하지만 그를 따라 죽을 만큼의 용기는 나지 않았다.

"겁쟁이."

비겁자 엘레노어 허드슨.

고작 그 정도의 마음으로 사랑을 운운한 자신이 싫었다. 엘레노어는 끝내 손에 얼굴을 묻고 흐느꼈다. 그렇듯, 엘레노어가 외면하던 순간에도 착실히 흘러간 시간은 첫사랑의 페이지를 결말로 넘기고 있었다.

* * *

"비가 많이 와."

창문에 찰싹 달라붙은 올리비아의 몸을 부드럽게 떼어 내며, 로건이 올리비아를 일별했다. 저택 내에 엘레노어가 없으니 꿩 대신 닭이라고 로건의 집무실에 찾아온 올리비아가 눈을 굴리며 머쓱한 얼굴로 뒤로 몇 걸음 물러났다.

"이제 숙녀라고 하지 않았니, 올리비아?"

로건의 질문에 올리비아가 고개를 주억였다. 처음 엘레노어를 만날 때는 8살에 불과했던 아이가 벌써 13살이었다. 그래서 엘레노어는 올리비아의 몸과 마음가짐에 특히 주의를 기울였다.

"올리브, 숙녀 맞아-요!"

"숙녀는 이렇게 창문에 달라붙어 있지 않아."

순결을 지켜라, 남자와 같이 있는 자리를 피해라. 그런 고리타

분한 관습을 얘기하는 게 아니었다. 누군가와 함께 있을 때 예의가 아닌 부분을 가르치고, 하기 싫어도 해야만 하는 것도 있다는 것을 이야기하는 거였다.

올리비아는 저를 옭아매는 것들을 싫어했지만, 그래도 엘레노어의 말에는 비교적 순순히 따랐다. 엘레노어의 수업은 단순히 재미없는 이론의 나열이 아니라, 올리비아가 연상하고 체득하는 데에 중점을 두었기 때문이었다.

"그치만 밖이 더 잘 보이는걸."

"······."

"요."

올리비아가 로건처럼 미간을 찌푸린 채 이야기했다. 로건은 제 아비를 닮은 동생을 물끄러미 응시했다.

"잘 안 보여?"

저스틴도 시력이 좋지 않아 안경을 끼고 다녔다. 아버지를 닮았다면 올리비아도 시력이 영 좋지 않을 가능성이 컸다.

"멀리 있는 건 잘 안 보여."

"얼마나 멀리 있으면?"

"으음, 여기서 저기······. 저거 누구야, 로건?"

인상을 찌푸리고 창문 밖을 내다보던 올리비아가 질문했다. 로건은 건물과 한참 떨어진 출입구를 가리키는 올리비아를 보곤 시력이 그리 나쁘진 않다는 결론을 내렸다.

"누구······."

로건이 무신경하게 방문객을 거르는 철문에 시선을 두었다. 본래 작은 키는 아니지만 높은 대문의 높이에 비하면 낮은 높이. 비로 푹 젖은 금발. 남색의 긴 코트를 입은 여자.

"로건?"

로건은 올리비아에게 막 대문을 통과한 인영의 정체를 일러 주는 대신, 제 겉옷과 현관 옆에 둔 우산을 집어 들고 집무실을 뛰쳐나가고 있었다.

저택에서 대문까지의 거리는 그리 짧지 않았다. 차를 타고 이동해야 했으니까. 그 거리를 엘레노어가 비를 맞으며 움직일 것이라고 생각하니 몸이 먼저 움직였다. 그건 통제의 영역이 아니었다.

"······엘레노어."

그의 달음박질은 금세 엘레노어에게 닿았다. 로건은 급히 엘레노어의 머리 위에도 우산을 드리웠다. 엘레노어는 거친 숨을 내뱉느라고 거세게 오르내리는 로건의 가슴팍에 시선을 두었다. 그것만으로도 그가 얼마나 급하게 달려왔는지를 알 수 있었다.

"비가 오면 어디 가게라도 들러서 쉬었다 오지 그랬어요."

왜 이렇게 비를 맞고 왔느냐고. 로건은 엘레노어의 어깨 위에 제 옷을 덮어 주며 그렇게 이야기했다. 그의 목소리에서 얼마쯤의 속상함이 내비쳤다.

"······각하."

엘레노어가 파랗게 질린 입술을 뗐다.

"저는 비겁해요."

파르르 떨리는 입술이 보기만 해도 추웠다. 아무리 가을이 따뜻한 편이었다고 해도, 쏟아지는 비를 맞으며 걷는 길이 춥지 않았을 리 없었으므로.

"그러니 이런 꼴로 돌아다녀도……."

엘레노어가 중얼거렸다. 마치, 비겁한 자신을 벌했다는 것처럼. 이 모든 일이 정당하다는 것처럼.

"누구나 비겁하게 삽니다."

그러나 로건은 그저 이 여자를 집 안으로 들이고 싶었다. 무슨 일이 있었는지 알 수는 없지만, 제가 편안해선 안 된다고 기묘한 고집을 부리는 여자를 달래서 쉬게 하고 싶었다.

"남의 상처보단 내 상처가 아프고, 내가 죽는 것보단 쟤가 죽는 게 낫고, 죽은 것보단 산 게 나으니까."

로건의 말에 엘레노어가 눈을 깜빡였다. 긴 속눈썹에 매달린 물 방울이 툭 떨어졌다. 그게 마치 눈물 같아서, 로건의 가슴이 철렁 내려앉았다.

우는 것일까?

눈앞의 엘레노어는 물에 번진 수채화처럼 먹먹한 색감이었다. 엘 레노어가 어셔의 묘에 다녀온 것은 처음이 아니었다. 당연히 마음은 아플 테지만, 새삼스럽게 세상이 무너진 듯 굴 이유가 없었다.

"비겁한 게 무슨 상관입니까? 비겁하면 뭐 어때요?"

무슨 일이 있었던 것이 틀림없었다. 그리고 그것은 분명히 어셔 와 관련된 일이었을 것이다. 그렇게 생각하니 그저 어셔가 미웠다. 죽고 난 이후에도 엘레노어의 가슴에 그림자를 드리우고 떠나지 않는 그의 친구가.

"죽은 다음에는 비겁하고 자시고 생각할 겨를도 없을 텐데."

마음이 급해진 듯, 로건이 다소 신랄한 목소리로 이야기했다. 매사에 무던한 평소의 로건답지 않은 행동이었다.

"엘레노어. 그만 고집부리고 안으로 들어가요."

좀 더 단호한 목소리로 이야기하자, 그제야 엘레노어가 걸음을 뗐다. 로건은 성에 차지 않는 느린 걸음에 박자를 맞추어 걸었다. 엘레노어가 비를 맞지 않게 하려면 어쩔 수 없었다.

"엘레노어의 하녀에게 욕실에 물을 받아 놓으라 이르고, 마른 수건을 좀 가져와요."

실내에 들어서자마자, 우산을 대충 벽에 기대어 놓은 로건이 사용인을 향해 명령했다. 쫄딱 젖은 엘레노어의 모습을 발견한 사용인들이 후다닥 움직였다.

"엘레노어."

"……."

"당신이 아무리 비겁하다고 해도."

로건이 속삭이듯 말했다. 엘레노어는 제 볼에 닿는 로건의 손바닥을 느꼈다. 조심스럽게 뻗은 그의 손이 엘레노어의 얼굴을 감싸고 있었다.

"감히 친구의 연인에게 마음을 품었던 나만큼 비겁하지는 않을 겁니다."

"……."

"그리고 당신에게 드리웠던 먹구름을 내 기회로 활용할 만큼, 약지도 않았을 것이고."

로건의 담담한 목소리가 오히려 서글펐다. 엘레노어는 울컥 눈물이 치밀어 오르는 것을 참아 눌렀다.

그에게도 어찌지 못할 죄책감과 괴로움은 마음 깊숙이 뿌리를 내리고 있었다. 그저, 언젠가 그가 말했듯, 절명의 기로에 있던 때에 고백 한번 해 보지 못했던 것을 후회했기 때문에. 뒤늦은 후회에 몸부림치는 일은 한 번으로 족하다고 생각했기 때문에, 자신을 숨기지 않았을 뿐.

"각하."

엘레노어가 작은 목소리로 로건을 불렀다. 들리지 않을 것처럼 작은 목소리였는데도, 로건은 그 부름을 놓치지 않았다.

"말해요."

로건이 다정한 목소리로 말을 이어 갈 것을 종용했다. 엘레노어가 제 볼을 덮은 로건의 손을 움켜잡았다. 늦가을의 비에 젖은 엘레노어의 손은 시체처럼 차디찼다.

"엘레노어, 일단은 따뜻한 물에 몸을 좀 담그고 쉰 후에……."

로건이 단박에 놀라서 입을 뗐다. 그러나 말을 끝맺지는 못했다.

"어셔의 묘지에 갔다가, 조나단 워슨이라는 소년병 출신을 만났어요. 어셔의 마지막을 이야기해 주더군요."

엘레노어가 조나단과의 만남을 털어놓으며, 희미하게 미소 지었다.

"어셔가 죽은 게 맞나 봐요."

엘레노어가 서글픈 얼굴로 미소 지었다. 로건은 그제야 엘레노어가 보이는 이상한 행동을 이해할 수 있었다. 엘레노어는 모두가 어셔가 죽었다고 해도, 그 사실을 외면한 채 기다리던 사람이었다. 한데 부정할 수 없는 사실을 마주쳤다면, 당연한 반응이었다.

"약속한 시간까지, 조금만."

엘레노어가 조금 쉰 것 같은 목소리로 간신히 입을 열었다.

"조금만 시간을 주세요."

이 기다림의 결말이 무엇인지 이미 보았노라고. 그러나 당장 멈추기는 힘드니, 어셔와 약속한 시간이 될 때까지 마음을 정리하고 흘려보내는 것만은 이해해 달라고.

로건은 그저 가만히 고개만 끄덕여 주었다. 그것 말고, 그가 해 줄 수 있는 다른 일은 없었다.

* * *

그때부터 엘레노어는 차근차근 이별을 준비했다. 어셔의 이야기를 꺼내거나 주기적으로 묘지에 방문하는 일은 거의 하지 않았다. 얼굴에는 희미한 슬픔이 습관처럼 배어 있었지만, 감당하지 못할 슬픔에 완전히 가라앉지는 않았다.

"선물 고마워요."

로건에게도 한결 편하게 굴었고, 그가 제게 베푸는 호의도 거절하지 않았다. 로건은 그 사실을 가장 마음에 들어 했다.

그러나 엘레노어가 바꾸지 않은 습관도 있었다. 계절마다 같은 꽃말을 가진 다른 꽃을 사다 나르는 행동만은 멈추지 않았다. 봄에는 흰색 크로커스, 여름에는 달맞이꽃.

"엘레노어."

로건은 엘레노어에게 어리석은 행동을 그만두라고 말하지 않았다. 어차피 시간은 그의 편인 것을 알았으니까. 그러나 엘레노어가 꽃을 사 들고 올 때마다 다소 복잡한 기색을 보였다.

시간은 그의 편이나, 엘레노어의 마음은 잡히지 않을 것만 같아서.

"엘레노어?"

엘레노어가 뒤늦게 제 이름을 부르는 소리를 듣고 옆을 돌아보았다. 입학 동기인 멜리아였다.

"무슨 생각을 하길래 부르는 소리도 못 들어요?"

"별거 아니에요."

엘레노어가 어색하게 웃으며 대답했다.

"카페에서 모이자고 하던데. 엘레노어도 갈 거죠?"

멜리아가 제안했다. 엘레노어가 입학하던 시기, 함께 입학한 여학생의 수는 총 20명이었다. 여전히 전체 학생 수에 비하면 귀여운 수준이었는데, 그 때문에 모두 학부가 다르더라도 가까이 지냈다.

"아뇨, 나는 괜찮아요."

엘레노어가 고개를 저었다.

"같이 가지 그래요? 토론 후에 갑작스럽게 잡은 모임이긴 해도 다들 모인다는데."

"선약이 있어요."

엘레노어의 대답에 멜리아가 비죽 웃었다. 엘레노어가 이야기하지 않아도, 선약의 대상이 누구인지 알 것 같다는 얼굴이었다.

"클래번 공작님?"

멜리아가 질문했다. 엘레노어는 조용히 고개를 끄덕여 주었다.

"약혼한 지 얼마나 됐죠?"

"2년하고 반 정도요."

엘레노어가 손에 든 책을 추슬러 안으며 대답했다. 무거워서인지, 길을 걷는 동안 책이 자꾸만 바닥으로 내려앉았다.

"알고 지낸 건 그거보다 더 됐다면서요."

"거의 6년쯤 됐죠."

"그런데 아직도 엘레노어가 그렇게 좋대요?"

멜리아가 엘레노어를 놀리듯 흐흥, 웃음소리를 냈다. 엘레노어는 머쓱한 얼굴로 입만 우물거렸다.

"하긴, 말해서 뭐 하겠어요."

멜리아가 지난번에 로건을 만났을 때를 떠올리곤 고개를 주억거렸다.

"표정하고 태도만 봐도 알지."

한 달 전쯤, 멜리아는 엘레노어와 함께 시내에 갔다가 로건을 마주쳤다. 깔끔하게 정장을 차려입은 로건은 일을 마치고 저택으로 돌아가려던 길이었다고 했다.

'식사는 어떻게 했습니까?'

로건은 자연스럽게 엘레노어의 끼니를 챙겼다.

'식사 자리에 동행해도 괜찮겠습니까?'

엘레노어가 아직이라고 대답하자, 단박에 함께 식사해도 되겠느냐는 질문이 돌아왔다. 멜리아가 얼떨떨한 얼굴로 고개를 끄덕인 후에는 모든 게 일사천리였다.

그들은 로건이 잘 아는 식당으로 향했고, 질 좋은 저녁 식사를 즐겼으며, 유쾌한 대화를 나누었다. 클래번 공작이 사람들에게 곁을 잘 주지 않는다는 소문을 생각하면 무척 예외적인 일이었다.

"그때 각하께서 어쩔 줄 몰라 하는 게 내 눈에도 보이더라고요."

그리고 그건 당연히 엘레노어 덕분이었다. 로건의 시선은 내내 엘레노어를 향해 있었고, 엘레노어가 꺼낸 화젯거리에 관심을 기울였다. 불편해하지는 않는지, 필요한 건 없는지 살피는 것 역시 무척이나 익숙해 보였다.

"그때도 나만 없었으면 바로 입 맞췄을 것 같던데."

멜리아가 음흉한 얼굴로 이야기했다. 엘레노어가 난처한 얼굴로 멜리아의 시선을 피했다. 당황스러운 건 둘째 치고, 로건의 마음과 관련한 이야기는 어떻게 대답할 수 없는 부분이라서 그랬다.

"공작님께서 그렇게 애정 표현에 적극적인 분인 줄은 미처 몰랐다니까요."

그러나 로건이 타인의 앞에서도 마음을 숨기지 않기에, 모두가 엘레노어와 로건이 사랑에 빠진 약혼 관계임을 믿어 의심치 않았다.

"오늘 종전 선언문에 관한 토론, 좋았어요."

정문 앞에 도착한 엘레노어가 자연스럽게 말을 돌렸다. 엘레노어의 말에 멜리아가 고개를 끄덕였다. 종전 3년을 기념하여, 종전 선언문의 내용을 다각도로 분석하고 그 여파에 관하여 토론했다.

각자의 전공이 다르기에, 여러 방향으로 이해해 볼 수 있을 것 같다는 판단 때문이었다. 그리고 실제로도 무척이나 유익했다.

"오늘 뒤풀이에는 참석하지 못해서 미안하다고 전해 줘요."

"엘레노어가 바쁜 건 다들 아는 사실인걸요."

엘레노어는 이미 예비 공작 부인이나 다름없었다. 신디를 대신해 클래번 공작저의 일도 살펴야 했고, 재단 일도 돌봐야 했으며, 올리비아도 보살펴야 했다. 모두가 그 사실을 알았다.

"한데 오늘은 운전수가 안 왔네요?"

"잠깐 들렀다 갈 곳이 있어서, 오늘은 데리러 오지 않아도 된다고 했어요. 들어가요, 멜리아."

마지막 인사를 마친 엘레노어는 멜리아와 반대 방향으로 돌아서서 걷기 시작했다.

"또 오셨어요?"

목적지는 이슬라의 꽃집이었다. 꽃집 주인인 이슬라가 단골손님인 엘레노어를 알아보고 방긋 웃었다.

"흰색 크로커스로 드리면 될까요?"

이슬라가 앞치마에 젖은 손을 닦으며 물었다.

"아뇨, 오늘은 다른 꽃으로 사 가려고요."

엘레노어의 대답에 이슬라가 놀란 듯 눈을 휘둥그레 떴다. 예상치 못한 답변이었다. 이맘때면 엘레노어는 늘 흰 크로커스를 찾았다. 어디에 두려고 하느냐고 물어보면, 침실 머리맡을 장식할 꽃이라고 했다.

"어쩐 일로요?"

이슬라가 놀란 듯 되묻자 엘레노어가 희미하게 미소 지었다.

"이제 마음을 바꿀 때가 됐거든요."

영문 모를 대답에 이슬라가 고개를 갸웃했다. 그러나 그녀는 이내 평소처럼 웃는 얼굴을 했다. 구매하지 않는다는 것도 아니니, 그냥 취향이 변했겠지, 생각하며. 이슬라에겐 아무래도 좋은 일이었다.

"그럼 오늘은 무슨 꽃으로 드릴까요?"

"수선화로 주세요."

엘레노어의 대답에 이슬라가 기세 좋게 "네!" 대답하고는 급히 몸을 틀었다. 엘레노어가 잠시 입구에서 기다리는 동안, 이슬라는 매대에서 깔끔하게 다듬은 수선화 다발을 종이로 감쌌다.

"바로 저택으로 돌아가시나요?"

"그래야겠죠. 곧 비가 올 것 같아요."

"눈 뜨자마자 무릎이 아픈 게 그럴 것 같더라고요."

이슬라가 무릎이 쑤신다며 우는소리를 했다. 엘레노어는 이슬라가 건네는 수선화 다발을 안아 들며, 꽃을 구매한 금액을 지불했다.

"한데 항상 데리고 다니던 하녀는 어디 두고 혼자 나오셨어요? 공작님께서 경을 치실 텐데."

엘레노어를 향한 클래번 공작, 로건 클래번의 과보호는 하루 이틀 일이 아니었다. 적어도 클래번 공작저 근처에 사는 사람이라면 모두가 그 사실을 알았다.

집안의 반대에도 불구하고 몰락 귀족인 엘레노어 허드슨을 엘레노어 클래번으로 만들겠다고 선언한 것이 시작이었다. 그는 제일 먼저 엘레노어를 제 약혼녀로 만들고, 주변에 제 사람으로 온통 감싸 누구도 그녀에게 허튼짓을 할 수 없게 만들었다.

오죽하면 계모인 신디 클래번이 엘레노어를 구박하다가, 로건에게 된통 깨진 사실은 근방에서 두고두고 회자되기까지 했다.

"그런 사람 아니에요."

엘레노어가 말간 얼굴로 웃었다. 이슬라는 그렇게 생각하는 건 예비 공작 부인인 엘레노어뿐이라고 말하려다가 말았다. 클래번 공작이 원하는 것이 엘레노어를 지금과 같은 모습으로 유지하는 것이라면, 괜히 입을 열었다 화를 당할까 걱정이 되었기 때문이었다.

"가 볼게요, 이슬라."

엘레노어는 처음 마주쳤을 때는 인상이 흐릿하고 평범해 보이는 외형이었지만, 보면 볼수록 청초한 매력이 있었다. 희고 투명한 피부, 잿빛 눈동자에 긴 금발 머리.

유일하게 혈색이 짙은 입술을 클래번 공작가의 재력과 합치자 완벽한 아름다움이 되었으니까. 최근에는 엘레노어를 따라 하려는 여자들까지 생겨난 판국이었다.

그리하면 각자의 남자들에게 꿈결처럼 사랑받을 수 있다나 뭐라나. 저 얼굴과 분위기가 아니고서야 가능한 얘기인가 싶었지만 믿는 이들도 제법 많은 모양이었다.

"조심히 들어가세요, 엘레노어."

이슬라는 완벽한 장사치처럼 웃는 낯으로 엘레노어를 배웅하고 돌아섰다.

봄의 빗방울 하나가 엘레노어의 발자국이 남은 흙바닥 위로 똑 떨어졌다.

* * *

"작은 마님!"

엘레노어가 젖은 머리를 털기가 무섭게, 2층에서 로지가 뛰어 내려왔다.

"다 젖으셨네, 어쩌면 좋아."

"괜찮아요, 로지."

괜찮은 건 어디까지나 엘레노어였고, 이 저택의 주인인 로건 클래번은 아닐 터였다. 어쨌거나 그에게 말은 흘러 들어갈 테지만, 적어도 로건이 집으로 돌아오기 전에 엘레노어를 젖지 않은 모양새로 만들어 둬야 했다. 로건은 그렇게 엘레노어를 싸고돌면서도, 음흉하게도 엘레노어에게는 그런 티를 내지 않으려고 용을 썼으므로.

로지는 엘레노어를 침실로 이끌며, 다른 하녀들에게 목욕물을 데워 달라 부탁했다. 그러고는 마른 수건을 가져와 엘레노어의 젖은 얼굴과 목덜미, 손을 닦았다. 머리카락을 꾹꾹 눌러 물기를 흡수하는 것도 잊지 않았다.

"또 꽃 사러 다녀오셨죠? 이리 주세요. 화병에 꽂아 둘게요."

"내가 할게요. 어차피 목욕물 데우는 시간도 있으니까."

엘레노어가 로지의 제안을 거절하고 제 의견을 피력했다. 그러고는 시든 크로커스가 담긴 화병을 손에 들었다. 수많은 꽃을 사고, 갈아 치웠다. 그러나 어서는 돌아오지 않았다. 기다림의 시간은 그렇게 무용하게 지나갔다. 마침내 약속한 3년의 하루를 앞두기 전까지.

"이번엔 크로커스가 아니라 수선화를 사셨네요?"

엘레노어가 새로 사 온 꽃의 포장지를 벗겨 내던 로지가 눈을 동그랗게 뜨고 질문했다.

동시에 엘레노어의 손에 들려 있던 시든 크로커스의 줄기가 쓰레기통 안으로 떨어졌다.

"분위기를 좀 바꿔 볼까 해서요."

엘레노어가 부드럽게 대답했다. 이미 잘 다듬어진 수선화를 화병에 깔끔하게 꽂은 엘레노어가 문득 드는 한기에 몸을 떨자, 로지가 후다닥 다가와 엘레노어의 젖은 옷을 조심스럽게 벗겨 냈다.

"잘하셨어요. 크로커스나 달맞이꽃은 작은 마님께서 좋아하시는 꽃이라 차마 말씀은 못 드렸지만, 꽃말이 영 그렇잖아요."

기다림이라는 꽃말을 가진 꽃을 침실에, 그것도 침대 머리맡에 두는 건 다소 처연하고 음울했다. 게다가 약혼자인 로건이 엘레노어의 일이라면 만사 제치고 달려드는 사람이라는 걸 생각하면, 의아한 꽃말이기도 했다.

"작은 마님, 목욕물 준비가 되었습니다."

"준비가 다 되었대요. 욕실로 모실게요."

엘레노어가 고개를 끄덕이며 자리에서 일어섰다. 욕실에는 만

반의 준비가 되어 있었다. 따뜻하게 데운 물에는 향유를 조금 뿌려 두었는지 향긋한 향이 풍겼다.

"온도는 괜찮으시죠?"

"딱 좋아요."

엘레노어의 대답에 로지가 조심스럽게 엘레노어의 목욕 시중을 들었다. 목욕 시중을 받는 건 엘레노어가 선호하는 일이 아니었지만, 오늘은 그래야만 할 이유가 있었다.

미련을 털어 내기로 마음먹었으니까.

"작은 마님, 주인님께서 돌아오셨어요."

"아, 벌써 시간이 그렇게……."

잠시 상념에 잠겨 있을 때였다. 두어 번의 노크와 함께 로건이 돌아왔다는 소식이 전달되었다. 엘레노어는 급히 목욕을 마치고, 실내용 드레스로 갈아입었다. 그가 돌아왔다는 건, 저녁 식사 시간이 되었다는 소리였다. 계단을 내려가면서 보이는 통창 너머로 어둠에 가라앉은 정원이 눈에 들어왔다.

"늦어서 미안해요."

"이 시간에 목욕을 하다니, 밖에 나갔다가 비를 맞은 모양이네요."

로건이 짧게 엘레노어에게 시선을 두며 짐작했다. 엘레노어는 거짓을 말하지 못하고 난처한 얼굴로 미소 지었다. 엘레노어의 뒤에 서 있던 전담 하녀 로지가 찔끔한 얼굴로 고개를 푹 수그렸다. 나중에 좋지 않은 소리를 들을 거라는 걸 예감한 얼굴이었다.

"일단 식기 전에 들어요."

로건이 엘레노어 몫의 접시를 눈짓하며 이야기했다.

"꽃을 사러 나갔다 왔어요."

"그랬습니까?"

엘레노어는 식기를 집어 드는 대신, 입을 열어 제가 어딜 다녀왔는지 이야기했다. 로건이 부드럽게 되물었다. 그러나 그의 취향대로 바싹 익힌 양고기 스테이크에 손 한 번 대지 않고, 다시 와인 잔만 둥글게 돌리고 있는 것으로 그의 어지러운 마음을 짐작할 수 있었다.

"오늘은 수선화를 샀어요."

수선화의 꽃말은 사랑에 보답하여.

의미 없이 잔만 빙빙 돌리던 로건의 손이 멈추었다. 엘레노어는 자신을 꿰뚫듯 바라보는 로건의 물빛 눈동자를 조심스럽게 마주했다.

"어셔와 약속했던 3년의 마지막 날이에요."

이제는 저를 응시하는 그의 시선을 피할 이유가 없었다.

어젯밤, 3년이 되는 날을 표시해 놓은 달력을 보며 마음먹지 않았던가. 또 시들어 대가리를 바닥으로 떨구는 크로커스를 보면서, 이제는 이 막막한 기다림을 정말로 끝낼 때가 되었노라고 생각하지 않았던가.

"그만 인정하기로 했어요."

"……."

"어셔는 3년 전에 전쟁터에서 죽었다는 거."

엘레노어가 떨리는 입술을 말아 물었다. 동시에 로건이 손에 들린 와인 잔을 테이블 위로 내려놓았다.

탁, 작게 나는 그 소리 하나가 다이닝 룸을 울릴 만큼 크게 들렸다.

"방금 한 말, 내 맘대로 해석해도 됩니까?"

로건이 혀로 입술을 축이다, 조심스럽게 질문했다. 엘레노어는 작게 고개를 끄덕였다. 잠시 멍한 얼굴로 엘레노어를 응시하던 로건이 이내 정신을 차린 듯, 이마를 짚고 피식 웃었다.

"내가 마음대로 해석하겠다는 게 무슨 뜻인지는 알고 있습니까?"

로건이 물었다. 평소와 다를 바 없는 목소리였지만, 그 아래에는 기이한 열기가 들끓고 있었다. 그가 가장 기다리던 순간이며, 고대하던 일이었으니까.

"……네."

엘레노어의 순순한 대답에 로건이 자리에서 벌떡 일어섰다. 그들의 식사 시중을 위해 대기하고 있던 사용인들이 모두 놀라 로건에게 시선을 두었다.

"아무도 따라오지 마라."

로건이 그리 말하고, 엘레노어의 손목을 잡아 일으켜 세웠다. 얼결에 2층으로 올라가는 엘레노어의 얼굴에는 숨기지 못한 놀람과 당혹스러움이 뒤섞여 있었다.

"다들 당황했을 거예……."

그러나 말을 끝내기도 전, 침실의 문이 닫히자마자 로건이 급히 몸을 끌어안았다. 엘레노어가 놀라서 저도 모르게 로건의 몸을 밀어내려다가 멈칫했다. 그가 자신을 원해 마지않는다는 것을 알면서도 원하는 대로 해석하라고 이야기한 건 자신이었다.

"그건 중요하지 않아요, 엘레노어."

"……."

"지금 그런 건 아무래도 좋아."

로건이 속삭이듯 말할 때마다 그가 얼굴을 묻은 목덜미에 뜨끈한 입술이 닿았다. 그만큼 가까운 거리였다. 엘레노어는 손바닥에 닿은 사내의 단단한 몸에서 느껴지는 뜨거운 체온에 저도 모르게 몸을 떨었다.

"만일 이런 걸 생각한 게 아니라면, 지금이라도 물러나라고 말해요. 당장."

로건이 으르렁거리듯 낮은 목소리로 이야기했다. 이렇듯 자신을 강하게 원한다고 온몸으로 이야기하면서도, 로건은 엘레노어의 말한마디에 물러날 수 있을 것처럼 굴었다. 그렇게 오랫동안 기다려 왔으면서도.

망설임이 아예 없다면 거짓이었다. 그러나, 3년이라는 긴 시간 내내 기다려 왔던 이 남자를 미련으로 더 괴롭히고 싶지 않았다.

'엘리, 내가 만약 전쟁이 끝나고도 3년 동안 돌아오지 못하면 돌아오지 못하면……'

'어서!'

'그러면 내가 죽었단 뜻입니다. 아니면 움직이지 못할 만큼 불구가 되었거나. 그러니 기다리지 말고 당신 인생을 살아요.'

어차피 그녀가 사랑했던 그 남자는 이미 전쟁 통에서 죽었다. 눈앞의 로건이 침통한 얼굴로 그 소식을 전해 오지 않았던가.

이제는 인정해야 할 때였다.

"이제 엘리라고 불러 줘요."

"……."

"로건."

엘레노어가 한 손을 들어 로건의 턱을 부드럽게 감싸고 속삭였다.

"엘리."

눈물이 고인 것처럼 맑은 물빛 눈동자에 감격이 어렸다. 로건이 조심스럽게 고개를 숙였다. 엘레노어는 가까워지는 로건의 얼굴을 느끼고 천천히 눈을 감았다.

허리를 감아 당긴 팔도, 입술 위로 흩뿌려지는 더운 숨결도, 마침내 엘레노어의 입술에 닿은 그의 입술도 떨리고 있었다.

첫 입맞춤이었으니까.

마침내 엘레노어가 입술을 열었다. 입술을 맞대기 전까지는 주저하며 망설이던 로건이 그 순간 짓쳐 들었다.

그는 한순간의 방심도 놓치지 않는 군인답게, 맹렬히 엘레노어에게 쏟아져 그녀를 더듬고 숨을 앗아 갔다. 뒤로 꺾이는 엘레노어의 고개를 받친 로건의 손에 힘이 실려 있었다.

"공작 각하."

그때였다. 집사장이 연달아 문을 두드리며 로건을 불렀다. 로건이 차마 그를 무시하지 못하고 엘레노어에게 깊게 입 맞추던 행동을 멈추었다.

끈적한 흔적을 남긴 채 입술이 떨어졌다. 그러나 입술 대신 무엇이라도 닿지 않으면 안 되는 사람처럼, 봉긋 솟은 두 이마는 맞닿아 있었다.

"아무도 따르지 말라 했을 텐데."

불쾌하기 짝이 없는 목소리에 집사장이 면목 없다는 듯 거듭 사죄했다. 엘레노어는 뒤늦게 창문을 두드리는 거센 빗소리를 인식했다. 타닥, 타닥. 창문을 두드리는 거친 빗소리마저 들리지 않을 정도로 몰두해 있었다는 민망한 깨달음이 그제야 찾아들었다.

그러나 단단한 팔은 여전히 엘레노어를 품에 끌어안은 채였다. 엘레노어는 금방이라도 다시 입술이 부딪힐 수 있는 거리에서 자신을 직시하는 로건의 시선을 난처하게 받아들여야 했다.

이 신사가 그럴 리가 없는데. 그런데도 엘레노어는 로건이 제 목덜미를 물어뜯기 위해 몸을 숙인 커다란 짐승처럼 느껴졌다.

"중요한 손님이 오시어……."

"왜, 왕께서 오시기라도 했나?"

로건이 엘레노어의 입술에 다시 시선을 두고, 집사를 향해 빈정거리듯 묻던 순간이었다.

"어서, 어서 피츠먼 님께서 오셨습니다."

벼락이 치며 빛이 명멸했다. 다신 듣지 못하리라 생각했던 뜻밖의 이름이 시간을 멈추게 했다.

"이전에 어서 님께서 돌아오시면 바로 알리라고 하셨기에……."

집사장 조지가 변명을 늘어놓는 동안, 엘레노어가 하염없이 흔들리는 눈으로 로건의 눈동자를 응시했다. 로건의 푸른 눈동자도 혼란으로 흔들리고 있었다.

숨도 쉴 수 없었다. 그러면, 모든 것이 그대로 깨져 버릴 것만 같아서.

"……각하?"

그러나 기어이 문밖에서 들려온 소리가 그들의 평정을 깼다. 엘레노어가 로건의 팔을 붙잡은 채 손을 발발 떨었다.

"잠시 기다려요."

로건이 엘레노어의 이마에 붙였던 제 이마를 떼고, 허리를 곧추세웠다. 그러곤 침실 문 너머 집사장 조지에게 기다림을 명령했다. 그 이후로 조지는 그의 답변을 재촉하지 않았다.

"내가 나가서 확인해 보겠습니다."

"……."

"기다려요."

로건이 커다란 손으로 엘레노어의 볼을 부드럽게 쓸고 돌아섰다. 엘레노어는 하염없는 불안함과 함께 그의 뒤에 남겨졌다.

"각하."

조지가 복도를 성큼성큼 걷는 로건의 뒤를 따랐다. 로건은 대답하지 않았다. 머릿속이 온통 혼란했다.

어셔가 살아서 돌아왔다고? 가능한 일인가? 모두가 죽었노라 했던 사람이 살아 돌아온다는 게?

"……."

계단의 난간을 움켜쥔 로건이 1층을 내려다보았다. 다소 초라한 행색의 사내가 로건이 있는 방향을 등지고 서 있었다.

"분명히 어셔 님이었습니다."

"그만 물러가요."

조지를 물린 로건은 계단을 내려가거나, 어셔의 이름을 부르는 대신, 그 자리에 그대로 서 있었다. 사실 함부로 움직일 수 없다는 게 맞았다. 정말로 어셔면 어떡하지, 하는 생각 때문에 머리통이 터져 나갈 것 같았다.

로건은 섣불리 어떤 행동도 취하지 못한 채, 그저 난간만 부서져라 움켜쥐었다. 그리고 그 순간, 인기척을 느끼기라도 한 듯 사내가 몸을 돌렸다.

"로건."

그러곤 로건의 이름을 부르며 웃었다.

"……어셔."

어셔였다.

로건은 머리를 한 대 얻어맞은 사람처럼 멍청하게 어셔의 이름만 불렀다.

"클래번 공작께선 내가 반갑지도 않으신가 본데."

농담을 던진 어셔가 천천히 걸어 계단 앞에 섰다. 로건은 금방이라도 휘청거릴 것만 같은 다리에 간신히 힘을 주어, 한 걸음씩 내디뎠다. 그리고 마침내 계단을 완전히 내려왔을 때, 로건은 어셔와 마주 보고 설 수 있었다. 그나마 있던 살도 내린 듯, 기억보다 조금 왜소해진 어셔가 로건을 보며 환하게 미소 지었다.

"살아서 다시 만나 반갑다, 로건 클래번."

그러곤 로건을 끌어안고 반가움의 인사를 건넸다. 로건은 미세하게 떨리는 팔로 어셔의 등을 두어 번 두드렸다. 어셔에게서 그가 기억하는 익숙한 체취는 나지 않았다. 체격도 이전보다 작고, 옷도 평소에 그가 입던 것만큼 고급스럽지 않았다.

하지만 그가 어셔라는 사실을 부정할 수는 없었다. 부드러운 금발. 투명한 보라색 눈동자. 선량한 미소. 상냥한 목소리.

"어떻게……."

로건이 작게 중얼거렸다. 용케 그 목소리를 들은 어셔가 로건에게서 두어 걸음 물러섰다.

"마지막으로 전투기가 폭발하면서 몸이 튕겨 나가서 산속으로 떨어졌거든."

"……."

"그대로 죽었구나 싶었는데, 눈을 뜨고 보니 살아 있더라고."

어셔를 구해 준 건, 연합군이었던 삼국 중 라만이라는 나라의 군인이었다. 그는 연합군의 일원으로서, 동맹국인 레던의 군인을 구했다.

"내가 기억만 멀쩡히 가지고 있었다면 이렇게까지 오래 걸리진 않았을 거야."

그러나 어셔의 숨을 붙여 두고도, 그의 정체를 알아내 돌려보낼 수는 없었다. 어셔는 다 찢어진 군복을 입고 있었고, 군번줄도 가지고 있지 않았으며, 무엇보다 자기 자신에 대한 기억이 없었다.

이름도, 나이도, 자신이 살던 나라도, 다른 어떤 것도 알지 못했다.

'바보가 되지 않은 게 다행이구만.'

어셔의 은인인 라만의 군인, 모이라는 그렇게 말했다. 아파서 웃는 것조차 어려웠던 어셔도 그 말에 동감했다. 아무것도 기억하지 못할 정도로 다쳤는데, 제대로 된 사고를 할 수 있는 머리가 남았다는 건 용한 일이었다.

'일단은 쉬면서 차차 알아보자고.'

그리하여 어셔는 모이라의 도움을 받기로 했다. 그의 저택에 머무르며 치료를 받고, 두 다리로 서게 되기까지 거의 반년의 시간이 걸렸다. 온몸이 상처투성이였던 데다가, 부러진 갈비뼈에 찔렸던 폐를 회복해야 했으니까.

일상생활을 할 수 있을 정도가 되었을 때는 거의 1년 가까이 되는 시간이 흘러 있었다.

'레던에 행방불명된 군인은 없다는데.'

그사이에 모이라는 레던에 접촉해, 어셔의 정체를 알아내려고 했다. 그러나 행방불명된 이가 없다는 회신만 돌아왔다. 어셔의 정체는 더욱 미궁으로 빠지기만 했다.

'혹시 키엘레의 첩자였던 거 아니야?'

모이라가 미간을 찌푸린 채 어셔에게 질문했다.

'확실히 병상에 1년이나 있었던 것치고는 몸도 잘 쓰고.'

그러나 제대로 된 기억의 파편조차 없는 어셔가 대답할 수 있을 리 만무했다.

'이런 얼굴로 첩자 노릇을 했을 리는 없을 것 같다만. 아니, 이런 얼굴이라 첩자 짓을 시켰으려나.'

뭐가 되었든 어셔의 제대로 된 신분을 알아내지 않는 이상, 알 수 없는 일이었다. 모이라가 고개를 절레절레 저었다.

'대가리를 다시 깨 볼 수도 없고, 기억도 없는 놈 족쳐 봤자지. 나를 도와서 일이나 하다가 기억이 나거든 돌아가.'

모이라는 어셔가 잽싸게 기억을 떠올리고 떠나기를 종용하지 않았다. 전쟁 영웅인 모이라는 라만으로부터 두둑한 보상을 받았고, 군식구 하나쯤을 이고 가는 일은 그리 어렵지 않아서였다.

그래서 어셔는 모이라를 도와 그의 가게에서 일했다. 어셔의 호감형인 얼굴과 친절한 태도는 자연스럽게 사람을 가게로 끌어들였다.

'어차피 기억도 없는 거, 그냥 여기서 이렇게 사는 건 어떠냐?'

'일하다 기억이 나거든 떠나라고 하지 않으셨어요?'

어셔의 질문에 모이라가 쩝, 입맛을 다셨다.

'그거야 네가 밥만 축낼 때의 일이고. 이렇게 가게에 도움이 된다면야.'

'……'

'내가 예쁜 아가씨도 소개해 줄게. 너랑 만나고 싶어 하는 아가씨가 아주 많다니까.'

그러고는 어셔에게 예쁜 아가씨를 소개해 줄 테니, 아예 라만에 자리를 잡고 살라고 했다.

'소개는 됐어요.'

'뭐?'

'혹시나 그 전쟁에 나가기 전에 결혼이라도 했다거나, 약혼자가 있었으면 어떡해요? 그러면 중혼이라고요.'

어셔의 당위성 있는 반항에 모이라가 헛웃음을 터뜨렸다.

'벌써 전쟁 끝나고 거의 3년 가까이 지났다. 네가 죽었다고 생각하고 이미 다른 남자를 찾았겠지.'

사랑이란 것은 그처럼 부질없는 것이라고, 모이라는 강조했다. 어셔를 라만에 주저앉히려는 목적 때문만은 아니었다.

'그렇다고 해서 그게 그 여자의 잘못도 아니잖냐. 물론 네 잘못도 아니지만.'

모이라 역시 그런 경험이 있어서였다. 물론, 그가 죽었다고 오해받거나 행방불명이 된 것은 아니었다. 약 5년간의 파견을 마치고 돌아오니 연인이 이미 다른 남자의 아내가 되어 있었을 뿐.

'네 외모를 보아선 연인이 있었다고 해도, 그 여자도 한창때였을 텐데. 외로울 만도 하지.'

모이라도 그것을 이해하여, 떠난 연인을 원망하지 않았다. 다만, 그 이후로 사랑이라는 감정에 마음을 붙이지 못해 홀로 살았다.

'그러니 괜한 생각 하지 말고, 너도 그냥 예쁜 아가씨 만나서 새끼 낳고 오순도순⋯⋯.'

모이라가 한참 설교하고, 어셔는 흘려듣던 때였다. 가게의 문을 열고 들어온 남자가 어셔를 발견하곤 멈칫했다.

'당신, 레던의 군인 아닙니까?'

그리고 질문했다. 어셔가 얼떨떨하게 고개를 끄덕이자, 그가 기억을 되짚었다.

'어셔.'

'⋯⋯.'

'대위 어셔 피츠먼!'

그러곤 소리쳤다. 그는 마지막에 어셔와 함께 있었던 키엘레의 군인이었다.

그렇게 일주일 뒤, 자신의 이름과 가문을 되찾은 사내는 모든 기억을 되찾고 다시 어셔 피츠먼이 되었다. 기억을 찾은 어셔 피츠먼이 가장 먼저 달려온 곳은 레던, 클래번 공작저였다. 그의 상관이었으며 친구인 로건을 찾아와 자신의 생존 사실을 알리기 위해서였다.

"신문에 내가 전사했다는 기사가 났다며."

"……몇 번이고 그 현장을 찾아갔지만 네가 보이지 않아서."

로건이 가라앉은 목소리로 대답했다. 로건 역시 마지막으로 조나단이 어셔와 함께 있었다던 곳을 몇 번이고 뒤집었다.

그러나 그의 신체 하나, 찢어진 군복의 흔적 하나 찾지 못했다. 다만 루앵 왕실의 짓임을 숨기기 위해 주변을 완전히 태워 버린 흔적만 남아 있었을 뿐이었다. 그러니 어셔가 비참하게 죽었노라고 생각했다. 그럴 수밖에 없었다.

"그럴 만도 하지."

어셔는 그런 오해가 충분히 있을 만했다며 고개를 끄덕였다.

"그래도 이렇게 살아서 돌아왔으니까."

"……."

"친구 얼굴도 감회가 남다르네."

어셔가 그렇게 말하며 웃었다. 로건은 차마 따라 웃지 못했다.

"그런데, 혹시 엘레노어는⋯⋯."

"⋯⋯."

"이미 떠났으려나?"

어셔가 어색한 얼굴로 귀밑머리를 긁적이며 중얼거렸다. 종전된 날로부터 3년이나 지난 셈이니, 엘레노어가 이미 클래번 공작저를 떠났다고 해도 이상할 게 없었다. 그의 사망으로 약혼조차 깨졌을 테니까.

"⋯⋯어셔?"

그 순간이었다. 어셔는 자신의 이름을 부르는 낯설지 않은 목소리에 고개를 번쩍 들어 올렸다. 2층 계단의 난간을 붙잡은 엘레노어가, 그의 아가씨가 그 자리에 서 있었다.

"엘레노어."

어셔가 화사해진 얼굴로 엘레노어의 이름을 부르며 미소 지었다. 두 손으로 입을 틀어막고 흐느끼던 엘레노어가 휘청거리며 계단을 하나씩 내려왔다. 그 위태로운 꼴을 보다 못한 어셔가 계단을 밟고 엘레노어를 향해 달려갔다.

"왜, 왜 이제⋯⋯."

그리고 엘레노어를 품에 끌어안았다. 엘레노어는 제 연인의 품에 갇혀 서러운 원망과 그리움을 토해냈다.

안 돼.

로건은 차마 말을 내뱉지 못한 채, 입술만 달싹였다. 그는 자랑스러운 레던의 전쟁 영웅이었으나, 사랑에는 패잔병처럼 무력했다.

세상의 귀퉁이가 조금씩 떨어져 나갔다. 로건은 무너지는 세상을 망연히 지켜보기만 했다. 그가 할 수 있는 건 아무것도 없었다. 어셔의 품에 안겨 서럽게 우는 그의 약혼자를 지켜보는 것밖에는.

……아무것도 할 수 있는 게 없었다.

"……."

절망이 그를 뒤덮었다. 로건은 허벅지 옆, 무력하게 늘어진 손을 말아 쥐었다. 꽉 쥔 주먹이 희게 질릴 정도로 강한 힘이었다.

"엘레노어. 사랑스러운 내 아가씨."

"……."

"고개 들어서 나를 좀 봐요."

그런 로건의 속마음을 모르는 연인은 무사한 서로의 얼굴에서 3년 전의 그림자를 찾으며, 해후의 기쁨에 젖어 있었다.

하루만 더 늦게 돌아오지.

아. 제가 무슨 생각을 하고 있었는지 알아차린 로건이 낮게 탄식했다. 생사고락을 함께한 친구가 돌아왔는데, 기뻐하기는커녕 이게 무슨 짓이지.

비겁하고 추잡한 마음이 괴로웠다.

* * *

"어떻게 지냈어요?"

어셔가 부드러운 목소리로 질문했다. 엘레노어가 정신이 조금

들자마자, 세 사람은 응접실로 향했다. 지금 저택에서 엘레노어의 위치를 생각하면, 그리고 로건의 처지를 생각하면 1층의 로비에서 계속 그러고 있을 수는 없는 노릇이었으니까.

아, 그러고 보니 로건은⋯⋯.

문득 로건에게 생각이 미친 엘레노어가 미묘한 얼굴로 입술을 달싹거렸다. 어셔는 엘레노어의 복잡한 속내를 미처 읽지 못한 채 맑은 눈을 깜빡이고 있었다.

"⋯⋯잘 지냈어요."

"그랬어요?"

어셔가 웃는 얼굴로 고개를 끄덕였다.

"사실 오면서도 당신이 이미 여길 떠났으면 어떡하나 싶었어요."

그래서 피츠먼 백작가로도 가지 않고, 클래번 공작저로 바로 왔다고 했다. 어셔는 자신이 불효자식이라고 농담하듯 이야기했다.

"살아 돌아온 것만으로도 효도죠. 백작 부처 모두 기뻐하실 거예요."

엘레노어의 차분한 대답에 어셔가 고개를 끄덕였다. 그러고는 엘레노어와 시선을 마주했다. 그의 눈동자에 가득 배인 것은 떨림이며, 긴장이었다.

"당신도 그런가요?"

어셔가 조심스럽게 물었다.

"나도 당신이 살아 돌아와서 당연히 기뻐요, 어셔."

"⋯⋯."

"오래 기다렸으니까."

엘레노어는 제 기쁨을 부정하지 않았다. 오래도록 기다린 사람이었다. 그의 무사함을 알게 되어 기뻤다.

"날 기다렸어요?"

어셔가 눈을 반짝였다. 그렇지 않아도 묻고 싶어 견딜 수 없었던 것이라는 듯.

"3년, 약속했으니까."

엘레노어가 나지막이 대답했다.

"그 약속을 기억하고, 지금까지 지키고 있을 줄은 몰랐어요."

"……."

"그래서 더 기쁘고, 설레고. 뭐라고 표현해야 할지 모르겠어요."

어셔가 환하게 웃으며 엘레노어의 손을 붙잡았다. 그러나 엘레노어는 마냥 기뻐하지 못하는 얼굴이었다. 결국, 어셔도 그 기색을 읽고 멈칫했다.

"……마음이 변했나요?"

기다림과 사랑은 별개다. 모이라가 떠나려는 어셔에게 했던 충고도 그거였다.

"나는……."

엘레노어가 대답하지 못하고 입을 다물었다. 어셔가 공작저에 도착해 자신을 찾기 직전까지, 자신과 로건이 무엇을 하고 있었는지 생각하면 쉽게 입이 떨어지지 않았다.

엘레노어의 시선이 마치 정물처럼 자리를 지키고 앉은 로건을 향했다. 응접실에 도착한 이래로 그는 단 한마디도 하지 않은 상태였다. 그는 무표정한 얼굴을 하고 있었지만, 엘레노어는 깊게 그어진 빗금을 느낄 수 있었다.

상처였다.

"아, 이런 얘기는 로건의 앞에서 하기는 그렇죠. 내가 어리석었어요."

엘레노어가 로건의 눈치를 보고 있다고 생각한 어셔가 급히 제 질문을 무마했다. 애초에 로건이 그 자리를 지키고 있음이 이상하다는 생각은 하지 못한 채였다.

"그래도 로건이 3년간, 당신을 무사히 지켜 줘서 다행이에요."

그 사고가 있던 날, 생의 마지막이라고 생각하며 눈을 감으면서도 엘레노어를 생각했다. 찰스의 손길에 우악스레 흔들릴 여자의 인생을 생각하면 그저 미안하고, 괴로웠다.

그러나 로건이, 그의 친구가 엘레노어가 3년 동안 아버지의 손아귀에서 무사하도록 도와주었다. 엘레노어는 찰스의 손에 끌려가지도, 모르는 사내와 결혼하지도 않고 오롯이 제 인생을 지키고 있었다.

"각하께서 많이 도와주셨어요."

엘레노어도 그 사실을 부정하지 않았다. 로건을 응시하는 잿빛 눈동자에 드러난 것은 가감 없는 고마움이었다.

"가짜 약혼으로 본인의 명예에 흠집을 내면서도 저를 지켜 주셨으니까."

엘레노어의 말에 응접실의 분위기가 고요하게 가라앉았다. 어셔는 자신이 무슨 말을 들었는지 확신치 못하는 얼굴로 엘레노어와 로건을 번갈아 보았다.

"가짜 약혼?"

"당신이 예상한 대로, 당신이 전사했다는 소식이 전해지고 3개월 뒤에 아버지가 저를 팔아넘기려고 했거든요."

엘레노어의 나지막한 대답에 어셔가 경악한 얼굴로 입을 벌렸다가, 이내 거칠게 얼굴을 쓸어내렸다.

"그때 생각났던 사람이 각하밖에 없어서 도움을 청했어요. 그리고 각하께서 흔쾌히 저를 도와주셨고요."

가짜 결혼. 가짜 약혼. 제게 친구의 연인을 취한 사내라는 오명이 덧칠해질 것을 알면서도 망설이지 않고 자신을 도왔노라고.

"미안해요, 엘레노어."

어셔가 괴로운 얼굴로 한숨을 내쉬었다. 그러곤 자신이 늦어서 미안하다는 사과를 건넸다. 엘레노어는 말없이 고개를 저었다.

"그리고 로건에게는 정말 고맙다는 말밖에는……."

어셔가 내내 입을 다물고 있던 로건에게 시선을 돌리며 이야기했다.

"고마워할 필요 없으니 감사 인사는 그만둬."

로건이 짧게 이야기했다.

"나를 위한 일이라서 한 일이니까."

어셔의 눈동자에 희미하게 의아함이 드러났다. 엘레노어는 조용히 눈을 내리깔았다. 입은 있으나, 할 수 있는 말이 없었다. 자신이 내리는 어떤 선택도 두 사람을 상처 입히지 않을 것이 없었으므로.

"너를 위해서 한 일이라니?"

어셔가 질문했다. 고요한 침묵이 세 사람 사이를 빼곡히 메웠다.

"3년간 아비의 영향력에서 보호해 주기로 약속하면서 제안했어. 3년 뒤에, 네가 돌아오지 않으면 나와의 관계를 재고해 보자고."

한참 뒤에, 로건이 대답했다. 어셔의 눈동자가 갈피를 잡지 못하고 흔들렸다.

"그리고 1년 전쯤에는 너와 약속한 시간이 지나면 나와 결혼해 달라고 했지."

로건이 낮은 목소리로 대답했다. 어셔를 직시하는 그의 행동에서 드러난 것은 이판사판, 부딪쳐 보자는 마음가짐뿐이었다.

어셔가 믿기지 않는다는 얼굴로 엘레노어를 응시했다. 엘레노어는 긍정도, 부정도 하지 못한 채 입을 다물었다. 그리고 어셔는 그 침묵에서 진실을 읽을 수 있었다.

"네가 돌아오지 않을 거라고 믿어 의심치 않고 한 제안이었어."

그리고 로건이 쐐기를 박았다. 어셔가 돌아오지 않을 거라고 생각했기에 욕심을 부렸노라고.

"내가 허드슨 양을, 아니, 엘레노어를 계속 좋아했거든. 전쟁이 터지기 전부터."

그의 연인을 마음에 두고 있어, 그 기회를 놓치지 않으려고 했노라고.

"그리고 지금은 사랑하고 있어."

로건의 말에서 느낀 것은 배신감인가, 분노인가, 슬픔인가?

분간할 수 없었다. 그 모든 감정의 복합체인 것 같기도 했다. 자리에서 벌떡 일어선 어셔가 다짜고짜 주먹을 휘둘렀다. 뻑, 하는 무거운 소리와 함께 로건의 턱이 돌아갔다.

"너……!"

어셔가 로건의 멱살을 잡아 들어 올렸다. 가벼운 몸이 아님에도, 로건이 반항하지 않은 탓인지 쉽게 움직였다.

"어셔!"

엘레노어가 허겁지겁 자리에서 일어나 로건의 멱살을 움켜쥔 어셔의 주먹을 붙잡았다.

"안 돼. 이러지 말아요."

그러나 엘레노어가 어셔를 말리는 동안에도, 로건은 시뻘게진 턱을 감싸는 일조차 하지 않았다. 그저 무표정한 얼굴로, 어떠한 변명도 없이 어셔를 응시하고 있었다.

"여긴 클래번 공작저예요, 어셔!"

엘레노어가 끈덕지게 붙들고 늘어져, 어셔의 손을 떼어 냈다.

"오늘이 약속의 마지막 날 아냐? 그럼 아직, 아직 3년이 지나지 않은 거잖아."

어셔의 말이 옳았다. 그의 말이 옳다는 걸 아는데, 로건과 처음 약속한 대로 어셔에게 돌아가는 게 옳은 일이라는 걸 아는데.

'이제 엘리라고 불러 줘요.'

하필이면 오늘, 로건에게 애칭을 불러도 좋다고 했다. 어셔가 죽은 것을 받아들이고, 그의 마음을 받아들이겠노라 했다.

"엘레노어!"

어떻게 해야 하지. 오랜 시간을 기다렸는데, 섣불리 움직인 탓에 모든 걸 망쳐 버린 기분이 들었다.

"네 마음이 변했어?"

어셔가 물었다. 엘레노어가 흔들리는 눈동자로 어셔를 올려다 보았다.

"마음이 변한 건 아니지? 이제 나를 사랑하지 않는 건 아니 잖아."

어셔가 애원하듯 말했다. 엘레노어는 어찌할 바를 모르고 무너지는 마음의 조각들을 끌어안은 채 울고 싶어졌다.

"아직 나를 사랑하잖아."

어셔가 울먹이듯 이야기했다. 엘레노어가 눈을 질끈 감았다.

"잠깐 흔들린 거라면, 그런 건 괜찮아."

"……."

"3년이나 당신을 찾아오지 못한 건 나니까. 그 사이에 누군가 당신처럼 아름다운 사람을 흔드는 건 당연하지."

어셔가 더듬더듬 손을 뻗어, 엘레노어의 손목을 움켜잡았다. 놓아주지 않을 듯 세게 움켜쥔 악력은 이전의 사려 깊고 다정한 어셔가 보일 만한 행동이 아니었다.

"그러니까 만약 그게 미안해서 아무 말도 하지 못하고 있는 거라면, 나는 괜찮아. 엘레노어."

어셔가 설득하듯 이야기했다. 그의 말이 아예 그른 것은 아니었다. 로건에게 아예 흔들리지 않았다면 거짓이었고, 그게 미안하지 않다면 그것 역시 거짓이었으므로.

"내가 다 잊어버릴게."

"……."

"내가 보고 싶지 않았어?"

나는, 나는 눈을 뜨고 감는 순간에도 너만 생각했는데.

결국, 어셔가 아이처럼 울음을 터뜨렸다. 그 안타까운 모습을 지켜보던 엘레노어는 가까스로 유지하던 평정의 벽을 무너뜨리고 그를 감싸 안았다.

"나도 보고 싶었어요."

죽은 줄로만 알았던 첫사랑을 향한 그리움이 눈을 덮어 가렸다. 풋풋하고, 그리하여 열렬하였던 것. 그 감정들은 엘레노어가 인생에서 가장 처음으로 느껴 보았던 설렘이며 특별함이었으므로.

* * *

엘레노어 허드슨은 결국 어셔 피츠먼을 선택했다. 마침내. 결국. 그런 결론에 이르렀다.

로건은 물끄러미 제 꼴을 내려다보았다. 내뱉은 진심과 진실은 어디에도 닿지 않고 흘러가 버렸고, 셔츠는 멱살이 틀어 잡혀 엉망으로 구겨져 있었다.

마치 지금 엉망진창이 된 로건 클래번의 꼴처럼.

"지금 당장 가요."

"어딜 가요, 어셔."

"당장, 피츠먼 백작가로 같이 가서……."

어셔가 당장이라도 엘레노어를 끌고 갈 것처럼 이야기했다. 엘레노어가 어셔의 품에서 벗어나며, 차분하게 그를 달랬다. 흘끗,

로건을 돌아보는 눈동자에 어린 감정이 무거웠다.

"지금 당장 나가는 건 무리예요. 각하께도 예의가 아니고."

"먼저 나를 존중하지 않은 건 로건입니다."

로건은 말없이 엉망이 된 옷깃을 정리했다. 얻어맞고, 가엾은 척이라도 해서 동정을 받고 싶었는데. 그런 역할은 어셔의 몫인 모양이었다.

"……어셔!"

엘레노어가 결국 어셔의 성마른 손길에 끌려 나갔다. 자리를 비운 사이, 제 친구가 연인을 탐냈다는 끔찍한 사실이 그의 이성을 완전히 마비시킨 것 같았다.

"……."

그래, 끔찍한 일이지. 어셔를 비난할 생각은 없었다. 자신이었어도 똑같이 반응했을 테니까. 로건이 작게 키득거리며 한 손으로 눈을 덮어 가렸다. 기운이 빠진 로건의 몸이 소파 위에 축 늘어졌다.

"멍청한 새끼."

로건이 자조했다. 결국은 어떻게 해도 가질 수 없는 여자였다. 한데도 그 여자를 가져 보겠다고 발버둥 친 자신이 우스웠다.

그렇지만, 지금 순간에도 돌아와 주기만 한다면 괜찮을 것 같았다. 그럴 리가 없겠지만.

"각하."

믿기지 않는 목소리가 들렸다. 로건이 눈을 가렸던 손을 치우고 늘어져 있던 상체를 벌떡 일으켰다.

"엘레노어."

돌아온 것일까? 내가 당신의 언어를 제대로 읽지 못해 어셔를 선택한 거라고 오해했던 것일까?

"떠난 게 아니었어요?"

로건이 질문했다. 엘레노어가 머뭇거리며 입술을 달싹였다.

"일단 어셔에게는 피츠먼 백작가로 돌아가라고 했어요. 하지만 저는 이대로 떠날 수 없으니까요."

엘레노어가 느릿하게, 하지만 명확한 목소리로 이야기했다. 그가 사랑해 마지않는 명료함이었다.

"올리비아에게 인사도 해야 하고, 이렇게 떠나는 건 각하께도 예의가 아니라고 생각했어요."

"……."

"재단 일도, 정리를 해야 할 테고요."

그러나 엘레노어는 로건이 사랑하는 목소리로 이별을 고하고 있었다. 로건은 잠깐, 아주 잠깐 사이에 높게 쌓아 올렸던 기대가 삽시간에 무너지는 것을 느꼈다. 확신 없는 감정과 기대는 모래성 같았다.

"떠날 겁니까?"

미묘한 침묵이 가라앉은 애매한 거리. 그러나 로건의 질문이 닿을 정도는 되는 거리였다. 엘레노어는 아랫입술을 꾹 깨문 채, 로건의 시선을 피했다.

"혹시라도 내가 당신의 뜻을 오해했다면 물러나라고 이야기하라고, 말했을 때 당신이 뭐라고 얘기했는지 기억납니까?"

"······."

"당신의 이름을 불러 달라고 했죠."

불쑥 화가 치밀었다. 마음이란 어쩔 수 없는 것임을 아는데. 그가 하릴없이 흔들렸던 만큼, 엘레노어 역시 제 마음을 어쩔 수 없다는 것을 아는데. 그럼에도 불구하고, 쥐었다고 생각한 순간 빼앗겨 버린 것이 억울하고 원망스러웠다.

"나를 로건이라고 불렀잖아요."

"각하."

"내가 당신에게 입 맞출 때도, 거절하지 않았잖아요."

하지만 이 이상은 안 된다. 로건이 감정을 내리누르듯, 눈을 꾹 감았다 떴다.

"나를 떠날 겁니까?"

로건의 질문에 엘레노어가 허를 찔린 것처럼 몸을 움찔거리며 떨었다.

"나를 한 번도 마음에 품은 적이 없었어요?"

엘레노어의 시선이 애타게 자신을 응시하는 사내를 향했다.

강하고 무너질 리 없다고 섣부르게 짐작했지만, 사실은 아니었던 남자. 제 욕심 하나 강요하지 못하고, 기회를 줄 수는 없냐고 묻기만 하던 사려 깊은 사람.

"저는······."

엘레노어의 목소리가 속절없이 가라앉았다. 죄책감이며, 슬픔이었다. 제가 뭐라고 눈앞의 남자를 이렇게까지 아프게 만들어야 하는지 이해할 수 없어서.

"죄송해요."

울컥하는 감정과 함께 튀어나온 말은 그게 전부였다.

"죄송, 죄송해요……."

엘레노어가 울먹거리면서 더듬더듬 사과했다. 매일같이 엘레노어의 마음을 짐작하고, 알아보려 노력한 탓일까. 생략된 이야기를 읽을 수 있을 것만 같았다. 오랫동안 기다려 온 연인을 도저히 잊어버릴 수가 없었다고. 그리고 그 마음이 사랑임을 믿어 의심치 않는다고.

"……."

그렇다면 자신이 쏟아부었던 그 감정은, 그 마음은 어디로 흘러가 버린 것일까. 어딘가에는 조금쯤 고여 있으리라, 강둑에 쌓인 흙처럼 조금씩은 쌓여 있으리라 믿었던 것들은 도대체 어디로 갔을까. 어떻게 흔적도 없이 사라져 버린 것일까.

"내 마음은."

로건이 잠시 말을 끊었다. 정제되지 않은 감정이, 그리고 정리되지 않은 말이 튀어 나가려는 것을 애써 참느라 목울대가 거칠게 오르내렸다.

"당신이 미안해할 일이 아닙니다."

차가운 목소리가 튀어나왔다. 불이 붙은 듯 뜨거운 감정을 토해낼 수 없으니, 그게 그의 최선이었다. 칼에 찔린 기분이라, 마지막까지 엘레노어에게 다정할 여유는 없었다.

"내가 품지 못할 마음을 품었던 것은 아니니까."

"……."

"당신과 어셔가 어떻게 생각하든 나는 그렇게 믿어요."

그래도 얼간이처럼 감정에 휩쓸리는 모습은 보여 주고 싶지 않았다. 로건은 최대한 합리적으로 들리는 변명거리를 내놓으며, 이성적으로 엘레노어를 대하려고 노력했다.

"정리는 내가 알아서 하겠습니다."

오늘이 정말로 마지막이 될 거라면, 적어도 끝이 추잡스럽지는 않았으면 했으니까.

"올리비아에게는 내가 알아서 얘기할 거고, 재단 일도 적임자를 찾아보겠습니다. 그리고, 외부에 알려진 우리 관계도 알아서 정리하겠습니다."

놓친 게 아까울 정도로 괜찮은 사람이었다고, 뒤늦게 돌아보며 아쉬워할 사람 정도는 되었으면 했다. 마지막까지, 이 마음이 뭐라고.

"다 정리될 때까지 잠시만 기다려 줘요. 어셔를 설득하는 일만 부탁하겠습니다. 이제 다시 나를 보려고 하지는 않을 테니까 당신한테 맡기는 수밖에 없겠군요."

이렇게 행동하는 스스로가 우스운 데도 그랬다.

"내가 시작했으니 내가 끝내겠습니다."

로건의 선언에 엘레노어가 흔들리는 눈동자로 로건을 응시했다. 로건은 이제 엘레노어의 눈을 피하지 않았다. 어차피 이미 다 털어놓았고, 매달렸으며, 외면당한 터였다. 더 부끄러울 것도 없었다.

"다 끝났어요."

로건이 희미하게 미소 지었다. 미련은 어리석고, 이별을 외면하는 것은 멍청한 일이다.

"당신이 원하는 대로, 원하는 곳으로 떠나요."

"……."

"허드슨 양."

그리하여 그 역시, 보답받지 못하는 사랑에 그만 이별을 고했다.

* * *

저택의 주인이 떠나라 한 터였다. 밤기운이 조금 가시고, 새벽 빛이 조금 깨친 시간. 엘레노어는 몇 가지 되지 않는 짐만 챙겨 클래번 공작저를 나섰다. 사용인들의 눈에 띄지 않게 떠나야 하기 때문이었다.

"……."

그러나 뒤돌아보지 않고 걸을 순 없었다. 엘레노어가 조용히 등 뒤를 돌아보았다. 어둠에 잠긴 저택의 모습이 한눈에 들어왔다. 켄트를 떠나, 몇 년이나 머무른 곳이었다. 어쩐지 정든 고향을 떠나는 것만 같은 아득한 감정과 희미한 미련에 가슴이 짓눌렸다.

"네가 그러면 안 되지, 엘레노어 허드슨."

엘레노어가 작게 중얼거렸다. 제게 하염없이 마음을, 그리고 대가 없는 친절을 쏟아부어 주던 사내를 기어이 외면하고 돌아서는 길이었다. 거기에는 어떠한 미련도 존재해서는 안 되었다.

"양심도 없이."

마지막의 마지막까지 그를 흔들고, 그의 마음을 받아들이겠노라 선언하고 난 뒤에도 결국 로건을 밀어냈다. 기실 로건이 마지막까지 신사적인 것만 해도 대단한 일이었다.

　"……."

　그들의 관계와 관련된 책임마저 그의 것으로 떠밀어 두고 나오지 않았나. 로건이 그리하라고 말한 것처럼 굴었지만, 사실 책임을 회피하고 싶었던 마음임을 모르지 않았다. 로건을 외면하고, 끝내는 홀로 버려두고 돌아서는 나쁜 여자라는 사실을 제 입으로 말할 수가 없어서.

　"수선화……."

　제가 주제도 모르고 사용했던 공작 부인의 침실이 눈에 들어왔다. 창가에는 노란색 꽃이 꽂힌 화병이 놓여 있었다. 멀리서 볼 때는 그 꽃의 형태를 제대로 구분하기 어려웠다. 그러나 엘레노어는 그 꽃의 종류를, 그리고 그 꽃말을 알았다.

　'당신이 원하는 대로, 원하는 곳으로 떠나요.'

　수선화. 그 꽃말은 '당신의 사랑에 보답하여.'

　'허드슨 양.'

　한데 그 사랑에 보답하여 그에게 준 것은 슬픔뿐이었다. 천국에서 지옥으로, 가장 기쁜 곳에서 가장 낮고 비참한 곳으로 그를 떠밀었다. 죄책감과 괴로움, 슬픔 따위로 혼재된 감정에 머리가 어지러웠다.

　용서받을 수 없겠지. 어쩌면 다신 얼굴조차 보지 못할지도.

　"……."

그 생각을 하자 목구멍으로 무언가 뜨거운 게 치밀었다. 그저 시간이 지나가서, 언젠가 어셔의 죽음을 극복했던 순간처럼 모든 것이 무뎌지기만을 바랐다.

엘레노어가 망설임을 거두고 다시 등을 돌렸다. 그리고 저택의 대문을 향해 걷기 시작했다. 그러나 저택을 완전히 벗어나기 전까지는 긴 시간이 걸렸다. 돌아보고, 또 돌아보고, 다시 또 돌아보다가 스스로를 다잡느라 오랜 시간이 걸렸다.

아직은 서늘하기 짝이 없는 이른 봄의 새벽, 머리털까지 비죽 서는 찬 바람이 불었다. 멍청한 미련을 질책하는 것만 같았다.

* * *

"어셔!"

제인이 비명처럼 어셔의 이름을 부르며 주저앉았다. 집사장이 어셔가 살아 돌아왔다고 이야기할 때까지만 해도, 그가 헛것을 본 거라고 생각했다. 모두가 죽었다던 아들. 신문에도 사망자란에 이름을 올렸던, 군번줄만 부모에게 돌려보낸 야속한 불효자.

한데 살아 있었다. 다소 초췌하고 거친 낯이기는 해도 멀쩡히 살아 그녀에게 손을 내밀고 있었다.

"어셔, 어셔. 내 아들……."

제인이 허겁지겁 품 안으로 아들을 당겨 안았다. 가까이 닿아 있는데도, 닿지 않은 것처럼 헛헛한 기분이 들어서였다.

"어셔……."

제인이 아이처럼 울음을 터뜨렸다. 어셔가 전사했다는 소식을 들었던 그 날처럼. 어셔는 서럽게 우는 어미를 품에 안은 채 울며 웃었다.

"모두 네가 죽었대서. 남겨진 게 네 군번줄뿐이래서……."

"늦게 와서 죄송해요."

어셔의 사과에 제인은 그저 흐느끼기만 했다. 피츠먼 백작도 감정을 참듯, 눈시울을 붉힌 채 눈을 깜빡이기만 했다. 그러나, 그사이에도 기쁨은 숨겨지지 않았다.

"돌아왔으니 됐다."

"……."

"무사히 돌아왔으니 됐어."

어셔의 어깨를 두드리는 피츠먼 백작의 목소리가 무겁게 잠겨 있었다. 어셔는 제 귀환을 가감 없이 반겨 주는 부모 사이에서 드디어 돌아왔노라는 안정감을 느꼈다.

물론, 클래번 공작저에서 만났던 엘레노어도 그가 돌아왔다는 사실에 기쁨과 슬픔으로 뒤섞인 눈물을 쏟아 냈었다. 그러나 그 뒤에 로건과 있었던 모든 일이 엘레노어가 드러낸 반가움과 기쁨의 정도를 희석했다.

"여보, 제인. 그만 울어요. 돌아오느라 어셔도 피곤하고 힘들 테니 쉬게 해 줍시다."

피츠먼 백작이 아내를 달래어 일으켜 세웠다. 제인은 흐느끼면서도 아들의 소맷자락을 붙잡고 놓아주지 않았다.

"저 여기 있어요. 이제 어디 안 가니 걱정하지 않으셔도 돼요."

어셔가 다정하게 속삭였다.

"그래."

피츠먼 백작이 먹먹한 얼굴로 대답했다. 중심을 잡아야 하니 멀쩡한 척하고 있지만, 당장 그도 아들을 끌어안고 그 체온을 확인해 보고픈 충동에 시달리고 있었다.

"목욕만 하고 올 테니까 같이 식사해요. 드릴 말씀도 있고요."

"목욕물은 바로 준비하라 일러두었습니다, 도련님."

하녀장이 어셔가 돌아와 기쁘다는 듯, 벙긋 웃는 얼굴로 이야기했다. 피츠먼 백작가의 둘째 도련님은 누구에게나 다정하고 선한 사람이라, 사용인들에게도 평판이 좋았다. 그의 전사 소식이 끌어낸 눈물만도 저택을 메울 정도는 될 터였다.

"고마워요."

감사를 표한 어셔가 눈물을 글썽거리는 사람들을 지나쳐 제 침실이던 2층으로 걸음을 옮겼다. 열린 문 너머, 침실은 3년 전 그의 기억과 조금도 다르지 않았다.

"……."

심지어 테이블 위를 손가락으로 길게 쓸어도, 먼지조차 앉지 않았다. 자신보다 앞세운 자식이라 생각하면서도, 원망하면서도 그 흔적조차 치우지 못하는 어미의 미련이었다.

변하는 일은 쉽다. 그러나 변하지 않는 일은 어렵다. 어셔 본인도 그 사실을 알아, 엘레노어가 로건에게 흔들렸다고 해도 원망할 수 없었다.

"목욕 시중을 들어 드릴까요?"

"아뇨. 혼자 하고 싶어요."

시중을 모두 물린 채 혼자만의 시간을 보냈다. 어셔는 제 부모를 설득할 만한 말을 머릿속으로 떠올리며, 식당에 발을 디뎠다.

"어서 앉으렴."

피츠먼 백작이 드물게도 착석을 반겼다.

"네 형에게도 연락했으니, 곧 올 거다. 네가 살아 돌아왔다는 말에 무척 기뻐하더구나."

어셔가 고개를 끄덕이며 제 자리에 앉았다. 테이블 위에는 평소보다 많은 음식이 준비되어 있었다.

"짧은 새에 고생했겠네요."

"어서 들렴. 배고프지?"

제인은 여전히 눈물이 그렁그렁 맺힌 채였다. 그저 어셔를 보기만 해도 자동 반사적으로 눈물이 나는 모양이었다.

"기억을 잃었을 때 보살펴 주신 분이 있어서, 크게 고생하고 지내진 않았어요. 먹을 것도 잘 먹었고요."

물론 피츠먼 백작가에 있을 때처럼 모두 고급으로 사용할 수는 없었지만, 민가에서 그 정도면 윤택한 생활을 한 편이었다. 세 끼니를 모두 챙길 수 있었고, 치료도 받을 수 있었으며, 일을 하며 돈도 받았으니까.

"나중에 너를 구해 준 은인을 초대해서 식사라도 대접하자꾸나."

피츠먼 백작이 제안했다. 제 아들을 살려 준 은인에게라면 무엇이든지 해 줄 수 있을 것만 같았다. 어셔도 순순히 아비의 제안을 받아들였다.

"두 분도 드세요."

먼저 칠면조 고기를 썰어 입 안에 넣던 어셔가 어색하게 웃으며 이야기했다. 열렬할 정도로 강렬한 부모의 시선이 제게 닿아 있는 것이 어색했다. 숨만 쉬어도 어여쁨을 받았던 어린 시절을 제외하면 없던 일이니까.

"네가 먹는 것만 봐도 배부르니 괜찮아. 어서 더 먹으렴."

제인이 제 접시까지 밀어 줄 것처럼 굴었다. 어셔는 간신히 제 어미를 만류했다. 그런 형편이니, 하고 싶었던 말은 식사가 거의 끝나 갈 때까지도 하기 어려웠다.

"이젠 정말 배불러서 못 먹겠어요."

어셔가 두 손 두 발을 들고서야 제인과 피츠먼 백작이 아쉬운 얼굴로 한발 물러섰다.

"응접실에서 차라도 한잔하자꾸나."

제인의 말에 어셔가 고개를 끄덕였다. 제인의 제안이 그의 목소리를 더 듣고 싶어서라는 사실을 이미 알고 있었으니까. 거절하긴 어려웠다.

"그래. 그동안은 어디서, 어떻게 지냈니?"

아직 찻잔도 내려놓지 않은 상태였는데, 제인이 서둘러 물어 왔다. 어셔는 라만의 군인이었던 모이라 덕분에 목숨을 구하고, 여태까지 삶을 영위할 수 있었다는 사실을 자세히 설명했다.

"얼마나 고생이 많았을까……."

그 설명을 듣는 내내, 제인은 고장 난 수도꼭지처럼 자꾸만 눈물을 찍었다.

"군인인걸요. 그 정도면 아주 잘 살았던 셈이에요."

"그래도 레딘에서처럼 살 순 없었던 거잖니."

어셔도 그간의 고생을 아예 부정하지는 않았다. 약아빠진 일이라는 건 이미 알고 있었다. 그러나 제 어미의 감정을 자극하고, 그리하여 그의 부탁에 쉽게 흔들리게 하려면 어쩔 수 없었다.

"이젠 하고 싶은 거, 다 하고 살렴. 무엇이든 해 주마."

마침내 제인이 약속했다. 어셔는 그 기회를 놓치지 않았다.

"그러면 말씀드리고 싶은 게 있어요."

"뭘? 뭘 원하니? 말해 보렴."

제인이 어셔의 손을 붙잡은 채 질문했다. 세상을 달래도 줄 것처럼 절절한 모습이었다.

"엘레노어와 관련한 이야기예요."

그러나 그다음, 어셔의 입에서 튀어나온 이름에는 제인도 속절없이 굳어 버리고 말았다. 엘레노어는 이미 요란스럽게 로건과 약혼했고, 대내외적으로 예비 마님 대우를 받고 있었다.

"어셔, 얘야."

일단은 제 가장 절친한 친구와 연인이 결혼을 약속했다는 사실을 어떻게 설명해야 할지 몰라, 제인은 눈을 질끈 감은 채 한숨을 내쉬었다.

"저도 알아요."

그 순간, 어셔가 입을 열었다.

"엘레노어와 로건이 약혼했다고 말씀하고 싶으신 거죠."

제인이 감고 있던 눈을 번쩍 떴다. 마주한 아들의 보랏빛 눈동자는 제 의지를 표명하듯 무척이나 또렷했다.

"어차피 그 약혼은 가짜예요."

"……."

"엘레노어의 아버지가 다시 엘레노어를 강제로 결혼시키려고 해서, 로건이 엘레노어를 지키기 위해 선택한 방법이에요. 이미 알고 있어요."

어셔가 담담한 목소리로 이야기했다. 그러나 제인은 아들의 눈 동자에서 튀는 불꽃을 느낄 수 있었다.

"제가 돌아왔으니, 그 약혼은 무효예요. 그리고 저는 엘레노어와 결혼할 거고요."

어딘가 뒤틀렸다. 아마 그 이름은 배신감일 것이다.

"그렇다고 해도 2년 넘게 이어 온 관계야. 처음에는 그런 조건 으로 시작했다고 해도, 여태까지도 그럴까?"

이제 막 살아 돌아온 아들에게 이런 말을 하고 싶지는 않았다. 제인 역시, 오명까지 감수해 가며 어셔를 기다렸던 엘레노어를 어 셔에게 돌려주고 싶었다.

"물론, 엘레노어는 긴 시간 너를 기다렸어. 그건 나도 안다."

제인이 울컥 치밀어오르는 감정을 내리누르며 입을 열었다.

"클래번 공작과의 약혼 직후에도 엘레노어는 불안해 보였어. 내 게 뭔가를 해명하려고 하는 것처럼 보이기도 했고."

하지만, 그게 옳은 일일까? 게다가 제인은 이미 엘레노어에게 제 삶을 살라고 응원한 바도 있었다. 어떻게 그럴 수가 있냐는 엘레노 어에게 모든 것을 뒤로한 채, 앞만 보고 가라고. 그렇게 충고했다.

한데 어셔가 돌아왔으니 다 그만두고 돌아오라니. 어떻게 그렇게 말할 수 있단 말인가?

"중요한 건 지금 엘레노어의 마음이야."

중요한 것은 엘레노어의 생각이며, 마음이었다.

"클래번 공작의 생각 역시 중요하지."

또한 로건의 생각 역시 중요했다. 이제는 그 역시 이 관계의 당사자였으니까.

"나는 엘레노어에게 앞을 보고 살아가야 한다고 조언했단다. 그리고 엘레노어는 이제 내 충고를 받아들여, 그렇게 살아가고 있어."

3년이나 죽은 줄로만 알아, 모든 시간이 멈췄던 어셔가 아니라. 제인은 그렇게 믿었다.

"엘레노어는 아직도 저를 사랑해요."

"어셔."

"로건에게 흔들린 적이 있는지도 모르지만, 그 마음이 저를 향한 사랑을 지울 정도는 되지 않아요. 그리고 엘레노어는 저를 선택했고요."

하지만 아들의 생각은 다른 듯했다.

* * *

그러나 클래번 공작저를 떠난 엘레노어는 피츠먼 백작가로 가지 않았다. 고향인 켄트로도 가지 않았다. 서던 역 근처의 숙박 시설에 대충 짐을 풀었을 뿐이었다.

"한 달 머무를 거라고 했죠?"

"네."

로건이 자신을 필요로 하리라는 기대는 아니었다. 로건은 이미 '허드슨 양'이라는 호칭으로 엘레노어와의 관계를 분명히 잘라 냈다. 다만, 여러 가지 문제를 현실적으로 고려했을 때 최선의 방법이었다.

학교도 문제였거니와, 재단과 관련한 일도 마무리되지 않았다. 물론, 로건에게서 달리 연락은 없었다. 그리고 그가 말을 바꿀 인사가 아니라는 것도 알았다. 그러나 문제가 생겨 뒷수습이 필요할 수도 있지 않나 하는 생각이 들었다.

줄리엣, 그리고 올리비아와 같은 아이들을 위한 일이었다. 마지막까지 책임은 지고 싶었다.

그리고 어셔의 말처럼 피츠먼 백작가에 몸을 의탁하는 건 그렇게 쉬운 문제가 아니었다.

어셔가 돌아온 것은 기쁜 일이지만, 그가 고집을 부린다고 하여 피츠먼 일가가 엘레노어를 즉시 받아들이는 일 같은 건 벌어지지 않을 터였다. 엘레노어는 서던을 넘어, 레던이 시끌벅적해질 정도로 요란하게 로건과의 약혼을 알렸다.

"제정신이 아닌 게 아니고서야."

엘레노어가 완전히 빛에 물든 서던을 내려다보며, 자조적으로 중얼거렸다.

문득 그런 생각이 들었다. 사실 가장 좋은 방법은 두 사람 모두를 선택하지 않는 것이 아니었을까.

"아니야."

엘레노어가 두 손에 얼굴을 묻은 채 중얼거렸다. 어셔와 약속
했다. 줄리엣과 같은 일을 다시 만들지 않으려면, 변심해선 안
된다. 소중한 사람과의 약속은 꼭 지켜야만 한다. 로건은 감사한
은인이었지만, 어셔와 같은 의미로 소중한 사람은 아니었다.

그렇게 생각하면서도, 가슴의 먹먹함은 쉽게 사라지지 않았다.

8. 사랑하기에 외로운 사람들

"당장 당신을 데려가긴 힘들지만……."

엘레노어가 클래번 공작저를 떠나고도 시간이 조금 흐른 터였다. 그런데도 제 부모의 반대로 엘레노어를 피츠먼 백작가의 손님으로 데려갈 수 없었다. 어셔는 그 점을 무척이나 애석해했다. 대신, 어셔는 매일같이 엘레노어가 머물고 있는 숙소로 찾아왔다.

"조금만 더 기다려 줘요."

어셔가 그렇게 이야기했다. 깃털처럼 부드럽고 따스한 시선은 이전과 다르지 않았다. 로건을 향한 죄책감으로 가슴이 먹먹한 순간에도 그게 큰 위로가 됐다.

"부모님은 내가 금방 설득할 테니까. 어차피 나를 이길 순 없을 거예요."

이렇게나 좋은 사람인걸. 그래서 그렇게나 사랑한 사람인걸. 마지막에 로건을 섣부르게 흔든 일쯤은, 미안하지만 어쩔 수 없는 일이다. 쪼듯이 이어지는 어셔의 입맞춤을 받아들이며 엘레노어는 그렇게 생각했다. 합리화임을 알면서도 어쩔 수 없었다.

"어차피 조금은 기다려야 했어요, 어셔."

"왜요?"

"각하께서 나와 관련된 문제들을 차츰 정리하고, 우리 약혼이 거짓이었다는 걸 알릴 거라고 하셨거든요."

그때가 되면, 피츠먼 백작 일가의 오해도 풀릴 테니 괜찮아질 거라고. 엘레노어는 그렇게 이야기했다. 어셔는 제인의 반대가 그것보다는 좀 더 본질적인 문제에 있음을 굳이 알리지 않았다.

"로건이 정리할 때까지 기다릴 생각이에요, 그럼? 언제 해명할 줄 알고?"

"어셔."

"엘레노어, 로건은 당신을 좋아해요. 그대로 해명하지 않을 수도 있다고요."

어셔가 이해할 수 없다는 듯 말했다. 엘레노어가 미처 하지 못한 얘기를 설명해야겠다는 생각을 한 건 그 순간이었다.

"사실 당신이 돌아온 날, 나는 각하의 마음을 받아들일 생각이었어요. 그렇게 이야기도 했고요."

"엘레노어."

"각하께서 그간 대가 없이 베푼 것에 보답할 방법이 그뿐이라고 생각했어서."

엘레노어가 저를 끌어안은 어셔의 팔을 부드럽게 쓸어내리며 말을 이어 갔다.

"한데 나는 각하와의 약속을 지키지 않은 거예요. 오히려 기대하게 해 놓고 실망하게 만들었죠."

저를 끌어안은 어셔의 단단한 가슴팍에 힘이 들어가 있는 게 느껴졌다. 무슨 말이든 하고 싶지만, 참고 있는 게 분명했다. 그는 도통 화를 내지 않는 사람이니까.

"나는 당신과의 약속을 지킴으로써, 각하께 내뱉은 말을 지키지 못했어요."

엘레노어가 어셔의 팔을 다독였다. 로건이 그랬듯, 그가 제 마음을 이해해 주었으면 했다.

"그러니 각하께도 나와 관련된 일이나, 마음을 정리할 시간을 주는 게 맞다고 생각해요. 나는 그러고 싶어요."

"……."

"그렇게 오래 걸리지도 않을 거예요. 나는 이미 저택을 나왔고, 각하께서도 거의 정리하셨을 테니까."

로건을 생각하면, 어쩔 수 없이 미안하고 서글픈 마음이 들었다. 지금 당장은 어쩔 수 없는 일이었다.

엘레노어가 조용히 옆을 돌아보았다. 자신을 끌어안은 채, 침대 헤드에 기댄 어셔의 옆모습에선 희미한 불쾌함이 어른거렸다. 그러나 어셔는 결국 엘레노어의 뜻에 따라 줄 것이다. 엘레노어는 그를 믿어 의심치 않았다.

"……알겠어요. 당신 뜻이 그렇다면."

"고마워요."

그리고 그 생각은 옳았다. 엘레노어가 그의 뺨에 짧게 입을 맞추었다.

"일단 나갈까요? 오랜만에 같이 식사하고, 커피도 마시면서 데이트하면 좋을 것 같은데."

그 덕분에 기분이 좋아진 모양인지, 어셔가 먼저 제안해 왔다. 엘레노어는 가만히 웃으며 고개를 끄덕였다. 나가서 돌아다니다 보면 기분도 한결 나아지리라는 판단 때문이었다. 물론, 어셔의 기분이 조금이라도 더 좋아졌으면 하는 바람도 있었다.

"일단은 당신 옷부터 사야겠어요. 소지품도 제대로 못 챙겼을 텐데 내가 생각이 짧았네요."

어셔가 엘레노어의 오래된 드레스를 일별하며 이야기했다. 침대에서 막 내려온 엘레노어가 어색하게 미소 지었다.

"새 옷은 괜찮아요. 몇 가지 더 있기도 하고, 옷감이 상한 것도 아니니까."

"내가 당신에게 해 주고 싶다고 해도요?"

호텔의 밖으로 나선 어셔가 손을 내밀었다. 엘레노어는 조용히 그의 손을 잡았다. 늘 그랬듯 단단하고, 따뜻한 손이었다.

"굳이 필요하지 않으니까요."

엘레노어는 상냥한 태도로 어셔의 제안을 거절했다. 선물 받은 물건으로 벽장을 채우는 일은 그리 유쾌하지 않았다. 이별에 그 무게를 더하는 죄책감이 될 뿐이었다. 엘레노어는 로건과의 이별에서 그런 감정을 처절하게 느꼈다.

"정말로 해 주고 싶다면, 결혼한 이후에나 해 줘요. 결혼 선물로 기쁘게 받을게요."

"거하게 준비해야겠네요."

어셔가 기대해도 좋다며 웃었다. 엘레노어는 말없이 그를 따라 입꼬리를 끌어 올렸다.

"이 식당 아직도 있네요."

어셔가 서던 역 앞의 식당을 가리키며 이야기했다. 엘레노어와 어셔가 마지막으로 식사를 했던 공간이었다.

"전쟁터에 있는 동안, 자주 생각했어요."

"……."

"당신에게 미안하다고 말하던 순간, 당신을 기차역에 두고 떠나던 순간들."

그리고 끝없이 후회했다. 착한 척하지 말고, 제 인생이나 건사할 것을. 아무것도 모른 척, 엘레노어와 결혼해 가정을 꾸리고 살 것을. 특히나 마지막이라고 생각하며 눈을 감던 그 순간에는 더욱 그랬다. 소년병을 구한다는 소식에 자발적으로 전쟁에 나선 결정이 절절하게 후회가 됐다.

"마지막으로 행복했던 곳이라서 그랬나 싶어요."

거기에는 얼마쯤, 일찍이 전쟁터에 끌려가 고생 중인 친구를 향한 죄책감도 있었다. 전쟁이 끝난 후 돌아온 것이 이런 배신일 줄 알았더라면 결코 나서지 않았을 거란 생각만이 그를 지배했다.

"그럼 여기서 식사할까요?"

엘레노어가 먼저 제안했다. 어셔가 고개를 끄덕이고, 식당 내부로 엘레노어를 에스코트했다.

"여기, 그 이후에도 와 본 적 있어요?"

착석해서 메뉴를 살펴보고 있을 때였다. 어셔의 질문에 엘레노어가 고개를 조금 들어 올렸다.

"몇 번 정도 와 봤어요."

"혼자서?"

"혼자서도 오고, 대학교 동기, 그리고 올리비아랑도……."

문장의 끝이 명확하지 않게 끊어졌다. 그 사이에 있었던 로건의 존재를 굳이 감추느라 그랬다. 어셔도 모르지 않으리라는 생각은 들었지만, 굳이 로건을 화젯거리로 올리고 싶지 않았다. 근래 어셔는 그의 이름에 무척이나 예민하게 반응했으니까.

"나름 유명한 식당이 된 모양이네요."

어셔가 그렇게 말하며 주변을 둘러보았다. 엘레노어가 어셔의 눈치를 조금 살피며 긍정의 답을 내어놓았다.

"서던 역 앞에 이렇게 큰 식당은 드무니까요. 가족 단위로 오기도 편하고요."

웨이터가 자연스럽게 그들의 대화에 끼어들어 설명하곤, 테이블 위에 식전 빵을 내려놓았다. 그러고는 곧 음식을 가지고 오겠노라며 몸을 돌렸다.

엘레노어가 종종 로건, 그리고 올리비아와 식당에 온 터라 얼굴을 아는 사람이었다. 그런데도 어셔의 얼굴만 흘끗 살필 뿐, 그들은 어찌 지내느냐 인사도 하지 않았다. 모르는 척하는 게 틀림없었다.

"그간 당신에게 묻지 못한 게 많네요."

어셔가 물을 한 모금 마시며 엘레노어에게 시선을 던졌다.

"궁금한 게 있어요?"

"많죠."

엘레노어의 질문에 어셔가 고개를 크게 끄덕였다. 하긴, 그간 어셔가 불편해하는 듯해서 지난 시간의 이야기는 굳이 꺼내지 않은 터였다.

"아버지와는 어떻게 됐는지."

"연락 안 하고 있어요."

"그래요?"

"……사실, 각하께서 그렇게 기사까지 내가며 저를 데려갔으니, 결혼할 거라고 믿어 의심치 않아서 조용히 있는 것 같아요."

엘레노어의 대답에 어셔가 입 안으로 혀를 굴리며, 그다지 내키지 않는 대답을 곱씹었다.

"가서 인사 한번 드려야겠네요."

싫든 좋든 찰스는 엘레노어의 유일한 가족이었다. 게다가 그가 엘레노어의 진짜 남편이 될 사람을 모르고 있으니, 한 번쯤 인사해야 할 필요성이 있었다.

"그러고 보니, 아까 이 식당에 친구랑도 같이 왔다고 하지 않았어요?"

"맞아요."

"서던에 와서 몇 년 있으면서 친구도 생긴 모양이네요. 듣고 기뻤어요. 엘레노어가 워낙 곁을 주지 않으려는 편이니까."

어셔가 자연스럽게 화제를 돌렸다.

"대학교 동기예요."

"대학교에 입학했어요? 교육학?"

어셔가 눈을 동그랗게 뜨고 되물었다. 엘레노어도 어떠한 머뭇거림 없이 시원스레 긍정했다. 어셔가 제 일처럼 기쁜 얼굴을 했다.

"꿋꿋하게 잘 살고 있었네요."

"……."

"어머니께 듣긴 했지만, 진심으로 기뻐요."

사랑하는 연인이 소망하던 일이 이뤄진 것이니 기쁘지 않을 수 없었다. 게다가, 그가 없는 순간에도 무너지지 않고 자신의 인생을 꾸려 온 엘레노어가 대견했다.

"언제 입학했어요?"

"작년 가을에 입학했어요."

"학비 문제는 없었어요? 첫 학기에는 장학금이 잘 돌지 않아서, 제법 들었을 텐데."

걱정스러운 목소리였다.

"……각하께서 도와주셨어요. 먼저 제대로 준비해 보라고도 하셨고."

그 걱정에 할 수 있는 대답이 또 로건이었다는 사실만이 침통할 뿐이었다.

"주문하신 메뉴 나왔습니다."

둘 사이 애매한 침묵이 감돌 무렵, 웨이터가 눈치 좋게 나타났다.

"일단 먹고 얘기할까요?"

테이블 위에 주문한 메뉴와 영수증을 올려놓은 웨이터가 떠나기 무섭게, 어셔가 로건의 이야기를 외면했다.

"맛도 그대로네요."

고기를 한 입 거리로 썰어 입 안에 넣은 어셔가 변하지 않은 맛을 칭찬했다.

"스테이크 맛이 변하는 것도 이상하죠."

엘레노어도 최대한 자연스럽게 대꾸했다. 어셔가 그제야 안심한 듯, 소년처럼 말간 얼굴로 웃었다. 엘레노어는 조금 서글픈 마음으로 어셔를 응시했다. 어셔에게서 계속 느껴지던 미묘한 기분을 알 것 같았다.

그는 계속 변하지 않은 것만을 찾고 있었다. 세상에 변하지 않는 것이란 없는데. 당장 눈앞의 사내도, 그리고 자신도 변했을진대.

* * *

식사를 마친 엘레노어와 어셔가 식당을 빠져나왔다. 식당 안에서 간단히 커피까지 마신 후라, 카페로 따로 이동하는 건 무의미해 보였다.

"시간이 애매하네요. 이럴 줄 알았으면 공연이라도 예매해 둘 걸 그랬어요."

어셔가 아쉬운 얼굴로 이야기했다.

"괜찮아요. 당신도 아직 많이 피곤하잖아요."

내내 잊고 있던 기억을 떠올리자마자 레던으로 돌아왔다. 그러자마자 로건의 마음을 알게 되었고, 제 부모를 설득하겠다고 계속 움직이고 있으니 피곤하지 않을 리가.

"서점에나 가 볼까요? 보고 싶은 책도 있고."

자신이 책을 읽는 동안, 어셔는 서점의 한쪽에서 쉬어도 될 터였다. 엘레노어는 어셔를 배려해 다음 행선지를 제안했다.

"그래요."

사실 어셔는 엘레노어가 무엇을 제안했더라도 좋다고 고개를 끄덕였을 사내였다. 아니나 다를까, 그는 큰 고민 없이 고개를 끄덕였다.

"일단 그 전에 꽃만 좀 사고."

"꽃?"

엘레노어가 되묻던 순간, 어셔가 앞으로 성큼 걸음을 뗐다. 엘레노어의 의아한 시선이 어셔의 동선을 따라 움직였다. 어셔는 넓은 도로 바로 옆에서 꽃을 팔고 있던 소년을 붙잡았다. 꽃바구니를 한쪽 팔에 낀 채, 익숙하게 호객 행위를 하던 소년은 엘레노어도 잘 아는 얼굴이었다.

"꽃 한 송이만 드리면 될까요?"

"아니. 다발로 만들 수 있을 만큼."

한 번에 들고 있는 전부를 팔 수 있을 거라는 생각에 함박웃음을 짓고 있는 소년은 이슬라의 아들이었다.

"클래번 공작저의 엘레노어 님이 이 시기마다 사 가서 유명해진 꽃이에요. 선물해 주실 아가씨도 무척 좋아하실 거예요!"

소년의 설명에 값을 치르던 어셔가 엘레노어를 돌아보았다.

"엘레노어!"

"안녕, 제이슨."

엘레노어가 손을 들어 이슬라의 아들에게 인사해 주었다.

"엄마가 왜 요새 안 오냐고 궁금해하시던데."

"이제 갈 일이 별로 없을 것 같네."

반가움도 잠시, 제이슨은 잠시 상황을 파악하듯 어셔와 엘레노어를 번갈아 보았다. 그러고는 엘레노어에게 작별 인사를 한 후 휭하니 자리를 떴다. 이미 어셔가 꽃을 구매하고 값을 치른 상황에서 괜한 문제가 발생하는 건 싫었던 모양이었다.

"꽃을 자주 샀어요?"

어셔가 종이 포장지로 감싼 크로커스 다발을 건네며 질문했다. 엘레노어가 꽃다발을 안아 들며 고개를 끄덕였다.

"이 시기면 크로커스를 샀죠."

"……."

"여름에는 달맞이꽃이나 해바라기를 샀고."

마지막에 수선화를 구입하기 전, 얼마 전까지도 침실을 장식했던 꽃이었다. 엘레노어가 아직 싱싱한 꽃잎을 매만지며 중얼거렸다.

"당신이 꽃을 그렇게 좋아했었는지 몰랐네요."

어셔가 알지 못했던 사실을 알았다는 듯 중얼거렸다. 엘레노어가 희미하게 미소 지으며 고개를 저었다.

"꽃을 좋아해서는 아니었어요. 우연히 꽃말에 관심을 갖게 되었었거든요."

"꽃말이요?"

"흰색 크로커스와 달맞이꽃, 그리고 해바라기의 꽃말은 모두 그리움과 관련되어 있어요."

어셔를 기다리는 동안, 로건의 애정을 외면하고 마음을 다잡기 위한 용도로 꽃을 샀다. 시들면 다시 사고, 계절이 바뀌면 다시 샀다. 자연스레 로건도 그 꽃말을 알게 되었으나, 엘레노어에게 어떤 말도 하지 않았다.

"나를 기다리느라고?"

어셔가 기쁨을 숨기지 못하는 기색으로 질문했다. 엘레노어가 작게 고개를 끄덕였다. 어셔가 그 뜻에 기뻐하듯이, 로건이 속상하지 않았을 리 없는데도. 로건은 아무 말도 하지 않았다.

"기뻐요, 엘레노어."

"……."

"당신이 나를 그만큼 그리워했다는 게. 미안하면서도 정말 고맙고, 기뻐요."

한 발짝 다가온 어셔가 엘레노어를 조심스럽게 끌어안았다. 입을 맞춘 것도 아니고, 연인끼리의 가벼운 애정 표현이었다. 누구도 그들에게 큰 관심일랑 주지 않고 무심히 지나쳐 갔다.

"내가 앞으로 잘할게요. 당신 속상할 일 없도록."

어셔가 엘레노어의 관자놀이 근처에 짧게 입을 맞추며 속삭였다. 그래서 엘레노어는 어셔에게 사실을 말할 수 없었다. 당신이 돌아오던 날 밤, 흰색 크로커스가 아닌 수선화를 샀었노라고. 그리고 수선화의 뜻은 기다림이 아니라, 로건이 제게 무조건적으로 베푼 사랑에 보답하겠다는 의지였노라고.

어셔의 기쁨을 망가트리고 싶지 않았다. 그러니 차마 말할 수 없었다.

"서점부터 갈까요?"

어셔가 마지막으로 엘레노어의 이마에 입을 맞추고 떨어졌다. 엘레노어는 제게 손을 뻗은 사내의 커다란 손을 조용히 붙잡았다. 많은 것이 변한 것은 사실이나, 여전히 그가 주는 평화와 안정감이 좋았다. 자신을 향한 시선 속에 섞인, 은근한 그의 설렘마저도.

그러니 지금에 충실해야지. 잃지 않은 것에 감사하며 최선을 다해야지. 엘레노어는 그렇게 생각했다.

"무슨 책을 사려고요?"

잘 다듬어진 길을 걸어, 서점 문 앞에 도착했을 때였다. 어셔가 엘레노어의 모든 것이 궁금하다는 듯 질문을 건넸다.

"정신 병동에서 일하던 간호사가 낸 책이 있어요. 일할 때의 경험이랑 환자와 관련한 일화를 푼 책이라는데 궁금해서요."

엘레노어의 대답에 어셔가 특이한 걸 궁금해한다는 얼굴을 했다. 엘레노어는 로건에게 대답하듯 앞뒤를 자른 대답을 내어놓았다는 것을 뒤늦게 깨닫고 눈을 굴렸다.

"괜찮아요. 호기심이 많은 건 좋은 일이니. 아이가 당신을 닮으면 무척 똑똑하겠어요."

어셔에게도 줄리엣과 관련된 일을, 그리고 그로 인해 엘레노어가 결심한 일을 말해 주지 않았다는 걸 깨달은 건 그때였다.

"들어가요."

내가 선량하고, 착하기만 하다고 생각하는 당신이, 동생을 부끄러워하고 숨기려고 했던 나를 이해할 수 있을까? 나를 향한 당신의 환상을 깨부수는 일은 아닐까?

알 수 없는 망설임이 입을 막았다.

* * *

"데이트가 너무 짧아서 아쉬운데."

어셔가 그렇게 이야기했다. 엘레노어는 한쪽 팔로 품 안의 꽃다발을 고쳐 안으며 짧게 웃었다.

"앞으로도 시간은 많잖아요, 어셔. 서두르지 말아요."

엘레노어의 대답에 어셔가 환한 얼굴로 웃었다.

"당신 말이 맞아요."

돌아오자마자 접한 소식이 충격적이라 그럴까. 어셔는 이전과 같은 듯 달랐다. 엘레노어가 앞으로 그들에게 남은 무한한 시간을 언급한 후에야 안심한 얼굴로 웃곤 했다.

"내가 영 멍청하게 보이죠?"

어셔가 머쓱한 얼굴로 물었다.

"3년 만에 돌아오니, 연애하는 법도 다 잊어버린 것 같고 그래요."

"아뇨."

엘레노어가 고개를 저었다.

"당신은 원래 서툴렀어요, 어셔."

안심한 듯 웃던 어셔가 쩡하니 얼어붙었다. 진의를 묻는 보라색 눈동자가 귀여웠다. 엘레노어가 저도 모르게 웃음을 터뜨렸다.

"설마 당신이 카사노바라고 생각했던 건 아니죠?"

"물론 그건 아니지만……."

엘레노어가 웃음이 섞인 목소리로 질문하자, 어셔가 혼란스러운 표정으로 눈을 깜빡였다.

"내가 그렇게 부족했어요?"

"묵비권을 행사할게요."

"엘레노어."

어셔가 대답을 조르듯, 엘레노어의 곁으로 바짝 따라붙었다. 엘레노어는 오랜만에 걱정 없이 실없는 웃음을 흘렸다.

"엘리."

"뭘 그렇게 걱정해요?"

앞서 걷던 엘레노어가 초조한 얼굴로 제 손을 붙든 사내를 돌아보았다. 그러곤 심상하게 질문했다.

"내가 좋아했던 건 첫사랑을 하는 소년처럼 서툴렀던 당신이에요."

"……."

"그런 당신이 갑자기 능숙한 사내가 되어 돌아오면 오히려 내가 당황스럽지 않겠어요?"

엘레노어의 되물음에 어셔가 느리게 눈을 깜빡였다. 노을빛을 받은 보라색 눈동자가 엘레노어의 것처럼 은근한 잿빛으로 물들었다.

"그 3년간, 다른 여자와 대단한 연애를 하고 왔나 보다……. 싶을 수도 있고."

"아니에요. 절대로."

엘레노어가 장난치듯 이야기하자, 어셔가 급히 고개를 저었다. 절대로 아니라고 해명하는 얼굴이 귀여웠다. 어린 10대 소년이 아닌데도 그랬다.

"약속할 수 있어요."

"정말로?"

"내가 기억을 잃었던 동안에도 다른 여자를 만난 적은 없어요."

엘레노어가 믿어 줄까? 믿어 줄지는 알 수 없었으나 어셔는 부디 엘레노어가 그렇게 믿어 주기를 바랐다.

모이라가 괜찮은 아가씨를 어셔에게 붙여 주려곤 했지만, 이상하게 마음이 가지 않았다. 혹시나 기억을 잃기 전의 자신이 남다른 성 정체성을 가지고 있는 건 아닐까 생각해 본 적도 있을 정도로.

"기억을 잃은 동안에도 당신을 사랑하는 마음은 어딘가에 남아 있었던 거라고 생각해요."

어쩌면 그것이 엘레노어를 향해 품었던 마음이 만들어 낸 장벽이 아니었을까. 어셔는 그렇게 생각했다.

"기억을 잃은 상태에서 다시 당신을 만났더라도."

어셔의 단단한 엄지가 엘레노어의 보드라운 손바닥을 긁었다.

엘레노어의 눈동자가 낯선 접촉에 잘게 흔들렸다.

"나는 당신을 사랑하게 됐을 거야."

어셔의 속삭임에 엘레노어가 멍한 얼굴을 했다. 갑작스러운 감정의 파도가 심장을 파고들 땐 속절없이 생각이 사라지고 마는 것처럼.

"처음 당신을 보고 사랑에 빠졌던 날처럼."

어셔가 마녀처럼 속삭였다. 이 사랑은 그날로부터 변한 적이 없다고. 어디로 사라진 적도, 그 무게가 덜어진 적도 없이 그와 함께 있었다고.

"어셔……."

어셔를 부르는 엘레노어의 목소리가 조금 떨렸다. 잿빛 눈동자 역시 감동의 물기에 젖어 조금 반들거리고 있었다.

"그러니까 내 마음은 의심하지 않아도 좋아요."

"……."

"이제 갈까요?"

어셔가 본래의 목적을 떠올리고, 엘레노어를 호텔로 데려다주기 위해 작은 손을 고쳐 쥐던 순간이었다.

"엘레노어?"

등 뒤에서 엘레노어를 부르는 목소리가 들렸다. 화들짝 놀란 엘레노어가 몸을 돌렸다.

"……."

어셔의 손을 놓은 채였다.

"엘레노어, 여기서 뭐 해요?"

"아……."

대학교 입학 동기인 멜리아였다. 엘레노어가 어떤 대답도 내놓지 못하고 어색하게 웃었다.

"이분은?"

"피츠먼 백작가의 어셔예요."

엘레노어의 소개에 어셔가 억지로 입꼬리를 끌어 올리며 미소를 보였다. 텅 빈 손을 조용히 말아 쥐어 숨긴 채였다.

"반갑습니다, 어셔 피츠먼이에요."

"아! 전쟁에서 무사히 살아 돌아오셨다던……."

"맞습니다."

멜리아가 무척이나 반가워하며 어셔와 대화를 나누었다. 어셔역시 능숙한 태도로 사교적인 대화를 이끌어 갔다.

"길거리에서 사람 붙잡고 얘기가 너무 길었네요."

한참이나 대화를 나누던 멜리아가 그들을 지나쳐 갔다. 멜리아는 골목 끝으로 사라지는 순간에도, 어셔와 엘레노어가 같이 있던 이유를 캐묻지 않았다. 사실, 로건과의 파혼 얘기가 나오지도 않았는데도 의심조차 하지 않는 기색이었다. 멜리아는 엘레노어와 로건이 진짜 연인 관계라고 생각하고 있었으니 그럴 법도 했다.

"……어셔."

엘레노어가 조심스럽게 어셔를 불렀다. 의식적인 미소를 걸고, 내내 멜리아와 자연스럽게 대화를 나누던 어셔의 얼굴이 흐려져 있었다. 그의 얼굴에 어렴풋하게 비치는 건 충격이었다.

"미안해요."

왜 그랬을까? 차마 묻지 못한 질문이 어셔의 눈동자를 어지러이 떠돌았다.

"아직 각하께서 약혼의 진실을 밝히지도, 파혼 결정을 알리지도 않았으니까……."

엘레노어가 머뭇거리며 제 행동의 이유를 설명했다. 그러니 아직은 오해를 사서 로건에게 불편함을 끼치고 싶지 않다는 뜻이었다. 그렇다면 길거리에서 손을 잡고 걷고, 이마에 입맞춤했던 건 괜찮았고? 거기에 지인이 있었을 줄은 어떻게 알고?

어셔는 저도 모르게 공격적으로 튀어 나가려는 말을 꾹 삼켰다. 엘레노어의 눈동자가 불안을 말하고 있어서였다. 본인도 자기 자신을 완벽하게 이해하지 못한 얼굴이었다. 본능적인 행동이었을 테니까.

"미안해요, 어셔."

엘레노어가 한 번 더 사과했다. 죄책감 어린 얼굴을 보고 있자니, 속이 쓰렸다.

"괜찮아요."

"……."

"이미 당신의 뜻대로 하라고 말했잖아요."

그게 오래 지난 일도 아니고, 오늘 오전이었다. 말을 바꾸는 건 모양이 우스웠다. 어셔는 억지로 입꼬리를 끌어 올렸다. 그러나 둘 사이를 표표히 떠도는 어색함과 침묵의 무게만은 어찌할 수 없었다.

"들어가요. 편히 쉬고."

"잠깐 들렀다 갈래요?"

"괜찮아요."

엘레노어가 조심스럽게 제안했으나, 어셔는 고개를 저었다. 지금 기분으로는 엘레노어를 마주하고, 상처 주는 말을 하지 않을 자신이 없어서였다. 엘레노어가 고개를 끄덕이고 먼저 돌아섰다. 그 뒷모습이 완전히 사라질 때까지 물끄러미 지켜보던 어셔도 마침내 등을 돌렸다.

"……."

그러나 내딛는 걸음마다 몸이 무저갱으로 빨려드는 기분이 들었다. 실제로는 몸이 아니라 마음이었을 테지만.

끔찍한 기분이었다.

어셔가 우뚝 걸음을 멈추었다. 놀람, 당황스러움, 허탈함, 혼란함이 지난 자리를 채운 것은 분노였다. 이처럼 극렬한 분노를 느껴 본 것은 처음이었다. 속이 끓어 견딜 수가 없었다. 그리하여 대로변으로 나가, 충동적으로 마차를 잡았다.

"클래번 공작저로."

저녁 기운을 헤치고 달려간 마차가 클래번 공작저 앞에 멈추어 섰다.

"어셔 님. 오랜만에 뵙습니다."

경비병이 어셔를 알아보고 문을 열어 주었다. 아직 로건과 어셔 사이 갈등을 알지 못하고 있는 듯했다. 덕분에 어셔는 쉽게 정문을 통과해, 저택 안으로 들어설 수 있었다.

"이 시간에 어쩐 일로 오셨습니까?"

그러나 집사장인 조지까지 단번에 통과하기는 어려웠다. 그 밤, 전 약혼자였던 어셔가 나타난 후 엘레노어가 간데없이 사라졌다. 요양을 위해서라고는 했지만, 조지는 그 모든 일이 우연의 일치가 아니라고 짐작하고 있었다.

"약속하고 오셨습니까?"

조지는 이전에 딱히 그런 걸 묻던 사람이 아니었다. 어셔는 경계 어린 조지의 눈동자를 마주하고 멈추어 섰다.

"약속하고 오지는 않았어요."

"그렇다면……."

"로건에게 잠시 대화하고 싶다고 전해 줘요."

조지가 망설이는 얼굴로 고민했다. 연락도 없이 갑작스레 찾아온 손님은 내쫓아야 마땅했으나, 본래 어셔는 그런 손님이 아니었기 때문이었다.

"잠시만 기다려 주십시오."

잠시 고민하던 조지가 소리 없이 자리를 비웠다. 어셔는 그가 다시 돌아오기까지 말없이 기다렸다. 이전에도 수없이 들락거렸던 클래번 공작저였다. 그 분위기라면 어셔 역시 잘 알고 있었으나, 지금은 어쩐지 기묘한 침묵에 잠겨 있었다.

"따라오십시오."

로건이 허락한 모양이었다. 조지가 로건의 집무실까지 안내했다.

"건설은 거의 다 끝났으니, 사람을 모집해요."

"어떤 방식으로……."

"허드슨 양이 하려던 대로, 전국에 신문 광고로 뿌리면 될 것 같은데."

어셔가 집무실 문턱을 넘는 순간이었다. 제프리와 대화를 나누던 로건이 문가를 돌아보았다.

"……."

눈이 마주쳤다. 무심하기 짝이 없는 푸른 시선과 맹렬한 분노가 들끓고 있는 보랏빛 시선의 온도는 완전히 달랐다.

"나가 봐요, 제프리. 조지도."

"예, 각하."

로건의 명령에 제프리가 깍듯하게 인사하고 집무실을 나섰다. 그러나 어셔는 자신을 일별하는 제프리의 시선에 뒤섞인 불쾌함을 읽을 수 있었다.

"비서 좀 제대로 두지 그래?"

"그건 무슨 시비야?"

로건이 시가에 불을 붙이며 질문했다. 눈 밑이 다소 검고, 얼굴도 내뱉는 질문만큼이나 까칠해 보였다.

"감정도 제대로 숨기지 못하는 비서를 곁에 두고 있다간 될 일도 망칠 것 같아서 하는 소리지."

어셔의 조언에 로건이 짧게 웃으며, 시가를 깊게 빨아들였다.

"글쎄. 너만큼은 아닐걸."

그리고 어셔를 비웃었다. 분노를 참지 못해 여기까지 달려온 것은 자신이면서, 괜히 타인에게 시비를 걸지 말라는 듯이.

"로건 클래번."

"허드슨 양을 데려가면서 나와 인연을 끊기로 한 거 아닌가?"

"……."

"예의를 지켜, 어서 피츠먼."

로건이 싸늘한 눈동자로 명령했다. 전장에서도 친구인 그에게는 보이지 않았던 고압적이고 냉랭한 태도였다.

"그래요."

어서가 웃는 얼굴로 입을 열었다. 높임말과 함께였다.

"그래서 인연을 끊은 전 친우의 집까지 찾아온 이유가?"

로건이 놀리듯 질문했다. 매캐한 연기가 혼란처럼 방을 맴돌았다.

"고매하신 클래번 공작 각하께서."

"……."

"언제까지 허드슨 양과의 약혼의 진실과 파혼을 밝히지 않으실 건지 궁금해서 찾아왔습니다."

어서가 빙긋 웃는 얼굴로 질문했다. 로건은 발끈하거나 흥분하지 않았다. 그저 재떨이 위에 타들어 간 시가의 재를 털며 건성으로 어서에게서 시선을 뗄 따름이었다.

"당사자인 허드슨 양도 반발 없이 기다리고 있는데 네가 재촉할 자격이 있나?"

그리고 질문했다. 반박할 수 없는 말에 어서의 턱에 불뚝 힘이 들어갔다.

"나는 네가 돌아올 때까지 허드슨 양에게 3년이라는 시간을 줬어. 네가 돌아오자마자 허드슨 양의 곁을 꿰찰 수 있었던 건 그 덕분이야. 혼인 신고서에 서명이라도 했더라면, 네가 뭘 어쩔 수 있었겠어?"

로건의 시선이 다시 어셔에게 돌아왔다. 자세히 들여다보지 않아도 알 수 있었다.

"새벽을 틈타 둘이 담벼락을 넘는 일?"

"로건 클래번."

"그건 너도 부정할 수 없지."

어셔의 눈동자에서 빛나던 제비꽃은 이미 붉은 분노로 시커멓게 타 버린 지 오래였다.

"하지만 그 때문에 정리할 게 많아졌어. 허드슨 양이 맡아서 했던 저택의 일도, 재단과 관련된 경제적인 활동도."

"……."

"그렇다면 너도 몇 개월쯤은 기다려 보는 게 맞지 않은가 싶은데."

거기에 로건이 기여하지 않았다면 거짓말이었다. 로건 역시 그 사실은 부정하지 않았고, 얼마쯤 어셔에게 죄책감을 느끼기도 했다.

로건 클래번은 타인의 생각보다 정석적이며, 동시에 연약한 남자였다. 어셔가 돌아올 것을 알았더라면, 굳이 엘레노어를 제 곁에 두지 않았을 것이다. 어셔가 돌아올 것을 알았더라면, 엘레노어에게 제 마음을 전하는 일도 없었을 거였다.

친구의 연인이니까. 그리고 그의 고백은 반드시 외면당할 테니까.

"왜 기다려야 합니까?"

어셔가 로건을 비웃으며 질문했다.

"그건 각하의 사정일 뿐인데."

"……."

"결국 엘레노어를 차지하지 못한 것에 화풀이를 하고 있는 건 아닙니까? 어차피 엘레노어는 당신에게 소리 높여서 따지지 못할 테니, 내 기분이 나빠지기를 바라면서."

로건이 느리게 눈을 깜빡였다. 어셔가 점점 흥분하는 것과는 달리, 표면이 잔잔한 호수처럼 무던했다. 그게 더욱 불쾌하고 화가 났다. 어째서 아무렇지도 않지? 너의 배신으로 나는 괴롭고 화가 나는데, 왜 아무렇지도 않게 일상을 영위해?

"아예 아니라고는 못 하겠지요?"

어셔가 얼굴을 일그러뜨리며 웃었다. 로건은 무표정한 얼굴로 갈팡질팡하는 어셔의 분노를 지켜보았다. 도통 무너지지 않는, 두꺼운 장벽 같았다.

"하지만 어쩌겠어요. 당신도 아시잖습니까?"

"……."

"엘레노어는 당신에게 흔들린 적조차 없는걸."

다만 그 조롱 끝에는, 조금 흔들린 것도 같았다.

로건이 길게 시가를 빨아들였다. 엘레노어의 눈동자를 닮은 잿빛 연기가 허공으로 흐트러졌다. 로건의 시선이 연기를 더듬듯 움직였다.

"알아."

로건이 짧게 대답했다. 그런 것쯤은 이미 알고 있었노라고. 그러니 대단히 놀라거나, 충격받을 일도 아니라고.

"하지만 그건 그저 내 개인적인 배신감일 뿐이지."

로건이 중얼거렸다. 자조적인 미소도 함께였다.

"내게 입맞춤을 허락하고, 사랑을 받아들이겠노라 하고선 결국 떠났으니까."

로건이 앉아 있던 의자에서 일어났다. 그러곤 테라스로 향하는 통창 앞에 섰다. 엘레노어가 자주 산책하던 길이 보이는 위치였다.

"내가 그에 배신감을 느끼는 게 잘못인가?"

로건이 질문했다.

"……."

어셔는 대답하지 못했다. 과연 자신이 로건이라면, 배신감을 느끼지 않을 수 있었을까? 아니, 아닐 거였다. 모두가 죽었다고 말하는 사람을 기다리는 여자에게 3년이라는 시간을 주고, 강제하지 않는 일이 쉬운 게 아니니까.

로건은 엘레노어가 자신을 선택하여 오기를 바라고 묵묵히 기다렸을 터였다. 그리하여 마침내 그 마음을 받아들이겠다는 이야기를 들었을 때, 주체하지 못할 기쁨에 몸을 떨었을 것이다.

그러나 어셔가 나타났고, 엘레노어는 말을 바꾸어 그를 떠났다. 로건이 느꼈을 배신감은 속절없는 종류의 것이었다.

"하지만."

어셔도 이해할 수 있는 감정이었다.

"애초 약속은 전쟁이 끝나고부터 3년이었고."

"……."

"그날은 3년이 되기 하루 전날이었습니다."

어셔가 단호한 목소리로 이야기했다. 그렇다고 해서 로건에게 엘레노어를 양보할 수는 없는 노릇이었으니까.

"그러니 엘레노어와 했던 가장 처음의 약속을 지키는 게 맞지 않습니까?"

어셔의 질문에 로건이 쓰게 웃었다.

"나도 알아."

그래서 지키려고 하지 않나. 엘레노어를 고이 보내 주었고, 구질구질하게 매달리지도 않았다.

"그럴 예정이고."

엘레노어를 제 옆에 묶어 두고 싶어 수작을 부릴 생각도 없었다. 제 발로, 제 의지로 떠나 버린 여자를 무슨 수로 잡을 수 있단 말인가.

"다만 아까 말했다시피."

"……."

"허드슨 양과 관련된 일이 생각보다 많아. 신디 클래번의 일을 맡고 있었던 것도 그렇고, 재단 일은 경제적으로도 관련되어 있으니까."

특히 재단 일은 단순히 클래번 재단을 넘어, 엘레노어 허드슨의 이름을 걸고 하던 일이었다. 진두지휘하던 사람만 쏙 빠진다면 기부를 약속했거나, 사업을 돕기로 한 이들을 불안하게 만드는 일이 될 수 있었다.

"예상하다시피, 사업적인 문제는 단번에 정리할 수 없어."

"그러면 언제까지……."

"하지만 여름에 있을 왕실 행사 전까지는 전부 마무리 짓고 사실대로 밝힐 테니 걱정하지 않아도 돼."

어셔가 질문을 마무리 짓기도 전, 로건이 단호하게 대답했다. 무엇 하나 좋을 것 없는 이 관계를 질질 끌고 가며 엘레노어를 시도 때도 없이 떠올리는 건 로건에게도 그리 유쾌한 일이 아니었다.

"네가 나를 정리하고 싶어 하는 만큼."

"……."

"나도 너와 허드슨 양을 정리하고 싶어."

그러니 재촉하지 말라고. 로건은 그렇게 이야기했다. 홀로 분에 차 달려온 어셔가 무어라고 재촉하지 못할 만큼 깔끔한 대응이었다.

"혼자 이성적이어서 좋겠군요."

어셔가 비꼬듯 이야기했다. 마음은 풀리지 않는데, 로건의 말을 이성적으로 받아들여야 하니 속이 배배 꼬였다.

"일희일비하는 것보단 낫겠지."

"……."

"볼일 다 봤으면 나가 봐."

로건이 고개만 조금 돌려 이야기했다. 어셔가 헛웃음을 터뜨리곤, 미련 없이 집무실을 떠났다.

"……아."

어셔가 떠나고도 한참을, 그 자리에 그대로 서 있던 로건이 짧은 탄성을 내뱉었다. 불이 붙은 채 짧아진 시가가 손가락 사이를 달구고 있었다. 로건이 시가를 재떨이에 대충 던지며, 따끔거리는 손을 내려다보았다. 검지와 중지 사이가 벌겋게 익어 있었다.

'엘레노어는 당신에게 흔들린 적조차 없는걸.'

그 말 한마디 때문에. 그 이야기를 계속 곱씹느라. 여전히 엘레노어의 말 한마디에 흔들린 자신이 우스웠다. 끝났다는 걸 받아들였다고 생각했는데, 아직 그러지 못했나.

로건의 얼굴이 일그러졌다.

"그렇다면 언제……."

대체 언제, 이 마음을 끝낼 수 있는 걸까.

* * *

로건의 집무실을 빠져나와 현관으로 가던 어셔의 귓가에 소녀의 목소리가 들렸다.

"올리비아?"

이 저택 안에 소녀라면, 마지막으로 본 게 4년이 훌쩍 넘어 버린 올리비아뿐이었다. 어셔는 로건과의 불편한 관계도 잊고 저도 모르게 자리에 멈추어 섰다. 그리고 목소리가 들린 방향을 응시했다.

"엘리 데려와!"

"아파서 고향에 쉬러 가셨다니까요."

심통 난 목소리였다. 엘레노어를 찾고 있었다.

"……."

아. 어셔가 짧게 침음했다. 떠나기 전에도 올리비아는 제 어미 이상으로 엘레노어에게 의지하고 있었다. 올리비아에게 엘레노어는 단순한 가정교사 그 이상이었다.

"거짓말! 그러면 내가 가서 데려올 거야!"

"안 된다니까요, 올리비아 아가씨."

올리비아가 칭얼거리자, 하녀가 한숨을 푹푹 내쉬며 올리비아를 만류했다. 그 소리를 듣고 있던 어셔는 올리비아를 보는 것을 포기하고 다시 걸음을 옮기기 시작했다.

엘레노어는 제 여자였고, 제 곁에 있는 게 당연했다. 하지만 이상하지.

"데려와!"

"울지 마시고요. 예? 이러다 제가 각하께 혼난단 말이에요."

이 저택의 모두로부터 엘레노어를 빼앗은 것만 같은 기분이 들었다.

"진짜 나도 울고 싶다……."

어셔는 올리비아가 울먹거리는 소리, 그리고 하녀가 중얼거리는 소리를 들으며 클래번 저택의 현관을 나섰다.

무언가 엉망이 되어 가고 있었다.

* * *

"와서 뭐라고 하시던가요?"

어셔가 떠난 직후, 다시 집무실로 돌아온 제프리가 질문했다. 은근슬쩍 뻔뻔하다고 중얼거리며 어셔를 비난하기까지 했다. 아직 엘레노어와 로건의 약속을 자세히 알지 못하니 당연한 일이었다.

"어셔를 비난하지 말아요, 제프리."

제프리가 그게 어떻게 가능하냐는 듯, 미간을 찌푸렸다. 얼핏 그를 호구로 보는 듯한, 무엄한 시선이 로건을 향했다.

"어셔가 잘못한 건 없습니다. 그는 내게 약속을 지키라 했을 뿐이에요."

로건의 대답에 제프리의 입이 떡 벌어졌다. 이제 로건을 완전히 멍청이 취급하는 눈동자였다.

"허드슨 양이 내 연인이었던 적은 없어요."

"……."

"진짜 약혼자였던 적은 더욱 없고."

그러니 더는 숨길 수 없었다. 로건이 그간의 이야기를 솔직하게 털어놓자, 제프리가 어처구니없다는 얼굴로 눈만 끔뻑거렸다.

"그러니까, 3년이 될 때까지 어셔 님이 돌아오지 않으면 진짜 약혼자가 되어 주기로 약속을 했다 이 말입니까?"

"……."

"한데 어셔 님이 돌아와서, 모든 게 끝이 났고요?"

헛웃음을 터뜨린 제프리가 마른세수를 하며 생각을 정리했다. 그의 앞머리는 이미 엉망진창이었다.

"하지만. 그래도 3년입니다."

곰곰이 생각에 잠겨 있던 제프리가 입을 열었다.

"어셔 님이 없는 외로운 시간을, 곁에서 지켜 주고 지탱한 건 각하였고요."

그 긴 시간 동안, 조금도 흔들리지 않을 수가 있나? 인간의 약점은 외로움이었다. 상처 입고 외로울 때 만난 사람에게 마음을 빼앗기는 일은 일일이 언급할 필요도 없이 흔해 빠진 일이었다.

"아니, 설사 흔들리지 않았다고 해도 그래요."

제프리가 이제 이를 득득 갈았다.

"어떻게 각하께서 베푼 호의만 홀랑 먹고 내뺄 수가 있습니까? 사람이라면 어떻게……."

불구대천의 원수를 만난 것처럼 화가 나 있었다. 로건은 직전까지의 음울함도 잊은 채 희미하게 미소 지었다.

"그게 약속이었으니까."

그래도 제 곁에, 제 편인 사람 하나쯤은 있다는 사실이 위안이 되어서였다.

"마음이 아직도 어셔에게 있다니까."

"각하. 사람이 선량할 필요만 있는 건 아닙니다."

제프리가 답답하다는 얼굴을 했다.

"물론, 친구의 연인에게 마음을 품었다는 죄책감 때문이겠지만. 그래도……."

말을 잇던 제프리가 이내 한숨을 폭 내쉬며 고개를 저었다.

"각하께서 이미 결정을 내리셨다는데 왈가왈부하는 것도 우습군요. 그만하겠습니다."

제가 더 나서는 건 월권이라는 것을 아는, 명민한 비서의 자세였다.

"해명 기사부터 내죠."

제프리가 쓰고 있던 안경을 추켜 올리며 이야기했다.

"아직은 안 됩니다."

로건의 단호한 거절에 제프리가 인상을 찌푸렸다. 안 될 이유가 뭐냐는 얼굴이었다. 혹은 아직도 엘레노어에게 미련이 남아 절절 거리고 있나를 판단하고 싶은 것 같기도 했다.

"최근 클래번 재단에 늘어난 기부와 특수 아동을 위한 프로그램 제공은 모두 허드슨 양이 자기 이름을 걸고, 발로 뛰며 마련한 것들이에요."

"기부금이야 차질이 조금 생기긴 하겠지만, 클래번 재단에서 충당하지 못할 것도 없을 텐데요."

제프리가 단호하게 이야기했다. 사실이었다.

"사실을 밝히고 파혼한 이후에는 허드슨 양을 재단에 둘 생각이 없어요. 어떠한 형태로든."

제프리가 입을 꾹 다문 채 고개를 끄덕였다. 재단의 일은 엘레노어가 안주인일 때나 할 수 있는 일이었다. 아무리 실제 관계가 나쁘지 않다는 식으로 해명한다 쳐도, 엘레노어가 완전히 재단에서 자취를 감춘다면 신뢰성과 해명의 진실성에 의심을 받을 터였다.

"하지만, 제프리. 나는 장애가 있는 동생을 둔 평범한 오라비이기도 합니다."

"……"

"뒤늦게라도, 그 애를 위해서 세상을 바꿔 주고 싶어요."

편견을 없애는 일이라도, 그런 아이들이 정신 병원이 아니라 특수 시설에 가는 일만이라도.

"허드슨 양 덕분에 깨달은 일이지만, 내가 할 수 있는 일이라면 해 주고 싶습니다."

엘레노어를 향한 미련이 아니라고. 로건이 그리 못을 박았다. 더 반대하기도 우스운 터였다. 제프리가 한숨을 내쉬었다.

"언제까지 말하지 않으시려고요?"

"어셔에게도 이미 말해 뒀습니다. 센터 설립 이후, 여름 왕실 행사에서 모든 걸 밝힐 겁니다."

로건의 명확한 대답에 제프리가 고개를 끄덕였다. 제프리는 어디까지나 비서였고, 상사의 생각을 꺾을 힘이 없었다. 그리고 적어도, 제 눈에 비친 로건이 사랑을 잃어 미친놈처럼 보이진 않았으니까. 그의 말을 믿어 보기로 했다.

"알겠습니다."

"이해해 주니 고맙군요."

"그러니 일은 그만하시죠."

제프리가 한숨을 내쉬며, 로건의 책상 위에 있던 서류를 쓱 빼서 자신의 품 안으로 감추었다. 로건의 황당한 시선이 제프리를 향했다.

"오늘은 좀 쉬시는 게 좋겠습니다."

"……"

"근래 허드슨 양이 하던 일까지 하느라 무리하기도 하셨고, 어셔 님도 다녀갔으니 마음도 좋지 않으실 테고요."

그러나 제프리의 행동에는 이유가 있었고, 그건 제법 합당했다. 로건은 됐으니 서류를 돌려달라고 말하지 못하고, 입을 다물었다.

피곤하긴 했다. 최근 엘레노어가 하던 일이 모두 그에게 돌아온 탓이었다. 신디 클래번에게 빼앗은 권력을 다시 줄 수는 없고, 그렇다고 그 일을 담당할 사람이 있는 것도 아니었으니 모두 로건의 책임이 되었기 때문이었다.

사용인과 저택을 관리하는 일도, 기획한 행사와 사업의 실효성을 검토하는 일도, 일을 도울 사람을 모집하는 일도.

"신체적으로든, 정신적으로든. 피곤하신 거 압니다."

로건이 아무리 철혈의 사내라 해도 인간인 이상 어쩔 수 없는 것들이 있었다. 그렇지 않아도 최근 로건이 너무 무리하는 듯해서 말려 보려고 했으나, 마땅한 이유가 없었다. 그러나 이젠 모든 걸 알게 되지 않았나. 제프리는 지금이 그에게 제동을 걸 시기라고 생각했다.

"오늘이라도 좀 쉬십시오."

이제 막 8시 정도가 되었으니, 평소보다 최소 4시간 이상은 쉴 수 있을 것이다. 계산을 마친 제프리가 로건에게 어서 일어나라 눈짓했다.

결국, 제프리의 눈빛을 이기지 못한 로건이 자리에서 일어섰다.

"들어가십시오. 여긴 제가 정리하고 가겠습니다."

제프리가 웃으며 로건을 배웅했다.

로건은 자신의 집 안에서, 마치 손님이 된 기분을 느끼며 집무실 밖으로 나섰다. 사용인들도 대강 하루의 업무를 마친 긴 복도는 고요함에 잠겨 있었다.

"각하. 간단하게 요깃거리가 될 만한 것을 챙겨 드릴까요?"

마지막으로 복도를 돌며 살피던 하녀장이 로건을 마주치고 놀라서 질문했다. 근래 로건이 이 시간에 복도를 걷고 있는 일을 본 일이 드물어서였다.

"술 한 병도 같이 부탁하겠습니다."

하녀장이 고개를 끄덕이고 급히 계단을 내려갔다. 그사이, 로건은 제 침실 문을 열고 안으로 들어섰다. 피곤함이 어깨와 목으로 켜켜이 내려앉은 듯, 뻐근한 느낌이 들었다.

얼마 지나지 않아, 하녀장이 침실 테이블 위에 술 한 병과 간단한 안줏거리를 놓고 사라졌다. 셔츠를 벗은 맨몸 위로 가운을 걸친 로건은 편안한 침대 위의 휴식 대신, 소파를 선택했다.

"……."

그리고 입 안에 뭔가 넣기도 전에, 술병을 땄다. 최근, 다시 잠들기가 어려워졌다. 피곤하거나, 술에 취하거나. 두 개의 방법이 불면의 밤에 가장 좋았다.

'독한 것이든 아니든, 너무 자주 드시는 것 같아서요. 거의 매일같이 찾으시잖아요.'

엘레노어의 걱정이 떠오를 때마다, 무엇이든 반대로 하고 싶은 마음도 있었다. 어린아이의 반발심과 비슷한 종류의 감정이었다.

로건은 기억 속 엘레노어의 목소리를 지우며, 술을 한 잔 가득 따라 목구멍으로 넘겼다.

　'올리비아 아가씨께서 매일 허드슨 양을 찾는다고 합니다. 사실을 말해 줘야 하지 않을까요?'

　그러고 보면 올리비아에게도 진실을 말해 줘야 할 때가 올 텐데. 적어도 왕실 행사에서 그들의 관계를 해명하기 전까지는. 하지만 매일같이 엘레노어를 찾으며 징징거린다는 올리비아의 이야기를 들을 때마다 입이 떨어지지 않았다.

　지난번에 엘레노어가 켄트로 떠났던 때도 올리비아는 세상을 잃은 것처럼 몇 날 며칠을 목놓아 울었다. 하긴, 올리비아에게는 엘레노어가 세상이었을 테니까.

　하지만 이렇게 떠날 거였으면, 사람 마음을 그렇게 빼앗지 말았어야지. 로건은 그렇게 엘레노어를 원망했었다.

　"오늘까지만."

　이번에도 크게 다르지 않았다. 하지만 언제까지고 그런 삽질을 하고 있을 수는 없는 노릇이었다. 로건은 클래번 공작가의 주인이었으니까. 딱 오늘까지만 청승을 떨어 보기로 했다.

　다시 술 한 잔을 넘긴 로건이 애매한 자리에 놓인 의자에 시선을 두었다. 크지는 않은, 그러나 한 사람은 충분히 이동할 만한 문이 그 뒤에 있었다.

　"……"

　공작 부인의 침실로 이어지는 문이었다. 로건은 충동적으로 자리에서 일어섰다. 전에는 충동적으로 엘레노어가 있는 방으로 향할까 싶어 스스로를 의식적으로 막았으나, 이제는 그럴 필요가 없었으니까.

끼익, 열린 문 너머로 작은 서재가 보였다. 로건은 서재를 지나쳐, 공작 부인의 침실로 이어지는 문을 열었다.

'제가 이런 침실을 사용해도 괜찮을까요?'

언젠가 엘레노어가 그를 돌아보며, 너무 부담스럽다고 말하던 침실은 텅 비어 있었다. 당연한 일이었다. 사용하는 사람이 없으니까. 사용인들은 언제고 엘레노어가 돌아올지 모른다고 생각해서 매일같이 침실을 청소하고 정돈했으나, 벌써 한 달 가까이 아무도 사용하지 않은 침실에는 서늘한 기운이 맴돌고 있었다.

터벅터벅, 실내화를 신은 로건의 발이 침실 중앙으로 향했다. 커튼을 내리지 않은 침실 안으로는 달빛이 쏟아져, 불을 밝히지 않았는데도 사위를 분간하는 게 그리 어렵지 않았다.

'옷만 가지고 가신 것 같아요. 아무리 그래도 종종 사람을 만나려면 장신구 같은 것도 필요하실 텐데.'

엘레노어의 하녀였던 로지가 그렇게 말했던 게 생각이 났다. 로건은 엘레노어가 사용하던 화장대로 다가가, 조심스럽게 서랍을 열었다. 칠을 잘해 두었는지, 서랍은 삐걱거리는 소리 하나 없이 매끄럽게 열렸다.

딱 봐도 귀물이 담긴 케이스가 거기 놓여 있었다. 로건이 천천히 손을 뻗어 케이스를 들어 올렸다. 그가 엘레노어에게 선물했던 것은 여러 개였으나, 보자마자 이 안에 든 것이 무엇인지 알 것 같았다.

"……."

로건이 느리게 숨을 내쉬었다. 가슴팍이 크게 오르내렸다. 떨리는 손이 케이스를 열었다. 달각거리는 소리와 함께 열린 케이스 안, 푹신한 쿠션 위에 놓인 에메랄드 목걸이가 반짝였다. 동시에 달빛을 받은 작은 다이아몬드들이 사방으로 빛을 반사했다.

이마저도 두고 갔구나.

반사적으로 씁쓸한 마음이 들었다. 처음에야 돈으로 대충 보답하려는 마음이었지만, 이 목걸이는 그가 엘레노어에게 품은 감정의 편린이 되었다. 그 가느다란 목에 둘러 줄 때부터 그랬다.

그리고 엘레노어는 멍청한 여자가 아니었다. 그러니 그 부담을 내려놓고 떠난 게 틀림없었다.

"잔인한 여자."

로건이 자조적으로 웃었다. 엘레노어, 그 잔인한 여자는 기어이 그의 마음을 버리고 간 셈이었다.

처음으로 몸을 맞대고 춤추던 날의 반짝이던 빛을 기억한다. 은은하게 입가에 돌던 미소도, 복숭아처럼 발긋했던 볼도, 꽃잎처럼 흩날리던 치맛자락도, 수줍게 드러났다 숨기를 반복하던 구두를 신은 발도, 드러난 목덜미를 간질이던 몇 가닥의 잔머리도.

그 순간, 모든 것이 파괴되는 것만 같았던 강렬한 느낌은 여전히 선명했다. 그리하여 로건은 종종 그날의 기억을 반추하며 생각했다.

"먼저 알았더라면……."

그 마음이 사랑임을 눈치챘더라면, 무언가 달라졌을까?

"한심한 놈."

로건이 짧게 뇌까렸다. 자기 자신을 향한 신랄한 비판이기도 했다. 하지만. 그럼에도. 생각의 가지가 사방으로 뻗쳐 나가는 것을 막을 수는 없었다.

어쩌면, 그날 낯선 감정에 놀라 머저리처럼 도망치지 않았더라면. 당신에게 설렘을 느끼는 것 같다고 고백했더라면. 얼마 지나지 않아 그 곁을 차지한 건 자신이 될 수도 있지 않았을까?

'이제 엘리라고 불러 줘요.'

그 애칭을 일찍이 허락받는 것 역시, 자신이 될 수 있지 않았을까?

로건이 침대에 걸터앉으며, 무용한 상상을 접었다. 지금 생각해 봐야 모두 늦은 짐작일 뿐이었다. 현실은 그와 완전히 다르지 않은가. 만일이라는 가정을 곱씹어 봤자, 그가 만든 망상 속 세계에 갇힐 뿐이었다.

'하지만 어쩌겠어요. 당신도 아시잖습니까?'

'엘레노어는 당신에게 흔들린 적조차 없는걸.'

엘레노어는 그에게 마음의 한 조각조차 준 적이 없고, 그가 건넨 것들 역시 물에 녹아 버린 설탕처럼 사라졌을 뿐이다. 그리고 이제는 어디에도 존재치 않았다.

"……."

어서가 비꼬듯 던진 말을 가만히 생각할 때였다. 울컥, 무언가 치밀어 올랐다.

정말로 흔들린 적조차 없었어?

엘레노어는 듣지도, 대답해 주지도 못할 질문이었다. 그러나 호수에 던진 돌멩이가 만든 파동처럼 그의 마음이 흔들렸다. 로건이 아랫입술을 꾹 깨문 채 미간을 찌푸렸다. 안간힘을 쓰고 있는 터였다. 고작 감정 하나를 이기지 못해서 올리비아처럼 눈물을 떨구지는 않으려고.

그러나 이길 수 없었다. 세상에는 오로지 의지만으로는 어찌할 수 없는 것들이 있었다. 로건은 제 손등 위로 뚝 떨어지는 물방울을 망연히 응시했다.

"하……."

로건이 허탈하게 웃었다. 그가 아무리 강한 사내라 해도 막을 수 없었다. 고장 난 것처럼 쏟아지기만 하는 감정에는 속수무책이었다.

외로웠다. 슬프고 괴로웠다. 미웠다. 원망스러웠다. 하지만 무엇보다 비참했다.

……나를 사랑하지 않는 여자를 사랑하여.

* * *

객실 안을 서성거리던 엘레노어가 망설이던 손길로 벽장 문을 열었다. 그 안에는 엘레노어가 챙겨 나온 몇 가지의 짐이 놓여 있었다. 소박한 꾸림이었다.

"……."

그러나 거기엔 챙겨 오지 말았어야 할 물건들도 섞여 있었다.

바자회 날을 위해 로건이 디자이너를 불러 제작하게 했던 푸른 드레스. 그리고 로건과 외출했다가 수도의 보석상으로부터 선물 받았던 귀걸이.

그 두 개는 엄밀히 말하자면 엘레노어의 것이 아니었다. 저택에 두고 왔던 목걸이처럼, 드레스와 귀걸이가 모두 로건이 준 것이나 다름없었으니까.

"왜 그랬지."

엘레노어가 작게 한숨을 내쉬며 두 손바닥에 얼굴을 묻었다. 제 것이 아니다. 그 사실을 알면서도 차마 두고 나오지 못했다. 마지막의 마지막까지 고민하다가, 끝내 가방에 챙겨 나온 물건들이었다. 물론 로건이 선물한 것들은 모두 귀물이었으니, 그중 귀하지 않아서 가지고 나왔다면 거짓말이었다.

"하……."

그냥 두고 나올 수 없었다. 로건이 엘레노어에게 직접 준 선물이었으니까. 사실은, 정말 솔직하게는 에메랄드 목걸이마저도 손에서 놓지 못했다. 그러나 염치가 없어 그것만큼은 챙기지 못했다.

힘없이 고개를 들어 올린 엘레노어가 벽장 안을 장식하듯 자리를 차지하고 있는 드레스를 물끄러미 응시했다. 마치 무언가를 훔쳐 온 것처럼, 가슴이 자꾸만 따끔거렸다.

"아예 틀린 말도 아닌가."

엘레노어가 중얼거리며 힘없이 웃었다. 훔쳤다는 게 틀린 말도 아니었다. 그의 마음은 끝까지 받아들이지 않은 주제에, 도망치듯이 떠나는 와중에도 그가 준 선물들은 챙겨 나오다니. 각 물건에 배어든 추억을 생각하면, 자신이 한 일은 도둑질이나 다름없었다.

그 순간이었다. 누군가 노크하는 소리가 엘레노어의 가라앉은 의식을 깨웠다. 엘레노어가 황급히 벽장 문을 닫고, 고리를 건 채 문을 열었다.

"누구세요?"

"나예요, 엘레노어."

"……제인?"

제인이었다. 엘레노어가 서둘러 고리를 풀고 문을 열었다.

"여긴 어쩐 일로 오셨어요?"

엘레노어가 객실로 들어오라는 듯 몸을 조금 틀었으나, 제인이 고개를 저었다.

"날씨도 좋으니 카페로 가죠. 대화를 좀 나누고 싶어서 왔어요."

엘레노어가 고개를 끄덕였다. 간단한 겉옷을 걸친 엘레노어가 제인과 함께 호텔을 나섰다.

"날씨가 많이 좋아졌죠? 벌써 완연한 봄이네요."

제인이 그렇게 말하며, 길가에 핀 들꽃을 일별했다. 엘레노어는 그제야 코트를 입지 않아도 될 정도로 따스해진 날씨를 알아챘다.

"그러네요. 미처 몰랐어요."

엘레노어가 중얼거렸다. 정말로 몰랐다. 꽃이 피고, 봄바람이 살랑거리며 불어오는 다정한 봄이 온 줄은.

"고민이 많은가 보네요."

제인이 엘레노어를 흘끗 보며 이야기했다. 엘레노어는 대답 대신, 머쓱한 얼굴로 웃었다.

"마음이 복잡할수록, 바깥을 둘러보고 산책하는 게 좋아요. 방에만 있으면 자꾸 부정적인 생각을 하게 되더군요."

엘레노어와 제인은 짧은 산책 끝에, 노천카페에 자리를 잡았다. 이미 많은 사람이 즐거운 얼굴로 햇빛을 즐기고 있었다.

"무슨 뜻인지 알겠어요, 제인."

"정말로요?"

엘레노어가 고개를 끄덕였다. 어셔의 전사 소식이 알려진 이후, 제인은 왕실 행사를 제외하고는 저택에서 두문불출했다. 말로야 잃은 자식은 잊고 인생을 살아야 한다고 했지만, 제인도 엘레노어에게 한 조언처럼 움직이지는 않았다.

그러나 어셔가 돌아온 이후부터 기운을 찾은 제인은 다시 외부 활동을 시작했다. 다소 피곤할 법한데도, 그녀의 안색은 이전보다 화사해졌다.

"안색이 많이 좋아졌는걸요."

엘레노어가 제인의 밝아진 얼굴을 보며 이야기했다. 제인이 낮게 웃었다.

"아니라곤 해도, 자식을 잃었다는 괴로움이 내 마음에 대못처럼 박혀 있었던 거죠."

커피 잔을 들어 올린 제인이 중얼거리듯 말했다.

"내 세상은 움직이곤 있었지만, 동시에 멈추고 있었어요. 걷는 시간보다 멈추는 시간이 더 길었으니."

"……."

"한데 잃은 줄만 알았던 자식이 다시 돌아오니, 다시 뛸 수도 있게 되더군요."

거기까지 말한 제인이 빙긋 웃었다. 화사한 안색이 중년에 이른 귀부인의 얼굴을 더욱 젊어 보이게 했다.

"살도 좀 쪘어요."

"잘됐네요. 갑자기 살이 너무 내려서 걱정했어요."

어셔의 전사 소식을 들은 이후, 제인은 순식간에 살이 내려 드레스의 허리 부분이 맞지 않을 지경이 됐다. 그 이후로도 딱히 살이 붙지 않아 아예 옷 사이즈를 전체적으로 손보기까지 했다. 단순히 체중이 줄어든 게 아니라, 마음의 병이 외부로 드러난 거였다.

"고마워요."

"뭘요."

"한데 엘레노어, 당신은 왜 아직도 수심에 차 있나요?"

커피를 한 모금 마신 제인이 질문했다. 잔의 손잡이를 따라서 손가락으로 더듬던 엘레노어가 멈칫했다.

"당신이 내내 기다리던 어셔가 거짓말처럼 돌아왔고, 다시 당신과 결혼하고 싶다고 이야기하는데 왜 당신은 그렇게 슬픈 얼굴이에요?"

제인의 질문에 말문이 턱 막혔다. 엘레노어는 입술만 달싹일 뿐, 아무런 대답도 하지 못했다.

"어셔가 돌아온 게 싫은가요?"

"아뇨!"

그 모습을 가만히 지켜보던 제인이 차분하게 물었다. 엘레노어는 단박에 입을 열어 부정했다.

"절대 아니에요. 어셔가 무사히 돌아온 게 무엇보다 기뻐요. 진심이에요."

엘레노어의 대답에 제인이 느리게 눈을 깜빡였다. 어셔를 닮은 보랏빛 눈동자가 빛을 받아 다정한 빛깔로 반짝였다.

"그렇다면 당신이 그런 얼굴을 하는 이유가 뭐예요?"

제인의 질문에 엘레노어가 흔들리는 눈동자를 조용히 테이블 위로 내리깔았다.

"클래번 공작 때문인가요?"

거먼 액체 위로 제 마음조차 종잡지 못하는 여자가 흔들리고 있었다.

* * *

"허드슨 양!"

엘레노어가 막 복도에 발을 디뎠을 때였다. 누군가가 저를 부르는 소리에 엘레노어가 책을 품에 안은 채 몸을 돌렸다.

"교수님?"

엘레노어의 담당 교수 애들런이었다. 흔치 않게 엘레노어와 마찬가지로 특수 아동의 교육 문제에 열의를 보이는 사람이기도 했다.

"잠깐 시간 되나?"

"그럼요."

엘레노어가 선선히 고개를 끄덕이며 대답했다.

"그럼 교수실에서 잠깐 얘기 좀 하지."

애들런 교수가 먼저 등을 돌렸다. 수업을 다 마친 터라, 엘레노어도 큰 고민 없이 그의 뒤를 따랐다.

"앉게."

애들런 교수가 소파를 가리켰다. 엘레노어가 자리에 앉는 동안, 그는 차 한 잔을 타서 엘레노어의 앞에 내려놓았다. 진짜 마실 거라고 생각하진 않았는지, 대충 우린 차였다. 실제 엘레노어도 별로 생각은 없었던 터라, 예의상 손잡이만 만지작거린 후 손을 뗐다.

"그때 자네와 얘기한 이후로 고민해 봤거든. 그 아이들이 교육을 받으려면 어떤 방식이 제일 좋을지 말이야."

맞은편에 앉은 애들런 교수가 코를 찡긋거리며 말을 꺼냈다.

"역시 가장 좋은 건, 그 아이들이 정신 병원에 입원하지 않는 거거든."

애들런 교수의 손가락 두 개가 테이블 위를 걷듯이 움직이던 중, 교수의 반대편 손바닥에 가로막혔다. 엘레노어가 고개를 끄덕였다.

"자네가 기획한 시설이 개관하고, 아이들을 보낼 정신 병원이 없어지면. 그러면 부모들이 제 자식들을 어디로 보내겠나?"

"시설로 보내겠죠."

엘레노어의 대답에 애들런 교수가 흡족한 얼굴로 웃었다. 엘레노어가 기획한 시설은 딱 운영비를 세외하고는 추가적인 비용을 요구하지 않았다. 정신 병원에 보내는 것보다 저렴한 비용이었다.

"그래서 말이야. 정치학 교수랑 말을 나누다 보니……."

엘레노어가 애들런 교수의 말을 경청하며 눈을 반짝였다.

"지적 장애 아동을 정신 병원에 입원하지 못하게 막는 법안을 제정하는 게 제일 효율적일 것 같단 말이야."

애들런 교수가 고개를 주억이며 이야기했다. 엘레노어도 그에 동의했다. 레던 전체의 의식이 바뀌기만을 기다리는 건 사실 요원한 일이었다. 그러나 법이 바뀌면 사람이 따라올 수밖에 없는 법이다.

그에 대해서는 엘레노어도 생각해 본 적이 있었다. 그러나 가장 큰 문제에 부닥쳐 접어 버린 일이기도 했다. 이 사회를 이끄는 상류 사회의 귀족은 '그런' 문제에 대해서는 무관심했다. 그들이 사랑하는 것은 아름답고, 값비싸고, 우아하며, 고급스러운 것뿐이었다.

"저도 동의해요. 하지만 그러려면 정치권에 영향력을 행사해야 하는데, 그게 가능할까요?"

엘레노어의 질문에 애들런 교수가 불만스러운 얼굴로 입술을 움죽거렸다.

"그렇지 않아도 그게 제일 걱정이거든."

"……."

"정치학 교수가 어느 정도 소개는 해 줄 수 있지만, 그건 딱 만남 정도라."

애들런 교수가 생각에 잠긴 얼굴을 했다.

"클래번 공작가의 지원을 받는다면 전부 수월해지긴 할 텐데 말이야."

그러곤 엘레노어의 눈치를 살피며 입을 열었다. 아마 오늘 엘레노어를 굳이 부른 것도 그런 이유였던 모양이었다.

"클래번 공작이 수도 사교 활동이 뜸하다고는 해도, 그가 가진 영향력이 막강하지 않나. 아는 정치인들도 한둘이 아니고, 가문이 가지고 있는 돈도 그렇고."

애들런 교수가 흠흠, 목소리를 가다듬으며 이야기했다. 어서 엘레노어가 대답을 주기를 바라는 눈치였다. 그러나 그걸 알면서도, 엘레노어는 즉답하지 못했다.

이전 같았으면 당연히 로건에게 말이라도 해 보겠다고 대답해 보겠지만.

"……."

지금, 로건에게 어떠한 상의도 없이 나서는 건 오히려 그에게 폐가 될지도 모른다. 엘레노어가 클래번 공작저를 떠난 이후로도 재단의 일은 매끄럽게 흘러가고 있었다.

"아무래도 어렵겠나?"

애들런 교수가 조심스럽게 질문했다. 엘레노어가 해당 문제에 대하여 품은 의식이나, 의지, 그리고 영향력을 생각하면 당장에 좋다고 할 줄 알았는데 그렇지 않아서였다.

"하긴, 클래번 공작과 아직 결혼한 것은 아니니 나서는 게 좀 그럴 수도 있겠군."

역시 아직 결혼하지도 않은 상태에서 가문의 힘을 빌려 달라는 건 무리였나. 하긴, 허드슨 자작가는 워낙 클래번 공작가에 기울어지니, 로건에게 매번 도움을 청하는 게 그리 쉽지는 않을 터였다. 눈치를 보는 것도 지리멸렬하겠지.

애들런 교수가 아쉬운 얼굴로 쩝, 입맛을 다셨다.

"교수님 말씀, 좋은 생각 같아요."

"그렇지?"

엘레노어가 조심스럽게 말문을 열자, 애들런 교수가 반색했다.

"다만, 저 혼자 결정할 문제는 아닌 듯하니 시간을 조금만 주세요. 부탁드리겠습니다."

그러나 돌아온 대답은 그러겠노라 하는 이야기가 아니었다. 다소 실망스러운 대답이었으나, 애들런 교수는 마지못해 고개를 끄덕였다.

* * *

"무슨 일이라도 생겼어요?"

어셔가 엘레노어의 손등을 부드럽게 쓰다듬으며 물었다. 생각에 잠겨 눈도 거의 깜빡이지 않던 엘레노어가 화들짝 놀라며 어셔를 돌아보았다.

"이제야 나를 보네요."

어셔가 유순한 얼굴로 웃었다. 엘레노어가 머쓱한 얼굴로 어셔의 어깨에 머리를 기댔다. 이미 그의 상체에 몸을 반쯤 겹친 채였다.

"대체 무슨 고민인데 그렇게 깊게 생각에 빠져 있어요? 학교에 다녀온 게 다라면서요."

커다란 손이 엘레노어의 손등을 덮었다. 날씨가 따뜻해졌음에도, 그의 다정한 온기가 덥거나 거리껴지지 않았다.

"내 마음대로 할 수 있는 일이 아니라서 고민 중이었어요."

"말해 봐요. 내가 들어 줄 테니. 고민은 나누면 반이 된다고 했어요."

어셔가 한 손을 들어, 검지로 엘레노어의 입술을 톡톡 두드렸다. 엘레노어는 그 귀여운 재촉에 푸스스 웃음을 흘렸다.

"애들런 교수님께서 장애가 있는 어린이들을 정신 병원에 입원시키지 못하게 하는 법안을 발의하는 게 좋겠다고 하셨거든요."

좋은 소식 아닌가? 어셔가 눈썹을 조금 치켜올리며 곰곰이 생각했다.

"한데 아무래도 정치인들에게 접근할 수 있는 방법이 한정적이다 보니, 클래번 공작가의 지원을 받고 싶으신 것 같아요."

클래번 공작가, 라는 단어를 말하는 순간 엘레노어의 눈동자가 어셔를 향했다. 아니나 다를까, 클래번 공작가 얘기를 듣자마자 어셔의 표정이 좋지 않아졌다.

"하지만 각하께 연락드릴 순 없죠."

엘레노어가 서둘러 입을 열었다. 어셔가 오해하지 않게 하기 위함이었다.

"그래서 어떻게 도움을 드릴 수 있을까 궁리하던 참이었어요."

왕의 생일을 기념하여 열렸던 연회에서 만났던 가문들에 운을 띄워 볼까 싶기도 했다. 왕비도 그에 긍정적인 반응을 보였으니, 그녀에게 도움을 청하는 것도 나쁘진 않을 것 같았다. 다만, 왕비가 호의를 보인 것은 어디까지나 '미래의 클래번 공작 부인'이지 않았나 싶어 고민이 길어졌다.

"로건은······."

어셔가 낮은 한숨과 함께 말했다.

"자기가 하기로 한 일이니 분명히 책임질 사람이에요."

엘레노어가 고개를 끄덕였다. 로건은 강한 책임감을 가진 사내였다. 그건 엘레노어도 이미 아는 바였다. 그러니 엘레노어가 말을 전달한다면, 그리하겠노라 대답할 것임을 알았다.

"하지만 로건에게 연락해 보라는 말을 하고 싶지는 않네요."

하지만 그럴 수 없었다. 어셔가 좋아하지 않을 것이며, 엘레노어도 염치가 있었다. 그렇게 그를 두고 떠나온 주제에, 무슨 부탁을 한단 말인가.

"다른 것보다, 로건이 내 연인이었던 당신에게 마음을 품고 있었다는 게, 내가 없는 기회를 놓치지 않고 당신을 차지하려고 했었다는 게 늘 불쾌해요."

"······어셔."

"배신감도 느껴요."

어셔가 솔직하게 털어놓았다. 엘레노어가 어쩔 줄 모르는 얼굴로 어셔의 눈치를 살폈다. 제 잘못이라 생각하는 탓이었다.

"당신이 그에게 마음을 주지 않았다고 해도, 내가 속이 좁아서."

어셔가 억지로 웃음을 보이며 이야기했다. 굳은 분위기를 풀어 보려는 노력이었다.

"내가 알아볼게요. 아버지 쪽에도 연줄은 있을 테니까."

엘레노어가 고개를 끄덕였다. 그가 싫어하는 건 하지 않겠다는 태도였다. 그러니 아무리 초조하고 불안하게 느껴지더라도, 로건에 관한 어떤 것도 생각하지 말라고 윽박지르고 겁박할 수 있을리가 없었다.

"일단 나가요. 공연 보기로 했던 거 잊지 않았죠?"

"당연히 기억해요."

엘레노어가 어셔의 품에서 벗어나 일어서며, 그에게 손을 뻗었다. 어셔가 기쁜 얼굴로 붙잡고 소파에서 일어났다.

"당신도 좋아할 거예요. 최근에 무척 유명한 연극이라고 들었거든요."

* * *

어셔가 예매했다던 연극은 클래번 공작가의 자선 바자회에서 봤던 공연이었다. 물론 엘레노어는 그 이야기를 할 만큼 어리석지 않아, 조용히 말을 삼켰다.

"어떻게 내게 이럴 수가 있어!"

언젠가의 기억처럼 여주인공인 앨리스가 울부짖었다.

"미안해, 앨리스. 하지만 진짜 내 사랑은 에바였어."

그리고 앨리스의 연인이 이별을 고했다. 동시에 좌석의 손잡이를 움켜쥔 어셔의 손등 위에 핏줄이 돋았다.

"배신자! 지옥 불에 떨어질……!"

뒤이은 저주가 무대 위를 뒤흔들었다. 절망한 앨리스는 결국 연극의 끝에서 모두를 죽이고 자신도 자살하려 하지만 실패했다. 지나가던 중년의 남자가 그녀를 구해 냈기 때문이었다. 그리고 조언했다.

부정적인 감정에 매몰되는 것은 어리석은 일이라고. 이미 변하여 흘러간 것은 받아들여야 한다고. 그리하여 걷다 보면, 언젠가는 다시 새로운 것을 맞닥뜨리게 될 것이라고.

"슬프네요."

공연이 막을 내리자, 어셔가 작게 중얼거렸다.

결국 앨리스는 조언을 받아들이고, 배신감을 내려놓은 채 그 마을을 떠났다. 앨리스의 머리 위로 쏟아지는 빛이 앞으로 그녀의 인생은 긍정적인 방향으로 흘러갈 것임을 암시했지만, 그것만으로는 충분하지 않았던 모양이었다.

"결국 여주인공만 모두 끝났다는 걸 받아들이고 물러나는 결말이라니."

어셔는 앨리스만 끌어안게 된 배신감과 슬픔이 싫다고 했다. 아예 이해하지 못할 감정은 아니라서 엘레노어도 고개를 끄덕였다.

"나는 그 둘이 정말 지옥 불에 떨어질 줄 알았는데."

막이 내린 무대 위의 어둠을 응시하던 어셔가 낮게 웃으며 자리에서 일어섰다.

"이제 돌아갈까요."

엘레노어가 어색하게 웃으며 어셔를 따라 자리에서 일어섰다.

.

종종 어셔에게서 비치는 극렬한 감정을 볼 때마다 씁쓸한 기분이
들었다.

"차를 가지고 나올 걸 그랬나 봐요."

"호텔까지 그렇게 멀지도 않은걸요."

엘레노어와 어셔는 손을 잡은 채 녹녹한 어둠에 가라앉은 길
위, 가로등만 켜진 호젓한 거리를 걸었다. 모든 게 괜찮을 것 같
았다가, 괜찮지 않은 어셔의 상처를 마주할 때마다 마음이 복잡
해졌다.

"엘레노어."

어쩌면 지금 어셔마저도 망가뜨리고 있는 게 아닐까? 제인이
찾아와서 했던 질문은 이 이상 제 아들을 망치지 말고 놓아주라
던 에두른 이야기가 아니었을까?

"엘레노어?"

생각에 잠겨 있던 엘레노어가 화들짝 놀라 고개를 들었다. 주황
색 가로등 불빛에 얼굴이 반쯤 잠긴 어셔가 의아한 얼굴로 엘레
노어를 보고 있었다.

"무슨 생각을 그렇게 깊게 해요?"

"아뇨, 그냥. 별거 아니에요."

엘레노어가 고개를 저었다. 제인을 만난 이후로, 어셔를 옆에
두고도 자꾸만 생각의 틈으로 빠져드는 시간이 늘어나 문제였다.

"보내기 싫은데."

"어셔."

"알아요, 안 되는 거."

객실 문 앞에 도착했을 때였다. 어셔가 엘레노어의 손을 꼭 붙잡은 채 놓아주지 않았다. 엘레노어가 난처한 얼굴로 그를 부르자, 어셔가 아쉬운 표정으로 엘레노어의 손을 놓았다.

"내일도 볼 걸 알면서도 계속 아쉽네요."

어셔가 이마를 부딪친 채 속삭였다.

"그냥 하루라도 빨리 당신하고 같이 살고 싶어요. 여름까지 기다리고 싶지 않은데."

"……."

"밖에 나갈 때마다 당신이 이렇게 모자를 쓰고 얼굴을 가리는 것도 하지 않았으면 좋겠는데."

그리고 낮게 한숨을 내쉬었다. 속상한 마음을 감추지 못하는 얼굴이었다.

"어셔. 지금 나와의 염문은 각하뿐만 아니라 당신이나 피츠먼 백작가에도……."

"알아요. 당신이 무슨 말 하는지."

하지만 알면서도 속상한 마음은 어쩔 수 없는 법이다. 엘레노어도 그 사실을 알았다.

"잠깐 들어왔다 가요."

엘레노어의 말에 어셔가 배시시 웃었다. 소년 같은 미소였다.

"거절하지 않을게요."

그러고는 엘레노어보다 앞서서 객실 안으로 들어섰다.

"모자랑 재킷은 소파에 걸쳐 두고 앉아요."

엘레노어가 문을 닫으며 이야기했다. 그러나 어셔는 엘레노어가 시키는 대로 하지 않았다.

"……!"

문을 닫고 돌아서기도 전이었다. 어셔가 등 뒤에서 엘레노어를 불쑥 끌어안았다. 엘레노어는 그가 턱을 얹어 둔 목덜미가 간지러운 것을 느끼며 몸을 조금 움츠렸다.

"뭐 하는 거예요?"

"분위기를 좀 내 볼까 하는 마음?"

어셔가 푸스스 웃으며 속삭였다. 그의 숨결에 귓가가 속절없이 뜨끈거렸다.

"헤어질 때마다 나만 아쉬운 것 같아서."

엘레노어는 자신의 배 앞에서 마주 잡은 큰 손을 부드럽게 쓸었다. 그런 것들 하나하나가 쌓여 그를 속상하게 했던 거라면, 아니라고 말해 주고 싶었다.

"어떻게 해야 당신을 좀 아쉽게 할 수 있을까 생각했는데. 모르겠더라고요."

"……"

"근데 그런 와중에도 나는 계속 당신이 끌어안고 싶고."

그래서 충동을 느낀 그대로 끌어안았다고. 어셔는 그렇게 이야기했다. 엘레노어가 그의 손을 풀고, 뒤를 돌았다. 어셔가 얼떨떨한 얼굴로 엘레노어를 내려다보고 있었다. 엘레노어는 손을 들어, 그의 얼굴을 붙잡고 제게 내렸다.

"엘레노……."

말을 끝내기도 전에 입술이 닿았다. 어느새 눈을 감은 어셔가 엘레노어를 품으로 당겨 안은 채, 깊게 파고들었다. 모든 것을 모른 체하며 눈을 감고, 이대로 엘레노어를 가지고 싶었다.

다시 만난 이후로는 내내 자신의 것이 아닌 것만 같은 여자를 완전히 자신의 것으로 만들고 싶었다. 그러면 이 막연한 불안감이 사라질 것 같아서. 누군가에게서 빼앗은 기분을 느끼지 않을 것 같아서.

어셔는 휘청거리는 엘레노어의 몸을 부드럽게 침대로 이끌었다. 엘레노어가 무너지듯 침대 아래로 다리를 늘어트린 채 드러누웠다.

달빛을 받아 희게 빛나는 금발이 침대 위로 흐드러졌다. 어셔가 엘레노어의 목덜미를 한 손으로 붙잡은 채 입을 맞추었다. 그리고 다른 한 손은 실크 셔츠의 단추에 갖다 댔다. 엘레노어는 눈을 질끈 감은 채였다. 어셔의 마음을 안정시킬 수 있다면. 그럴 수만 있다면 참을 수 있다고 생각했던 것과는 달리 마음이 요동쳤다.

'당신이 내내 기다리던 어셔가 거짓말처럼 돌아왔고, 다시 당신과 결혼하고 싶다고 이야기하는데 왜 당신은 그렇게 슬픈 얼굴이에요?'

문득 제인의 질문이 떠올랐다.

'클래번 공작 때문인가요?'

제인에게 뭐라고 대답했던가. 아, 모르겠다고 했다. 그저 혼란스러워서 고개만 흔들며 모르겠다고 대답했다. 그리고 제인은 그런 엘레노어를 보며 나직이 한숨을 내쉬었다.

'엘레노어. 나는 당신이 아니니 그 마음을 알지 못해요.'

'······.'

'하지만 당신에게 이 말만은 해 줄 수 있을 것 같네요.'

그리고 조언했다.

'죄책감으로 사랑하지 말아요.'

'네?'

사실 어서를 생각하면 충고하고 싶지도, 일러 주고 싶지도 않다고 했다. 그렇지만 같은 여자로서 엘레노어가 제대로 선택할 기회를 주고 싶다고 했다.

'그리고.'

'······.'

'추억으로 사랑하지도 말아요. 그건 사랑이 아니라 기억일 뿐이 니까.'

그 또렷한 시선, 그리고 자신감 있는 미소가 기억에 남았다. 그리하여 엘레노어는 자신이 사랑이라 믿어 의심치 않던 것을 의심 하게 되었다.

나는 추억으로 사랑하고 있었던가?

스스로에게 질문을 던졌다. 그러자 수많은 기억이 수면 위로 몸을 띄웠다.

아버지 같지도 않던 찰스와 슬픈 기억으로만 가득했던 고향. 큰맘 먹고 떠났지만 사실 불안했다. 홀로 서겠다 결심했지만 무서 웠다. 그 틈을 비집고 들어온 게, 다정하게 웃는 사내였다. 어서는 겁먹고 물러서려는 자신을 붙잡고, 달래 주고, 상냥하게 괜찮다고 속삭여 주었다.

'제게, 제게 왜 이렇게까지 하세요?'

'사랑하니까.'

가장 받고 싶었으나 어머니가 죽으며 사라져 버렸던 이유 없는 애정. 어셔는 이유 없는 사랑을 쏟아 주었다. 그리고 엘레노어가 그 존재 자체로 사랑받을 가치가 있는 사람이라고 했다.

그게 좋았다. 그가 쏟아 주던 그 하염없는 애정을 받고 있노라면 가슴이 충만해졌다. 그리하여 엘레노어 역시 어셔와의 사랑에 속절없이 빠져들었다. 어셔 피츠먼은 마음을 어떻게 가누어야 할지도 모르고 그저 마음 가는 대로 사랑한 사람이었다.

서툰 첫사랑이었다. 그래서 잊을 수 없었다.

'기억은 미화돼요. 좋은 것만 남죠.'

'……'

'거기에만 집착하면, 당신은 영원히 새로운 감정을 만날 수 없어요.'

제인의 목소리를 떠올릴 때였다. 엘레노어의 위로 완전히 자리 잡은 어셔가 조용히 시선을 마주쳤다. 아름다운 보랏빛이었다.

"엘레노어."

하지만 다시 만난 엘레노어와 어셔는 괴로워하기만 했다. 서로의 눈치를 살피느라 화도 내지 못하고, 제 슬픔을 외면한 채 마음을 끓였다. 사랑을 속삭이면서도 완전한 마음을 주고받지 못했다.

어쩌면 사랑은 이미 끝나 버렸는데, 그걸 인정하지 못해서 사랑했던 기억을 사랑한 것은 아니었을까.

"어셔!"

어셔의 커다란 손이 봉긋한 가슴 위를 덮었을 때였다. 엘레노어가 저도 모르게 그의 손을 다급하게 붙잡았다. 어셔가 놀란 눈으로 엘레노어를 내려다보았다. 눈이 마주쳤다. 놀람 속에서도 감추지 못한 상냥한 빛깔에 울컥 눈물이 났다.

아름다운 색깔은 기억 속 그대로인데, 자신이 느끼는 바는 이전 같지 않아서. 그 아름다움에는 여전히 찬탄하지만, 마음이 간지러워서 어쩔 줄 모르지는 않았다.

3년, 그 시간은 어셔를 기다리며, 동시에 그를 떠나보내는 시간이었다. 항상 언제나 같은 마음으로 그를 기다린 게 아니었다. 그 사실을 이제야 안 자신이 바보 같았다.

지금 엘레노어가 정말로 사랑하는 사람은 어셔 피츠먼이 아니었다. 이제 마음을 설레게 하는 것은 아름다운 보랏빛이 아니라…….

"미안해요. 놀라게 했어요?"

하늘인 듯, 바다인 듯, 강물인 듯, 구름인 듯. 늘 한결같은 푸른색.

"흐윽……."

잃으면 세상이 부서지는 줄로만 알았던 사랑이 있던 자리에는 아름다운 추억을 뒤집어쓴 껍데기만 남아 있었다.

쏟아지는 눈물에 놀란 어셔가 황급히 엘레노어의 위에서 내려왔다. 그러곤 눈물을 떨구기 시작하는 여자의 상체를 일으켜 세워 안은 채 다독였다.

"내가 잘못했어요."

어쩔 줄 모르는 목소리를 들으면서도 하염없이 눈물이 났다. 제 감정을 하나를 제대로 몰라, 두 사람 모두를 상처 입힌 자신이 싫었다.

"미안해요."

"나한테 미안해하지 않아도 돼요."

"미안해요, 어셔……."

엘레노어가 흐느끼며 사과했다.

"내가 성급했어요."

어셔는 엘레노어의 작은 몸을 품에 안은 채, 자신이 성급했노라고 이야기했다. 그러나 엘레노어의 사과는 멈추지 않았다.

"당신에게 강요하려던 게 아니에요."

그저 그의 접촉을 받아들이지 못한 것을 사과한다고 생각하던 어셔가 기묘한 직감을 얻은 건 그때였다.

"……엘레노어."

어셔가 나지막한 목소리로 엘레노어의 이름을 불렀다. 마른 등을 다독이던 손길도 어느샌가 멈춘 후였다.

"내가 미안해요. 그만 울어요."

지금 무엇에 사과하느냐고 묻고 싶었다. 하지만 도저히 입이 떨어지지 않았다. 믿고 싶지 않은 이야기를 할까 봐 두려웠다. 그러니 할 수 있는 거라곤 미안하다고 사과하며 달래 주는 일뿐이었다.

어쩌다 이렇게 되었지. 어쩌다 우리 관계가 이렇게…….

끝을 모를 아득한 낭떠러지. 그곳에 떨어져 어둠에 잡아먹히는 기분이었다.

"어셔."

엘레노어가 물기에 젖은 눈을 들어 똑바로 시선을 마주했다. 어셔의 머리를 관통하는 직감이 있었다.

"나 때문에 당신이 더 울음을 그치지 못하는 것 같네요. 내가 나갈게요."

그리하여, 그는 모든 것을 외면하고 도망치려고 했다. 그러나 어셔가 막 자리에서 일어섰을 때, 엘레노어가 그의 소매를 붙잡았다.

"괜찮아요, 엘레노어. 이해해요. 더 사과하지 않아도 되니까……"

"할 말이 있어요, 어셔."

여전히 눈물에 젖었지만, 또렷한 눈동자였다. 최근 그와 함께 있을 때도 집중하지 못하고 흐려졌던 것들과는 다르게.

"나중에 얘기해요."

"어셔."

"지금은 당신도 혼란스러운 것 같으니까, 나중에."

어셔가 엘레노어가 붙잡은 소매를 빼내고 등을 돌렸다. 적어도 지금, 엘레노어가 하는 얘기를 들어선 안 된다는 것만은 분명했으므로.

"지금 해야 돼요."

그러나 잔인하여 아름다운 여자는 기어코 그의 심장을 부수려는 듯했다.

"언제까지고 어리석은 짓을 할 순 없잖아요."

"뭐가 어리석은데요?"

어셔가 질문했다. 숨기지 못한 원망이 알알이 맺힌 목소리였다.

"이렇게 서로를 붙잡고 있는 일."

가슴속에서 뜨거운 게 치밀어 올랐다. 어셔가 저도 모르게 몸을 틀어 엘레노어를 직시했다. 흐트러진 차림 그대로, 엘레노어는 그의 시선을 피하지 않았다.

"내가 당신을 사랑해서 붙잡고 있는 게, 어리석은 짓이야?"

"……어셔."

"말해 봐, 엘레노어 허드슨."

어셔가 낮은 목소리로 뇌까렸다.

"당신도 알고 있잖아요."

"뭘?"

"서로가 서로를 사랑해서 붙잡고 있는 게 아니라, 당신이 나를 사랑해서 붙잡고 있다고 했잖아."

엘레노어가 울먹거리며 이야기했다. 한 대 얻어맞은 기분이 들었다. 어셔의 눈동자가 정처 없이 흔들렸다.

이미 알고 있었나?

"미안해요."

그래, 이미 알고 있었지. 자신을 바라보는 눈동자가 별을 박은 듯 찬란하게 반짝이지 않았으므로. 죄책감과 미안함으로 흐려진 잿빛 세상을 어떻게 모를 수가 있을까. 사랑하여 모를 수가 없었다.

"약속한 시간 동안 같은 마음으로 당신을 기다리지 못했어."

죽은 줄만 알았다가 살아 돌아온 전 연인의 존재는 놀라움과 그리움, 그리고 기쁨이었을 것이다. 서로가 서로를 잃고 싶어서 잃은 것이 아니었으니까.

"내가, 변했어요……."

"……."

"당신을 기다리면서, 당신을 정리했어요."

하지만 그것만으로 오랫동안 엘레노어의 눈을 가릴 수는 없었다. 사랑으로 충만했던 시기를 선명하게 기억할수록, 사랑이 아닌 감정으로 메워진 관계의 이상함을 금방 눈치챌 테니까.

"나쁜 년이라고, 배신자라고 욕해도 돼요."

발작하듯 로건에게서 떨어뜨렸는데. 만나지 못하게 했는데도 엘레노어는 금세 알아차리고 말았다.

자신이 사랑하는 사람은 어셔가 아니라는 사실을.

"어떻게 그래?"

어셔가 허탈하게 웃으며 질문했다. 엘레노어의 눈동자에서 눈물이 뚝뚝 떨어졌다. 우스웠다. 이 상황에도, 처연한 얼굴을 적시는 눈물에 가슴이 탔다.

"기다리겠다고 철석같이 약속해 놓고, 어떻게 내 친구와 눈이 맞아 나를 버리려고 해?"

"……."

"어떻게 나한테 그래!"

어셔가 엘레노어의 변심을 비난했다. 혹여나 엘레노어가 다른 생각을 할까, 드러내지도 못했던 분노와 서러움이 그제야 입을 비집고 튀어나왔다.

"나는 아직도 우리가 기차역에서 헤어지던 날의 기억이 선명해."

"어셔."

"당신과 입을 맞추며 이별했던 기억이. 나를 기다린다던 당신의 목소리가."

어셔의 떨리는 목소리가 끊겼다. 자리에서 일어선 엘레노어가 더듬더듬 그의 얼굴을 더듬었다. 어셔는 그제야 자신이 울고 있다는 사실을 알았다.

"울지 말아요. 당신은 울지 마."

축축할 정도로 젖어 있었다. 추접스럽다. 어셔는 우스꽝스러운 자신을 비웃었다.

"그냥 나를 욕하고 비난하고 화내요. 당신은 울지 말고, 응?"

엘레노어가 입을 앙다물었다. 어떻게든 눈물을 참아 보려고 애를 쓰는 기색이었다.

"어떻게 당신은 그 약속을 잊을 수가 있어?"

사실 아직도 이해가 되지 않았다. 어떻게 모이라는 연인의 변심을 그처럼 무던하게 넘길 수 있었을까? 자신은 이렇게 마음이 불에 타는 듯 들끓어 견딜 수가 없는데.

"아, 내가 정말로 죽어 버렸길 바랐나?"

"어셔!"

엘레노어가 말도 안 된다는 듯 입을 열었다.

"솔직히 말해 봐. 로건이 당신에게 손을 뻗은 이후로, 내가 돌아오길 바라지 않았던 거 아냐?"

그러나 어셔는 계속해서 빈정거렸다. 그렇게라도, 무엇이라도 엘레노어의 가슴에 상처를 내고 싶었다.

"그럴 리가 없잖아요. 나는 지금도 당신이 돌아온 게 기뻐……."

"그런데 왜 나를 떠나려고 해?"

어셔가 엘레노어에게 한 걸음 다가섰다. 그리고 두 팔을 붙잡은 채 이야기했다.

"어차피 로건한테 돌아갈 수도 없잖아. 그냥 나를 다시 사랑해."

"어셔."

"이미 한 번 변했는데, 다시 변할 수도 있겠지."

엘레노어가 간절히 그의 이름을 속삭였다. 그건 그를 위한 일이 아니란 걸 알았으면 했다.

"정말로 나를 위한다면, 몸뚱이라도 내 옆에 둬."

그러나 이미 분노로 눈앞이 하얗게 가려진 사내는 그저 비틀린 웃음으로 엘레노어의 진심을 조롱했다.

"곁에서 거짓으로 사랑을 속삭이면서?"

"……."

"그건 당신을 향한 기만이잖아."

엘레노어가 고개를 저으며 설득했다. 지금은 그가 분노와 배신감으로 갈피를 잡지 못해서 이러는 것이니까.

"이젠 내가 뭘 해도 싫은 게 아니라?"

"그럴 리가 없잖아……!"

시간이 지나며 마음이 변하였을 뿐, 그저 죄스럽고 미안할 뿐,

어셔를 싫어하게 된 것은 아니었다. 어셔가 말도 안 되는 망상으로 스스로를 부수는 것만은 원하지 않았다.

"당신이 뭐래도 상관없어. 클래번 공작저에서 나를 선택해 나온 이상, 다시 그리로 돌려보낼 생각은 없으니까."

엘레노어는 이미 어리석게도 지난 첫사랑의 잔상에 눈이 멀어, 현재를 잃었다. 그의 선의를 꺾었고, 그의 마음을 밟았다.

"못 가요. 어차피 각하께는 못 가, 어셔."

애당초 당사자인 로건부터가 엘레노어를 받아 줄 생각도 없을 거였다.

"거짓말."

그러나 어셔는 믿지 않았다. 어셔가 일그러진 얼굴로, 울 듯 웃었다.

"또 그렇게 말하고 나를……."

나를 배신할 거지. 이어지지 않은 말의 내용을 알 것 같았다. 울음기로 붉게 젖은 눈가를 건성으로 문질러 닦은 어셔가 몸을 돌렸다.

그리고 엘레노어를 홀로 남겨 둔 채, 객실을 떠났다. 그 흉흉한 기세에도 어디로 가냐고 묻지 못했다. 대답해 주지 않을 테니까.

"흐윽……."

후들거리는 다리를 지탱하지 못하고 무너졌다. 자리에 주저앉은 엘레노어는 뿌옇게 흐려지는 시야를 더듬었다. 슬픔, 분노, 배신감, 처절함, 죄책감, 괴로움. 온갖 거먼 감정이 무겁게 부서져 가라앉았다. 엉망진창이었다.

* * *

엘레노어에게 거부당하고 객실을 나선 어서는 하염없이 길거리를 헤맸다. 그 분노를 안고서는 엘레노어에게 돌아갈 수 없었다. 엘레노어는, 잔인할 만큼 정직한 그 여자는 마음을 바꾸지 않을 터였다.

엘레노어를 클래번 저택에서 데리고 나올 때부터 느꼈던 묘한 불안함이 기어코 괴악스러운 모습을 드러냈다. 그렇다면 지금의 절망과 괴로움은 어떠한 모습으로 나타날 것인가. 그 생각이 어셔의 눈을 가렸다.

"집으로는 가면 안 돼."

피츠먼 백작가로 돌아가면 안 된다. 재빠르게 굴러간 머리가 결론을 내렸다. 처음에는 엘레노어를 못마땅하게 여겼던 어머니 제인이 언젠가부터 엘레노어의 선택을 존중하라며 감싸고돌았다. 엘레노어의 결정을 말하면, 신사답게 받아들이라 충고할 터였다.

"어떻게 그래?"

그러나 그는 그럴 수 없었다. 어떻게 그럴 수 있단 말인가? 어떻게, 어떻게 사랑하는 연인의 변심과 친구의 배신을 관조할 수 있지?

가만히 있어도 손이 말리고 주먹이 쥐어졌다. 그건 술이나 진탕 마시고 취해서 모든 것을 잊어버리고 싶은 욕구와는 결이 달랐다. 어셔가 하고 싶은 건, 다른 거였다. 무어라도 부수고, 망가트리고 싶은 저열하고 폭력적인 욕망이 그를 휩쓸었다.

"……로건 클래번."

로건의 무던하고 우아한 가면을, 그리고 사회적 체면을 완전히 깨부수고 싶었다. 친구의 연인에게 수작질이나 부려 빼앗아 간 천하의 망종임을 알리고 망신을 주고 싶었다. 그에게 절망을 선사한 대가로.

"수도행 티켓 있습니까?"

그리하여 어셔가 충동적으로 향한 곳은 서던 역이었다.

"5분 뒤에 마지막 열차가 있어요. 하지만 삼등석인데……."

티켓을 끊어 주던 직원이 어셔의 고급스러운 옷감을 일별하며 중얼거렸다. 아무렴 귀한 분께서 삼등석을 아무렇지도 않게 달라고 하지는 않을 것 같아서였다.

"주십시오. 당장."

"예?"

직원이 당황한 듯 되물었다. 그러나 그는 곧 자신의 일에 충실했다. 그 마땅한 값을 치른 어셔에게 삼등석의 티켓을 내밀었다.

"즐거운 여행 되십시오."

딱히 즐거워 보이진 않지만. 그런 소리가 들린 것도 같았으나 어셔는 그에 관심을 두지 않았다. 5분 남은 열차를 타기에도 바빠서였다.

"수도행 기차 출발합니다!"

플랫폼에 막 들어섰을 때였다. 어셔는 수도행 기차가 곧 출발한다는 안내를 듣고 있는 힘껏 달려 기차에 올라탔다.

기차가 어둡게 가라앉은 어둠을 헤치고 달렸다.

* * *

엘레노어는 어셔가 떠나고도 이틀은 잠도 청하지 못했다. 자신의 잘못된 결정으로 한 번에 여러 사람이 괴로워하게 된 작금의 상황이 마음에 걸리지 않을 수 없었으니까. 고민으로 마음이 복잡해, 침대에 누워서도 몸을 뒤척거리기만 했다.

그렇게 이틀을 뜬눈으로 밤을 새우고, 심연처럼 어두웠던 하늘 위로 붉은 기운이 스며드는 모습을 구경했다.

그렇게 사흘이 지났을 때였다. 누군가 객실의 문을 두드렸다. 엘레노어는 혹시 어셔가 마음을 진정한 후 돌아왔을까 싶어 서둘러 문을 열었지만, 문 앞에 서 있는 건 의외의 인물이었다.

"……앤더슨 씨?"

로건의 비서인 제프리였다. 엘레노어가 얼떨떨한 얼굴로 눈을 깜빡이는 동안, 제프리가 영 마땅찮은 얼굴로 자세를 고쳐 허리를 꼿꼿하게 세웠다.

"각하께서 찾으십니다, 허드슨 양."

딱딱한 목소리였다. 호칭 역시 사용인일 때의 호칭으로 돌아가 있었다. 물론, 그에 불만을 표할 생각은 없었다. 그건 어리석음의 문제가 아니었다.

"지금 바로 출발해야 하나요?"

엘레노어의 질문에 제프리가 눈썹을 조금 까딱였다. 하고 싶은 말이 많은 얼굴이었다. 어쩌면 죄인이나 다름없는 주제에 오라면 올 것이지, 어디 시간을 따지냐고 하고 싶은 것이었을지도.

그러나 제프리에게는 신사도라는 게 있었다. 게다가 그의 아내인 소피아가 그의 무례한 태도를 본다면 당장에 정강이를 걷어찰 터였다.

"준비하는 데 30분 정도면 되겠습니까?"

작게 한숨을 내쉰 제프리가 주머니에서 시계를 꺼내어 시간을 확인하고 이야기했다. 엘레노어가 고개를 끄덕였다.

"금방 준비하겠습니다."

무뚝뚝하게 고개를 끄덕인 제프리가 몸을 물리고 중앙 계단을 통해 내려가기 시작했다. 거기까지 확인한 엘레노어는 객실로 돌아와 외출 준비를 시작했다.

가지고 나온 옷 중 가장 깔끔하고 단정한 옷을 골라 입었다. 허리까지 오는 머리는 반만 묶어 자연스럽게 보이게 했다. 최근 계속 제대로 숙면하지 못해 눈 밑이 거뭇한 건 어쩔 수 없지만, 입술이라도 조금 바르면……

거울 속 자신과 눈이 마주친 엘레노어가 순간 흠칫하며 행동을 멈추었다. 좋아하는 남자에게 잘 보이고 싶어서 안달이 난 얼빠진 여자가 거기 있었다.

"정신 차려, 엘레노어 허드슨."

그럴 자격이 없는 줄도 모르고. 엘레노어가 두 손을 들어, 손바닥으로 제 뺨을 찰싹 때렸다. 허울뿐이었던 로건의 약혼자 자리도 이제 자신의 것이 아니었다. 로건이 엘레노어를 부른 이유 역시, 한가하게 티타임이나 갖자는 게 아닐 터였다.

"준비됐어요."

엘레노어가 숨을 가다듬고, 연하게 입술에 색만 더한 채 호텔을 나섰다. 차에 타지 않고 호텔 앞을 서성거리며 기다리던 제프리가 직접 문을 열어 주었다.

"타시죠."

"고맙습니다."

그의 행동은 엘레노어를 향한 호불호와는 관계가 없었다. 그의 상사가 모셔 오라 한 손님이기 때문이었다.

"각하께서 어떤 일로 찾으시는지⋯⋯."

"제가 그것까지는 알 길이 없군요."

그러나 엘레노어가 그에게 이것저것 말을 붙여 오는 건 예외였다. 그들은 이제 즐겁게 웃으며 대화를 나눌 만한 사이가 아니었다.

"그저 모셔 오라 하셨습니다. 그만한 이유가 있을 겁니다."

엘레노어가 고개를 끄덕이며 창밖으로 시선을 돌렸다. 로건의 약혼녀 자리를 내려놓고 클래번 공작저를 떠난 이후로는 이용할 일이 없던 차의 좌석이 무척이나 안락했다. 거의 3년 가까이 되는 시간은 결코 짧지 않았다.

자동차와 좌석의 안락함에 젖어 들 만한 시간. 로건의 친절함과 애정을 받아들일 만한 시간. 어셔를 향한 마음을 서서히 정리하던 시간이었다.

"도착했습니다."

운전수가 먼저 다가와 문을 열어 주었다. 엘레노어는 그에게 감사 인사를 하며 차에서 내려, 제프리의 뒤를 따랐다.

"제프리 님. 제가 안내해 드리겠습니다."

"각하께서 부탁하셨습니까?"

"예. 손님을 제외하고는 누구도 들이지 말라 하셨습니다."

조지의 말을 들은 제프리가 순순히 물러났다. 조지는 무척이나 깍듯한 자세로 엘레노어를 대하며, 안내를 위해 앞장서 걸었다.

"……."

어디 하나 흠잡을 곳 없는, 클래번 공작저의 집사로서의 행동이었다. 그 때문일까, 엘레노어는 쉽사리 조지에게 말을 붙이지 못했다. 저택 자체가 전체적으로 어딘가 냉랭한 기색이 있었다. 엘레노어를 대하는 집사장 조지의 태도부터 모른 척 눈을 내리깔고 지나치는 사용인들의 태도까지.

아직 누구에게도 사실을 밝히지 않았다고 했으니, 모두 로건과 엘레노어의 파혼을 모르고 있을 게 분명했다. 괜한 제 발 저림이었다. 엘레노어는 그렇게 생각했다.

"각하, 엘레노어 허드슨 님이 들었습니다."

"들어와요."

조지가 문을 열고 로건의 집무실 안으로 엘레노어를 들여보냈다. 손님이 올 것을 생각하여 환기를 시키기 위해 창문을 열었는데도 집무실 안은 시가 냄새가 배어 있었다. 그의 고민이 켜켜이 쌓인 만큼이었다.

"클래번 공작 각하를……."

엘레노어는 집무실의 주인인 사내를 향해 고개를 숙였다. 엘레노어의 앞에서 편하게 셔츠를 접어 입던 로건은 한 치의 틀어짐 없이 반듯한 차림새를 하고 서 있었다.

"인사는 됐어요. 앉죠."

로건이 소파를 눈짓하며 말했다. 엘레노어가 조심스럽게 소파에 앉았다. 몇 년을 클래번 공작저에 머무른 만큼, 엘레노어에게도 로건의 집무실은 익숙했다. 그러나 지금은, 어딘가 황량했다. 엘레노어는 허벅지 위에 땀이 배기 시작하는 손바닥을 조심스럽게 갖다 댔다.

"부르실 줄 몰랐어요."

엘레노어가 조심스럽게 말문을 열었다. 상석에 앉던 로건이 짧게 웃었다.

"나도 몰랐습니다."

좋은 의미는 아니었다.

"안색이 좋지 않으신데 휴식은 제대로……."

"그건."

꺼칠한 피부, 평소보다 움푹 팬 눈과 짙은 그늘이 그의 안색을 나쁘게 했다. 엘레노어가 로건을 걱정하며 질문하려 했으나, 로건이 단호한 태도로 그 말을 끊었다.

"허드슨 양이 상관할 일이 아닙니다."

곧이어 냉랭한 대답이 돌아왔다. 엘레노어는 조용히 고개를 끄덕였다. 그의 말이 옳았다.

"오늘 당신을 부른 건 애들런 교수의 편지 때문입니다."

"교수님께서 각하께 편지를 보냈나요?"

엘레노어가 놀란 눈으로 로건을 응시했다.

"당신에게 제안해 봤지만, 난처하다는 기색이라 내게 직접 연락 했다고 하더군요."

로건이 무덤덤한 목소리로 이야기했다.

"말씀드리고 도움을 구하고 싶었지만, 각하께서 제 연락을 달가 워하시지 않을 것 같아서 연락을 취하지 못했어요."

또 무언가를 숨긴 듯한 기분이 들었다. 엘레노어가 변명하듯 제 가 로건에게 그 사실을 말하지 않은 이유를 설명했다.

"무슨 뜻인지 압니다. 그저 설명이 필요해서 당신을 불렀어요. 해당 법안 제정이 유의미한 효과가 있을지 궁금해서."

허둥지둥하는 꼴을 보다 못한 로건이 오해하지 않았으니 괜찮 다고 이야기했다. 그들 사이에 남은 앙금이 기쁘거나 즐거운 것이 아니어도, 로건 클래번이라는 남자의 본질은 선량함이었다.

"정신 병원에도 버리지 못하면, 아무도 알지 못하는 곳에 내 다 버리지는 않을지. 차라리 집안에서 죽여 버리려고 하지는 않 을지."

"저는 효과가 있을 거라고 생각해요."

엘레노어가 조심스럽게 입을 열었다.

"정신 병원에 아이들을 입원시키는 비용보다는 클래번 재단에서 제공할 프로그램의 비용이 더 저렴하니까요."

"……."

"동시에 그 아이들도 직업을 가질 수 있다든지, 사회에 섞여 함께 살아갈 수 있다는, 그런 캠페인 같은 것도 함께 진행된다면 더욱 효과가 있을 테고요."

엘레노어의 설명에 로건이 고개를 끄덕였다.

"그래요. 당신이 괜찮다고 말했으면 됐습니다."

그러곤 볼일은 다 보았다는 듯, 대화를 끊었다.

"언질 한 번 없이 갑자기 움직이게 해서 미안합니다. 그만 돌아가 봐요."

자리에서 일어선 로건이 구둣발 소리와 함께 엘레노어에게서 등을 돌렸다. 그가 움직이는 방향으로 시선을 돌린 엘레노어는 쏟아지는 햇빛 속, 해를 등지고 선 사내의 넓고 외로운 등을 응시했다.

어쩌면 이게 정말 마지막이겠구나. 그저 그를 외롭게 만들기만 한 채로.

"……각하."

엘레노어가 충동적으로 로건을 불렀다. 엘레노어를 바라볼 때는 늘 어딘가 풀어진 표정이었던 사내의 표정이 단단히 잠겨 있었다. 그럼에도 한 번은, 사과하고 싶었다. 사실은 그저 몰랐을 뿐이라고, 당신을 사랑한 적이 없는 건 아니었다고도 말하고 싶었다.

"할 말이 남았습니까?"

로건이 질문했다. 엘레노어의 입술이 달싹였다. 충동이 엘레노어를 휩쓸었다. 이미 지나 버렸고, 그가 받아 줄 확률은 없다 하여도 고백쯤은 해 볼 수 있는 거 아닐까.

엘레노어가 턱을 조금 들고, 앞으로 한 걸음 내디뎠을 때였다.

"해당 문제는 당신과 나 사이의 문제와는 상관없이, 클래번 재단에서 꾸준히 지원할 테니 걱정하지 않아도 됩니다."

로건의 목소리가 엘레노어를 멈춰 세웠다.

"각하, 저는……."

"같은 문제로 당신을 다시 부르는 일도 없을 테니, 그 문제 역시 걱정하지 않아도 좋아요."

그런 말을 하고 싶은 게 아니었다고 이야기하고 싶었다. 그러나 자신을 바라보는 무감한 눈동자가 엘레노어를 무력하게 만들었다.

"만일 누군가 당신의 도움을 받고 싶어서 찾아가더라도, 그 정도쯤은 남편이 될 어셔 피츠먼이 도와줄 수 있을 테니까. 나도 그 부분은 걱정하지 않겠습니다."

남편, 어셔 피츠먼. 그 호칭 하나가 로건이 품고 있는 가슴속의 가시를 명확히 드러냈다.

"……아니에요."

"뭐가 말입니까?"

"어셔는 제 남편이 아닙니다."

"물론 지금은 남편이 아닌 거 압니다."

로건의 얼굴에 조소가 떠올랐다. 그 비웃음은 그가 그 정도의 판단도 하지 못할 정도로 멍청한 사람인 것 같냐는 물음이기도 했다.

"하지만 언젠가 결혼할 거 아닙니까?"

"저는……."

"그 잠깐 기다리라는 것조차 참지 못해서, 국왕에게 결혼을 승인해 달라고 요청한 걸 내가 모를 줄 알았습니까?"

로건이 질문했다. 엘레노어는 예상조차 한 적 없는 질문에 쩡하니 얼어붙었다.

"국왕 폐하께 결혼을 승인해 달라고 했다니요?"

엘레노어가 눈을 커다랗게 뜬 채 질문하자, 로건이 피곤한 얼굴로 돌아섰다.

"각하, 말씀해 주세요."

"그걸 왜 내게 묻습니까?"

로건이 날카롭게 질문했다. 로건을 따라 두어 걸음 내딛던 엘레노어가 멈칫하며 한 걸음을 물렸다. 테이블로 가까이 다가간 로건이 넓게 펼쳐져 있던 신문을 집어 들었다. 그리고 한숨과 함께, 엘레노어에게 신문을 건네주었다.

〈로건 클래번-엘레노어 허드슨-어셔 피츠먼, 세 사람의 치정이 사교계를 뒤흔들다.〉

엘레노어, 로건, 그리고 어셔의 사진을 잘라 붙여 넣은 기사의 제목이었다.

* * *

"그래, 편안히 쉬었나?"

늦은 점심이 지난 시간, 그런 질문을 던지기에는 다소 늦은 시간이었다.

"폐하께서 베푸신 은혜 덕분입니다."

"위대한 평화 전쟁에 참여한 전사에게 베풀 수 있는 작은 성의일 뿐이지. 그걸 뭐 은혜라 하겠나."

그러나 그게 왕이 건넨 질문이라면 시간과는 상관없는 일이었다. 어셔가 상석에 앉은 왕을 향해 감사를 표했다. 왕은 대단한 은혜가 아니라고 말했으나, 어셔의 말이 무척이나 흡족한 얼굴이었다.

"내가 자네를 위해서 베풀 수 있는 은혜는 다른 것이지."

왕이 느긋하게 의자의 등받이에 기대며 이야기했다. 깔끔하게 준비된 티 테이블을 무료하게 응시하던 어셔의 시선이 재차 왕을 향해 돌아갔다. 왕은 선량하고 다정한 빛으로만 반짝이던 보라색 눈에 은근하게 가라앉은 분노와 배신감의 빛깔을 흐뭇하게 응시했다.

'어셔 피츠먼?'

'레던의 국왕을 뵙습니다.'

이틀 전, 이른 아침부터 자신을 찾아왔던 어셔의 눈동자는 이보다 더 흉흉했다.

'음. 이른 아침부터 어쩐 일로?'

'주변의 사람을 물려 주십시오.'

'다 내 사람들이네. 굳이 그러지 않아도 돼.'

시뻘겋게 달아오른 눈매, 뜻밖의 방문. 혹여나 사지로 내밀었던 자신을 향해 복수라도 하러 온 것인가 싶었다. 왕은 어셔의 부탁대로 주변에 있는 사용인들을 물리는 대신, 경비병들을 좀 더 가까이 다가오게 했다.

'자리에 편히 앉아 말해 보게.'

왕이 제 앞에 놓인 소파를 향해 눈짓했다. 어셔가 성큼 걸어와 자리에 앉았다. 깔끔한 차림이지만, 어딘가 우아하지는 못한 동작이었다. 3년이나 기억을 잊고 길거리를 헤맸다면 그럴 만도 하지. 왕은 최대한 어셔를 이해해 보려고 노력했다.

'전쟁 영웅에게는 마땅한 대가를 치러 주신다고 들었습니다.'

'음, 그렇지.'

왕이 고개를 끄덕였다. 뒤늦게 살아 돌아온 저만 보상에서 제외했다고 뿔이 난 건가 싶어서였다.

'저도 마땅한 보상을 원합니다.'

'당연한 일이지. 무엇을 원하나?'

기실 어셔를 포함한 군인 장병들의 개고생은 그가 맺은 평화 협정에서 비롯된 것이었다. 그러니 그는 일종의 원인 제공자라 할 수 있었다. 따라서 왕은 최소한 책임을 지는 태도는 보여주려고 노력했다.

'엘레노어 허드슨과의 결혼을 원합니다.'

'엘레노어 허드슨? 그게 누구……'

익숙하지 않은 이름을 따라 되뇌던 왕이 멈칫했다.

'허드슨 자작가의 그 엘레노어 허드슨?'

'예.'

'로건 클래번의 약혼자?'

그 이름이 누구인지 알아차리는 건 그리 어렵지 않았다. 그가 숙적으로 여기는 로건 클래번의 약혼자. 한데, 남의 약혼자를 제 결혼 상대로 내놓으라고? 왕이 당황한 얼굴로 눈을 끔뻑였다. 응접실에 있던 다른 사용인들도 마찬가지였다.

'엘레노어는 본래 저의 연인이었습니다.'

'엘레노어 허드슨이 자네의 연인이었다고?'

왕의 질문에 어셔가 고개를 끄덕였다. 왕이 난처한 얼굴로 매끈하게 면도한 턱을 쓰다듬었다.

'어찌 되었거나 그건 과거의 일이고, 지금은 클래번 공작의 약혼녀가 아닌가.'

'……엘레노어는 제게 오고 싶어 합니다.'

곤란한 요청이다. 왕은 제 심사를 숨기지 않고 드러냈다. 경비병들은 정물처럼 자리를 지키고 서 있으면서도, 흥미로운 대화에 귀를 쫑긋 세우고 있었다.

'게다가 그렇게 친구인 두 남자 사이를 오가는 모습이 보이면 욕은 허드슨 양이 듣게 될 거야. 그건 자네도 원치 않을 것 아닌가?'

왕이 어셔를 달래듯 이야기했다. 기실 그도 엘레노어 허드슨에게 큰 관심이 없지만, 적어도 여자의 인생에는 너무 가혹한 처사가 아닌가 싶어서였다.

'다른 걸 원한다면 들어주겠네.'

왕이 근엄한 척 이야기했다. 그러나 어셔는 물러서지 않았다.

'제가 원하는 것은 그 하나뿐입니다.'

재미있네. 보랏빛 눈에 타오르는 불길을 발견한 왕은 그렇게 생각했다.

'고민할 시간을 좀 주게.'

그리고 누구를 선택할지, 어떤 방식으로 그의 선택을 보여 줄지를 고민했다.

"많이 고민했네. 사실 자네도 알다시피, 내가 결혼을 강제할 수는 없으니 말이야."

지금은 왕권의 정점을 찍던 왕정 시대가 아니었다. 아직도 많은 힘과 권력이 그에게서 비롯된다 하더라도, 이제는 대놓고 사람을 강제할 수 있는 힘은 없었다. 그랬다간 당장에 왕실 폐위 논란이 일 테니까.

"게다가 나는 로건 클래번이 그처럼 한미한 가문의 아가씨를 만나 스스로 세를 꺾는 게 마음에 들었거든."

전쟁이 터지며, 후방 지원을 하다 보니 로건이 요구했던 지역 간 철로 사업을 어쩔 수 없이 진행하게 됐다. 물론 로건이 돌아오기 전에는 임시 사업에 불과했지만.

그러나 로건이 제 자리에 복귀한 이후엔 정식 사업으로 진행이 되었는데, 왕은 당연히 그 일이 마음에 들지 않았다. 그래서 퍼시스 후작가와 혼담이 오고 가는지를 유심히 살피던 차였다. 와중에 행운처럼 로건이 엘레노어와의 약혼을 발표했다.

그리고 이제 어서 피츠먼까지 찾아와 그를 무너뜨릴 방법을 찾아 달라 했다.

"하지만 자네의 사랑도 안타까워서 말이야."

"……."

"도움을 줄까 싶어졌어."

만세라도 부르고 싶은 심정이었다.

"물론 당장 자네를 대놓고 도와줄 수는 없어."

왕이 찻잔을 들어 올리며 느긋하게 말했다. 어셔의 시선이 그의 행동을 따라 느리게 움직였다.

"그랬다간 시민들이 나를 쓰레기로 볼 테니까. 그렇지 않아도 이유 없이 미움받는 처지가 아닌가."

왕이 낮게 웃었다. 왕이 정말로 이유 없이 미움받는 사람은 아니었지만, 어셔는 가만히 입을 다물었다. 복수심에 불타는 지금, 어셔가 비빌 언덕이라고는 왕뿐이었다.

"하지만 은근히 부채질해서 두 사람 사이를 이간질하고, 로건 클래번의 명예를 먹칠해 줄 순 있지."

생각만 해도 흐뭇하다는 얼굴이었다.

"물론, 그 과정에서 허드슨 양의 명예도 의도치 않게 다칠 수 있겠지만 결국은 안사람이 아닌가. 자네와 결혼해서 조용히 살다 보면 잊히겠지."

한때 엘레노어를 가엾게 여겼던 것은 완전히 잊어버린 듯했다. 사실 가깝지도 않은 아가씨의 평판이 망가진다고 해도, 그건 왕에게는 그리 대단한 일이 아니었으므로.

"신문을 가지고 와."

왕의 명령에 사용인이 곱게 접힌 신문을 가지고 왔다. 왕은 테이블을 건성으로 밀치고, 넓힌 자리에 신문을 펼쳤다.

"어떤가?"

왕이 씩 웃으며 질문했다.

〈로건 클래번-엘레노어 허드슨-어셔 피츠먼, 세 사람의 치정이 사교계를 뒤흔들다.〉

왕과 어셔가 일대일로 대화를 나누는 동안, 곁을 지키던 사용인들이 은근슬쩍 흘리는 말처럼 꾸며진 기사였다.

"로건 클래번은 친구의 연인이었던 엘레노어 허드슨을 짝사랑하여, 어셔 피츠먼을 사지로 내몰고 모른 체했다."

어셔가 한 적도 없는 말이 기사의 내용으로 작성되어 있었다.

"그를 모르던 엘레노어 허드슨은 로건 클래번의 유혹에 넘어가 결혼을 결심했으나, 어셔 피츠먼이 돌아와 모든 사건의 진실을 알게 되었다."

심지어 기사는 로건을 완전히 인간 말종으로 만들어 놓았다.

"엘레노어 허드슨은 로건 클래번과의 관계 정리를 원하고 있으나, 로건 클래번이 강경하게 반대하는 상황이다."

"……."

"그의 권력과 영향력을 고려하면 허드슨 자작가가 할 수 있는 일이 없어, 어셔 피츠먼은 왕을 찾아와 읍소하였다."

날조한 기사를 거의 끝까지 읽어 준 왕이 어셔를 향해 시선을 돌렸다. 어셔가 즐거워할 것을 믿어 의심치 않는다는 얼굴이었다. 왕은 로건을 괴롭힐 때 누구보다 신나 했으므로, 이제는 로건을 미워하게 된 어셔 역시 즐거워하리라 믿었다.

"중요한 건 여론전이거든."

왕이 느긋하게 몸을 뒤로 젖히며 충고했다.

"그리고 그런 선동에서 중요한 건 누가 먼저 때렸느냐고. 맞은 놈은 일단 해명하는 사이에 추락하기 때문에."

게다가 해명이 미진하면, 그것이 진실이라 해도 믿어 주지 않는 경우가 생긴다.

"그리고 대부분 이런 일이 생기면, 더 높은 놈일수록 가해자 역할이 되거든."

"……."

"이 기사의 진실 여부와는 상관없이, 로건 클래번을 오해하는 사람이 생길 거야. 자네에겐 이득이지."

왕이 낮게 웃었다. 그에게는 가장 친숙하며, 효과적인 방법이었다. 아쉽게도 그간 로건 클래번은 이런 방식에 말려들지 않았으나, 그런 사내조차도 여자 앞에서는 어쩔 수 없는 모양이었다.

"둘 사이가 좋다고 해도, 이런 추문으로 명예가 땅에 떨어진 후에는 허드슨 양이 곱게 보이지 않을 걸세. 그럼 자네는 땅에 떨어진 과일을 그대로 줍는 셈이지."

왕의 말이 옳았다. 로건도 마지막 미련을 뗄 테고, 엘레노어도 미안해서라도 로건에게 제 마음을 고백하려 들지는 않을 터였다.

"허드슨 양이 로건 클래번과 파혼하고 자네에게 돌아가거든, 함께 찾아오게. 내가 축복해 주지."

하하하. 왕이 시원스레 웃어 젖혔다.

* * *

신문의 가장자리를 움켜쥔 엘레노어의 손이 바르르 떨렸다.

"당신의 남편이 될 사내가 왕에게 요청했습니다. 당신과 나를 파혼하게 하고, 전쟁 영웅인 자신에게 연인인 엘레노어 허드슨과 영예로운 결혼을 허락해 달라고."

차마 기사 내용을 훑지도 못하고 있는 걸 알았는지, 로건이 간단히 내용을 요약해 주었다.

"수도의 호사가들이 입방아를 찧고 있다더군요. 엘레노어 허드슨과 어셔 피츠먼이 본래 연인이었고, 로건 클래번이 갈취했다. 아니다, 엘레노어 허드슨이 양다리를 걸쳤다."

"……"

"그것도 아니다. 로건 클래번이 엘레노어 허드슨을 가지고 놀다가 들켰다. 뭐든 재밌지 않습니까? 아주 자극적이고."

엘레노어는 어떤 말도 꺼내지 못한 채 속눈썹만 파르르 떨었다.

"솔직히 말하자면, 오늘 당신을 부른 건."

"……"

"그 잠깐을 기다리지 못해서, 나를 이렇게 곤란스럽게 만들어야만 했냐고 따지고 싶은 마음도 있었습니다."

그가 내뱉는 모든 말이 칼날 같았다. 엘레노어는 차마 미안하다는 말도 내뱉지 못하고 그저 고개만 절레절레 저었다. 이전의 로건이라면 그런 엘레노어의 태도에서 난처함과 당황스러움을 읽었겠지만, 지금은 아니었다.

"하지만 이미 지난 일에 화를 내는 건 무의미하죠. 그럴 필요조차 없다고 생각합니다."

"……."

"그냥, 더는 당신을 만나지 않았으면 좋겠어요."

그에게서 돌아온 것은 체념, 고단함, 그리고 피곤함뿐이었다. 그때, 엘레노어는 로건에게 자신의 의도가 아니었노라고 설명하기를 그만두기로 했다. 그에게 남은 자신의 존재감이 그 정도라는 것을 알아차렸기 때문이었다.

로건 클래번에게 엘레노어 허드슨은 그런 부정적인 감정과 실망 이상의 무엇도 되지 않는다.

"마지막까지 폐를 끼쳐 죄송합니다."

또한, 엘레노어는 이전의 그에게만 오롯이 기댄, 일방향의 소통을 인지했다.

"……알았으니 그만 돌아가요, 허드슨 양."

로건은 엘레노어의 사과마저도 듣고 싶지 않은 모양이었다. 로건은 그만 돌아가라는 마지막 인사를 남기고 다시 등을 돌렸다. '허드슨 양.'이라는 차고 먼 호칭과 함께.

"각하께서 원하는 대로 해명하세요. 진실을 밝히셔도 좋고, 저를 비난하는 기사를 내셔도 좋습니다. 그래도 절대로 각하를 탓하는 일은 없을 거예요."

당신은 나를 사랑하니, 내가 보이는 별것 아닌 행동에서도 내 진의를 찾아주겠지.

그 얼마나 이기적이고 어리석은 태도였던가. 당장 그가 엘레노어와 소통하기를 거부해 버린 순간, 그들은 어떠한 대화도 수월히 나눌 수 없었다.

"각하께서 말씀하신 대로, 다시는 만날 일이 없도록 하겠습니다. 근처에도 얼씬거리지 않고, 제 소식이 들리는 일이 없도록 할게요."

엘레노어의 말에 로건이 느리게 눈을 굴렸다. 푸른 눈동자가 담은 것은 고요한 정원의 전경뿐이었다.

"그동안 정말 감사했고, 또 죄송했습니다."

"……."

"늘 건강하세요. 바라는 것은 그뿐입니다."

엘레노어가 두 손을 마주 잡은 채, 깊게 허리를 숙여 인사했다. 그에게 갖출 수 있는 마지막 예의였다. 엘레노어는 쏟아지는 빛 속에 홀로 남겨진 사내를 마지막으로 눈에 담다가 조용히 몸을 돌려 문고리를 붙잡았다.

쿵.

집무실의 문이 닫혔다. 더는 로건이 보이지 않는다는 것을 인지하자마자, 눈물이 핑 돌았다. 그제야 제 마음도 제대로 알지 못했던 결과가 선명하게 와닿았다.

사랑하는 남자를 괴롭게만 만들고 떠나야 한다. 마음 한 번 고백해 보지 못하고, 그저 저지른 죄를 감내하는 마음으로.

"울지 마, 엘레노어."

네가 뭘 잘했다고 울어.

엘레노어가 속으로 스스로를 힐난했다. 허공을 응시하며 하염없이 헤매는 잿빛 눈동자의 가장자리가 붉었다.

"엘리가 왔어?"

그 순간이었다. 저택의 침묵을 깨고, 올리비아의 쨍한 목소리가 튀어나왔다. 엘레노어가 놀라서 눈을 커다랗게 떴다.

"엘리!"

2층 계단의 난간을 붙잡고 선 엘레노어를 발견한 올리비아가 거침없이 달려왔다.

"엘리, 이제 괜찮아? 안 아파?"

엘레노어의 품 안에 엉겨 붙은 올리비아가 눈을 반짝이며 물었다. 어느새 제법 숙녀티가 나는 올리비아의 두 볼은 흥분으로 발그레하게 달아올라 있었다. 이보다 더 자라 성인이 되어도, 친구로서 곁을 지켜 주고 싶었는데. 이젠 그럴 수 없었다.

"올리비아 아가씨!"

하녀들이 사색이 된 얼굴로 달려와 올리비아를 엘레노어의 곁에서 떼어 냈다. 올리비아가 얼떨떨한 얼굴로 눈을 휘둥그레 떴다.

"왜 그래!"

"각하께서 금하신 일이에요. 엘레노어 님은 이제 클래번 공작저의 안주인도 되실 수 없고요."

"엘리잖아, 왜 그래!"

상황을 이해하지 못한 올리비아가 울먹거렸다.

"어서 가세요. 각하께서 두 분이 만나는 일을 막으라 하셨습니다."

하녀들이 엘레노어와 시선도 마주치지 않은 채 이야기했다. 그 중에는 엘레노어의 전속 하녀였던 로지도 끼어 있었다. 엘레노어에게 제법 배신감을 느꼈는지, 아예 엘레노어가 있는 방향으로는 고개도 돌리지 않았다.

"소란스럽게 만들었네요. 미안해요."

엘레노어가 제 등장으로 올리비아를 막느라 고생하는 하녀들에게 작게 사과했다.

"올리비아에게도 미안해."

"……."

"음, 선생님이 약속을 지키지 못하게 될 것 같아서."

그 오라비에게도, 동생에게도 상처만 주는구나. 그 생각에 자연스럽게 울컥하는 감정이 치밀었다.

"오늘이 마지막일 것 같아."

하지만 담담해야 한다. 자신을 기둥처럼 여기는 아이의 앞에서까지 눈물을 보일 순 없는 법이니까.

"각하 말씀 잘 듣고, 늘 건강하고."

"……."

"어디서든 당당하게, 올리비아로 살아."

웃으며 말을 마친 엘레노어가 걸음을 뗐다. 터벅터벅 계단을 내려갈 때마다 올리비아가 몸부림을 쳤다.

"아가씨!"

그 힘이 얼마나 우악스러운지, 셋이나 달라붙은 하녀들이 결국 나동그라졌다. 우당탕탕 소리를 내며 계단을 뛰쳐 내려온 올리비아가 현관 문고리에 손을 얹은 엘레노어를 붙잡았다.

"어디 안 간다고 했잖아!"

"……"

"가? 엘리도 올리브 버리고?"

"미안해."

엘레노어가 눈시울을 붉힌 채 다시 사과했다. 충격을 받은 올리비아가 행동을 멈춘 순간, 엘레노어는 제 치맛자락을 붙든 아이의 손을 밀쳐내고 몸을 돌렸다.

올리비아가 와아앙, 울음을 터뜨렸다. 엘레노어는 이를 악문 채, 눈물을 참으며 현관문을 열었다.

"거짓말쟁이! 배신자!"

닫힌 문 너머로도 올리비아의 울음소리가 선명했다. 엘레노어는 흐릿한 시야 너머로 익숙한 전경을 흘려보내며 생각했다.

모든 게 끝났다. 돌이킬 수도 없이.

하지만 원망할 사람이 없었다. 제 마음조차 몰라 모든 것을 잃은 사람이 누굴 원망할 수 있을까.

그렇게 생각한 순간 앞이 흐릿해졌다. 슬픔이 물방울에 반사된 빛 조각처럼 어룽거렸다. 조용히 무르익은 마음의 무게만큼 서러운 색이었다.

* * *

"뻔뻔하기도 하지."

제프리가 쯧, 혀를 찼다. 엘레노어가 로건의 부름을 받고 저택에 다녀간 뒤로부터 내내 저 모양이었다.

"아무리 생각해도 이해할 수가 없어요."

이제 제프리는 자리에서 일어나 한쪽 구석을 서성거리고 있었다. 건성으로 제프리가 하는 소리를 흘려듣던 로건이 마침내 고개를 들었다.

"어서 님을 선택한 것까지야 그렇다 치더라도. 그런 기사까지 낸다고요?"

"제프리."

"염치가 없어도 유분수지. 각하께 받은 마음이, 도움이 있는데."

제프리는 마치 제가 사기를 당한 것처럼 씩씩거렸다.

"내 기분이 좋을 때 그만해요, 제프리."

이 상황에 기분이 어떻게 좋을 수가 있냐고 물으려던 제프리가 로건의 눈치를 살피며 입을 다물었다. 속상함과 배신감의 우위를 따지자면 당사자인 로건이 더 위에 있었다.

"이제 각하께서 뭐라고 하시든 해명 기사를 낼 겁니다."

물론, 그렇다고 해서 할 말을 하지 못하는 상황은 없어야겠지만. 제프리가 허리를 꼿꼿하게 세운 채 충언했다.

"일이 이렇게 된 이상 몇 명이나 내 말을 믿어 줄지 모르겠습니다만, 그렇게 해요."

혹여라도 안 된다고 하면 정신 차리라고 소리칠 준비까지 한 상태였다. 그러나 로건은 심심한 동의를 돌려주었다. 제프리가 김 빠진 얼굴을 했다.

"처음 준비했던 대로, 가짜 약혼은 어셔 님과의 약속을 지키려던 허드슨 양을 강제 결혼으로부터 구해 주기 위함이었다고 하겠습니다."

"그래요."

"3년이 지난 후에 어셔 님이 돌아와서 다시 관계를 되돌리려고 했지만, 이것저것 얽힌 것이 많아 잠시 여유 시간을 두려고 했다고요."

로건이 다시 건성으로 대답하며, 책상으로 시선을 돌렸다.

"한데 그걸로 충분하십니까? 각하께선 허드슨 양에게 물질적인 도움도 아끼지 않았지만, 허드슨 양은 입을 싹 닦았고, 명예까지 더럽히려고 하는데요."

그러나 제프리가 기어코 로건이 다시 고개를 들게 만들었다.

"그쪽에서 먼저 추잡하게 나왔는데, 이쪽에서도……."

"먼저 걸어온 싸움에 대응은 하겠지만, 진흙탕 싸움은 하고 싶지 않습니다."

어차피 그대로 두면 더 흥미로운 사건이 터진 후에 자연스럽게 묻힐 일이었다.

"그리고……."

그래도 마지막까지 그 여자의 자존심은 지켜 주고 싶었다. 무슨 얼토당토않은 자비심이냐고 할지도 모르지만, 그래도. 제프리가 그의 말을 기다리는 것을 알았으나, 로건은 입을 다물었다. 미련한 애정이 아직 완전히 사그라들지 않았다는 것을 설득할 방법이 없었다.

"그렇다면 새로운 혼처를 찾아보는 건 어떻습니까?"

그때, 제프리가 뜬금 맞은 질문을 건네왔다.

"허드슨 양에게 미련 없다는 뜻을 내보이면서, 이참에 클래번 공작가와 연을 맺고 싶은 가문을 선별하는 목적으로요."

"관심 없습니다."

"그렇게만 이야기하지 마시고, 고려해 보시면 좋겠습니다. 사랑은 사랑으로 잊는 법이니까요."

정확히는 질문을 가장한 충고였다. 로건은 섣불리 대답하지 못했다. 경험해 본 적 없는 일이라서 그랬다.

"일단은 신문사부터 다녀오겠습니다."

제프리도 당장 대답을 구할 생각은 없었는지, 로건의 옆구리만 찔러 대다가 집무실을 나섰다. 그리하여 제프리마저 떠나고 텅 빈 집무실 안. 로건은 고요히 생각에 잠겼다.

사랑을 사랑으로 잊는다. 하지만 애초에 다시 새로운 사랑을 하는 것이 가능이나 할는지 확신이 서지 않았다. 소득 하나 없는데도, 부스러기 같은 희망만 주워 먹으며 끈덕지게 6년을 끌고 온 외사랑이었다. 그렇게 쉽게 변할까.

"……"

하지만 달리 생각하면. 엘레노어에게 처음 설렘을 느꼈던 날, 사랑이 될 리가 없다고 생각했던 마음이 사랑이 되었던 것처럼. 그렇게 변할 수도 있지 않을까?

어쩌면.

로건이 쓸쓸한 미소를 흘리며 눈을 감았다. 제프리의 말대로 지푸

라기라도 잡아 보는 게 나을 것 같단 생각이 들었다. 이미 거절당한 마음으로 언제까지고 너절하게 굴 수는 없으니까.

상대가 원하지 않는 일방적인 사랑은 폭력이다. 그러니 이 마음도 이제는…….

* * *

서던으로 돌아온 어셔는 엘레노어의 객실 앞에서 노크하지 못하고 머뭇거렸다. 순간의 분노로 눈이 멀어 저지른 짓이 무엇인지 그도 모르지 않았다. 왕이 제게 날조된 기사가 실린 신문을 내밀던 순간, 어셔는 심장이 내려앉는 소리를 들었다. 자신을 비롯하여 로건, 그리고 엘레노어의 명예까지 시궁창에 처박은 꼴이었다.

"하……."

알지 않았나. 왕이 로건에게 극도의 열등감을 가지고 있으며, 로건을 괴롭힐 만한 일이라면 무엇이든 할 수 있는 사람이라는 걸.

어셔가 앞머리를 건성으로 쓸어 넘기며 혀로 마른 입술을 축였다. 그걸 알면서도 왕을 찾아갔다. 로건이 원하든 원치 않든 엘레노어와의 관계를 박살 낼 수 있는 사람이라는 것을 알아서.

"……비겁한 어셔 피츠먼."

어셔가 자조적으로 웃었다. 아마 엘레노어도 어셔 피츠먼이라는 사내를 향한 실망과 불신을 얻었을 것이다. 늘 다정함과 선량함으로 모든 것을 이해할 수 있을 것처럼 굴었던 주제에, 눈이 뒤집히면 할 일과 못 할 일을 구별하지 못하는 비겁자. 그 정도로 생각하고 있지 않을까.

"……."

그때였다. 마치 문 앞을 서성거리는 인기척을 알아차린 듯, 엘레노어가 머무르던 객실의 문이 열렸다.

"어셔."

엘레노어였다. 울었는지 눈두덩이가 조금 붓고, 눈가가 붉었다.

"엘레노어."

어셔가 초조한 마음으로 엘레노어를 불렀다. 화를 낼 거라고 믿어 의심치 않았다. 그러나 엘레노어는 화를 내지도, 울지도 않았다. 엘레노어의 그런 모습이 도리어 그를 불안케 했다.

"들어와요. 그렇지 않아도 할 말이 있었어요."

엘레노어가 들어올 것을 허락했다. 어셔는 먼저 돌아선 작은 등을 물끄러미 응시하다가 그 뒤를 따랐다. 엘레노어는 객실 중간에 이르러서야 어셔가 있는 방향을 돌아보았다.

"각하께서 할 말이 있다고 하셔서 클래번 공작저에 갔다가 신문 기사를 읽었어요."

그리고 먼저 입을 열었다. 어셔가 이미 예상한 화젯거리였다.

"모든 게 거짓말인 기사."

"……."

"당신이 그렇게 말했으리라고 생각하지 않아요."

엘레노어가 나지막한 목소리로 이야기했다. 그가 예상했던 원망이나 분노라곤 비치지 않았다.

"다 내 잘못이라고 생각해요. 내 마음이 어디에 있는지 제대로 살피지 못한 탓이고, 당신과의 약속을 지키지 못한 탓이죠."

다만 서글픈 빛과 체념만이 얼굴 위로 흔들리고 있었다. 자신이 사랑하는 여자의 얼굴에 다신 드리우고 싶지 않았던 감정이었다.

"약속할게요. 각하께 가지 않아요. 각하께서도 나를 받아들일 생각이 없을 거고요. 당신이 국왕 폐하를 찾아가기 전에도 그럴 생각은 없었어요."

하지만 엘레노어가 그리하여 로건을 완전히 포기할 수만 있다면. 어셔가 제 그릇된 선택으로 인한 후회를 물리려던 순간이었다.

"그렇다고 당신과 결혼하지도 않을 거예요."

엘레노어가 단호한 목소리로 이야기했다.

"내 마음의 정체를 아는 이상, 당신에게 갈 수는 없어요. 이 어정쩡한 죄책감을 안은 채 곁을 지키는 일은 당신을 향한 기만이니까."

누군가를 기만하는 선택을 하느니 차라리 그 누구도 선택하지 않겠다고. 어셔가 가장 바라지 않던 대답이었다. 그러나 엘레노어가 자신을 이전처럼 사랑하지 않는다는 것을 알게 된 이후로, 언젠가 맞닥뜨리게 될 것을 예감했던 일이기도 했다.

"그러니 기사가 사실무근이라는 사실만 솔직하게 밝혀 줘요. 그냥 내가 두 사람을 가지고 논 것으로 해도 상관없으니."

엘레노어가 담담하게 이야기했다. 제가 했던 선택들이 두 사람을 상처 입게 한 것은 사실이었으므로, 그 일로 비난을 받는 것쯤은 얼마든지 감내할 수 있었다.

"그렇게 되면 당신 인생은 엉망진창이 될 텐데도?"

어셔가 질문했다. 엘레노어가 짧게 웃었다.

"어차피 인생은 어떻게든 살아져요."

먹고사는 데에 명예가 다 무슨 소용인가. 엘레노어는 켄트에 있을 때부터 그렇게 생각하며 살았다.

"곧 짐 정리하고, 학교에 휴학계도 낼 거예요. 시간이 좀 지나면 어느 정도 잊기도 할 테고, 잊히지 않는다고 해도……."

엘레노어가 그렇게 말하며 몸을 돌렸다. 어셔는 그제야 침대며 소파 위에 벽장 안에 있던 짐들이 나와 있음을 눈치챘다.

"싫어요."

이 여자는 진실로 떠날 작정이구나.

"이런 결과를 위해서 그런 저열한 짓을 한 게 아니야. 당신도 알잖아요."

"……."

"나는 무슨 짓을 해서라도 당신이 갖고 싶어서 그런 짓을 한 거야. 잃고 싶어서가 아니라."

그 사실을 깨달은 순간, 제게서 돌아선 엘레노어의 팔을 붙들고 매달리게 되었다.

"차라리 왜 그랬냐고 나를 비난해요."

"……."

"내가 잘못했다고 빌고 애원할 수라도 있게."

어셔의 애원하는 목소리에 엘레노어가 아랫입술을 꾹 깨물었다.

"이렇게 간다고 하지 마, 제발……."

어셔가 엘레노어의 손을 붙잡고 두 무릎을 꿇었다. 그러곤 엘레노어의 작은 손등에 이마를 붙은 채 어린아이처럼 흐느꼈다.

"이제 나를 향한 당신의 마음이 사랑인지, 배신감인지, 아니면 집착인지 잘 모르겠어요."

엘레노어가 중얼거렸다. 어셔는 대답하지 않았다. 그저 마음을 돌려 주길 바라는 것처럼 손등에 제 이마를 부비며 애원했다. 손가락 끝으로는 그의 눈물이 타고 흘러내려 뚝뚝 떨어졌다.

제게 매달려 애원하는 사내의 모습에 가슴이 미어졌다. 마음이 변한 것은 어셔가 싫어져서가 아니었다. 그러니 사랑이 떠난 자리에도 그 추억과 인간적인 애정만은 그대로 남아 있었다.

반칙이다. 나쁜 짓을 하려거든 쭉 나쁜 짓만 해서 정을 뗄 수 있게라도 하든지. 엘레노어는 아득함에 압사할 것만 같은 기분으로 눈을 감았다.

ㄲ. 사랑이 교차하는 시간

"지금 내가 가진 감정의 이름은 조금도 중요하지 않아요."

어셔가 고개를 들었다. 눈물로 젖은 사내의 얼굴이 비련했다. 물기에 젖은 보랏빛 눈동자에 밴 애처로움이 끈덕졌다.

"이대로 당신이 나를 떠나면 영원히 돌아오지 않을 거, 그거 하나만 중요할 뿐이야."

"나는 이제 누군가를 상처 입히는 일은 지긋지긋해요, 어셔."

"괜찮아요."

어셔는 엘레노어가 차마 자신을 완전히 뿌리치지 못할 것이라는 사실을 알았다. 로건을 버린 것에 죄책감을 갖고 있듯, 자신을 완전히 기다리지 못한 일에 대한 죄책감을 품고 있으니까.

"나도 이번에 당신을 상처 입혔으니까."

"……."

"다만 나는 당신처럼 3년이나 기다려 본 적이 없으니, 이번에는 내가 기다릴게요."

"……."

"나 할 수 있어요."

어셔가 두 손으로 엘레노어의 손을 소중히 잡았다. 그리고는 몇 번이나 할 수 있다는 말을 반복했다.

"어셔, 나는……."

"……."

"이렇게 상처뿐인 관계가 사랑일 수 있는지, 잘 모르겠어요. 당신은 애원하고, 나는 죄책감을 느끼는 이런 사이가 정말 괜찮을까요?"

참담한 기분이 들었다. 엘레노어가 서글픈 얼굴로 어셔를 내려다보았다.

"괜찮아요. 당신에게 결혼하자고 조르지 않을 거예요."

어셔는 그들의 이야기로 시끄러운 서던과 수도, 그리고 엘레노어의 고향인 켄트를 떠나는 일을 도와주겠다고 했다.

"연인이 아니어도 좋아. 그러니 어떤 관계로든, 당신 옆에서 머무를 수 있게만 해 줘요."

제가 뭐라고. 게다가 제 인생을 살아가라던 충고를 해 주던 제인이라면, 지금의 어셔를 타박할 게 분명했다. 제인이 제 인생의 방향을 잡는 데에 도움을 주었으니, 그 아들인 어셔를 헤매게 두는 것은 옳지 않았다.

"일단 일어나요."

엘레노어가 어셔를 자리에서 일으켜 세웠다. 어셔는 여전히 불안한 눈동자로 엘레노어를 응시하며, 움켜쥔 손을 놓지 않았다.

"당신 뜻대로 해요. 같이 가요."

어셔의 얼굴에 화색이 돌았다.

"그리고 당신의 마음이 변하면, 언제든지 떠나요. 붙잡지 않을 게요."

그러나 바로 다음 순간, 엘레노어가 덧붙인 말에 그 기쁨은 삽시간에 지워졌다.

"그럴 리 없어요."

"……."

"내 마음은 변하지 않을 거예요."

어셔가 장담했다. 엘레노어가 익히 잘 알던 자세였다. 그리하여 엘레노어는 희미하게 웃는 얼굴로 그의 확신을 부정했다.

* * *

며칠 전, 클래번 공작저에서 해명문을 내보냈다. 기실 해명이면서, 동시에 비난이었다. 클래번 공작가의 입장문은 신문 기사가 아니라 가십지와 다름없는 기사를 비난하고 있었다.

클래번 공작가에서는 어떠한 음험한 일도 하지 않았으며, 허드슨 양에게 무엇도 강요하지 않았다. 클래번 공작가는 어디까지나 허드슨 양의 도움 요청을 받아들이고, 그녀의 편의를 보살펴 주는 데에 최선을 다했다. 허드슨 양이 마음을 보살필 수 있도록 시간을 주고, 아버지의 강압으로부터 벗어날 수 있도록 보호를 제공했다. 해명 이후에도 근거 없는 비방이 이어진다면 법적으로 제재하겠다.

요약하자면 그런 내용이었다.

"……하아."

그 이후에 어셔도 엘레노어의 말대로 해당 기사는 사실무근이라는 정정 기사를 요구했다. 그러나 어셔의 정정 요구는 거의 받아들여지지 않았다. 무슨 이유에서인지 신문 자체에 실리질 않았거나, 보도됐다 한들 구독자가 거의 읽지 않는 구석진 자리에 실려 있었다.

게다가, 클래번 공작가에서 먼저 해명한 것이 문제가 됐다. 서던을, 그리고 재력으로는 수도까지도 주름 잡고 있는 공작가에서 압박하니 백작가에서 사실관계를 떠나 굽힐 수밖에 없다고 생각하는 사람이 많았다.

"계속 이러면 안 되는데."

명확한 사실은 어셔가 3년 동안 죽은 사람으로 취급받았으나 살아 돌아왔다는 점이며, 엘레노어가 그동안 로건의 약혼녀로 살았고, 돌아온 어셔가 왕에게 도움을 청했다는 것뿐이었으니까.

클래번 공작가와 피츠먼 백작가 사이의 기울어진 권력관계는 의심을 증폭하고, 모서리가 어긋난 해명은 불신을 불러올 뿐이었다.

"……."

엘레노어가 어두운 표정으로 신문을 덮었다. 적어도 어셔의 해명을 통해서 해결될 수 있으리라 믿었건만, 아무것도 해결되지 않은 상황이 답답했다. 서던을 떠나기 전까지는 모든 일이 없던 일처럼 끝났으면 했는데.

어셔가 왕을 찾아가 허튼소리만 하지 않았더라면, 애초 로건이 말했던 대로 그는 친구의 연인을 구제해 준 친절하고 관대한 사람으로만 남았을 텐데.

"그만둬, 엘레노어 허드슨."

그런 생각을 할 때마다 어셔가 원망스러워지곤 했다. 그가 자신의 의지로 그런 거짓 기사를 낸 것은 아니었지만, 왕을 찾아가 일을 망친 건 맞으니까.

"네 잘못이야."

하지만 어디서부터 잘못된 것인지를 생각하면, 그건 결국 제 잘못이었다. 기어코 마지막에 로건의 악연이 되고 만 것 역시, 제 선택이나 다름없었다. 게다가 지금 어셔도 어떻게든 일을 마무리 지어 보려고 애를 쓰고 있었다. 인과 관계를 잊은 채 어셔만 비난하는 건 잘못된 일이었다.

"어떻게 해야 하지……."

가슴이 답답했다. 엘레노어가 소파의 등받이에 몸을 푹 기댄 채 눈을 감았다. 이제 로건에게는 어떠한 피해도 주고 싶지 않았다. 앞으로의 그에게는 좋은 일만 있기를 바랐으니까.

그러니 그의 행복과 안위를 위해서라면 무엇이든 해야 한다. 엘레노어가 다시 눈을 떴다.

"내가 끝내야 해."

로건도, 어서도 할 만큼 했다. 그러고도 문제는 해결되지 않았다. 그렇다면 지금이야말로 엘레노어 자신이 나서야 할 때라는 생각이 들었다.

엘레노어가 마침내 결심한 얼굴로 자리에서 일어섰다. 충동적이었지만, 가장 효과적인 방법이라는 생각이 들어 머뭇거리고 싶지 않았다.

"엘레노어."

그때였다. 두어 번 이어진 노크 끝에, 익숙한 목소리가 엘레노어의 이름을 불렀다. 엘레노어가 서둘러 잠긴 객실 문을 열었다.

"제인."

"어디 나가려던 참이에요?"

그러고 보니 제인과 약속이 있었다. 멍청하게도 제 생각에만 잠겨 있느라, 그 사실을 잊고 있었다. 엘레노어가 어색하게 웃었다.

"죄송해요. 제인과 약속한 걸 잠시 잊었어요."

엘레노어 허드슨. 하나에 몰두하면, 다른 하나는 새까맣게 잊고야 마는 한심한 여자. 엘레노어는 자기 자신을 신랄하게 비난했다.

"괜찮아요. 정신이 없으면 그럴 수도 있죠."

그러나 제인은 다정한 미소로 엘레노어를 달래 주었다.

"어차피 준비는 다 된 것 같으니 나가요."

제인이 바깥을 눈짓하며 말했다. 수업이 있을 때를 제외하고는 외출을 거의 하지 않는 엘레노어의 생활 패턴을 알고 있는 것 같았다.

"벌써 여름이 다 되어 가네요. 날씨가 제법 더워졌어."

제인이 짧게 손부채질을 하며 이야기했다. 엘레노어가 희미하게 웃으며 고개를 끄덕였다. 물론, 얼굴을 가릴 만한 챙이 넓은 모자를 눌러쓴 채였다.

"나하고 한 약속도 잊고 어딜 가려고 했어요?"

카페에 자리를 잡으며 제인이 질문했다. 불만이나, 힐난은 아니었다.

"신문사예요."

엘레노어의 대답에 제인이 아, 하는 짧은 신음을 흘렸다. 엘레노어의 생각이 무엇인지 짐작한 모양이었다.

"신문사에 가서 모두 사실대로 밝히려는 건가요?"

제인의 질문에 엘레노어가 작게 고개를 끄덕였다.

"내가 아들을 잘못 둬서 당신을 고생하게 하네요."

"그렇지 않아요, 제인."

자신을 탓하는 제인의 목소리에 엘레노어가 서둘러 입을 열었다.

"모든 일은 어셔나 제인, 그리고 각하가 아니라, 제가 단추를 잘못 끼웠기 때문이에요."

그리고 자신을 비난하며 고개를 푹 숙였다. 엘레노어를 응시하는 제인의 눈동자에 가여움이 비쳤다.

"어디서부터요?"

제인이 질문했다. 엘레노어가 당황한 눈동자를 굴리며 고개를 들었다.

"처음부터? 처음부터라면 어셔를 만나고, 선택한 것부터가 후회일 테고."

"……."

"중간부터라면 클래번 공작과 연을 맺은 순간부터겠네요."

입이 움직이질 않았다. 사실, 아주 솔직하게 말하자면…….

두 가지 모두 후회되지 않았다. 그들에게는 자신의 존재가 폭
풍 내지는 재앙과 같을 것이나, 엘레노어는 그들을 만나 새로운
세상을 만났고, 자신의 가치를 생각하게 되었으며, 그 덕분에 행
복했다.

"당신만 탓하는 일은 그만둬요, 엘레노어."

제인이 선명한 목소리로 충고했다.

"박수 소리는 두 손바닥이 마주쳤을 때 나는 거예요. 당신 혼자
아무리 휘둘러 봤자, 그게 허공이면 소리나 날 리 없다고요."

"……."

"어셔와 클래번 공작이 선택지를 내밀었고, 당신이 선택했으니
책임은 그들도 나눠서 지는 게 당연해요."

제인이 낮게 한숨을 내쉬었다.

"그리고 애초에 깔끔하게 해결할 수 있던 일을 엉망진창으로
만든 건 내 아들이고요. 이건 어셔 탓이 맞아요."

그녀는 자신의 아들을 비난하는 일도 서슴없이 했다.

"그러니 신문사에 가서 이야기할 예정이라면, 모두 솔직하게 밝
혀요. 어쭙잖게 당신만 악녀로 만들지 말고."

제인이 진심을 담아 충고했다.

"물론, 어떻게 하더라도 그건 엘레노어의 선택이니 내가 강요할
수 없겠지만."

그러나 바로 다음 순간, 제인은 어깨를 으쓱했다. 엘레노어는 고집이 세다. 제인은 그 사실을 잘 알고 있었다.

"제 입장을 밝히고 떠날 거예요. 어셔와 함께."

"어셔를 선택하기로 했나요?"

제인이 질문했다. 엘레노어는 조용히 고개를 저었다.

"제 마음이 변한 것처럼, 어셔의 마음도 이전과 같지 않다고 생각해요. 사랑, 배신감, 슬픔, 증오……."

"……."

"그 복합적인 감정은 시간이 지나도 잊히지 않을 거예요. 저는 죄책감을 품고 살 테고, 어셔는 시시때때로 저를 불신하고 의심하겠죠. 그러니 우리는 결코 이전과 같은 관계로 돌아갈 수 없어요. 사실 어셔도 그걸 알고 있다고 생각해요."

엘레노어가 확신했다.

"원래의 어셔라면 그걸 모르지 않으니 이별을 받아들였을 것 같고요."

"……."

"다만, 어셔가 잃어버린 3년 사이에 많은 것들이 변해 버려 불안하고 두려운 게 아닐까, 그런 생각이 들었어요."

3년 사이에 많은 것이 변했다. 거리도, 기술도, 옷도. 그리고 친구와 연인도. 그 괴리감은 그에게 공포였을지도 모른다. 그 생각에 미치자 어셔에게 당장의 변화를 강요해선 안 된다는 생각이 들었다.

"어셔는 어리석은 사람이 아니니까."

"……."

"시간이 지나다 보면, 자연스럽게 변화를 받아들이겠죠. 우리의 이별도요."

엘레노어가 희미하게 웃는 얼굴로 이야기했다. 그 모습을 지켜보던 제인은 엘레노어가 제 혼란을 완전히 극복했다는 사실을 알았다. 지금의 엘레노어는 사랑과 미련, 그리고 죄책감을 구분할 수 있었다.

"어셔와 관계를 정리한 건 알겠어요. 그렇다면 클래번 공작과의 관계는요?"

제인의 질문에 엘레노어가 다소 흐려진 얼굴로 입을 다물었다.

"클래번 공작가에서 퍼시스 후작가와 접촉하고 있다는 이야기가 있어요. 예전에 본래 혼담이 오갔던 장녀는 이미 결혼했지만, 차녀는 미혼이라더군요."

어셔는 정리했으나, 현재진행형인 로건을 향한 마음은 아직 말끔히 정리되지 않았다.

"그냥 이렇게 끝내도 괜찮은가요? 그가 다른 사람과 결혼을 하더라도요?"

제인의 질문에 엘레노어가 쓸쓸한 얼굴을 했다.

"괜찮아야죠."

"……."

"그 사람은 더 좋은 여자를 만날 자격이 있어요. 애초에 제 주제로는 만날 수도 없던 사람이었던걸요."

진심이었다. 내내 가슴에 박혀 있던 열등감이기도 했다. 어떻게 해도 객관적인 조건으로 로건보다 좋아질 수는 없었으니까.

"고백도 해 보지 못한 마음에 미련이 없다면 거짓이겠지만, 각하께서 저 같은 인생의 시련을 딛고 일어난다면 다행이죠."

엘레노어가 유순한 얼굴로 웃었다. 스스로를 인생의 시련이라 칭하는 엘레노어를 바라보는 제인은 조금 안타까운 얼굴이었다.

"어떤 결정을 하든 당신의 선택을 존중해요."

그러나 제인은 그 이상 엘레노어를 채찍질하지 않았다. 그저 손을 뻗어, 엘레노어의 손을 따스하게 감싸 쥐었다.

"이전에도 말했다시피, 갑자기 엘레노어의 마음이 변해서 어서와 결혼하더라도요."

제인이 부드럽게 웃었다.

"이 난리가 있은 후에도 절 받아들일 수가 있단 건가요?"

엘레노어가 옅은 장난기가 섞인 목소리로 질문했다. 제인이 짧게 웃었다.

"그럼요. 모든 건 시간이 지나고 나면 별거 아닌 일이 될 걸 아니까."

"……."

"흔하디흔한, 젊은 날의 사랑 이야기일 뿐인 거죠."

다소 요란법석이긴 하지만. 그렇게 덧붙인 제인이 키득거리며 웃었다.

"나도 예전엔 아주 요란스럽게 연애했거든요."

"백작님과요?"

"아뇨. 다른 남자랑."

제인이 특별한 일도 아니라는 듯 심상하게 대답했다. 뜻밖의 소식에 놀란 건 엘레노어뿐이었다.

"그땐 제법 시끄러웠어요. 결혼식 전날 그 남자랑 도망도 쳤거든요."

어차피 밝힌 이상 부끄러울 것도 없다고 생각했는지, 제인이 솔직하게 이야기했다.

"그러고도 별일 없었나요?"

"집안 망신이다, 난리도 나고 그랬죠. 결혼도 엎어질 뻔했고. 집에서 쫓겨날 뻔도 했고."

"……."

"그래도 오늘날 기억하는 사람은 거의 없잖아요? 안다고 해도 얘기할 사람도 없으니. 엘레노어 당신도 처음 듣는 얘기고요."

과거의 기억은 부끄럽지만, 지금 생각해 보면 제가 원하는 대로 하기 위해서 다 내던지고 보는 혈기는 대단했단 생각이 들었다.

"아무리 요란해 봤자, 젊은 날의 사랑 이야기이고, 모르는 사람의 가십거리 정도에 불과하니까. 후회할 것 같단 생각이 들면, 어떤 기회든 놓치지 말란 거예요."

부모로서는 뒷목을 잡고 넘어갈 일이나, 그런 선택이 있었던 덕에 그 후 제 선택으로 일어난 일에 대해서는 후회하지 않았다.

그러니 눈앞의 젊은 여자도 그러할 수 있기를. 제인이 바라는 것은 그 하나였다.

* * *

제인과 헤어진 엘레노어는 신문사로 향하지 않았다. 서던에

본거지를 둔 신문사에만 기사를 내는 건 소용이 없다는 생각이 들어서였다. 중요한 건, 어지간한 호사가들이 다 모였다는 수도 였다.

엘레노어는 객실로 돌아가, 할 일의 우선순위와 그에 대한 자신의 생각을 깔끔하게 정리하고 하루 뒤에야 호텔을 나섰다.

"안녕하세요."

가장 먼저 하기로 마음먹은 일은 엘레노어는 일단 수도에서 가장 큰 신문사에 전화를 걸어 인터뷰 일정을 잡는 것이었다.

"해당 신문사와 인터뷰를 좀 하고 싶어서요."

—실례지만 전화하신 분은 누구십니까?

"엘레노어 허드슨입니다."

—엘레노어 허드슨이라면, 클래번 공작의 전 약혼자……. 맞으십니까?

전화기 너머로 헙. 하는 소리가 들렸다. 엘레노어가 그들에게 접촉해 올 줄은 생각도 하지 못한 모양이었다.

"맞아요."

엘레노어는 자신의 정체를 부정하지 않았다.

"저희 세 사람의 관계에 대해서 솔직히 말씀드리고 싶은 게 있거든요."

물론 어셔의 정정 기사 요청도 거절당하는 판국이었지만, 자신을 거절하리라는 생각은 들지 않았다.

"귀사에만 인터뷰 제안을 드리는 거예요. 단독으로 기사를 실으실 수 있도록요."

자극적인 스캔들의 주인공과의 인터뷰. 단독으로 찍어 낸 신문은 날개 달린 듯 팔릴 터였다.

"거절하신다면 다른 신문사를 찾겠습니다."

―잠시만, 잠시만 기다려 주시겠습니까?

대체 뭘 하는지 건너편이 소란했다. 엘레노어는 공중전화기의 수화기를 든 채 기다렸다.

―안녕하십니까, 허드슨 양. 기자 맥플런 그린입니다. 저희 신문사에 인터뷰 요청을 주셨다고요.

들뜬 목소리를 감추려고 일부러 근엄한 척하는 목소리였다. 엘레노어는 맥플런의 목소리에 밴 호기심과 들뜸을 모른 척, 그의 말에 긍정했다.

"최근에 난 기사들이 잘못된 내용을 담고 있어서요. 당사자로서 내용 정정을 좀 하고 싶어요."

엘레노어의 말에 맥플런이 알겠다고 대답했다.

―제가 허드슨 양이 계신 곳으로 가면 되겠습니까?

"그래 주시면 감사하죠."

엘레노어의 대답에 맥플런이 자신이 서던을 방문하겠노라고 대답했다. 혹여라도 엘레노어가 마음이 바뀌어 인터뷰하지 않겠다고 할까 봐 걱정이 된 모양이었다.

"사흘 뒤, 오후 3시쯤 서던 역 앞 카페에서 뵐게요. 만일 일이 생겨서 연락이 필요하시다면 제가 머무르는 호텔로 연락해 주세요."

전화를 마친 엘레노어가 수화기를 내려놓았다. 드디어 제가 해야 할 일을 시작한 것만 같은 기분이 들었다.

'후회할 것 같단 생각이 들면, 어떤 기회든 놓치지 말란 거예요.'

제인이 남긴 말대로 할 생각이었다. 로건과 어셔에게 책임을 미루지 않기. 누군가에게 감정적으로 기대지 않고 홀로서기. 오래 걸리더라도 교육학 학위를 따기.

"……."

그리고 로건에게 솔직한 마음을 한번은 전달해 보기.

엘레노어가 손에 들린 편지 봉투를 일별했다. 로건에게 쓴 편지였다. 어차피 떠날 거, 어차피 용서받지 못할 거, 어차피 무시당할 거. 후회라도 남지 않게 털어내고 싶어서.

"비가 오네……."

그러나 엘레노어는 전화를 마치고도 바로 공중전화 박스를 나서지 못했다. 통화를 위해 밀고 들어오는 사람도 없었거니와, 갑작스레 비가 쏟아졌기 때문이었다.

엘레노어가 멀거니 하늘을 응시했다. 구멍이라도 난 듯 비가 쏟아지고는 있지만, 이 시기에 비가 오는 일은 흔한 일이니 금방 그칠 터였다.

그리고 엘레노어의 예상대로, 비는 조금씩 잦아들기 시작했다. 엘레노어는 부슬비처럼 내리기 시작하는 비를 확인하고, 밖으로 나섰다. 일단 편지를 부치기 위해서 우편국으로 갈 생각이었다.

"우편국이 어느 방향이었더라."

그러나 잠시 방향이 헷갈렸다. 엘레노어가 자리에 멈추어 서서, 주변을 둘러보았다. 마침내 우편국의 위치를 기억해 내고 한 걸음을 뗐을 때였다. 달려온 누군가의 몸이 거세게 부딪쳤다. 엘레노어가 저도 모르게 비틀거리며 중심을 잡는 동안, 머리에 쓴 모자가 나풀거리며 물웅덩이 위로 떨어졌다.

"아……!"

그리고 그때, 엘레노어와 부딪친 누군가가 손에 들린 것을 낚아채 갔다. 엘레노어가 당황한 얼굴로 날랜 소년의 뒷모습을 망연히 응시하다가, 허전하기 짝이 없는 제 손을 내려다보았다.

"편지도 가져갔네."

소년이 노린 것은 돈이 든 지갑뿐이었겠지만, 훔쳐 간 것은 지갑과 편지 모두였다. 그리고 그 두 개를 되돌려 받을 길은 요원했다.

잽싸게 달려간 소년은 이미 골목을 돌아 완전히 모습을 감춘 후였다. 거추장스러운 드레스를 입은 엘레노어가 재빠른 소매치기범을 붙잡는 건 불가능했다. 경찰서에 신고를 한대도 매한가지일 터였다.

"하."

상황에 맞지 않게 헛웃음이 났다. 엘레노어는 허탈하게 웃다가, 물웅덩이에 떨어져 흠뻑 젖은 모자를 들어 올렸다. 볼품없는 꼴이었다. 엘레노어는 모자나 저나 다를 게 없는 모습이라고 생각했다.

"역시 욕심이었나 보네."

제인이 후회할 일은 하지 말라고 한 충고를 따랐으나, 돌아온 것은 소매치기나 당하는 일뿐이었다.

"마음 전달하는 것도 과욕이라니……."

엘레노어가 씁쓸하게 웃는 얼굴로 중얼거렸다.

하긴, 그가 원치 않는다는 점에서는 과욕이 맞기는 하지.

의욕이 꺾였다. 편지를 다시 써야겠다는 생각 대신, 로건과 자신은 만나지조차 말았어야 할 인연인지도 모르겠다는 생각이 먼저 들었다.

다시 빗방울이 무거워졌다. 엘레노어는 금방이라도 다시 폭우를 쏟아부을 것 같은 하늘 아래, 느리게 눈을 깜빡였다.

포기하고 돌아가자.

결국, 엘레노어가 체념한 얼굴로 몸을 돌렸다. 축축하게 젖은 드레스를 이끌고 호텔로 돌아가는 몸이 무거웠다.

* * *

그 결심 그대로, 엘레노어는 로건에게 보낼 편지를 다시 작성하지 않았다. 그저 깔끔하게 포기했다. 그게 그와 자신의 정해진 인연이라면 납득하는 것 역시 제 몫이라 생각했기 때문이었다. 그저, 떠나기 전까지 마무리 지어야 할 일을 순서대로 해치울 따름이었다.

"휴학한다고?"

애들런 교수가 안경을 벗으며 질문했다. 엘레노어는 머쓱한 얼굴로 웃으며 고개를 끄덕였다.

"그래, 상황이 영 좋지는 않지."

애들런 교수도 알고 있는 상황인지라, 엘레노어에게 휴학 사유를 자세히 묻지 않았다. 그저 이해한다는 얼굴로 고개를 끄덕여 줄 뿐이었다.

"도망치려고 선택한 일만 아니길 바라네."

"……."

"만일 지금 사람들의 입방아와 흘기는 시선이 무서워서 도망치려고 선택한 일이라면, 그러지 말라고 말하고 싶거든."

대신, 그는 현실적인 조언을 건넸다.

"어차피 몇 년 뒤에 돌아온다고 해서 모두 없던 일이 되지는 않을 거야."

"알고 있습니다. 도망치려고 내린 결정은 아니에요."

엘레노어는 두 손을 가지런히 모은 채 제 의견을 피력했다.

"이번 일로 하고 싶은 일을 포기할 정도로 어리석지는 않습니다. 돌아왔을 때 더한 비난을 받더라도 포기할 생각은 없으니 걱정하지 않으셔도 돼요."

그저 모두에게 잠시 마음을 정리할 시간이 필요할 뿐이라고, 엘레노어는 그렇게 이야기했다. 애들런 교수는 조금 탐탁잖은 얼굴이었지만, 고개를 끄덕여 주었다. 어쨌거나 본인의 삶이 아닌 이상, 그 이상으로 간섭하는 건 월권이었다. 아무리 엘레노어 허드슨이라는 학생의 존재가 아쉽다고 한들 그랬다.

"그래. 서명해 주지."

애들런 교수가 코를 찡긋거리며, 휴학계에 담당 교수의 서명을 남겼다.

"감사합니다, 교수님."

"그래. 몸 건강히 지내다 돌아오게."

애들런 교수는 지식인답게 엘레노어의 사생활과 관련된 어떤 것도 묻지 않았다. 엘레노어는 애들런 교수에게 허리를 깊게 숙여 인사한 뒤, 문을 닫고 밖으로 나섰다.

교수실이 쭉 늘어진 고요한 복도 위로 한 줄기 빛이 길게 늘어졌다. 엘레노어는 그 빛을 따라 복도를 걸어 나갔다. 서던, 로건, 올리비아, 이슬라의 꽃집, 역 앞의 레스토랑과 카페……. 걸음마다 모든 것과의 이별이 가까워지고 있었다.

엘레노어는 침착한 얼굴로 허리를 반듯하게 세웠다. 이별에 담대해져야 할 때였다.

* * *

엘레노어가 자리를 비운 사이, 어셔는 엘레노어가 머무르던 객실을 정리하고 있었다. 엘레노어는 자신이 교수와의 면담을 끝난 후에 돌아와서 하면 된다고, 어셔가 정리할 필요가 없다고 했지만, 조금이라도 도움이 되었으면 했다.

"……."

그러나 벽장 문을 열고, 장식물처럼 걸린 푸른 드레스를 본 순간 어셔는 그대로 굳어 버렸다. 누가 봐도 엘레노어의 취향대로 구매한 드레스가 아니었으니까.

기분이 조금…….

어셔가 복잡한 얼굴로 눈을 깜빡였다. 곧이어 쓸쓸한 웃음이 샜다.

사실, 어떻게 해도 좋은 기분일 수는 없었다. 그가 없던 3년 동안 변해 버린 모든 것을 목도하는 기분이었으니까.

사실은, 다시 만난 엘레노어와 시간을 보내는 동안 종종 목이 졸리는 기분도 들었다. 기뻤다가, 슬펐다가, 괴로웠다가. 그러니 엘레노어의 진심과 이별 선언에 그처럼 미친 짓을 벌일 수밖에 없었다. 제정신이 아니었으니까.

"어셔."

엘레노어가 미리 짐을 정리하고 있던 어셔를 보고 그럴 줄 알았다는 얼굴을 했다.

"내가 해도 된다니까요."

어셔는 어떠한 대답 대신 희미하게 웃기만 했다. 엘레노어는 어셔를 타박하는 대신, 이제는 자기가 하겠노라고 했다.

"벽장에 있는 옷을 좀 챙기고 있었어요."

어셔가 한 걸음 물러서, 엘레노어가 벽장 앞에 설 수 있도록 해주며 이야기했다. 엘레노어의 시선이 파란 드레스를 향했다.

"버려야 되는 건데, 너무 오래 갖고 있었네요."

엘레노어가 한숨처럼 이야기했다. 언뜻 듣기에는 조금의 미련도 없이, 버려야 할 물건 취급하는 듯했다. 그러나 어셔는 부드럽게 드레스 위를 쓸던 엘레노어의 시선을 놓치지 않았다.

"버릴 거예요?"

어셔의 질문에 엘레노어가 어셔를 돌아보았다. 그리고 흐릿한 웃음을 입가에 건 채, 고개를 끄덕였다.

"……버릴 거예요."

엘레노어가 조심스럽게 옷걸이에서 드레스를 분리해서 개키고, 침대 위에 올려놓았다. 봉 위의 선반에 놓인 장신구 케이스도 마찬가지였다.

"둘 다?"

"둘 다."

엘레노어가 짧게 대답하고 등을 돌렸다. 그러고는 벽장 안에 있는 옷들을 꺼내어 가방에 차곡차곡 개켜 넣었다.

"정말로 버릴 거면 내가 처분할게요."

엘레노어의 형편에 구매하지 않았을 드레스와 보석 장신구. 누가 보아도 로건이 선물해 주었을 물건으로 어셔의 시선이 흘렀다.

* * *

"너 이 쥐새끼 같은 자식!"

덩치 큰 경찰에게 쫓기다가 골목을 막 돌았을 때였다. 뉴스보이 캡을 쓴 소년이 멱살이 잡힌 채 허공으로 떴다.

"켁, 누구, 누구세요……!"

"누구세요?"

소년의 멱살을 틀어잡은 다른 경관이 소년의 질문을 따라 하며 이를 갈았다. 며칠 내내 서던의 길거리를 발칵 뒤집어 놓은 놈을 쫓아다니느라 고생한 걸 생각하면 이가 갈렸다.

"멱살은 놓아줘."

뒤에서 소년을 쫓아오느라 힘들었던지, 한 조를 이룬 다른 경관이

헉헉거리며 이야기했다. 멱살을 틀어쥔 사내가 영 미덥지 않은 눈으로 소년의 발이 바닥에 닿도록 내려놓았다. 혹여나 도망이라도 갈까 걱정이 되었던지, 멱살을 잡은 손은 놓지 않은 채였다.

"나이도 어린 게 소매치기나 하고 말이야."

경관이 소년의 가느다란 손목에 수갑을 채웠다. 철컥거리는 수갑을 찬 소년의 얼굴이 울상이 됐다.

"그냥 먹고살려고 그런 거예요. 아버지는 돌아가셔서 안 계시는데 돈을 벌어야 하니까……. 아시잖아요."

"너 같은 놈들 철창 안에 차고 넘친다. 동정심 자극용 거짓말일랑 그만둬."

동정심 자극은 소용없다는 말에 소년이 쳇, 소리를 내며 인상을 구겼다.

"네가 훔친 물건들 다 어디에 뒀어."

"몰라요."

"물건 숨겨 놓은 곳 솔직하게 말하면, 제일 가벼운 벌로 끝낼 수 있을 거야."

어차피 훔친 물건들은 다 가볍고, 크게 가치가 나가지 않았다. 대다수 사람이 신고조차 포기한 것은 그러한 이유였다. 다만 서던의 주인인 로건이 도시의 치안을 위협하는 꼴을 두고 보지 못하니 그들이 발로 뛰어야 했을 뿐이었다.

"물론 풀어 줬는데 다시 이런 짓을 하면 노역형에 처하게 만들 테지만."

"노역형이요?"

"광산에서 어깨 빠지도록 석탄이나 캐는 거지."

경관이 뭘 묻냐는 듯 짧게 대답했다.

"죽을 때까지."

물론, 고작 소매치기범에게 죽을 때까지 노역형을 내릴 순 없었다. 그러나 이 알량한 소매치기범이 법을 알 리도 없는데, 협박 좀 하면 뭐 어떻단 말인가. 기껏 해 봐야 12살 내지는 13살의 소년이었다.

결국, 으름장에 꺾인 소년이 낡은 집을 향해 걸음을 옮겼다. 낡고 허름한 지하 방에서는 쿰쿰한 곰팡내가 났다.

"훔친 물건으로 대체 뭐 했나?"

도시를 지키는 경찰로서 할 말은 아니었다. 그러나 영 후진 집을 보고 있자니, 훔친 물건으로는 대체 뭘 하고 살았나 싶은 마음이 들었다. 불가항력이었다.

"훔쳐 오면 아버지가 다 도박에 꼬라박는데요, 뭐……."

소년이 작게 중얼거렸다.

"네 아버지가 소매치기하라고 시키든?"

소년은 대답하지 않았다. 그러나 대답을 짐작하기에는 충분했다. 두 명의 경관이 동시에 혀를 찼다. 그들에게는 소년 또래의 자식이 있었다.

"얼른 물건이나 어디 있는지 말해."

그러나 가엾은 것은 가엾은 것이고, 그들이 해야 할 일은 해야 할 일이었다. 경관은 소년을 어떻게 도와줄 수 있을까 생각하기를 뒤로 미루고, 제 할 일에 먼저 골몰했다.

"저기 침대 밑에요. 아버지 손에 안 닿은 건 다 거기 있어요."

소년이 솔직하게 이야기했다. 경관 하나가 몸을 숙이고 침대 밑에 있는 물건을 끄집어냈다. 동전 몇 개와 지폐 몇 장을 발견할 때까지는 소년이 얼마쯤 가여웠다.

"아, 이 팔찌가 여기 있었네."

그러나 금으로 만든 팔찌를 발견한 순간 안쓰러움은 온데간데 없어졌다. 일주일 전쯤, 이 팔찌를 잃어버린 귀부인이 경찰서를 찾아와 야단법석을 부린 탓이었다. 아직도 그 쨍한 목소리에 귀가 찢어지는 것만 같았다.

"그거 장물아비한테 가져가니 가짜라고 했어요."

소년을 붙잡고 있던 다른 경관이 머리 위로 꿀밤을 놓았다.

"남의 물건 훔쳐다 팔려고 한 게 자랑이냐? 응?"

"솔직하게 말해도 뭐래……."

소년이 입을 비죽거리며 이야기했다.

"근데 그게 가짜면 그 부인은 어떻게 되는 거야?"

"뭘 어떻게 돼? 가짜 금팔찌를 사다 준 남편을 쥐어 패겠지. 소중한 거라고 울고불고하던데 충격이 크겠구먼그래."

경관이 쯧, 혀를 차며 몸을 일으켜 세웠다. 돈과 가짜 팔찌를 봉투에 넣어서 주머니로 밀어 넣은 경관이 나가려고 걸음을 떼던 순간이었다.

"그거 말고 하나 더 있어요."

"뭐가 있는데?"

소년이 하나 더 있다며, 턱짓했다. 침대 밑에서 편지 봉투 하나가

빼꼼 고개를 내밀고 있었다.

"저것도 훔친 거냐? 네 연애편지쯤 되는 것 같아서 안 건드렸다마는."

"제 편지 아니에요."

"뭔데 그럼?"

"몰라요. 어떤 여자 지갑 훔치다가 얻어걸린 거라."

소년은 글을 몰라서 누가 누구에게 보내는 건지도 모른다고 했다. 경관이 몸을 숙여 편지 봉투의 귀퉁이를 잡고 꺼냈다.

"아휴, 먼지가."

경관이 풀풀 날리는 먼지에 인상을 구기며 봉투 위를 손으로 슥슥 쓸었다.

"어, 이거……?"

그러자 하얀 봉투 위에 꾹꾹 눌러 쓴 이름이 보였다. 발신자는 엘레노어 허드슨, 수신자는 로건 클래번인 발송물이었다.

"왜? 뭐기에?"

소매치기범을 붙잡고 있던 경관이 목을 빼고 다가왔다. 편지를 들고 있던 경관은 조용히 편지를 동료의 눈앞에 들이밀었다.

"발신자 엘레노어 허드슨."

"……."

"수신자 로건 클래번?"

발신자와 수신자를 확인한 동료의 눈동자가 격하게 흔들렸다.

"내가 아는 그 이름들인가?"

"그런 것 같은데."

적막해진 실내에서는 그들의 눈알이 굴러가는 소리만 들리는 듯했다.

"넌 하필 훔쳐도 이걸 훔쳤냐……."

경관 하나가 안타깝다는 눈으로 소년을 돌아보았다. 소년이 얼떨떨한 얼굴로 눈만 끔뻑거렸다.

"하필 훔쳐도 서던의 공작에게 보내는 편지를 훔쳐, 쯧."

"……네?"

공작? 서던에 하나 있는 그 공작 각하? 이 서던의 주인? 소년이 믿기지 않는 현실에 희게 질린 얼굴로 입을 헤, 벌렸다.

"저, 저는 그럼 어떻게 되는……."

"우리가 봐주고 싶어도 각하께서 앨 그냥 둘지 모르겠네."

"근데 또 모르지. 어쨌거나 끝난 혼사 아냐?"

경관들이 저들끼리 머리를 맞대고 속닥거렸다. 소년의 안위에는 영 관심이 없는 얼굴이었다.

"그럼 그냥 버리고 모른 척해도 되나?"

"그래도 일단 알리기는 알려야 할 거 아닌가?"

"그야 그렇지."

그렇지만 안 그래도 스캔들로 소란스러운 중에 '각하의 전 약혼녀에게서 편지가 온 모양입니다, 소매치기범이 훔친 편지를 찾았는데 내용을 확인하고 보내 드릴까요?'라고 묻기도 우스웠다. 경관들의 찌푸린 얼굴에 고민이 켜켜이 쌓였다.

"일단은 서로 복귀부터 하지."

"그래. 가는 길에 생각해 보자고."

* * *

제프리가 요란스럽게 울려 대는 수화기를 집어 들었다.

"클래번 공작 비서 제프리 앤더슨입니다."

제프리가 담담하게 자기소개를 했다. 제법 근엄하게 들리는 목소리에 긴장이라도 한 모양인지, 건너편에서 큼큼거리며 목소리를 더듬는 소리가 났다.

"누구시라고요?"

그 소리에 상대방의 소개가 묻혔다. 제프리가 미간을 찌푸린 채 되물었다.

─서던 리즈 경찰서의 리암 경관입니다.

"아. 안녕하십니까."

제프리가 약간의 의아함이 뒤섞인 목소리로 인사했다. 건너편의 리암은 조금 긴장한 모양인지 코를 쿨쩍이는 소리를 냈다. 제프리가 극도로 싫어하는 통화 예절이었다.

─저희가 최근에 서던 역 근처를 휘젓고 다니는 소매치기범을 잡았습니다.

제프리가 아리송한 얼굴로 대답 없이 눈을 깜빡였다. 당연한 일을 한 사내들에게 어린애를 대하듯 잘했다고 얼러 줄 수는 없는 일 아닌가.

─그 소매치기범의 집에서 몇 가지 장물을 찾았는데 말입니다…….

경관 리암이 말끝을 흐렸다. 제프리가 다시 인상을 찌푸렸다.

그가 모시는 상관과 매한가지로, 그는 불분명한 거라면 무엇이든 질색이었다.

"클래번 공작저의 물건이라도 나왔습니까? 제가 아는 바로는 저택에서 사라졌다고 신고한 물건은 없습니다만."

제프리가 시계를 확인하며 이야기했다. 이제 의미 없는 전화를 받고 있는 게 슬슬 짜증이 나던 참이었다.

─아, 그게⋯⋯.

"하실 말씀이 없으면 이만 끊겠습니다."

제프리가 나름 정중하게 이야기하고 전화를 끊으려던 찰나였다.

─그 소매치기범의 집에서 편지를 찾았습니다!

"편지요?"

제프리가 고개를 갸웃하며 되물었다. 소매치기가 아무럼 정신이 없어도 우편국의 배달부를 털었을까 하는 생각 때문이었다.

─예, 클래번 공작께 배달되었어야 하는 편지입니다.

"아, 그렇습니까. 발신자가 누구인지 알 수 있을까요?"

그런 얘기라면 말 더듬을 시간에 진즉 설명했어야지. 제프리가 바로 만년필을 꺼내어 메모장에 적을 준비를 했다.

─엘레노어 허드슨 님입니다.

그러나 바로 다음 순간, 제프리의 행동이 거짓말처럼 멈추었다.

"⋯⋯죄송하지만 발신자가 누구라고 하셨습니까?"

제프리의 목소리는 전화로만 듣기에는 큰 차이가 없었다. 리암은 제프리가 불쾌함에 젖었다는 것도 모르고 순순히 발신자가 엘레노어임을 재차 알렸다.

─최근에 여러 문제로 시끄럽기는 했습니다만, 편지를 보내려던 이유도 있을 것이고, 혹여나 각하께서 기다리던 편지일까 싶어 연락을 드렸습니다.

그러나 만일 로건이 원하지 않는다면, 그의 선에서 얼마든지 편지를 처리할 수 있다는 여지를 남겼다. 제프리는 조용히 아랫입술을 사리물었다.

로건의 반응은 그가 미처 알 수 없었다. 최근의 로건은 그의 예상 밖의 행동을 자주 하곤 했으니까. 그러나 짐작건대, 엘레노어가 마지막으로 보낸 편지라면 로건은 받아들일 것만 같았다.

"조용히 처분해 주십시오."

─예?

"각하께 알리지 말고, 리암 경관 선에서 처리해 달라는 말입니다."

─……그래도 될까요?

리암이 감히 그래도 되냐며 질문했다. 그 질문에 제프리도 잠시 머뭇거렸다. 그러나 다시 생각해도, 로건에게 엘레노어의 편지를 건네는 것이 옳다고 생각되지 않았다.

무슨 미련을 남기려고. 또 무슨 말로 그 사내를 흔들려고.

엘레노어에게는 그저 쉬운 사내인지 몰라도, 제프리에게는 하나뿐인 상관이며 서던의 주인이었다. 그를 흔드는 것은 어떤 것이고 용납하고 싶지 않았다. 하물며 그게 이미 로건을 배신한 존재라면 더욱.

"예. 부탁하겠습니다."

—…….

"리암 경관 선에서 처분해 주십시오."

제프리의 단호한 목소리에 잠시 침묵이 흘렀다.

—말씀하신 대로 처리하겠습니다.

그러나 곧, 제프리가 기대한 대답이 돌아왔다. 아무렴 공작과 가장 근접하게 일하는 그 비서가 허튼소리를 했을까 싶었을 테니까. 양심의 가책은 있었으나, 제프리는 결심을 물리고 싶지 않았다.

* * *

"엘레노어. 이제 출발해야 할 것 같아요."

어셔의 재촉에 멍하니 창밖을 응시하던 엘레노어가 몸을 돌렸다. 서던을 떠나겠다고 마음을 먹으니, 객실에 앉아서도 구경할 수 있었던 풍경이 다르게 보였다.

"기자랑 인터뷰하기로 한 시간이 거의 다 됐어요. 인터뷰가 끝나자마자 위즈벳으로 출발하기도 해야 하고."

어셔가 시계를 일별하여 이야기했다. 엘레노어는 조용히 고개를 끄덕였다.

"나갈게요."

그러곤 창문 근처에 놓아둔 의자에서 일어나, 문으로 다가갔다. 그러나 마지막 미련처럼 돌아보는 것은 어쩔 수 없었다. 로건에게서 받은 선물은 모두 버렸고, 그의 마음이 돌아올 일은 없으며,

자신의 고백에 회신받을 일은 없다는 것을 알면서도.

"가요."

엘레노어가 자조적으로 미소 지으며, 다시 앞을 보았다. 묵직한 소리와 함께 객실의 문이 닫혔다.

"또 비가 오네요."

호텔의 중앙 계단을 내려왔을 때였다. 건물 밖으로 초여름의 비가 쏟아지는 게 보였다.

"지긋지긋하지 않아요? 난 이제 비라면 좀 지겨운데."

어셔의 질문에 엘레노어가 희미하게 미소 지었다.

"조금요. 켄트는 비가 드문 동네여서, 아직도 서던에서 비가 자주 내리는 걸 보면 신기해요."

켄트는 마르고 건조한 도시였다. 여름에나 폭우가 내리는 시기가 있을 뿐이었지, 서던처럼 시도 때도 없이 비가 쏟아지는 곳이 아니었다. 그래서인지 서던에서 지낸 지도 거의 6년이 다 되어 가는 데도 지긋지긋하다는 생각은 들지 않았다.

"갈까요?"

엘레노어의 대답에 고개를 끄덕인 어셔가 호텔 앞의 차를 눈짓하며 이야기했다.

"편안한 여행 되십시오."

엘레노어와 어셔가 짐을 실을 때까지 우산을 들고 기다리던 벨보이가 인사했다. 엘레노어는 제법 긴 시간 머물렀던 호텔을 한번 돌아보고 망설임 없이 걸음을 뗐다.

"기자를 만나면 무슨 얘길 할 거예요?"

옆자리에 앉은 어셔가 물었다. 엘레노어는 미리 준비한 이야기를 생각하며 느리게 눈을 깜빡였다.

"처음부터 끝까지."

"……전부?"

"전부."

"내가 이제는 당신의 연인이 아니라는 것까지?"

어셔의 질문에 엘레노어가 멈칫하며 어셔를 돌아보았다.

"어셔."

"괜찮아요. 그것도 감수하겠다고 한 건 나니까."

"……."

"아무렴 곁을 지킬 수 없는 로건보다야 나은 처지지."

어셔가 그렇게 말하며 창밖으로 시선을 돌렸다. 그러나 그의 말에 밴 것이 씁쓸하기 짝이 없는 억지웃음이었음을 고려하면, 그것은 그저 회피와 다름없었다.

그렇게라도 진짜 이별을, 영원한 이별을 회피하고 싶었다.

"도착했습니다."

피츠먼 백작가에서부터 데려온 운전수가 부드러운 목소리로 도착을 알렸다. 어셔는 먼저 차에서 내려 우산을 펼치고, 엘레노어가 차에서 내리도록 도와주었다.

"한 시간은 안 걸릴 거예요."

"정말로 같이 가지 않아도 괜찮겠어요?"

"그럼요."

어셔의 걱정에 엘레노어가 괜찮다는 듯 웃었다. 이미 질문과 대답을 모두 머릿속으로 준비해 둔 터였다. 게다가 아무리 이제는 연인의 관계를 포기한 어셔라고 해도, 듣기 좋은 말은 아닐 것 같았다.

"알았어요. 기다리고 있을게요."

엘레노어가 장난으로도 도움을 구하지 않자, 어셔는 쉽게 물러섰다. 유순하게 생겼지만, 엘레노어 허드슨이라는 여자의 고집은 구시대의 산물에 집착하는 그 아비의 집착과 조금은 닮아 있어 그가 이길 수 없었다.

그리하여 어셔가 포기하자, 엘레노어는 우산을 든 채 홀로 카페에 들어섰다.

"감색 정장에 붉은 넥타이……."

엘레노어가 기자의 인상착의를 떠올리며 카페 안을 둘러보았다. 마침 창밖을 내다보던 사내와 눈이 마주쳤다.

"허드슨 양이십니까?"

"맥플런 기자님?"

동시에 질문이 부딪쳤다. 둘은 대답 대신 웃으며 손을 건네어 악수했다.

"만나서 반갑습니다. 저희 편집장님이 이건 특종이라며 펄쩍 뛰시더군요."

"특종이긴 하죠."

엘레노어가 덤덤하게 대답하며 자리에 앉았다.

"그래서, 오늘 하고 싶으셨다는 말이 무엇인지부터 알 수 있을까요?"

그리고 맥플런은 그런 엘레노어를 향해 곧바로 본론을 물었다. 엘레노어는 그의 시선을 피하지 않고 똑바로 마주쳤다.

"수도를 휩쓸었던 기사의 진실에 관한 이야기죠."

"……."

"그리고 제 마음의 향방에 관한 이야기이고요."

지금 마음의 향방이라니! 순간 맥플런이 눈을 반짝였다.

이건 진짜 특종이다.

"편하게 말씀하셔도 됩니다."

맥플런이 한 손에 펜을 든 채 눈을 반짝이며 이야기했다. 엘레노어가 느리게 입을 열었다.

"처음 어셔를 만난 건, 지금으로부터 약 6년 전 여름의 일이에요."

고향을 떠나오던 날 기차역에서의 운명적인 만남. 다정한 사내에게 속절없이 빠져들었던 갓 20살이 된 여자. 1년 반의 연애와 하릴없는 이별, 3년의 약속, 기다리던 연인의 전사 소식.

"세상이 무너지는 기분이었죠. 그래서 하던 일도 모두 그만두고 고향으로 돌아갔어요."

고향인 켄트에서 엘레노어를 기다리던, 매매혼이나 다름없던 결혼. 그리하여 로건에게 청한 도움과 계약 약혼, 묵묵하고 든든한 사람에게 조용히 젖어 든 자신. 그리고 모두가 죽었다고 말했으나 무사히 돌아온 전 연인.

맥플런은 흥미로운 통속소설을 읽는 듯 엘레노어의 이야기에 빠져들었다. 처음에는 메모하느라 바빴던 손이 놀고 있었다.

"딱 하루, 3년의 마지막 날을 기다리지 않고 섣불리 각하의 곁에 있고 싶다 이야기한 것에 죄책감을 느꼈죠."

"……."

"그때까지는 그 마음의 정체를 몰랐어요."

그래서 요동치는 마음의 정체가 무엇인지 제대로 알아볼 생각조차 하지 않고 어셔를 선택했다.

"그냥, 가난과 외로움이 지겨워 누구에게라도 기대고 싶은 마음인 줄만 알았죠."

엘레노어가 씁쓸한 얼굴로 눈을 내리깔았다. 맥플런의 얼굴에도 안타까움이 어렸다. 엘레노어는 아름다웠고, 그 얼굴에 밴 처연함은 사내의 가슴을 저릿하게 만드는 힘이 있었다.

"몰랐어요."

"……."

"조용히, 곁을 지키며 젖어 드는 마음도 사랑이라는 걸 미처 몰랐어요."

엘레노어가 희미하게 미소 지었다. 창문에 맺힌 물방울처럼 투명하면서 동시에 흐릿한 웃음이었다.

"그렇다면 마음을 깨닫고 난 이후에라도 클래번 공작에게 갔으면 될 일 아닙니까?"

맥플런은 그게 안타까워 충고했다.

"그분은 저를 사랑하지 않아요. 그저 정말로 어셔가 돌아오지 않는다면, 가엾은 친구의 연인을 구제해 주려는 마음이었던 것뿐이죠."

엘레노어는 마음만으로도 고맙다는 듯 짧게 웃었다. 그리고 담담한 얼굴로 거짓을 고했다.

"어셔를 향한 것이든, 각하를 향한 것이든 처음의 마음을 잃은 건 저뿐이에요."

맥플런이 작은 소리로 혀를 찼다. 세 남녀의 관계는 흥미로웠지만, 동시에 가엾었다.

"하지만 제 뒤늦은 고백 때문에 화가 난 어셔가 국왕 폐하를 만나 어찌해야 좋을지 도움을 청했고, 그게 와전되어 각하의 명예를 훼손하게 되었죠."

맥플런이 부정할 수 없는 사실에 고개를 주억였다. 특별한 염문도 없이 전쟁 영웅과 성공한 사업가, 그리고 노블레스 오블리주의 상징이었던 로건 클래번의 명예에 빨간불이 들어온 건 엘레노어와 어셔가 엮인 스캔들 때문이었다.

"기자님을 만나고자 한 건, 그런 오해를 풀기 위해서예요."

"……."

"진실은 단 하나예요. 나쁜 것도, 어리석은 것도 접니다. 두 사람은 그저 충동적으로 선택을 내린 제게 휘둘린 것뿐이에요."

엘레노어가 나지막이 이야기했다. 자기 자신을 세뇌하려는 것 같기도 했다.

"하지만……."

마음에도 없는 사람에게 휘둘리는 사람은 없다.

맥플런은 저와 똑바로 시선을 견주는 엘레노어를 보며 차마 하지 못한 말을 삼켰다. 그렇지 않으면, 이러한 행동이 최선이라고 믿고 거짓말로 일을 무마시켜 보려는 눈앞의 여자를 울릴 것만 같아서.

* * *

"한두 시간 뒤에 출발한대요."

벤치에 앉은 엘레노어가 고개를 끄덕였다. 인터뷰가 끝난 뒤, 바로 위즈벳으로 가는 기차를 타려고 했다. 그러나 예기치 않은 사고로 열차가 수리에 들어갔다고 했다. 때문에, 시간이 조금 지난 뒤에야 출발할 수 있는 모양이었다.

"이미 식사도, 차도 들었으니 갈 곳이 없네요."

벤치에 가만히 앉아 있는 게 그리 좋은 일은 아니지만, 그렇다고 딱히 방법도 없었다. 어셔는 엘레노어와 나란히 벤치에 앉은 채, 기차를 기다리느라 바글바글 모여든 사람들을 구경했다. 비가 와서인지, 평소보다 실내에 사람이 더 많고 웅성거리는 소리가 크게 들렸다.

"기분이 이상해요."

엘레노어가 작게 이야기했다. 시선은 여전히 플랫폼을 오가는 사람들에게 둔 채였다.

"뭐가요?"

"매번 서던을 오고 가는 계절이 여름이라는 생각이 들었거든요."

켄트에서 클래번 공작저로 오던 계절은 여름이었다. 그리고 자신을 데리러 온 로건을 따라 다시 서던으로 오던 때도 여름이었다. 마지막으로 서던을 떠나는 지금도, 여름이었다.

"물론 오늘은 이전과 달리 여름비가 쏟아지고 있긴 하지만."

엘레노어가 무겁게 가라앉은 하늘을 응시하며 중얼거렸다.

"서던에 처음 올 때까지만 해도, 이 모든 풍경이 낯설었는데. 지금은 이 모습이 익숙하다는 것도 좀 이상하고."

서던에서 머무른 것도 제법 오래되었다. 서던은 언젠가 엘레노어에게 또 다른 고향이 된 셈이었다.

"사실 켄트를 떠날 때보다 마음이 더 복잡하다는 게 제일 이상해요. 원래도 여기에 평생 머무를 생각은 없었는데……."

언제 이렇게 마음을 붙였지. 그런 생각이 들었다. 그 주인인 로건을 꼭 닮은 곳이었다. 진즉에 마음을 빼앗긴 줄도 모르고 홀려 버린.

"나하고 처음 만났을 때는 어땠어요?"

어셔가 질문했다. 엘레노어는 로건에 대해 생각하는 일을 멈추고 어셔에게 시선을 돌렸다.

"당신은 내게 빛 같고, 보석 같았죠."

"빛?"

"화사하고, 아름답고, 어디 하나 귀퉁이가 긁히고 깨진 적도 없는."

그래서 그의 접근을 경계하면서도 동경했다. 그의 충만한 애정을, 오롯이 쏟아지는 친절과 다정함을 이해할 수 있었다. 그렇게 자란 사람이니까, 그에게는 솜털처럼 부드럽고 캐러멜처럼 달콤한 애정 표현이 당연했다.

"켄트에 있었다면, 아버지의 말을 따랐다면 절대로 만날 수 없었을 사람."

"……."

"그래서 놓치고 싶지 않았죠. 못 이긴 척 당신에게 마음을 허락한 것도 어쩌면 그 때문이었을 거예요."

엘레노어가 온화한 얼굴로 어셔를 돌아보며 이야기했다. 그를 사랑했던 순간과 기억만은 결코 거짓이 아니라는 듯 속삭이는 얼굴이 이전과 같아서, 어셔는 조금 슬퍼지고 말았다.

그 기억이 여전히 그렇게 아름답고 찬란한데, 두 사람 다 그날을 그렇게 선연히 기억하는데. 어째서 마음만은 한 사람만의 몫이 되어 버렸을까.

"그래서 나는 당신을 만나서 정말 다행이라고 생각해요."

"당신 마음을 존중하지 않고, 온 사방에 당신을 난도질하라 던지고, 나를 강요했는데도? 로건에게 갈 수 없게 하는데도?"

어셔의 질문에 엘레노어가 낮게 웃었다. 그의 잘못으로 구설로 오르내리는 지금조차도 자신을 만나 다행이라고 이야기하는 엘레노어가 의아하다는 목소리라서 그랬다.

사실, 그의 저열한 행동에 추억조차 산산이 조각나서 부수어졌다고 해도 할 말이 없을 테니까.

"어셔, 당신은……. 처음으로 내 인생을 구원한 사람이었어요."

엘레노어가 한숨과도 같은 숨소리의 끝에, 조용히 이야기했다.

"그 덕분에 내가 지금까지 살아 있고, 꿈도 꿔 보지 못한 일을 해 왔는데 어떻게 당신을 미워하겠어요?"

"……."

"그래도 마음에 걸린다면, 등가교환인 셈 쳐요."

그러니 이미 지나간 일에 분노나 죄책감은 갖지 말자고. 엘레노어는 그렇게 말했다. 순간의 분기를 참지 못해 로건과 엘레노어를 모욕한 어셔에게 말도 안 될 정도로 관대한 처분이었다.

그러나 어셔는 엘레노어의 그러한 태도가 단순히 관대한 처분이 아님을 알았다.

그들 사이에 너저분하고 추악한 감정과 주고받을 감사함 따위는 남지 않았으니, 때가 되면 조용히 그의 마음을 정리하고 떠나가라는 조언이었다.

잔인한 여자.

부드럽고 상냥하여 더 잔인했다. 어셔는 차마 내뱉지 못한 말을 삼키며 눈을 내리깔았다. 아무리 외면하려고 해도 어쩔 수 없다는 것을 알면서도.

* * *

"각하."

로건이 재킷을 옷걸이에 대충 걸쳐 두고, 셔츠 소매를 걷어 올릴 때였다. 노크 소리와 함께 제프리가 집무실 안으로 들어섰다.

"말해요."

그러나 제프리는 쉽사리 말을 꺼내지 못하고 머뭇거렸다. 제프리의 직설적인 성격을 생각하면 드문 일이었다. 혹여나 심각한 일이라도 되는 것일까, 걱정이 된 로건의 낮은 목소리가 제프리의 입을 재촉했다.

"무슨 문제라도 생겼습니까?"

로건의 질문에 제프리가 한숨을 길게 내쉬었다.

"문제긴 문제지요."

"……."

"제 판단력에 문제가 생긴 게 아닐까 싶습니다."

이건 또 무슨 소리인지. 로건이 미간을 찌푸린 채 제프리를 응시했다. 제프리가 마지막까지도 주저하듯 한숨을 내쉬더니, 로건에게 다가와 손에 들린 것을 내밀었다.

"편지입니까?"

"예."

제프리가 짧게 대답했다. 로건은 빗물에 젖어 군데군데 색이 바랜 편지 봉투를 뒤집었다. 발신자를 확인하기 위함이었다.

"서던에서 유명한 소매치기범을 잡았는데, 허드슨 양의 지갑과 편지를 훔친 적이 있다고 하더군요. 글을 읽을 줄 몰라 내용은 보지 못했다고 합니다."

제프리가 나지막이 이야기했다. 머리는 편지가 그의 손에 들어오기 직전까지의 상황을 반추하고 있었다.

'……잠시만요!'

리암 경관이 알아서 처분하겠다며 전화를 끊으려던 때였다. 제프리의 입이 제멋대로 움직였다.

'편지, 보내 주십시오.'

―예? 방금······.

직전까지와 말이 다른 제프리 때문에 당황했던지, 리암 경관이
더듬거리며 되물었다.

'다시 생각하니 각하께 전달해 드리는 게 낫겠습니다. 사람을
보낼 테니, 그편으로 전달해 주십시오.'

―아, 아닙니다. 그러면 제가 클래번 공작저로 찾아뵙겠습니다.
어차피 외출할 일이 있어서요.

그리고 리암 경관은 약속대로, 바로 편지를 들고 공작저로 찾아
왔다. 제프리는 멋대로 움직인 방정맞은 입을 원망했으나, 이미
제 손에 떨어진 편지를 모른 척할 수는 없었다.

"마지막까지 고민했습니다만, 제 선에서 처분할 일은 아닌 듯해
서요."

로건의 손이 엘레노어 허드슨이라고 바르게 쓰인 글자 위를 느
리게 더듬었다.

"알겠습니다. 나가 봐요."

제프리가 고개를 끄덕이고 집무실을 나섰다. 로건은 빛이 쏟아
지는 통창을 지나, 책상 위에 놓인 편지 칼을 들어 올렸다. 지익,
칼날에 베인 편지 봉투가 속에 고이 품고 있던 편지를 뱉어 냈다.

친애하는 클래번 공작 각하

완전한 이별의 편지인가. 로건은 그렇게 생각하며 느리게 눈동
자를 아래로 굴렸다.

아니. 무례하다 하실 테지만, 오늘은 로건이라고 부르고 싶어요. 로건, 제가 오늘 이렇게 당신에게 편지를 쓰는 이유는…….

* * *

"각하?"

쾅, 하는 소리와 함께 집무실 문이 거칠게 열렸다. 벽면에 문짝이 어찌나 세게 부딪혔는지, 문고리와 높이가 맞는 위치의 벽이 조금 파여 있었다.

"각하!"

그러나 그런 것조차 눈에 뵈지 않을 만큼 다급한 모양이었다. 로건은 제프리가 부르는 소리도 듣지 못한 채 달려 나갔다.

"맨더튼 씨!"

로건이 차고로 가서 운전수를 찾았다. 차의 외부를 정성 들여 닦고 있던 운전수 맨더튼 씨가 당황한 얼굴로 달려 나왔다.

"부르셨습니까, 각하?"

"지금 당장 차를……."

"어디 가실 곳이 있으십니까? 말씀해 주시면……."

운전수가 그렇게 질문하며 운전석으로 다가갔다.

"아니, 나 혼자 갈 테니 열쇠만 줘요."

그러나 로건은 그 잠깐의 행동조차 기다릴 여유가 없는 듯한 얼굴이었다. 어쩐지 다급한 듯도, 목이 졸린 듯도 한 괴로운 얼굴에 놀란 맨더튼 씨는 주머니를 더듬거려 차 키를 로건에게 건넸다.

"고마워요."

그렇게 말한 로건은 당장에 운전석에 올라타, 차를 몰았다. 맨더튼 씨의 멍한 얼굴이 뒷좌석 창문 너머로 멀어졌다. 그러나 로건은 그 사실을 곱씹고 있을 만큼 여유롭지 않았다.

"……."

열린 차창 너머, 창턱에 제 팔을 걸친 채 턱을 더듬는 로건의 눈동자는 깊은 혼란과 절박함, 그리고 사랑의 빛깔로 흔들리고 있었다.

친애하는 클래번 공작 각하께

아니. 무례하다 하실 테지만, 오늘은 로건이라고 부르고 싶어요. 로건, 제가 오늘 이렇게 당신에게 편지를 쓰는 이유는…….

그쯤 되어, 엘레노어의 바른 글씨가 조금 흔들렸다. 그만큼 복잡한 심사로 머리가 어지러웠던 것이리라. 혹은 정말로 이런 편지를 써도 좋을까, 하는 마지막 고민이었거나.

제 마음을 고백하고 싶어서예요.

그러나 그토록 고민했을 것이면서도, 정작 고백하기 위해 펜을 들었다는 내용을 쓰면서부터는 필체에 거침이 없었다.

약혼자와 함께 떠난 주제에 도대체 무슨 말을 하려는 건가 싶으실 거예요. 당황스러우시겠죠. 알고 있어요. 저도 이런 제가 이상하고, 우스운걸요. 하지만, 이 마음은 거짓이나 미련 따위가 아니라고 확신해요. 그러니 떠나기 전 마지막으로라도 당신에게 말하고 싶었어요.

한 번도 당신을 좋아한 적 없었다는 말은 모두 거짓이었어요, 로건. 저는 3년이라는 긴 시간, 당신에게 아주 많이 흔들렸어요.

하지만 당신에게 마음을 주어야 할 이유는 사랑이라는 그 하나뿐인 반면에, 마음을 주지 않을 이유는 너무 많았죠. 어셔와의 추억과 약속, 당신과 저 사이의 큰 격차. 그래서 저는 의식적으로 마음의 문을 잠그고 당신을 돌아보지 않으려고 노력했어요.

그리고 그런 일에 익숙해지면서, 종종 느끼는 설렘이나 두근거림조차도 사랑이 아니라 믿게 되었죠. 당신으로부터 설렘을 느낄 때마다 이성과의 접촉에 자연스럽게 이는 반응일 뿐이라고 스스로를 속였어요.

게다가 사랑에 관한 저의 무지 역시 저의 세뇌를 도왔죠. 어셔와의 첫 만남과 사랑에 빠진 순간을 생각하면, 속절없이 저를 함락시키던 것만이 사랑인 줄로만 알았으니까요. 눈을 감는 일은 쉬웠어요.

하지만 생각해 보면 모든 일이 자명했어요. 저는 맨더튼 씨, 조지, 그리고 저택 내의 그 어떤 남자 사용인에게도 그런 감정을 느낀 적이 없었어요. 당신을 향한 마음은 표면적으로는 그들에게 느끼는 감정과 크게 다를 바 없어 보여도 완전히 달랐죠.

저는 당신의 앞에서 늘 솔직했으며, 어떠한 비밀도 만들지 않으니까요. 어떠한 비밀을 털어놓아도 당신이 저를 가엾게 여기고, 다정하게 달래 줄 것을 알았거든요.

얼핏 보기에는 신뢰인 것처럼 보이지만, 사실 그것은 신뢰를 가장한

것이었죠. 밑바닥까지 몇 번이고 보여서 드러내고, 그래도 나를 사랑할
수 있냐고 묻는 말이었어요. 당신은 그렇더라도 나를 사랑한다고, 한
번의 거짓도 없이 솔직하게 이야기했고요.

제가 어떻게 그런 당신에게 빠져들지 않을 수가 있었을까요?

로건이 차에서 튕기듯이 나왔다. 거칠게 문을 닫은 사내가 호텔
안으로 걸음을 옮겼다.

"사람을 찾고 있습니다. 엘레노어 허드슨이라는 여성입니다."

"투숙객의 개인 정보를 알려 드릴 수는……."

프런트에 있던 직원이 친절하게 미소 지으며 말하다가, 로건을
알아본 듯 눈을 동그랗게 떴다. 그 말 많은 엘레노어 허드슨을 찾을
만한, 클래번 공작을 닮은 남자가 몇이나 되겠나!

"클래번 공작 각하십니까?"

"엘레노어 허드슨, 호텔에 머무르고 있습니까?"

직원이 질문했으나, 로건은 했던 질문만을 반복했다. 대답해 줘
도 되나 고민은 되었으나, 그가 위압으로 누른다면 어쩔 수 없이
실토해야 했다.

"잠시만 기다려 주시겠습니까?"

직원이 책상 위에 둔 투숙객 명단을 뒤적거렸다. 로건은 초조한
얼굴로 아랫입술을 꾹 깨물었다. 제 차림이 평소와 달리 무척이나
흐트러진 차림이며, 내리는 비에 젖어 있다는 건 눈치채지도 못한
듯했다.

"아, 오늘 오전에 이미 체크아웃을 하셨……."

"고맙습니다."

직원이 말을 채 끝내기도 전이었다. 로건이 즉시 몸을 돌려 호텔을 빠져나왔다.

투둑, 투둑.

떨어지는 빗방울에 머리와 셔츠 어깨가 속절없이 젖었다. 로건은 대충 물기를 훔치며, 다시 차에 올라타 차에 시동을 걸었다. 체크아웃을 했다는 건, 편지에 쓴 것처럼 떠나려고 마음을 먹었다는 뜻이었다.

그렇다면 지금은 서던 역 근처에 있을 것이다. 아직 떠나지는 않았겠지. 그래, 아직 떠나지 않았을 것이다. 그렇게 생각하면서도 불안함으로 가슴이 떨렸다. 로건은 초조함을 숨기지 못하고 아랫입술만 짓씹었다.

"……."

엘레노어, 그 여자를 보내 준 것은 그에게 어떠한 마음도 없다고 했기 때문이었다. 어차피 곁에 억지로 둔다고 해도 영원히 그 마음을 갖지 못할 테니까. 우는 모습만 보게 될 테니까.

그건 바라지 않았다. 그건 사랑이 아니었으니까. 그가 사랑하는 여자가 매일같이 눈물지으며 고통스러워하는 일은 없길 바랐다. 그래서 원하는 대로 보내 주었다. 바라는 사람의 곁으로 가, 행복하게 살 수 있게.

"제기랄."

로건이 욕을 뇌까리며 손가락으로 초조하게 핸들을 두드렸다. 골목 끝에서 마차가 손님을 태운답시고 길을 멈추어 지나갈 수가 없었다. 이렇게 시간을 소모하고 있을 때가 아니라는 생각이 들어 가슴이 타들어 갔다.

결국, 로건은 마차가 길을 비켜 주기를 기다리는 대신 차를 후진시켜, 다른 골목으로 빠져나갔다. 호텔에서 서던 역까지는 멀지 않으니, 도착만 하면 어떻게든 엘레노어를 만날 수 있을 것 같았다.

저는 당신을 좋아했어요. 아니, 사랑했어요. 지금도 사랑하고 있어요. 그러니 당신이 보답받지 못한 외사랑이었다고 회상하지 않기를 바라요.

자신을 사랑하고 있다는 여자를 다시 만날 수 있을 것 같았다. 그리고 다시 만난다면, 절대로 놓치고 싶지 않았다. 엘레노어를 떠나보낼 수 있었던 것은 사랑 때문이었고, 보내 줄 수 없는 마음 역시 사랑이었으므로.

"아."

로건이 작게 탄식했다. 덜컹거리는 길을 지나자, 드디어 서던 역이 보였다. 곧, 이제 곧. 그렇게 생각한 로건이 골목 끝에서 쭉 직진했다.

이렇게 다 정리된 마당에 편지를 보내는 저를 용서하세요. 흔들어 괴롭게 하거나, 저를 데려가 달라 조를 작정은 아니에요. 어차피 당신은 저를 향한 마음을 다 정리했을 테니까요.

저는 그저, 당신이 외로이 사랑했다는 게 아니라고 말하고 싶었어요.

당신은 사랑받아 마땅한 사람이고, 그리하여 저 역시 당신을 마음에
두었습니다. 한번은 말하고 싶었어요.

그 순간이었다.
"......!"
보이지 않던 길에서 갑작스레 소년이 튀어나왔다. 로건이 재빨
리 핸들을 틀었다. 우지끈, 하는 소리와 함께 차체가 구겨지며 골
목길의 끝에 있던 건물의 벽이 코앞까지 다가왔다.

고맙고, 미안했어요. 그리고, 그 감정들보다 더 큰 마음으로 사랑했
어요. 이 마음을 미처 알지 못하던 때보다, 지금은 더 사랑하고 있어요.
앞으로는 이 간절한 마음으로 당신의 행복을 염원하겠습니다. 늘 건강
하고, 행복하세요.

"까악!"
길거리를 지나던 여자가 놀라서 소리를 내질렀다. 로건은 저를
짓누르는 무거운 감각에 아, 작게 탄식했다. 동시에 쾅, 하는 커
다란 소음과 함께 방향을 조절하지 못한 마차가 운전석으로 달려
들었다.
로건은 머리와 팔로 가해지는 단발적인 통증을 느끼며 흐릿하게
붉어지는 시야를 더듬었다.

당신을 사랑하는 엘레노어 허드슨으로부터

아름다운 여자가 보였다. 두 볼을 발그레 붉힌 채, 조심스럽게 사랑을 고백하는 여자가. 놓치지 않으려면 가야 하는데. 이렇게 보낼 수는 없는데.

하지만 정신적으로도 극복할 수 없는 신체의 한계가 있었다. 로건은 간신히 움직일 수 있는 손가락을 굴려 보았으나, 몸에 힘이 쭉 빠져가는 것만을 느낄 수 있었다.

"엘레노어……."

입술이 제멋대로 움직였다. 로건은 마지막 순간까지도 간절한 여자의 이름을 소중하게 불러 보았다.

여기에 존재하지도 않는 여자가 들을 리가 없다는 것을 알면서도. 미친놈처럼.

환상 속의 엘레노어가 마치 그의 부름에 대답하듯, 로건과 시선을 견준 채 웃었다. 로건은 엘레노어를 따라 웃었다.

눈이 감겼다.

* * *

"이게 다 무슨 일이에요?"

쏟아지는 빗방울 사이로 희뿌연 연기가 피어올랐다. 길을 지나던 사람들은 뜻밖에 벌어진 참사에 놀라 웅성거리며 모여들었다.

"재키! 내가 길거리에서 뛰지 말라고 했잖아!"

"어, 엄마……."

로건의 심장을 내려앉게 했던 소년은 바닥에 주저앉아, 제 어미가 달려와 끌어안기 전까지 발발 떨기만 했다.

"크, 클래번 공작 같은데?"

그 순간, 용감하게 차 근처로 다가섰던 남자 하나가 희게 질린 얼굴로 이야기했다. 모두가 눈을 동그랗게 뜬 채 차를 둥그렇게 감싸고 섰다. 클래번 공작은 이 서던의 주인. 신문에 났던 기사가 몇 번인데 그 얼굴을 알아보지 못할 리가 없었다.

"다, 당장 병원으로 옮겨야 해!"

한데 절대 모를 리 없는 그 사람이 의식을 잃은 채 차 안에 반쯤 깔린 채 누워 있었다. 깨진 창문 아래로 빗물이 토독거리는 소리를 내며 떨어졌다.

"비켜요!"

소리치는 사람들 사이, 몇몇이 서둘러 움직였다. 여전히 로건을 깔아뭉개고 있는 마차를 옮기고, 흥분해서 발을 굴러 대는 말을 진정시켰다.

"각하, 들리십니까?"

그리고 부서진 차의 잔해 속, 로건의 몸을 조심조심 끌어냈다. 몇 번이고 질문해도 로건에게서 대답은 들리지 않았다. 완벽히 의식을 잃은 상태였다.

"지나가는 마차든 차든 아무거나 잡아요, 빨리!"

힘없이 늘어진 로건의 몸을 바닥에 바르게 눕힌 남자들이 소리쳤다.

"클래번 공작 각하께서 사고가 났어요! 병원으로 가야 해요!"

그러자 누군가 길거리로 뛰쳐나가 지나가던 차를 마구잡이로 멈춰 세웠다. 정장을 차려입은 귀족 하나가 차에서 내렸다. 로건이 차 사고가 났다는 소식에 가던 길도 멈춘 셈이었다.

"당장, 당장 내 차로 공작 각하를 옮기게!"

그러나 로건의 상태를 확인하고, 그는 자신의 판단이 옳았다고 생각했다. 희게 질린 얼굴로 자신의 차를 가리키자, 모두가 합심해 간이 들것을 만들고, 로건을 차로 옮겼다.

찢긴 로건의 머리를 타고 흘러내리는 붉은 피가 묽게 흐려져 바닥으로 툭툭 떨어졌다. 동시에 비에 젖어 흐물거리는, 이제는 글자는커녕 형체조차 알기 어려워진 편지를 꼭 쥔 손이 옆으로 툭 떨어졌다.

흔한 비극이었다.

* * *

무언가에 묵직한 물건이 처박히는 것 같은 큰소리가 났다.

어셔와 도란도란 이야기를 나누던 엘레노어가 저도 모르게 등 뒤를 돌아보았다. 여러 사람의 시선 역시 소리가 난 방향을 응시하고 있었다.

"무슨 일이 생긴 걸까요?"

엘레노어의 물음에 어셔가 고개를 갸웃했다. 그도 엘레노어와 내내 같이 있었으니 무슨 일이 있었는지 알 겨를이 없었다.

"나가서 보고 와도 될까요?"

엘레노어가 자리에서 일어서려고 움찔거리며 질문했다. 어셔는 바깥쪽으로 한번, 그리고 엘레노어에게 한번 시선을 주었다.

"잠깐만요, 엘레노어."

제법 큰소리였다. 대충 듣기에는 폭탄이 터지는 소리처럼 들렸다. 그러나 이 도시에서 폭탄이 터졌더라면 이미 온 사방이 난리가 났을 터였고, 그랬다면 어셔와 엘레노어도 이미 도망치고 있을 게 분명했다.

"사람을 시켜서 알아보죠."

폭탄이 터지는 정도는 아니지만, 먼 거리에 있는 사람도 들을 수 있는 소리라면 차 사고뿐이었다. 자동차는 편안하지만, 동시에 위험한 물건이었다. 혹여나 엘레노어가 무슨 일이 났는지 알아보러 갔다가 못 볼 꼴을 볼까 걱정이 됐다.

"밖에 무슨 일이 생겼는지 한번 알아봐 줘요."

어셔의 부탁에 곁을 지키던 피츠먼 백작가의 사용인이 고개를 끄덕이고 자리를 비웠다. 그 탓에 어셔는 여태까지 그가 지키던 가방을 도맡게 되었다.

"별일 아닐 거예요. 서던은 평온한 동네니까."

어셔가 부드러운 목소리로 엘레노어가 놀라지 않도록 해 주었다. 6년간 머무르며 큰 사고를 경험해 본 적 없는 엘레노어도 심상하게 고개를 끄덕였다.

"시간이 제법 지난 것 같은데."

그러나 시간이 한참 지나고도 사용인은 돌아오지 않았다. 엘레노어가 고개를 갸웃했다. 어셔 역시 분침이 제법 지난 시계를 보고 미간을 조금 찌푸렸다.

그때였다. 사용인이 허겁지겁 플랫폼으로 뛰어 들어왔다. 소매며 셔츠 곳곳에 묻든 핏자국이 심상치 않았다.

"잠깐만 기다려요, 엘레노어."

어셔가 자연스럽게 자리에 일어서서 걸음을 떼며, 엘레노어의 시야를 가렸다.

"무슨 일이 생겼어요?"

어셔의 질문에 사용인이 고개를 끄덕였다. 관자놀이 근처를 긁적거리는 손가락 끝에도 핏자국이 흐릿하게 보였다.

"자동차 사고입니까?"

"예. 한데 그 사고가……."

단순한 사고가 아니라서 문제였다. 하인이 직전까지 그가 본, 그리고 뒤처리를 도운 광경을 생각하며 작게 한숨을 내쉬었다.

"클래번 공작 각하와 관련되어 있습니다."

그리고 엘레노어가 듣지 못하게 목소리를 낮추어, 어셔에게만 작게 속삭여 주었다.

"그가 사고를 냈어요?"

어셔가 놀란 얼굴로 질문했다. 물론 운전수를 따로 두고 있긴 하지만, 로건은 운전에 능숙했다. 그는 신체로 하는 일에는 대체로 어색한 게 없었다. 그러니 로건이 자동차 사고를 냈다는 이야기에는 놀랄 수밖에.

"그게, 예기치 않게 생긴 일이라."

"……."

"갑자기 골목에서 튀어나온 아이를 피하려다가 건물에 차를 그대로 박으신 듯했습니다. 거기다 골목으로 들어오려던 마차가 방향을 바꾸지 못한 채로 차체를 또 한 번 밟아서……."

작은 사고가 아니었다. 쭈뼛거리는 감각이 허리를 가로질렀다.

"로건이…… 많이 다쳤습니까?"

어셔의 질문에 시종이 고개를 두어 번 끄덕였다.

"근처의 병원으로 옮길 수 있도록 도왔습니다만, 내내 의식이 없으셨습니다."

그의 셔츠며 팔 곳곳에 묻은 핏자국은 모두 로건 때문이었다. 그 사실을 깨닫자 아연해졌다. 보통 사고가 아닌 것 같아서였다.

어셔가 무의식적으로 엘레노어를 돌아보았다. 무슨 일인지도 모르는 여자가 말간 얼굴로 눈을 깜빡이고 있었다. 그러나 로건의 사고 소식을 전하는 순간, 희미하게 어린 미소는 사라질 것이 분명했다.

사실, 미소만 사라지면 다행이었다. 엘레노어는 떠나는 것조차 잊고 역사 밖으로 뛰쳐나갈 거였다. 어셔는 사랑하는 만큼, 자신이 사랑하는 여자를 잘 알고 있었다.

"무슨 일이에요, 어셔?"

엘레노어가 질문했다. 어셔는 조용히 입술만 달싹였다. 말해야 할까, 말하지 말아야 할까?

사실은 말하고 싶지 않았다. 놓치고 싶지 않았다. 눈앞의 여자가 그대로 자신을 두고 달려 나가기를 원하지 않았다. 그러면, 영원히 놓치고 말 테니까. 그 곁을 지키다 그 마음속에 다시 스며드는 일 같은 건 영원히 생기지 않을 테니까.

"어서? 밖에 큰일이라도 난 거예요?"

엘레노어가 그렇게 물으며 자리에서 일어섰다. 금방이라도 밖으로 나가 직접 확인할 기세였다.

"……자동차 사고가 났대요."

어서가 낮게 가라앉은 목소리로 간신히 대답했다.

"골목에서 튀어나온 아이를 피하려다가 사고가 났다는군요."

아, 엘레노어가 안타까운 듯 눈썹을 모은 채 탄식했다.

"아이는 무사한가요?"

"아이는 무사하대요."

"다행이네요."

엘레노어가 작게 한숨을 내쉬었다. 그러나 바로 다음 순간, 아이는 무사하다는 말의 이상함을 느꼈는지 눈을 동그랗게 떴다.

"운전자는요?"

어서가 쉽게 대답하지 못하고 대답을 머뭇거렸다. 위즈벳에 도착하기 전까지는 사실을 알리고 싶지 않았다.

말하지 않으면, 엘레노어는 알지 못한다. 적어도 서던을 떠나 위즈벳으로 갈 때까지. 그리고 사고 소식을 알게 될 즈음에는 모든 일이 마무리된 후 후속 기사를 접하게 될 터였다. 로건이 무사하다면 그것으로 넘어가겠지.

"운전자는……."

하지만 로건이 무사하지 않다면? 이 사고로 잘못되어 그가 목숨을 잃게 된다면?

목 안쪽이 꽉 조여들었다. 로건의 죽음이 알려진 이후를 생각하면 그렇게 되었다. 서던을 떠나던 날, 그의 사고 소식을 접하고 달려 나갈 수 있던 거리에 있다는 것을 엘레노어가 알게 된다면. 사고 소식을 알면서도 어셔가 그 사실을 숨겼다는 것을 알게 된다면.

"운전자는 상태가 좋지 않아요."

"아……."

"의식이 없다고 들었어요."

어셔의 대답에 엘레노어가 어떤 말을 해야 할지 모르는 얼굴로 눈을 내리깔았다.

"위즈벳으로 가는 열차 수리가 거의 끝났습니다!"

그 순간, 딸랑거리는 종소리와 함께 역사 직원이 플랫폼을 오가며 곧 열차 탑승을 시작하리라는 사실을 안내했다.

"열차 탈 준비를 해야겠어요."

엘레노어가 그렇게 말하며 자리에서 일어섰다.

"그 운전자는 부디 무사히 의식을 찾았으면 좋겠네요."

엘레노어는 모르는 사람의 사고 소식에도 저토록 슬픈 얼굴을 하는 여자였다. 그러니, 어셔가 로건의 사고 소식을 알리지 않은 채로 그의 부고 소식을 접하게 된다면…….

용서하지 못할 것이다. 엘레노어를 놓치고 싶지 않다는 욕망으로 귀를 막고, 눈을 감은 그를.

그리고 미진한 상황 설명에도 그러려니 넘긴 자신의 안일함을. 사랑을 깨닫는 것조차 늦어 그를 괴롭게 하고도, 병원으로 달려가 그의 마지막을 확인하지 못한 자신의 때늦음을.

"……."

회색의 아름다운 눈동자는 전소한 후 가라앉은 잿더미처럼 음울하고 텁텁하게, 완전한 잿빛으로 가라앉으리라. 그 후에는 그에게 어떠한 마음도 주지 않을 것이다. 어떠한 일에도 미소 짓지 않겠지. 다시는 다채로운 빛과 생기로 반짝이지도 않을 터였다.

덜컹거리는 소리와 함께 육중한 열차가 철로를 밟고 플랫폼으로 들어왔다. 동시에 엘레노어가 제 가방을 든 채, 기차를 타기 위해 한 걸음 앞으로 걸음을 내디뎠다.

……나는 그런 당신을 견딜 수 있을까.

습기가 섞여 미지근해진 여름의 바람이 어셔를 뒤흔들었다. 어셔가 바란 것은 엘레노어의 아름다운 눈동자였다. 흐리고 어두운 잿빛과는 달리 사랑과 생기로 오롯이 가득 찬 눈. 그가 사랑한 것은 그처럼 여여쁜 것이었다.

하지만 그렇게 생각하면, 한 가지 진실만을 깨닫게 되었다.

"엘레노어."

그건 이미 잃은 것이다.

"할 말이 있어요."

사력을 다해 그 사실을 외면하려고 했지만, 기실 한 번도 제대로 외면한 적이 없었다. 매번, 매 순간 잃은 것을 상기하며 살아가고 있었다.

"할 말이요?"

로건은 버틸 수 있는지도 모르겠다. 3년이라는 긴 시간을, 자신을 돌아보지도 않는 여자를 홀로 사랑하며 버틸 수 있었던 그 우직한 남자라면. 어쩌면 반대의 상황에서 엘레노어의 눈에서 빛이 꺼진대도 다시 되돌릴 자신이 있을지도.

아니, 사실 이미 그 일을 해냈지.

"그 의식 없는 운전자……."

하지만 어셔 피츠먼, 그는 그럴 자신이 없었다. 이미 그를 사랑하지 않는 여자의 곁을 지키고 있는 것조차 힘들었다. 어떻게 다른 사람을 사랑하는 사람을 지켜보며, 그 고통을 감내하며 살수 있을까?

"운전자가 왜요?"

이미 답을 알고 있었다. 그저 배신감으로, 오기로 버텼을 뿐이다. 그는 할 수 없었다. 그리고 모이라의 말처럼, 보통 사람이라면 할수 없는 일이었다. 어쩌면 그 차이가 로건과 자신을 갈랐는지도 모르겠다는 생각이 들었다.

"어셔."

엘레노어가 불안한 표정으로 어셔의 팔을 붙잡았다. 아직 이야기하지도 않았는데, 어떠한 직감을 얻은 모양이었다.

"로건이래요."

엘레노어가 되묻지도 못한 채, 두 손으로 들고 있던 가방을 툭 떨어뜨렸다. 새하얗게 질린 얼굴이 끔찍한 불안에 질려 있었다.

"그, 그 사람이 의식이 없어요?"

무거운 걸 들고 있는 것도 아닌데, 엘레노어가 서 있던 자리에서 휘청거렸다. 어셔가 놀라서 황급히 엘레노어의 팔을 붙잡았다.

"아까, 아까 그 사고요?"

"……네."

엘레노어의 얼굴은 이제 희다 못해, 거의 새파래져 있었다. 역사 내부까지 들릴 정도로 굉음이 일었던 사고, 의식이 없는 로건. 얼추 듣기에도 좋은 소식을 예감하기는 어려웠다.

"그렇게 큰소리가 났으면⋯⋯."

엘레노어가 중얼거렸다. 동시에 오른쪽 눈에서 본인이 흘리려고 의도한 적도 없는 눈물이 뚝 떨어졌다. 그게 신호인 것처럼, 두 눈에서 눈물이 주룩주룩 쏟아지기 시작했다.

"어, 어셔⋯⋯."

엘레노어가 어셔의 팔을 붙든 채 바들바들 떨었다. 그를 올려다보는 눈동자가 간절했다. 언젠가 이 여자와의 사이에서 자식을 낳게 된다면, 절대로 이겨 내지 못했으리라 짐작했던 어린 눈이었다.

그걸 보고 어떻게 안 된다고 말할 수 있을까?

"가요, 엘레노어."

어셔가 나지막이 이야기했다. 하염없는 눈물만 흘리던 여자의 눈이 짧게 반짝였다.

"뒤도 돌아보지 말고."

"⋯⋯."

"당신이 가야 할 곳으로."

"⋯⋯."

"당신이 가고 싶은 곳으로."

자신이 욕심내선 안 될 사람이라는 마음으로, 그를 향한 죄책감으로 포기하지 말고. 영원히 놓쳐 버리는 것보다는 그편이 나으니까.

어셔는 차마 내뱉지 못한 말을 삼키며, 엘레노어의 이마에 짧게 입을 맞추었다. 마지막 이별을 고하는 그의 입술이 파르르 떨리고 있었다.

"미안, 미안해요."

엘레노어가 어셔를 올려다보며 속삭였다. 어셔는 한때 엘레노어가 무엇보다 사랑했던 아름다운 미소로 그 사과를 받아들였다. 엘레노어를 이길 수 없는 어셔 피츠먼으로서는 애초에 그럴 수밖에 없는 일이었는데, 오랜 시간을 욕심으로 버텼다.

"가요."

어셔가 완전히 엘레노어를 놓아주었다. 몸으로부터, 그리고 마음으로부터. 그리하여 엘레노어는 추억으로부터, 과거의 사랑으로부터, 그리고 어셔로부터 완전히 자유로워졌다.

그리고 마침내 자유로워진 그 여자는.

"도련님……."

망설이지 않고 그를 떠나갔다. 잠시 나뭇가지에 앉았다 떠나가는 작은 새처럼 아름답게 날아서.

……이제는 영원히.

"열차는 나 혼자 탈게요."

얼떨결에 모시는 분의 이별을 눈으로 보게 된 사용인이 난처한 얼굴로 눈을 굴렸다. 어셔는 평소와 다름없는 얼굴로 그에게 차분히 이야기했다.

"엘레노어의 짐은 나중에 엘레노어 편으로 보내줘요. 필요할 테니까."

어셔가 바닥에 떨어진 엘레노어의 가방을 들어 올렸다. 아무렇게나 떨어진 덕분에, 열린 가방 사이로 삐져나온 물건이 있었다.

"제가 들겠습니다!"

어셔가 다시 돌아올 것을 약속하며 건넸던 회중시계였다. 어셔는 바닥으로 떨어진 제 물건을 집어 들며 쓰게 웃었다.

"잠깐만요."

어셔가 회중시계를 제 재킷의 주머니에 밀어 넣은 후, 벤치에 올려 둔 제 가방을 열었다. 지퍼를 열자마자, 가장 위에 놓인 드레스와 귀걸이 케이스가 눈에 띄었다. 엘레노어는 버려도 된다고 했지만, 이상하게 버릴 수 없었던 물건들이었다. 마치 엘레노어의 미련이 그에게로 옮겨 온 것처럼.

각자의 물건이 원래의 주인을 찾아가는 걸 보면, 어쩌면 우리는 인연이 아니었는지도 몰라. 그런 생각이 들었다.

어셔가 조심스럽게 엘레노어의 가방에 그 드레스와 보석 케이스를 옮겨 담고, 지퍼를 닫았다.

"이 가방을 엘레노어에게 전해 줘요. 부탁할게요."

"다른 전언은 없으십니까?"

어셔가 한숨처럼 숨을 내쉬며 짧게 웃었다.

"글쎄. 그 사람을 놓치면 죽을 것 같다고 생각했었는데……."

온화한 시선이 주변을 의미 없이 훑었다. 그리고 한군데에서 멈추었다.

"죽는 건 아니었네요."

어셔가 열없이 중얼거렸다. 마침내 찾은 깨달음이며, 마음의 평화였다.

"미련 떨어서 미안했다고, 선물을 하나 주겠다고 이야기해 줘요. 그러니 부디 행복하라고."

어셔의 말에 사용인이 고개를 갸웃했다. 무슨 뜻인지 이해할 수 없었다. 그러나 함부로 질문할 수도 없었다.

"먼저 가요."

"혼자 가시려고요?"

"물론. 기차도 혼자 못 탈 만큼 반편이는 아니니."

어셔가 편안한 얼굴로 웃으며 대답했다. 사용인은 곧 고개를 끄덕였다. 방금 여자에게 차인 가엾은 도련님의 기분을 거스르고 싶지는 않았다. 깍듯하게 인사한 사용인이 먼저 서던 역을 빠져나갔다.

"위즈벳행 기차 출발합니다! 다음 열차는 수도행입니다!"

그 모습을 지켜보던 어셔가 몸을 돌려, 티켓을 구매하는 창구로 향했다.

"수도행 열차는 언제 출발합니까?"

"위즈벳행 출발하고 즉시요. 5분에서 10분 정도 여유가 있다고 보시면 되겠네요."

"일등석 티켓 하나 부탁합니다."

그리고 본래 가려던 위즈벳이 아닌, 수도행 티켓을 구매했다. 엘레노어를 위한 선물을 준비하기 위해서였다. 이별 선물이라니 조금 우습기는 하지만.

어셔가 짧게 웃으며 걸음을 뗐다.

"수도행 열차 탑승 시작합니다!"

짤랑거리며 종소리가 다시 울려 퍼졌다. 어셔는 이번에는 망설이지 않았다. 다른 길로 새지도 않았다. 그저 뒤돌아보지 않고, 바로 열차에 올랐다.

얼마 지나지 않아, 딸랑거리는 경쾌한 소리와 함께 수도행 열차가 움직이기 시작했다. 어셔는 슬금슬금 움직이기 시작하는 창문 너머의 풍경을 관조했다. 아직 끊어지지 않은 종소리가 오랜 기억을 환기했다.

푸른 켄트의 녹음. 언젠가 아름다운 여자를 만났던 순간. 속절없이 마음을 빼앗겼던 그 기억의 찬란함. 유령처럼 머리 위를 덮은 흰 침대 시트를 걷으며 마주쳤던 눈동자. 그 눈에 어렸던 놀라움과 희미한 반가움. 깍지를 끼고 걸었던 거리. 몽글거리던 가슴과 엘레노어의 볼에 비쳤던 설렘.

고백하던 날. 마침내 연인이 되던 여름밤의 습도와 온도, 터질 것 같았던 심장.

전쟁터로 떠나며 무겁게 쳐졌던 분위기와 엘레노어의 붉어진 눈시울. 그럼에도 돌아서야 했던 순간의 괴로움. 죽은 사람으로 지워진 자신과 변해 버린 사람들. 선명한 공포와 분노, 배신감. 위악을 부리는 자신.

마침내 날아가 버린 여자.

"……."

그리고 홀로 떠나는 자신.

어셔가 느리게 눈을 깜빡였다. 긴 시간을 반추하는 데에는 그리 오랜 시간이 걸리지 않았다. 어셔는 손을 들어 제 눈가를 더듬어

보았다. 건조했다.

"눈물도 안 날 정도였나."

그처럼 매달리던 여자와의 이별이었다. 저도 모르게 눈물을 흘리고 있지는 않을까 했으나, 어셔는 눈물 한 방울조차 흘리지 않았다. 그들의 이별은 이미 오래전에 이루어졌다는 것을, 사실은 이미 알고 있었으니까. 엘레노어의 말대로 마음을 정리하기 위한 시간이 오래 걸렸을 뿐이었다.

"별것도 아니네."

어셔가 버석하게 중얼거렸다.

'사랑은……. 사실 두 사람 사이의 아귀를 맞추는 과정이지. 마음, 타이밍, 주변 환경까지. 그 하나라도 맞지 않으면 이루어지지 않아.'

문득 어셔의 머릿속에 어머니가 했던 이야기가 떠올랐다. 미친 놈처럼 엘레노어를 붙들어 보려고 드는 아들을 지켜보는 동안, 제인은 괴로워했다.

'그렇기에 세상에 수많은 이별이 존재하는 거란다. 그리고 그걸 인정하고, 받아들이며 성장하는 거지. 그걸 받아들이지 못한다면 너는 영원히 어른이 될 수 없는 거야.'

아들이 영원히 자라지 않는 어린애로 남을까 걱정이라도 한 모양이었다. 사실 그런 건 현실이 아닌 곳에서나 있는 일인데. 어셔 피츠먼이 사는 세상은 어디까지나 현실인데.

기차가 빠르게 움직이기 시작했다. 어셔는 창밖을 내다보는 것을 그만두고, 좌석에 몸을 편안히 기댔다. 그동안 내내 곤두세우고 있었기 때문일까, 서서히 눈이 감겼다.

편안하고 완전한 헤어짐이었다.

흔한 이별이기도 했다.

* * *

엘레노어가 허겁지겁 역사 밖으로 달려 나왔다. 이미 상황이 대강 마무리된 후인지, 뒤늦게 구경하는 몇 사람을 제외하고 거리는 그리 복잡하지 않았다.

"아, 비켜요!"

차에서 내린 경관 몇이 짜증스레 소리쳤다. 사고 현장에 도착한 엘레노어는 쏟아지는 빗속에 우산조차 쓰지 않은 채, 망연히 섰다.

"……."

반파된 차와 조수석을 짓밟아 버린 마차, 빗물에 희석되었을 텐데도 바닥에 번진 핏물이 사고의 심각성을 보여 주었다.

이런 사고를 당하고도 인간이 멀쩡할 수 있을까?

엘레노어가 저도 모르게 두 손을 들어 입을 가렸다. 비명이 터져 나올 것 같아서였다. 그러나 크게 소용은 없었다. 입을 가린 손이 저도 모르게 발발 떨고 있어, 제 목적을 다하지조차 못했으니까.

"사고가 꽤 크네. 클래번 공작은 무사한가?"

"의식이 없다던데."

"이 정도면……."

경관들이 혀를 찼다. 그들이 나누는 모든 대화가 귓가를 윙윙

돌았다. 머릿속에 완전히 들어오지는 못한 채, 귀를 스쳐 지났다. 사실은 믿고 싶지 않아서 그랬다. 그럴 리가. 그럴 정도로 약한 사람이 아닌데. 그렇게 어처구니없이…….

"잘못되었을 가능성이 크지. 아직 한창일 텐데 참. 후사도 없는데."

"전 클래번 공작보다 박복하네, 그래."

하지만 사고로 죽는 사람이 어디 예상하고 죽는다던가? 갑작스레 상황이 닥치기에 사고인 법이다. 게다가 엘레노어는 이미 로건을 알았다.

단단한 벽처럼 보이고 어떠한 일에도 굳건할 것만 같지만, 그는 사람이었다. 상처 입히는 말과 행동에는 상처받고, 사랑을 갈구하는 연약한 인간. 신체적 한계에는 무너질 수밖에 없는 평범한 사람.

"갑자기 길에서 튀어 나왔다던 놈만 조지게 생겼네."

"어린애라 뭘 알고 그런 건 아닐 텐데."

"그래도 어떡하나? 사고를 유발했으니 책임은 저야지. 게다가 결과가 이 서던의 주인이 사망하는 일이라면, 뭐."

경관들이 대화를 나누며 고개를 주억거렸다. 엘레노어는 한겨울에 맨몸으로 쫓겨난 것만 같은 한기를 느끼며 몸을 떨었다.

"어머, 아가씨. 우산도 안 쓰고…….."

어떤 여자가 엘레노어의 머리 위로 우산을 씌워 주며 이야기했다. 머리며 드레스가 함빡 젖을 정도로 무방비하게 길거리에 선 여자의 모습이 안타까워서였다.

엘레노어의 텅 빈 눈동자가 느리게 움직여 제게 호의를 베푼 여자를 향했다.

"엘레노어?"

이슬라였다. 이슬라가 놀란 눈으로 엘레노어의 이름을 불렀다. 꽃 배달을 갔던 아들이 사고가 났다대서 거리에 나온 참인데, 엘레노어가 이 꼴로 있을 줄은.

"여기서 왜 이러고 있어요? 비가 이렇게 오는데."

"각하께서, 각하께서 정말로 잘못되었어요?"

아는 얼굴을 마주하자, 울컥 눈물이 터졌다. 엘레노어가 이슬라의 팔을 구명줄처럼 움켜쥐고 질문했다. 이슬라는 저도 답을 알지 못하는 질문에 난처한 얼굴을 했다.

"나도 이제 막 와서…… . 너무 걱정하지 말아요."

우산을 든 이슬라가 곁에 선 사람들을 붙잡고 질문을 던졌다. 모른다는 사람들 사이, 처음부터 자리를 지켰던 이가 나타났다.

"처음부터 있었는데 사고가 꽤 컸어요. 말이 이미 운전석을 밟고 있었으니까."

"…… ."

"머리도 다친 것 같은데 괜찮으실지…… ."

"어디로 갔는지는요?"

"어디 병원인지는 모르죠. 경관들이라면 알지 않을까요?"

단지 추위만이 아닌 이유로 몸을 덜덜 떨고 있던 엘레노어가 움직인 건 그때였다. 이슬라의 우산도 뿌리치고 빗속으로 뛰어든 엘레노어가 경관의 앞을 덜컥 가로막았다.

"각하께서 어디로 가셨나요?"

"병원으로 갔죠."

"어떤, 어떤 병원으로요?"

엘레노어가 경관의 소매를 움켜쥐고 다급하게 질문했다. 하등 상관도 없는 당신에게 그런 걸 왜 알려 줘야 하느냐는 듯, 경관이 인상을 찌푸렸다.

"엘레노어, 잠시. 잠시만요."

후다닥 엘레노어의 뒤를 따라온 이슬라가 다시 엘레노어의 머리 위로 우산을 드리우며 말을 막았다.

"엘레노어 허드슨 양이에요."

"그게 누군데……."

짜증스럽게 대꾸하던 경관이 말을 멈추었다. 소매치기범으로부터 되찾아, 클래번 공작저로 보냈던 편지가 기억이 난 터였다.

"공작 각하의 전 약혼녀?"

"맞아요."

엘레노어가 서둘러 고개를 끄덕였다. 전 약혼녀라기에는 퍽 간절한 얼굴이었다. 말해도 되나. 리암은 고민에 잠겼다.

엘레노어 허드슨은 클래번 공작과 복잡한 사연을 가진 사람이고, 모르는 척하는 게 더 나을 것 같은 여자였다. 그러나 결국엔 편지를 보내 달라던 제프리의 반응을 생각하면 엘레노어를 아예 외면해선 안 될 것 같았다.

"루터 병원으로 가신 걸로 압니다."

"감사합니다."

감사 인사를 잊지 않은 엘레노어가 서둘러 돌아섰다. 이슬라는 기어코 붙잡는 자신을 뿌리치고, 축축 아래로 쳐지는 드레스를 입은 채 병원으로 달리기 시작하는 엘레노어의 뒷모습을 응시했다.

엘레노어가 사랑을 거짓으로 꾸며 내 로건을 이용한 거라고 하는 사람도 있었지만, 저 마음을 사랑이 아니라고 할 수 있을까. 이슬라는 절대 아니라고 생각했다.

* * *

엘레노어가 병원으로 들어섰다. 신발마저 젖어 버린 터라, 걸음마다 철퍽거리는 소리가 났다.

"저기, 죄송하지만……."

간호사가 엘레노어의 걸음을 막았다. 엘레노어가 그제야 정신이 든 사람처럼 제 몰골을 살피고 주춤거리며 물러섰다.

"죄송합니다."

"……."

"혹시, 클래번 공작님께선 무사하신가요?"

그러나 로건의 안위를 묻지 않을 수는 없었다. 어차피 그를 만날 자격이 없으니 얼굴은 보지 못하더라도, 그가 무사하다는 소식만은 듣고 싶었다.

"글쎄요. 저도 의식 없이 병원으로 들어오셨다는 것만 알아서."

간호사가 잘 모르겠다는 뜻으로 어깨를 으쓱하며 대답했다. 로건이 죽는대도 사실 그녀에게는 크게 상관이 없었다. 시기의 차이일 뿐, 누구에게나 생의 끝은 온다. 아무리 클래번 공작이라 한들, 거기서 크게 다르지는 않은 법이었다.

"아⋯⋯."

간호사가 그대로 엘레노어를 스쳐 지나갔다. 출입을 거절당한 엘레노어는 누굴 더 붙잡지도 못한 채, 그 자리에 붙박인 것처럼 머물렀다.

"허드슨 양?"

그때였다. 익숙한 목소리가 엘레노어를 불렀다. 엘레노어는 소리가 들린 방향으로 고개를 돌렸다.

"제프리."

"떠나지 않았습니까?"

제프리였다. 로건의 사고 소식을 듣자마자 달려왔는지, 다소 흐트러진 차림의 제프리가 엘레노어를 보고 인상을 찌푸렸다.

"아니, 그보다 꼴이 그게⋯⋯."

저 꼴이니 입구에서부터 출입조차 허가받지 못했을 게 뻔했다. 제프리가 낮게 한숨을 내쉬었다. 그가 모시는 사람이나, 그 약혼녀나 어지간히 손이 많이 가는 사람들이었다.

아니, 이제 약혼녀는 아니지만. 부를 호칭이 따로 없기도 했고. 아무튼.

"여기까지 왜 왔는지는 모르겠지만⋯⋯."

당장 사고 수습부터 시작해서 여러 일로 머리가 지끈거렸다. 이렇게 머리가 굴러가지 않는 경험도 오랜만이었다. 제프리가 두통이 이는 머리를 한 손으로 짚은 채 힘주어 눈을 깜빡거렸다.

"열차를 타려고 기다리다가 각하의 사고 소식을 들었어요."

그때, 엘레노어의 떨리는 목소리가 제프리를 멈춰 세웠다.

"각하께서 무사하신지만 일러 준다면 돌아갈게요. 그것만 알려 주시면……."

그렇게 말하는 엘레노어의 눈가가 붉었다. 내내 울었던 것일까. 말문이 막히는 기분에, 제프리가 입술을 달싹거렸다.

'엘레노어가 돌아오면, 한 번은 그녀의 편을 들어 줘.'

문득 아내인 소피아의 조언이 생각났다. 분개해서 제 일인 양 펄펄 뛰던 제프리를 지켜보던 소피아가 남긴 뜻 모를 조언이었다.

'내가 볼 땐 흔한 사랑싸움일 것 같거든.'

'파국이 아니라?'

'당신은 내가 데리고 살아 주는 걸 고맙게 생각해야 해. 진심이야.'

여전히 왜 그런 소리를 했는지는 모르겠지만, 아내가 한심하게 보는 시선만큼은 선명히 기억에 있었다.

"사고 규모에 비해서 부상 수준이 심각하진 않습니다. 다만 아직 의식이 없어서 두고 봐야 한다는군요."

"아, 다행……."

"머리를 다친 것일 가능성도 있습니다. 티는 나지 않지만 그게 더 위험하다고 합니다."

제프리의 딱딱한 목소리에 엘레노어의 얼굴에 희미한 안도가 떠올랐다가, 금세 슬픔으로 흐려졌다. 제프리가 복잡한 얼굴로 이마를 짚었다.

"……병실로 안내해 드리겠습니다."

솔직히 제프리는 엘레노어가 싫었다. 그가 모시는 사람을 이처럼 무력하게 만든 것도, 아무리 엘레노어가 의도한 게 아니라고 해도 로건을 가지고 논 것이나 다름없는 상황도 싫었다.

하지만 소피아가 말한 게 지금일까, 싶은 생각이 들었다. 제프리는 다른 건 몰라도 아내의 말은 잘 듣는 양순한 남편이었으므로.

"따라오세요."

제프리가 그렇게 말하며 몸을 돌렸다. 직전까지는 엘레노어를 흡뜬 눈으로 바라보던 병원 관계자들이 엘레노어를 보지 못한 척 몸을 돌렸다. 엘레노어는 아주 잠시 망설였다가, 제프리를 따라 걸음을 옮겼다.

제프리가 1인 병실의 문을 열었다. 비구름으로 어두워진 하늘 때문에 어둠에 가라앉은 병실 안, 창백한 사내가 누워 있었다. 넝마가 된 셔츠를 벗긴 상체에는 붕대가 둘둘 감겨 있었고, 피부가 찢긴 머리에도 응급 처치가 되어 있었다. 흰 붕대에 묻어난 피가 제법 많았다.

"아……"

그 모습을 직접 눈으로 목격하자, 눈앞이 핑 돌았다. 엘레노어는 후들거리는 다리로 간신히 걸음을 뗐다. 제프리는 엘레노어를 부축하지도, 로건에게 다가가는 엘레노어의 걸음을 막지도 않은 채 미닫이문을 붙잡고 떨어져 서 있었다.

"각하."

로건이 누운 침대 가장자리를 붙잡은 엘레노어가 가라앉은 목소리로 그를 불렀다.

"로건."

이름을 부르지 않아 반응을 보이지 않는 것일까? 엘레노어가 울먹거리며 그의 이름을 불렀다. 그러나 로건은 손가락 하나 까딱하지 않았다. 그저 알 수 있는 건 하나였다. 다른 사람들보다 조금 어두운 피부를 가진 로건의 피부가 밀랍처럼 하얗고 차가워 보인다는 것.

"……로건."

엘레노어가 흐느끼며 무너졌다. 열린 문 사이로 스며드는 한 줄기의 빛이 엘레노어의 가슴을 찌른 창처럼 보였다. 차라리 자신이 죽을 테니 그를 살려 달라고 기도하는 모습을 지켜보던 제프리가 깊은 한숨을 내쉬며 문을 닫고 돌아섰다.

제프리는 엘레노어의 마음이 사랑인지, 아닌지는 여전히 모르겠다고 생각했다. 하지만 눈물이 날 것 같아서 지켜보기가 어려웠다. 계속 병실을 지킬 테니, 갈아입을 옷이라도 사 와야겠지. 제프리는 붉어진 눈시울을 대충 손으로 문질러 닦고, 긴 복도를 걸었다.

그러는 내내, 비는 멎지 않았다.

* * *

어셔가 들고 있는 짐은 당장 갈아입을 옷 몇 벌이 든 가방 하나, 그리고 약간의 여윳돈이 전부였다. 그러나 자신이 가야 할 길을 아는 사람처럼, 기차에서 막 내린 어셔는 무척이나 당당했다. 내딛는 걸음에 두려움이나 머뭇거림일랑 보이지 않았다.

"맥플런 기자님?"

뻐근한 목을 돌리며 몸을 풀던 맥플런이 고개를 돌리다가 흠칫 놀랐다.

"누구……?"

어셔를 바라보는 푸른 눈동자에 의문이 가득 배어 있었다.

"어셔 피츠먼입니다."

"아."

맥플런이 짧은 감탄사를 흘렸다. 반갑다고 인사하며 악수까지 하긴 했지만, 당최 어셔가 자신에게 인사하는 이유를 알 수가 없었다. 그를 알고 찾아온 것이라면, 어떻게 알고 있으며 왜 찾아온 건지는 더욱 모를 일이었다.

"어쩐 일로 저를……."

맥플런의 질문에 어셔가 빙긋 웃었다.

"드릴 말씀이 있어서요."

아마 엘레노어와 관련된 문제인 것 같기는 하지만, 여전히 짐작하기 어려웠다. 맥플런이 느리게 눈동자를 굴렸다.

"엘레노어와 인터뷰하셨죠?"

"예, 그렇습니다만."

"곧 기사에 실을 예정이시고."

맥플런이 순순히 고개를 끄덕여 그의 의사를 밝혔다. 그래야 어셔도 솔직하게 그의 의중을 이야기할 것 같아서였다.

"엘레노어가 뭐라고 하던가요? 자기가 변덕을 부리면서 두 남자 사이를 오가다가 둘 다 잃었다고?"

맥플런이 저도 모르게 흠칫했다. 아무 말도 하지 않았는데 제 머릿속을 그대로 읽은 것만 같은 남자가 놀라워서였다. 물론, 연 인이었다니 엘레노어를 잘 알기도 하겠지만 이건 예상 밖의 일이 었다.

"좋아했던 만큼, 나는 엘레노어가 무슨 생각을 하는지 잘 알 아요."

그렇게 말하는 어셔의 얼굴에 잠깐 씁쓸함이 스쳤다. 아련함인 듯도 했다.

"장담하죠, 엘레노어가 당신에게 한 말은 거짓입니다."

어셔가 부드럽게, 하지만 단호하게 이야기했다.

"그러니 당신이 엘레노어가 말한 그대로 기사를 지면에 낸다면, 나는 당신을 거짓 기사를 유포한 죄목으로 고소할 겁니다. 피츠먼 백작가의 위명을 이용해서라도요."

"그, 그게 무슨 말입니까? 저는 인터뷰한 내용을 기사에 실을 뿐인데……."

맥플런이 당황한 얼굴로 눈을 껌뻑이며 어셔를 응시했다. 그러 나 어셔는 뻔뻔하게도 웃는 얼굴로 물러서지 않았다.

"그보다 더 괜찮은 기사를 드리죠."

"……."

"엘레노어 허드슨의 시점에서 쓴 기사보다, 훨씬 더 판매 부수가 많을 겁니다. 장담해요."

그쯤 되자, 맥플런은 어셔가 하고 싶은 말의 뜻을 알았다.

엘레노어 허드슨의 시점에서 쓴 기사가 아닌, 처음 기사가 났던 어셔 피츠먼의 관점에서 솔직하게 털어놓는 이야기. 어셔는 그걸 제공하겠다는 거였다.

"생각보다 덜 팔린다면, 내가 개인적으로라도 사죠."

맥플런이 저도 모르게 침을 꼴깍 삼켰다. 최근에 좋은 꿈을 꾼 것도 아닌데, 엘레노어에 이어 어셔까지. 그에게 넝쿨째 굴러들어 오는 자발적인 금덩이가 많았다.

"제게 부탁하는 건 스피커의 역할이군요."

맥플런의 말에 어셔가 대답 없이 웃었다. 상황 파악이 빨라 마음에 든다는 듯 구는 태도가 항간에 떠도는 '사랑에 배신당한 가엾은 사내'와는 거리가 멀어 보였다.

"일단 자리를 좀 옮기죠."

어셔가 시계를 확인하며 이야기했다. 맥플런은 짧게 한숨을 쉬며 어셔의 뒤를 따랐다. 그에게는 선택권이 그리 많지 않았다.

하지만 솔직하게는, 어셔의 제안이 그리 싫지도 않았다. 그렇지 않아도 세상 슬픔은 다 끌어안은 듯 처연한 얼굴을 하던 여자를 괴롭히는 기사를 다시 내고 싶은 마음이 없어 갈팡질팡하던 참이니까.

엘레노어의 말대로 기사를 내면 모두의 관심을 사긴 할 테지만, 엘레노어는 세상에 다시 없을 탕녀가 될 터였다.

"이제 말씀하셔도 됩니다."

맥플런이 인적이 드문 카페에 앉자마자 이야기를 재촉했다. 어셔는 다소 어처구니없다는 얼굴이었으나, 이내 순순히 입을 열었다.

"엘레노어가 한 이야기 중 사실인 것은 딱 제가 전쟁터로 떠나기 직전까지의 이야기일 겁니다."

만남, 연인이 된 과정, 그리고 기약 없는 약속만 남겨 둔 채 이별하기까지. 그 모든 건 사실이라고 했다.

"다만 이야기가 달라진 것은 제가 사라진 3년 동안이겠죠."

기억을 더듬는 어셔의 눈동자가 아득하게 가라앉았다. 맥플런은 눈앞의 사내에게서 비치는 희미한 슬픔의 감정을 읽을 수 있었다. 다만, 놀라운 게 있다면 그에게서 미련과 절망은 느껴지지 않는다는 점이었다.

"말했다시피 저와 엘레노어는 3년의 약속을 했습니다. 하지만 그건 어디까지나 제가 살아 있을 때의 얘기였어요."

어셔가 깍지를 낀 손을 허벅지에 올려놓은 채, 허리를 곧추세웠다. 자신감 있어 보이는 태도로 그의 말에 신뢰감을 부여하기 위해서였다.

"하지만 아시다시피, 저는 3년간 레던에서 죽은 사람이었죠."

"⋯⋯."

"기본적으로 엘레노어의 기다림 자체가 무용했던 겁니다. 저는 그 사실을 일부러 무시했어요. 그리고 흔들리던 엘레노어의 마음을 비난했죠."

어떻게 네가 내게 그럴 수 있어? 나와 했던 약속을 어기고, 어떻게 다른 남자에게 흔들릴 수가 있어?

"3년이 되기 하루 전날이나, 3년이나 뭐가 달랐겠습니까? 엘레노어는 제게 최선의 의리를 지킨 거예요."

그러나 돌아보면 그 모든 비난은 온당하지 못했다. 엘레노어가 그의 전사 소식을 듣고도 3년 가까이 약속을 지킨 게 더 대단한 거였다. 이미 죽은 사람을 기다리는 일은 의미가 없으니까.

"그사이에 엘레노어가 결혼했다고 하더라도 제게는 그녀를 비난할 자격이 없는 게 맞고."

어셔가 길게 숨을 내쉬었다. 입 밖으로 내뱉어 사실을 고하면서, 자신이 얼마나 못나게 굴고, 억지를 부리고 있었는지를 깨닫는 일은 제법 고역이었다.

"그리고 엘레노어는 이미 제게 이별을 고했어요. 제게 미안해서라도 로건에겐 돌아가지 않을 거라고, 하지만 저를 향한 기만은 싫다고, 우리도 이어지지 않는 게 맞다고 했죠."

그걸 받아들이지 않으려고 한 것은 어셔 혼자였다. 어떻게든 헤어지지 않으려고, 이별을 미뤄 보려고 한 것도 그였다.

"그 이별을 받아들이고 싶지 않았습니다. 그리고 그에게 되돌아갈까 봐 겁도 났죠. 그래서 국왕 폐하를 찾아갔습니다."

"허드슨 양과의 결혼을 허락해 달라고 했습니까?"

"짐작하신 게 맞습니다. 하지만 국왕 폐하께 말씀드렸던 것은 오직 그뿐이고, 나머지는 와전된 삼류 소설일 뿐입니다. 해명 기사를 내려고 했지만, 정정 기사를 요청하는 것만으로는 해결되지 않더군요."

맥플런이 고개를 끄덕였다. 그렇지 않아도 왕실에서 어셔의 정정 요구에 반응하지 않거나, 축소해서 내라고 요청을 가장한 강요가 들어온 참이었다.

"그런데도 로건은 저를 용서했습니다."

어셔는 먼저 로건에게 칼을 휘둘렀다. 그러나 로건은 그를 감내했다. 그를 향한 타인의 손가락질에도 입을 다문 것은 어셔를 위해서였다.

아마 그의 가슴속에도 죄책감이 새카맣게 눌어붙어 있었기 때문이리라. 친구의 연인에게 감히 마음을 품은 자신, 친구가 돌아왔음에도 그 연인을 보내고 싶지 않은 어두운 마음.

"바보 같죠. 엘레노어도 똑같아요."

그리고 그건 엘레노어도 마찬가지였다. 어셔는 약게도 엘레노어의 죄책감과 타고난 다정함을 이용했다. 그저 어셔가 혼란스러워 억지를 부리는 거라며, 시간이 지나며 자연스럽게 인정하도록 두었다. 강요하지 않았다.

"엘레노어, 그 여자는……."

다시 그 사실을 곱씹게 되자, 헛웃음이 났다. 엘레노어가 멍청하게도, 어리석게도 느껴졌다.

"거칠게 말하자면, 멍청할 만큼 착해요."

어쩌면 그렇게도 한결같을 수 있을까.

"미안할 일도 아닌데, 여태 나를 향한 죄책감 때문에 갈 길을 잃었을 뿐입니다."

그러니까 내가 당신을 끝까지 원망하고, 미워할 수 없는 거겠지.

"하지만 제가 갑자기 제정신을 찾았고."

"……."

"이제는 이별을 받아들일 수 있게 되었습니다."

어셔가 담담하게 이야기했다. 맥플런은 다소 지친 듯, 초췌하게 보이는 남자의 얼굴 면면을 뜯어보았다. 그에게서 어떤 거짓의 기미가 보이는지 알아보기 위해서였다.

"사실 이성 사이의 흔한 이별이죠."

"……."

"제가 어리석어서, 합당한 분노라는 탈을 뒤집어쓰고 그걸 받아들이는 게 늦었을 뿐입니다."

그러나 어셔의 얼굴 어디에서도 거짓이나 분노의 잔재는 보이지 않았다. 은은하게 미소 짓고 있는 얼굴은 전쟁터에서 살아 돌아온 사람이라고 보기도 어려울 만큼 평화로워 보였다.

"오랜 고행이었군요."

맥플런의 말에 어셔가 키득거렸다.

"고행이라기보다는, 어쩌면."

어셔의 시선이 유리창 너머, 사람들이 오가는 길목을 향했다. 바쁘게 오가는 인파 사이에서는 특별히 눈에 띄는 사람 같은 건 보이지 않았다. 하지만 다른 순간에는 또 모를 일이었다.

언젠가 엘레노어를 처음 만났던 그 날처럼……

"이마저도 다른 누군가에게 가는 길일지도 모르겠다는 생각이 들더군요."

그 사실을 죽어도 인정하고 싶지 않아 이렇게 오랜 시간이 걸렸다. 그러나 마침내 진실을 받아들인 어셔의 얼굴은 어느 때보다도 평온했다.

"엘레노어에게 나와의 만남이 결국은 로건에게 가는 길이었던 것처럼."

이번 이별은 사랑의 실패일 뿐이지, 그의 인생의 실패는 아니었다. 언젠가 또 새로운 사람을 만나, 그에게 영원한 사랑을 맹세하게 될지도 모를 일이었다. 엘레노어와의 사랑쯤은 그저 타이밍이 맞지 않았던 풋사랑으로 돌아보게 될지도.

그러니 당신의 남은 삶이 행복하도록 응원하고 싶다. 남은 나의 삶 역시 진창으로 굴러떨어지지 않고, 행복할 수 있었으면 좋겠다.

이제 어서 피츠먼의 바람은 그 하나였다.

* * *

제프리가 가져다준 옷은 형편없었다. 블라우스와 치마 모두 엘레노어의 사이즈보다 한참 컸다. 아내가 있어도 여성의 옷을 보는 데엔 감이 없는 모양이었다. 그러나 그런 건 아무래도 좋았다. 사실, 로건의 곁을 지킬 수 있게 허락해 준 것만 해도 고마웠다.

'옆에 빈 침대를 하나 더 넣어 두라 일렀습니다.'

여전히 제프리의 눈에는 엘레노어를 향한 미움이 알알이 박혀 있었다. 제프리는 그 사실을 숨기지 않았다. 그런데도 엘레노어가 로건의 곁을 지킬 수 있도록 허락해 준 셈이었다. 그것이 엘레노어를 향한 가여움 때문인지, 눈을 뜬 로건에게 한 번쯤 다정한 말을 남기고 떠나라는 압박인지, 혹은 간병인 역할이나 하라는 뜻인지는 모르겠지만.

"……."

하지만 아무래도 좋았다. 사흘째 정신을 차리지 못하고 있는 이 남자가 눈을 뜰 수만 있다면, 그가 무사하기만 하다면. 그 이후에 다시 눈에 띄지 말라고 하더라도 그저 감사한 마음으로 떠날 수 있을 것 같았다.

"로건."

엘레노어가 젖은 수건으로 로건의 이마, 목덜미, 손가락 사이 등을 닦아 주며 그의 이름을 불렀다. 계속 말을 걸고, 자극을 주는 게 의식을 빨리 되찾는 데에 좋을 거라는 의사의 조언 때문이었다.

"사고가 난 날부터 계속 비가 오네요."

서던에는 원래 비가 잦았다. 하지만 흩날리다 그치기를 반복하는 편이었지, 이렇게 일주일을 내리 비가 오지는 않았다. 서던의 주인에게 생긴 일을 알고 하염없이 눈물을 떨구는 것처럼 군 적은 없었다.

"오늘 오후에는 비가 그칠 거라던 얘기가 있던데. 비가 그치면서 당신이 눈을 뜨면 좋겠어요."

엘레노어가 다정하게 속삭였다.

"그래서 내가 당신에게 사랑한다고 고백할 수 있으면 좋겠어요."

받아 주지 않아도 좋다. 그대로 나가라고 호통을 친다고 해도 좋았다. 그럴 기회를 가질 수 있는 것조차, 살아 있는 사람에게만 주어지는 행운이라는 것을 알았으니까.

"그렇지만 더 오래 걸려도 괜찮아요."

"……."

"얼마든지 기다릴 수 있으니까."

엘레노어가 그렇게 말하며 로건의 손가락 끝을 부드럽게 쓸었다. 그 순간, 그 애매한 접촉에 반응하듯 로건의 손가락 끝이 움찔거렸다.

엘레노어가 놀라서 눈을 동그랗게 떴다.

"로건?"

로건의 이름을 부르는 목소리가 형편없이 떨리고 있었다. 엘레노어가 저도 모르게 그의 손을 꼭 움켜잡은 채, 그의 머리 근처로 몸을 기울였다.

"아……."

바로 다음 순간, 접착이라도 해 놓은 듯 굳게 닫혀만 있던 로건의 눈꺼풀이 느리게 움직였다. 마침내 천천히 드러나는 푸른 눈동자에 엘레노어는 무슨 말을 해야 할지 몰라 망설였다.

"다행, 눈 뜨셔서 다행이에요……."

그나마 할 수 있는 말이라곤 그게 전부였다. 그가 무사히 의식을 찾아서 다행이라고. 그와의 친밀도, 그리고 관계와는 상관없이 무난히 할 수 있는 이야기였다. 로건은 엘레노어가 더듬더듬 인사를 건네는데도 무표정한 얼굴로 엘레노어를 응시하기만 했다.

"의사를 불러올게요. 의식을 찾으셨다고."

엘레노어가 번뜩 정신을 차린 듯 몸을 돌리려던 때였다. 로건이 입술을 달싹였다.

"누구십니까?"

그리고 뜻밖의 질문을 꺼냈다. 엘레노어는 머릿속이 새하얗게 표백되는 것을 느끼며, 가만히 로건을 내려다보았다.

"기억이 나지 않으세요?"

엘레노어가 파리한 안색으로, 달달 떨리는 목소리로 질문했다. 로건이 짧게 그렇다고 대답했다.

"저는……."

엘레노어가 쉽게 말을 잇지 못한 채 망설였다. 기억이 나지 않는다는 사람에게 자신의 정체를 무어라 밝혀야 할지 몰라서였다. 친구의 연인이었다가 얼마 전에 당신과 파혼한 전 약혼자라고? 하지만 지금은 당신을 사랑하는 여자라고?

어느 쪽으로 대답하든, 엘레노어를 기억하지 못하는 로건에게는 미친 여자로 보일 대답이었다. 엘레노어가 불안한 얼굴로 아랫입술을 꾹 깨물었다.

"움직이시면 안 돼요!"

그 순간, 로건이 누워 있는 게 답답한지 팔꿈치로 침대를 디디고 상체를 일으키려고 했다. 로건은 사고로 머리와 복부, 그리고 오른팔을 다쳤다. 이처럼 함부로 움직여도 좋은 상태가 아니었다. 엘레노어는 서둘러 그의 행동을 막았다.

"제 이름은 엘레노어 허드슨이에요. 당신의 호의와 도움에 기대어 대학교에도 갔고, 하고 싶은 일도 했어요."

"……."

"당신은 제게 늘 감사한 분이었죠."

"그뿐입니까?"

로건이 담담한 목소리로 질문했다. 어떠한 의도를 품고 하는 질문은 아닌 것 같았다. 엘레노어가 조용히 고개를 저었다.

"제가 감히 당신께 마음을 품었어요."

"……."

"하지만 그 깨달음이 너무 늦었고, 당신을 오랫동안 힘들게 했어요. 어쩌면 그래서 제가 꼴 보기 싫어 잊어버리신 건 아닐까 하는 생각이 드네요."

처음에는 가정이었으나, 말을 마무리 지을 때는 거의 확신에 가까운 목소리였다. 정말 로건이 자신이 지긋지긋하여 기억에서 지웠다고 해도 그를 원망할 자격이 없었으므로.

"미안합니다."

로건이 사과했다. 기억하지 못해 미안하다는 이야기 같았다. 기억을 잃어도, 그의 본질은 편하지 않으므로.

"괜찮아요. 그래도 저는 당신을 사랑해요."

엘레노어가 눈물 고인 눈가를 부드럽게 휘며 웃었다. 로건이 다소 놀란 얼굴로 엘레노어를 응시했다.

"영원히 기억하지 못하신대도 괜찮아요."

"……."

"제 마음을 받아 달라 강요할 수는 없다는 걸 알아요. 곁에서 머무를 수 있는 시간만 주세요."

이번 기다림은 제 몫이라고 생각하면 얼마든지 그럴 수 있었다. 엘레노어가 애써 눈을 또렷하게 뜨며 로건을 응시했다. 로건에게선 이렇다 할 반응이 없었다.

안 되려나? 거절당하려나? 그 생각에 심장이 덜컹 내려앉았다. 하긴, 기억에도 없는 여자에게 그런 호의를 베풀 이유가 없었다.

게다가 이전에 그를 오랫동안 괴롭게 하기까지 했다는데.

"3년만."

엘레노어가 다급하게 입을 열었다.

"3년의 시간만 제게 허락해 주세요. 아무것도 하지 않을게요."

계약 약혼을 제안하던 로건의 마음이 이랬을까 싶었다. 거대한 욕심도, 추한 욕망도, 확신도 아니었다. 그저 그의 곁을 잠시나마 지키고 싶은 마음이었다.

"그냥 곁에서, 당신을 볼 수 있게만……."

제 마음도 제대로 돌아보지 못해, 그런 사람을 몇 번이고 밀어냈다. 자신처럼 무심한 여자를 마음에 두어, 그가 받았을 크고 작은 상처는 몇 개나 되는 걸까.

로건이 낮게 한숨을 내쉬는 순간, 엘레노어가 저도 모르게 눈물을 터뜨렸다. 눈물로 남자의 마음을 되돌리려는 추잡스러운 짓을 하려는 게 아니었다. 정말로 그러고 싶지 않았는데, 그저 복잡한 심사에 터져 나온 눈물이 그치질 않았다.

"엘레노어."

"……흐윽."

"엘레노어, 나를 봐요."

엘레노어가 두 손으로 눈두덩을 문질러 닦으며, 흐릿한 시야로 로건을 바라보았다. 어느 샌가 기어코 상체를 일으켜 앉은 사내가 엘레노어를 응시하고 있었다.

"3년이면 충분합니까?"

로건의 물음에 엘레노어가 서둘러 고개를 끄덕였다. 이 마음이 정리되든, 되지 않든 그가 제게 허락한 시간과 같은 기간만큼은 그를 위해 살고 싶었다.

"저는 그거면 충분해요."

엘레노어가 물기 젖은 목소리로 대답했다. 눈앞에서 자신을 좋아한다는 다 큰 여자가 울음을 터뜨린 게 당혹스러웠던 걸까. 로건의 기세가 직전보다 다소 누그러진 게 눈에 보였다. 비겁하지만 눈물을 터뜨린 게 차라리 다행이라고 생각하던 때였다.

"나는……."

엘레노어가 로건의 메마른 입술에 시선을 고정했다. 부디 자신이 원하는 허락의 말이 나오기를 바랐다.

"그걸로는 부족합니다."

그러나 바로 뒤이은 말에 멍해졌다. 허락한다, 허락하지 않는다, 가 아니라 그걸로는 부족하다니? 엘레노어가 상황 파악을 하지 못한 얼굴로 눈을 깜빡였다.

"당신은 욕심이 부족해요, 엘레노어."

그러고 보니 로건은 자신을 '허드슨 양'이 아닌 엘레노어라 부르고 있었다. 그는 낯선 여자에게 처음부터 이름을 불러 줄 정도로 벽이 없는 편이 아니었다. 게다가 엘레노어라 부르는 목소리가 상냥했다. 이전처럼, 무뚝뚝한 듯하지만, 끝이 부드럽게 꺾인 목소리였다.

"당신이 나를 사랑한다는데 어떻게."

로건이 희미하게 미소 지었다.

"3년만 함께할 수가 있겠어요."

아. 엘레노어가 두 손으로 입을 틀어막았다.

"고작 3년 곁에 두자고 목숨까지 걸어 가며 당신을 붙잡으러 간 거라면 억울하지 않겠습니까."

로건은 기억을 잃은 게 아니었다. 안도인지, 기쁨인지 모를 감정이 쏟아졌다. 엘레노어는 다리에 힘이 풀려 로건의 침대 옆에 두었던 의자에 털썩 주저앉았다. 그러곤 그의 침대 가장자리에 얼굴을 묻은 채 어린애처럼 엉엉 소리 내 울었다.

부드러운 손길이 엘레노어의 작은 머리통을 쓰다듬었다. 울보라고 타박하는 것 같기도, 사랑스러워 어쩔 줄 몰라 하는 것 같기도 한 손길이었다.

"다시 말해 주겠습니까?"

엘레노어가 눈물 젖은 얼굴을 들었다.

사람 심장 떨어지게 사흘 만에 일어난 주제에, 초췌한 몰골조차 사랑스러운 남자. 그리고 주어와 목적어를 모두 생략하고 다짜고짜 제가 원하는 말을 해 달라는 무례한 남자가 거기에 있었다.

"로건 클래번."

"……."

"저는 당신을 사랑해요."

엘레노어는 이미 몇 차례 울음을 터뜨려 못나기 짝이 없을 얼굴로 환히 웃었다. 가만히 그 꼴을 내려다보던 로건이 부드럽게 미소 지었다. 언젠가 엘레노어의 심장을 두근거리게 했던 아름다운 웃음이었다.

"나도 당신을……."

거기까지 이야기한 로건이 엘레노어의 오른쪽 턱을 부드럽게 감쌌다. 커다란 손에 엘레노어의 작은 얼굴은 쉽게 감싸였다. 로건의 얼굴이 조금 기울어져, 엘레노어의 얼굴 가까이 다가왔다.

시선이 똑바로 마주쳤다. 그의 푸른 눈동자에는 엘레노어만이 담겨 있었고, 엘레노어의 잿빛 눈동자에는 로건의 푸른 눈동자가 담겨 있었다.

"사랑하고 있어요."

거기까지 고백한 그가 허리를 조금 굽혀 입을 맞추었다. 버석하게 마른 입술, 그리고 눈물에 젖은 입술끼리 닿았다. 대단한 기교가 있는 것도 아닌 입맞춤에 불과했다.

그러나 대단할 것도 없는 입맞춤에 엘레노어의 심장이 떨어지는 것만 같았다. 동시에 창밖의 새파란 나뭇잎이 잎을 누르고 있던 빗방울을 똑 떨어뜨렸다. 동시에 두툼한 구름 사이로 햇살 한줄기가 뻗어 나왔다.

유난히 길었던 여름비가 완전히 지나간 뒤였다.

〈사랑이 교차하는 시간〉 Fin.

외전. 상처가 지나간 자리에 남은 것

뇌진탕, 스트레스와 과로로 인한 체력 저하, 두피 찢김, 상반신 전체적인 타박상, 늑골 두 대 골절, 오른팔 팔꿈치 뼈 균열 골절.

로건을 진단한 의사는 그의 상태를 간단히 설명했다. 사실 진단명으로만 보면 간단하다고 보기에는 어폐가 있었지만, 로건도 의사도 그의 상태를 심각하게 생각하지 않았으므로 그렇게 되었다.

"괜찮은 건가요?"

엘레노어의 걱정 섞인 질문에 의사가 고개를 끄덕였다.

"일단 저렇게 무사히 앉아 계신다는 건 골절된 늑골이 다른 장기에 영향을 미치지 않았다는 것이고……."

늑골 골절만 해도 괴로울 텐데, 로건은 무표정한 얼굴로 쿠션에 등을 기댄 채 앉아 있었다. 생각보다 골절이 심하지 않다는 뜻이었다.

"일단, 각하께서 언어 구사하시는 데에 문제가 없습니다. 사물, 인물 구분도 명확히 하고 계시고요. 장, 단기적으로 기억을 잃으신 것도 아니니 후유증이 있는지만 지켜보면 될 듯합니다."

의사는 그만한 사고에서 이 정도로 끝난 게 대단하다고 했다. 로건이 평소에 단련된 몸이었던 게 사고에서도 몸을 보호하는 데 도움이 되었는지도 모르겠다는 이야기도 덧붙였다.

"바로 퇴원해도 되겠습니까?"

로건의 질문에 엘레노어가 희게 질린 얼굴로 고개를 저었다. 그러나 의사는 시원스럽게 퇴원을 허락했다.

어차피 차로 최대한 조심스럽게 이동할 테고, 로건에게는 상주하는 주치의를 둘 재력도 충분했다. 게다가, 당장 죽을 위기에 처하지도 않은 부담스러운 지위의 사람이 병원 내에 있는 건 병원 인력에게도 부담이었다.

사실 그가 로건의 퇴원을 허락한 건 후자의 이유가 가장 컸다.

"혹시 눈치채지 못한 후유증이 있을지도 모르는걸요. 아직 퇴원은 이르지 않을까요?"

의사가 문을 닫고 나간 직후, 엘레노어가 로건에게 매달려 이야기했다. 그러나 로건은 제법 단호했다. 제 몸은 제가 제일 잘 안다고 했다.

"여기선 당신 혼자 고생해야 해요."

그리고 엘레노어가 옆에서 그의 간호에 매달려 있는 모습도 보고 싶지 않다고 했다.

"게다가 지금 당신 옷차림도……."

제프리가 나름의 호의를 베풀어 준 것인데, 로건의 눈에는 영 차지 않는 모양이었다. 한참이나 품이 큰 옷을 입고 종종거리는 엘레노어가 마음에 들지 않는다는 듯 로건이 눈가를 찌푸렸다. 제 마음을 깨달은 이후의 그는 늘 엘레노어에게 최고의 것만 주고 싶어 했으니까.

그런 로건을 알아, 더는 반대하기 어려웠다.

* * *

그러나 막상 클래번 공작저에 이르자 긴장이 되었다. 이 저택에 서 마지막 기억은 울고불고하던 올리비아이며 차가운 눈초리로 엘레노어를 쏘아보던 사용인들이었으니까.

그래도 감수해야지. 자신이 잘못 뿌린 씨를 거두는 일을 두려워 해선 안 될 일이었다.

"부축은 됐습니다."

한 차례의 심호흡 끝에 차에서 내린 엘레노어가 로건의 팔을 붙들 때였다. 로건이 고개를 저었다.

"정말로 괜찮으시겠어요?"

엘레노어의 질문에 로건이 조용히 고개를 끄덕였다. 그리고 실 제로도 차에서 내려, 평소와 같이 우아하게 걷는 로건의 얼굴에서 큰 고통을 발견하기란 어려웠다.

"……."

그러나 턱에 불끈 들어간 힘이나, 한 걸음마다 그의 이마에 송골

송골 맺히기 시작하는 식은땀이 그가 감내하고 있는 고통을 시각화해서 드러냈다. 아무리 날씨가 더워지기 시작했다고는 해도, 걷느라고 땀을 흘리기는 이른 날씨였다.

"그냥 두세요."

엘레노어가 보다 못해 다시 로건의 팔을 붙잡으려던 순간, 제프리가 엘레노어를 막아 세웠다.

"원래 남자라는 동물이 그렇습니다."

"네?"

제프리의 머릿속에서 로건의 이미지는 이미 한 번 뒤집혔다. 이전에는 단정하고 우아한, 완벽한 상사였다면 지금은……

"원래 좋아하는 여자 앞에선 괜히 센 척도 하고, 고집도 부려 보고 싶은 겁니다."

그냥 흔한, 사랑에 빠진 평범한 남자 같았다.

"아……"

사실 얼간이라 이르고 싶은 마음도 조금은 있었지만, 혹여라도 로건이 그 불경한 마음을 눈치챌까 생각도 하지 않으려고 노력하는 중이었다.

"그리고 사용인들은 크게 걱정하실 필요 없습니다."

제프리가 나지막이 이야기했다. 엘레노어가 조용히 제프리를 올려다보았다.

"엘레노어 님에게 불경하게 굴지 않을 겁니다."

하긴, 로건과 엘레노어가 마음을 확인했다는 걸 안 순간부터 '허드슨 양'에서 '엘레노어 님'으로 호칭을 바꾼 제프리였다. 이미 조지에게 사용인 관리를 하라고 언급하고도 남았을 사람이었다.

"고맙습니다."

엘레노어의 감사 인사에 제프리가 의아한 표정을 했다가 조용히 코를 찡긋거리며 안경을 치켜올렸다. 별것 아니라는 뜻이었다.

"엘레노어."

그때였다. 이미 현관문을 다 통과한 로건이 몸을 돌려 엘레노어의 이름을 불렀다. 저를 부르는 소리에 놀란 엘레노어가 반쯤 뛰듯 로건의 곁으로 다가갔다.

"함께 들어가죠."

"굳이 그렇게 하지 않으셔도……."

"오는 길에 계속 긴장한 거 압니다."

신문 1면을 장식한 스캔들, 악의적인 거짓과 로건의 분노로 저택은 흉흉해져 있었다. 클래번 공작저에 찾아왔던 엘레노어가 마지막 방문에서 맛본 건, 그간 겪어 본 적 없는 경멸이었을 터였다. 로건도 그 사실을 잘 알았다.

"미리 조지를 통해서 우리 관계를 사용인들에게 알리라고 얘기해 뒀습니다."

로건과 엘레노어가 함께 들어오는 것을 발견한 사용인들이 모두 고개를 숙여 공손하게 인사했다. 엘레노어의 얼굴에 떠오른 의아함을 읽은 로건이 속삭이듯 말했다. 엘레노어는 그제야 제프리의 의아한 표정을 이해했다. 제가 한 일이 아니니 그런 얼굴이었던 거였다.

하긴, 아직 제프리가 그만한 아량을 베풀 만큼 엘레노어를 좋아하진 않았다. 그 사실을 깨달은 엘레노어가 짧게 웃었다.

"왜 웃습니까?"

"아뇨."

엘레노어의 심상한 부정에 로건은 캐묻기를 그만두었다. 이 여자의 얼굴에 드리웠던 그늘이나 슬픔보단, 이유를 알 수 없는 기쁨이 더 좋았다.

"……?"

막 2층으로 향하는 계단에 발을 디뎠을 때였다. 로건이 의아한 표정으로 엘레노어를 응시했다. 그리고 그 시선은 곧 얼굴에서 팔로 내려왔다.

"제가 무서워서요."

엘레노어의 가느다란 팔이 로건의 단단한 팔 사이를 비집고 들어와 있었다. 계단에서 미끄러져 본 적도 없는 여자가 무섭다고 변명하는 건 좀 어처구니가 없었다.

"엘레노어."

속내야 빤했다. 걱정되니 붙잡으라고 말했다간 결코 그렇게 하지 않을 것 같으니, 말도 안 되는 변명을 대서라도 그를 부축하려는 거였다.

"어서 올라가서 쉬고 싶어요."

엘레노어가 능청스레 대꾸했다. 로건이 못 이기겠다는 얼굴로 엘레노어를 보다가, 천천히 걸음을 뗐다. 사실, 한 걸음 뗄 때마다 한 대씩 얻어맞는 것처럼 가슴팍이 욱신거리던 참이었다.

평소보다는 확연히 느려진 걸음으로 공작의 침실에 이르기까지는 한참의 시간이 걸렸다. 엘레노어는 로건을 부축하여 침대에 눕히고, 사용인이 미리 준비해 둔 마른 수건으로 그의 이마에 맺힌 땀을 닦았다.

"이 이상은 됐어요."

"로건."

"엘레노어의 짐은 어디에 뒀습니까?"

"공작 부인의 침실에 두었습니다. 혹시 불편하실까 따로 풀어 두지는 않았습니다."

장식품처럼 조용히 곁을 지키던 조지가 즉답했다. 그가 함께 있다는 것을 잊고 있던 엘레노어가 저도 모르게 흠칫했다.

"가서 짐 정리도 하고, 옷도 갈아입어요. 당신이 입던 옷은 모두 벽장 안에 그대로 있습니다."

엘레노어가 고개를 끄덕이고 자리에서 일어섰다. 로건이 엘레노어가 곁에 붙어 있는 것을 불편해하는 것 같기도 했고, 걸음마다 치마가 흘러내리려는 것을 일일이 붙잡는 것도 다소 피곤했다.

"로지."

"엘레노어 님."

오랜만에 다시 문을 열어 본 공작 부인의 침실에는 로지가 홀로 서 있었다. 엘레노어가 제법 반갑게 말을 건넸으나, 로지는 영 조심스러운 기색이었다. 엘레노어가 어색하게 반가운 기색을 지웠다.

"피츠먼 백작가의 사용인이 이 짐을 두고 갔어요. 갈아입으실 옷은 모두 벽장에 있고요."

"알려 줘서 고마워요."

"목욕물은 어떻게……."

로지가 말끝을 흐렸다. 마지막 기억이 그리 유쾌하지 않으니, 그럴 만도 했다.

"짐 정리 먼저하고 목욕하는 걸로 할게요."

"네. 바로 준비할게요."

"그리고 로지."

"네?"

"내가 불편하다면 나를 담당하지 않아도 좋아요."

엘레노어의 말에 로지가 고개를 붕붕 저었다.

"아니에요. 그런 게 아니라……."

죄송해서. 그렇게 말하는 목소리는 거의 기어들어 가는 수준이었다.

"괜찮아요. 당연한 일이었으니까. 짐 정리는 나 혼자 할 테니 도와주지 않아도 돼요."

지금 자신에게 경멸의 눈초리를 던지지 않는 것만 해도 대단한 일이었다. 엘레노어가 어색하게 웃는 얼굴로 로지에게 나가 볼 것을 권했다.

"그럼 목욕 준비를 해 둘게요."

마지막까지 눈치를 살피던 로지가 문을 닫고 밖으로 나섰다. 엘레노어는 허리를 숙여 가방의 손잡이를 붙잡으며 작게 한숨을 내쉬었다.

아무렇지 않은 척했지만, 사실 마음이 불편했다. 로건이 공식으로 인정한 연인이니 사용인들도 자신을 함부로 대하지는 못할 것은 분명했다. 그러나 이렇듯 때때로 불편한 기색이 수면 위로 불쑥 나타날 터였다.

"어쩔 수 없지."

엘레노어가 두 손으로 제 뺨을 아프지 않게 때려 기분을 환기하고, 다시 가방의 지퍼를 열었다. 버린 줄로만 알았던 로건이 선물한 드레스, 그리고 귀걸이가 가장 먼저 모습을 드러냈다.

어셔, 차마 마지막까지는 이기적이지 못한 그 남자의 배려일 터였다. 아마 위즈벳으로 같이 떠났더라도, 결국은 사라진 회중시계처럼 엘레노어 자신을 포기했을 남자. 거기까지 생각한 엘레노어의 얼굴에 희미한 우울함이 어렸다.

"……."

하지만 곧, 그 감정은 엘레노어의 의식적인 노력으로 티 나지 않게 지워졌다.

'그래도 마음에 걸린다면, 등가교환인 셈 쳐요.'

이제 죄책감은 가지고 싶지 않았다. 이미 어셔와도 그렇게 하기로 약속했으니까.

이미 지난한 길을 지나온 그들에게 남은 것은 지금의 사랑을 지키는 일. 그리고 앞으로 나아가는 일뿐이었다. 굳이 과거를 돌아보는 일, 그리고 다른 감정은 필요치 않았다.

엘레노어는 화장대 서랍에 귀걸이 케이스를 조심스럽게 넣어 두고, 드레스를 꺼내어 걸기 위해 벽장 문을 열었다. 벽장 안에는 저택을 떠나기 전까지 사용했던 모든 물건이 그대로 놓여 있었다.

하나도 버리지 않았구나. 그 사실이 새삼스러웠다. 그날 만났던 로건은 미련일랑 모두 버리고, 자신 따위는 진저리칠 만큼 싫어하는 사람으로 보였으니까.

"……."

하지만 진창 속에서 온갖 미련을 떨고 허우적거려도 쉽사리 버려지지 않는 감정도 있었다. 로건에게 엘레노어 자신이 그런 존재였을 것이다.

로건의 미련이 가엾은데, 동시에 감사했다. 그렇지 않았더라면 그에게 다시 매달려 볼 기회조차 없었을 테니까.

"엘레노어 님. 목욕물 준비가 다 되었어요."

짐 정리를 대강 마쳤을 때였다. 로지가 노크를 두어 번 한 뒤, 문 사이로 고개를 빼꼼 내밀고 상황을 알렸다.

엘레노어는 고개를 끄덕이고 욕실로 움직였다. 곧 저녁을 먹을 시간이니, 목욕 후 옷을 갈아입고 로건의 저녁을 챙겨 갈 생각이었다.

"각하께서 찾으신대요, 엘레노어 님."

그러나 목욕을 마치고 돌아오자마자, 엘레노어를 찾는 사람이 있었다. 엘레노어는 식당으로 가서 로건의 저녁 식사를 챙겨 달라는 말을 하기도 전에 서둘러 로건의 침실로 향했다. 막 실내용 드레스로 갈아입고, 머리만 말린 채였다.

"로건."

막 문을 열고 들어섰을 때였다. 쿠션에 몸을 기대어 앉은 로건의 시선이 엘레노어를 향했다.

"어디 안 좋기라도 한 건가요?"

엘레노어가 빠른 걸음으로 로건에게 다가가 그의 상태를 살폈다.

"아니, 그런 건 아닙니다."

누워 있으래도 기어코 침대 위 쿠션에 기대어 앉은 로건은 말끔한 차림이었다. 누군가의 도움을 받아 목욕을 마친 듯 머리는 여전히 덜 말라 물기가 남아 있긴 했지만.

"갑자기 찾으신다니 무슨 일이 생긴 줄 알고 걱정했어요."

엘레노어가 안도하는 얼굴로 로건의 침대 가장자리에 앉았다. 혹여나 통증 때문에 급하게 찾은 건 아닌지 걱정이 되어서였다. 무표정한 로건의 표정만 살펴서는 그가 거짓말을 하는지 아닌지 판단하기가 어려웠다.

"무슨 일 때문에 불렀는지 말 안 해 주실 건가요?"

가까이서 봐도 그의 의중을 가늠하기 어려웠다. 결국, 엘레노어는 솔직하게 질문하기를 택했다.

"그냥……."

결국 로건이 입을 열었다. 그러나 영 느릿한 게, 대답을 망설이는 것 같기도 했다. 엘레노어는 그의 대답이 이어지길 기다리며 입술에 빤히 시선을 두었다.

"그냥 부른 겁니다."

그냥? 아무런 이유도 없이?

엘레노어가 예상치 못한 대답을 들었다는 듯 커다란 눈을 껌뻑였다. 다른 사람도 아니고 로건이 그럴 거라고는 생각도 해 본

적이 없어서였다. 보고 싶어서 그랬다고 말할 사람은 아니긴 하지만, 차라리 그런 쪽의 대답이 더 그럴듯하지 않았을지.

"여기에 있는 게 맞는지 싶어서."

하지만 바로 다음에 이어진 담담한 대답이 엘레노어의 가슴을 내려앉게 했다. 그건 그의 불안이었으니까. 그가 확인하고 싶었던 것은 단순히 이 저택 내에 엘레노어가 있는지가 아니었다. 그가 알고 싶은 건 다른 거였다.

정말로 그를 선택하여, 그의 곁에 머무르기로 결정한 것이 맞는지. 지난번처럼 짧은 시간 사이에 마음이 변하여 버린 것은 아닌지.

"로건."

또 버리고 돌아서지는 않을지…….

"이제 어디 가지 않아요."

"……."

"나도, 당신을 또 버리고는 못 가요."

그를 떠났던 순간의 먹먹함과 죄책감, 그리고 슬픔을 기억한다. 솔직하게 말하자면, 당장 죽어 버릴 것 같은 것은 아니었다. 그러나 발부터 서서히 풍화되는 몸을 무력하게 지켜보는 기분이었다. 그런 기분을 두 번 느끼고 싶지는 않았다. 그게 엘레노어의 솔직한 마음이었다.

그러나 그 마음과는 별개로, 엘레노어와 이별로 로건이 겪은 불안이 오롯이 느껴져 가슴이 먹먹했다. 제가 로건에게 한 행동이 얼마나 무책임하고, 무신경했는지를 깨달아 더욱 미안했다.

"내일도, 내일모레도, 한 달 뒤에도, 1년 뒤에도. 저는 당신 곁에 있을 거예요. 당신의 마음이 변해 저를 내치는 게 아니라면."

엘레노어가 조용히 손을 뻗어 로건의 커다란 손을 쥐었다. 크기 차이가 제법 나서일까, 그를 간절히 붙잡은 모양새였다. 그게 마음에 들기라도 했는지, 로건이 마주 잡은 손을 물끄러미 내려다보았다.

"……."

정말로 어디 가지 않는다고?

그 말을 되묻지 않으려고 애를 쓰면서.

"엘레노어."

로건이 잠긴 목소리로 엘레노어를 불렀다. 엘레노어는 대답 대신 로건과 시선을 마주쳤다.

"그럼 나와……."

"로건!"

로건이 말을 끝마치기도 전이었다. 문이 벌컥 열리며, 쨍한 목소리와 함께 올리비아가 안으로 쏟아져 들어왔다.

"올리비아?"

엘레노어가 저도 모르게 자리에서 벌떡 일어섰다. 엘레노어를 마주한 올리비아의 눈도 화등잔만 하게 커져 있었다.

그러나 올리비아는 엘레노어의 품으로 뛰어들지 않았다. 직전의 놀람은 곧 분기로 갈아 치워진 후였다. 올리비아는 쿵쿵, 의도적으로 발을 구르며 엘레노어를 지나쳤다.

"로건, 아파?"

"갑자기 문을 열고 들어오면 안 된다고 했을 텐데."

올리비아가 침대에 올라 로건을 살폈다. 열넷, 곧 성인이 되는 열여섯을 목전에 둔 나이였으나 제 오라비에게 하는 짓이 여전히 스스럼없었다.

"그치만 로건이 아프다고 들었단 말이야!"

올리비아가 불퉁거리며 이야기했다. 하나뿐인 오라비가 아파서 누웠다는데, 걱정하지 않을 수가 있겠느냐는 소리였다. 그래도 좀 컸다고 제 오빠 생각은 할 줄 아는구나 싶어서, 로건도 결국 희미하게 미소 짓고 말았다.

그러나 동시에 엘레노어의 눈치가 보이기도 했다. 올리비아가 엘레노어를 모른 체하고 있는데, 저만 웃어도 되는지 싶어서였다.

"올리비아, 엘레노어에게 인사는?"

올리비아는 그동안 여러 명의 가정교사와 이별했다. 그리고 어머니인 신디와의 부족한 유대감을 엘레노어로부터 채웠다. 그러니 엘레노어와의 이별은 올리비아에게 큰 충격일 수밖에 없었다.

어쩌면, 첫 번째 이별 역시 아파서 잠시 자리를 비운 것이 아니었다는 것조차 알아차렸을지도.

"……몰라."

그리고 두 번이 모두 엘레노어가 자의적으로 선택한 이별이라면 더욱 큰 상처가 되었으리라.

"이제 싫어, 엘리."

제 세상의 반을 주었는데, 그의 세상에서 자신이 반절이 될 수 없다는 것을 받아들이기는 어려운 일이었다. 일반 사람에게도 어려운 일을, 올리비아가 단번에 해내기는 더욱 어려웠을 터였다.

"올리비……."

"로건."

"……."

"괜찮아요."

이별은 어느 때고 찾아오는 법이고, 올리비아도 받아들이는 방법을 알아야만 했다. 그러나 그게 사실이라고 해도, 이번만큼은 엘레노어의 잘못이었다.

"억지 부릴 거면 그만 나가렴."

그러니 불퉁거리는 올리비아라도 이해하고 받아들이려 하는데, 로건이 도와주질 않았다. 건방진 올리비아의 행동을 용납할 수 없는 모양이었다.

"올리비아, 각하께서 아파서……."

올리비아의 얼굴에서 서운함을 발견한 엘레노어가 입을 뗐을 때였다. 올리비아가 발을 쿵 구르며 불만을 표시하더니, 엘레노어의 몸을 제 어깨로 밀고 달려 나갔다.

"그러지 마세요."

로건이 단박에 인상을 찌푸렸다. 사람을 불러서라도 올리비아를 데려와, 꾸짖으려 할 기색이었다. 엘레노어가 로건을 막아 세웠다.

"올리비아를 전부 받아 줄 필요는 없어요."

"이번엔 제 잘못이 맞는걸요."

엘레노어가 씁쓸함과 미안함이 뒤섞인 표정으로 이야기했다.

"가지 않겠다고 약속해 놓고, 또 떠났으니까."

"……"

"그래서 당신에게 입힌 상처만큼, 올리비아에게도 미안해요."

올리비아가 어리니 곧 화가 풀릴 거라는 허튼 기대를 품어선 안 된다. 솔직하게 잘못을 인정하고, 용서를 구할 때였다. 그래야만 무너진 신뢰를 새로 쌓고, 다시 관계를 구축할 수 있을 테니까.

"잠깐 올리비아와 얘기하고 올게요."

"같이 가죠."

"아뇨, 당신은 침실에서 편히 쉬어야 해요."

올리비아에게는 그렇게 허물어진 얼굴이더니, 저를 따라오려는 로건에게는 더없이 단호했다.

"이건 저와 올리비아 사이에서 해결할 문제고, 환자는 병석에 있어야 해요."

"중병 환자처럼 취급하지 말았으면 좋겠는데."

"여긴 전장이 아닌걸요."

엘레노어가 마지막으로 덧붙인 말에 로건이 입을 다물었다.

"한계를 넘길 정도로, 혹은 한계가 될 정도로 움직여야만 하는 이유는 아무것도 없어요."

강한 척일이랑 할 필요가 없다. 그게 엘레노어가 하고 싶은 이야기였다.

"다녀올게요."

결국 로건이 자리에서 일어서려던 것을 포기하자, 엘레노어가 만족스레 웃으며 공작의 침실을 나섰다.

"하……."

홀로 침실에 남겨진 로건만이 허탈한 웃음을 흘렸다. 거기엔 세 가지의 이유가 있었다.

하나는 좋아하는 여자의 앞에서 강하고 든든해 보이고 싶은 남자의 마음을 조금도 알아차리지 못하는 여자를 향한 희미한 원망.

다른 하나는 머리가 굵어진 이후 처음으로 저를 이렇게 걱정해 주는 사람이 있다는 데에 대한 기쁨.

나머지 하나는 언제고 저 여자를 이길 수는 없으리라는 행복한 무력감.

세상에 다시없을 얼간이가 된 기분인데, 우습게도 그게 좋았다. 그 모든 게 엘레노어가 선물한 감정이라서 그랬다.

* * *

올리비아의 방에 도착한 엘레노어가 조심스럽게 문을 두드렸다. 분명 소리가 들렸을 텐데도, 올리비아는 대답하지 않았다.

"올리비아."

"싫어!"

"올리비아 아가씨. 좋아하시던 엘레노어 님이잖아요."

기어코 소리 내서 이름을 부르자, 단박에 거절이 떨어졌다. 사용인이 옆에서 어르고 달래도 소용없었다.

"싫어, 엘리 싫다고! 보기 싫어!"

엘레노어를 원망하다 못해, 반쯤 우는 목소리였다.

"그럼 올리비아가 좀 진정되면 다시 올게. 그때 얘기하자."

"다시 오지 마! 싫어!"

어지간히도 미운 모양이었다. 로건이 솔직하게 밝히지 못했을 속내 같아, 마음이 따끔거렸다.

* * *

로건은 올리비아가 복에 겨워 그런 거라고 했다. 물론, 엘레노어는 그게 사실도, 그의 진심도 아니란 걸 알았다. 그저 엘레노어가 미안해하고, 죄책감을 느끼지 않았으면 하는 것일 뿐.

엘레노어는 올리비아의 앞에서 그런 소리는 하지 말라고 했고, 로건은 가만히 눈썹만 한번 들어 올렸다 내렸지만, 엘레노어는 그가 자신의 말을 들어 주리란 것을 알았다.

"……."

그러니 올리비아의 마음을 어떻게 달래면 될지, 그것만 생각하려고 했다.

"신문인가요?"

"네. 신문입니다."

마치 누구 보란 듯, 식탁 위에 떡하니 놓인 신문만 아니었으면, 그랬을 것이다. 며칠이나 지난 신문을 굳이 여기 둔 건 이유가 있으려니 싶었다. 엘레노어는 커피 한 잔과 함께, 자리에 앉아 신문을 펼쳤다.

"……오늘 자 신문인가요?"

혹시 날짜가 잘못 찍히기라도 한 걸까? 엘레노어의 질문에 조지가 고개를 저었다.

"아뇨. 사흘 전 조간신문입니다."

나지막한 목소리가 그저 귓가를 스쳐 지나갔다. 엘레노어의 시선은 서던 역에서 헤어지던 날과 같은 옷을 입은, 사진 속 어셔에게 고정된 채였다.

"해명 기사가 났었군요."

"예. 이제 세 분에 대해서는 오해하는 사람이 없습니다. 적어도 이 서던 내에서는요."

조지가 담담하게 이야기했다. 엘레노어는 그제야 제 앞에서 어쩔 줄 몰라 하던 로지의 모습을, 자신에게 깍듯하게 대하던 사용인들의 모습을 이해했다. 그저 로건이 엘레노어를 감싸고돌기에 때문에 발생한 일이 아니었다.

"그런 건 아무래도 상관없는데……."

엘레노어가 탄식을 터뜨리듯 한숨을 흘렸다. 그리고 사진 속 사내의 눈 밑 그늘을 손가락 끝으로 따라 그렸다.

〈"흔한 이별일 뿐이었다." 소문의 당사자인 어셔 피츠먼이 직접 입을 열었다.〉

기사의 헤드라인부터가 그들의 관계를 분명히 하고 있었다.

"저는 이미 죽은 사람이었고, 엘레노어가 3년이라는 시간을 보

내며 저를 기다린 것은 사실 무용한 일이었습니다. 저는 그 사실
을 알면서도 엘레노어의 변심만을 비난했습니다."

그리고 어셔의 인터뷰 한 구절 한 구절도 그의 마음을 분명히
드러내고 있었다.

"이마저도 다른 누군가에게 가는 길일지도 모르겠다는 생각이
들더군요. 엘레노어에게 나와의 만남이 결국은 로건에게 가는 길
이었던 것처럼."

그 역시 완전한 이별을 받아들이고, 앞으로 나아가리니. 엘레노
어 역시 지난 감정에 마음 쓰지 말라고.
"엘레노어 님."
엘레노어가 어셔의 진심에 마음이 울렁거리는 것을 느끼고 눈
을 감았다 떴을 때였다. 엘레노어가 기사를 읽는 동안, 자리를 비
웠던 조지가 다시 나타났다.
"전화가 왔습니다."
"……제게요?"
엘레노어가 의아한 얼굴로 되물었다. 조지는 고개를 끄덕이고,
원래 저택에 머물던 주인을 모시듯 깍듯한 태도로 엘레노어를 안
내했다.
엘레노어는 소파에 앉은 채, 머뭇거리며 수화기를 귀 가까이
가져다 댔다.

―엘레노어?

그 순간이었다. 익숙한 목소리가 귓가로 파고들었다.

"어셔?"

―맞아요. 나예요.

엘레노어의 부름에 건너편에서 낮게 웃는 소리가 들렸다. 편안하게 흐르는 목소리가 엘레노어가 알던, 이전의 어셔 같았다.

―이쯤 되면 당신도 기사를 봤을 것 같아서 전화했어요.

"봤어요."

엘레노어가 순순히 대답했다.

"하지만 그럴 필요는 없었어요. 어차피 나에 대한 모욕은 시간이 지나면 묻힐 일이었는데."

―정말로 그렇게 생각해요?

어셔의 질문에 엘레노어가 대답하려고 입을 열었다. 저 하나에게 국한된 문제라면, 그 생각이 옳다고 생각했다.

―하지만 로건은 당신을 향한 모욕을 참지 못했을 거야. 내가 그랬던 것처럼.

"……"

―그러면 계속 소문에 불이 붙었겠죠. 당신은 소문 속 탕녀로 기정사실화되어, 공식 석상에 나서는 일도 어려워졌을 거예요.

진실은 중요하지 않다. 타인들이 좋아하는 건 그저 씹고 뜯을 안줏거리일 뿐이니까. 특히나 그게 귀족과 관련된 얘기라면. 어셔는 그 사실을 잘 알았다.

―나도 그것만은 원하지 않았어요.

"······."

─나는 당신을 사랑한 거지, 당신이 그 마음으로 괴롭길 바랐던 게 아니야. 그러니 내 사랑이 당신을 괴롭혔다면······.

건너편에서 허탈한 웃음소리가 들렸다.

─그건 사랑이 아니라고 생각해요.

엘레노어가 저도 모르게 수화기를 든 손에 힘을 주었다. 어셔가 그런 말을 할 줄은 상상도 하지 못해서였다.

─그저 내 마음만 소중해 상대가 상처 입는 것도 몰랐던 이기심이었던 것일 뿐.

엘레노어가 그에게 죄책감을 느껴야 할 필요는 조금도 없노라고. 지금도 그렇게 생각하고 있다면 내려놓으라고.

어셔 피츠먼은 다정한 남자였다. 마지막의 마지막까지, 이처럼 제 마음을 신경 써 주는 사람이었다. 사랑했던 기억을 자신만큼이나 소중하게 여겨 주는 사람이었다.

─그러니까 나를 너무 미워하지 않았으면 좋겠어.

어떻게 당신을 미워할 수 있을까. 엘레노어는 저도 모르게 눈물을 글썽였다.

─마지막에 내가 많이 잘못한 거 알아요. 하지만 당신이 날 원망한다고, 정말 미워한다고 말하면 아직은 마음이 조금 아플 것 같아서.

엘레노어가 붉어진 눈을 깜빡이며 애써 눈물을 참았다.

"미워하지 않아요. 원망하지도 않아요."

─엘레노어.

"조금도요."

그리고 진심으로 속삭였다.

"엘레노어 허드슨을 사랑받을 줄 아는 사람으로, 행복한 사람으로 만들어 주었던 당신이 행복하기만 바라고 있어요."

부디 자신의 마음이 그에게 오롯이 전달되기를 바라며. 그를 사랑했던 마음도 진심이었고, 지금 그가 행복하기를 바라는 마음도 진심이라고.

─……그렇게 말해 줘서 고마워요.

목멘 소리가 수화기 너머로 흘러나왔다.

─아직 로건에게는 미안하기도 하고, 밉기도 해서 얼굴을 보고 싶진 않지만. 청첩장은 보내 줘요.

그러나 곧, 언제 그랬냐는 듯 담담해졌다.

─이미 우리가 끝난 사이라는 거, 당신이 로건을 사랑해서 우리가 이어질 수 없는 사이라는 거. 잘 알고 있으니까. 이제는 진심으로 축하해 줄 수 있어요.

그리고 이내 밝아졌다. 부러 가다듬은 목소리였다. 그 정도쯤은 엘레노어도 알고 있는데도.

─오랜 시간 당신의 삶이 힘들고 아팠던 걸 알아요.

"……."

─로건은 그런 당신에게 하늘이 준 선물일 거예요.

어셔의 말에 엘레노어가 조용히 눈을 내리깔았다. 동시에 엘레노어가 있는 방의 문이 소리 없이 조금 열렸다.

"미안하고, 고마워요. 어셔."

엘레노어가 작게 속삭였다.

─힘들었던 만큼 행복해요.

"……."

─영원한 내 아가씨.

어셔가 입버릇처럼 말하던, '사랑스러운'이라는 단어가 빠진 문장이 어색하나, 불완전하게 느껴지지는 않았다. 엘레노어는 눈앞에 어셔가 없음에도, 입꼬리를 끌어 올리며 웃었다.

"고마워요. 당신도요, 어셔."

엘레노어의 인사에 어셔가 낮게 웃었다.

─

그리고 전화를 끊었다. 엘레노어는 그와 자신을 매어 두고 있던 끈이 싹둑 잘려 나가는 소리를 들었다.

"엘레노어."

어셔를 향한 미련은 아니었다. 그런데도 속절없이 눈물이 나려던 때였다.

"……로건!"

여전히 편안한 가운 차림을 한, 침대에나 누워 있어야 할 남자가 눈앞에 있었다. 늑골과 팔이 부러지고, 머리 피부가 찢겨 거동도 불편할 텐데.

엘레노어는 눈물이 쏙 들어가는 것을 느끼며 자리에서 벌떡 일어났다. 문고리를 쥐고 선 남자의 이마에 희미하게 땀이 맺혀 있었다.

"사람을 보냈어야죠. 여기까지 왜 혼자……."

애초에 환자를 홀로 침실 밖으로 내보낸 이들이 문제였다. 엘레노어가 속상한 얼굴로 로건의 팔을 붙들고 그를 올려다보았다.

"어셔에게서 전화가 왔다고 하기에."

로건을 침실로 돌려보내려 부축하려던 때였다. 크지도, 높지도 않은 목소리였지만 선명하게 들릴 만큼은 분명한 목소리였다.

"제가 흔들릴까 봐요?"

로건은 대답하지 않았다. 그러나 그의 눈동자에 비치는 희미한 불안의 기색이 그 속내를 짐작하게 했다.

"조금도 흔들리지 않았어요."

어셔에게 미안한 마음은 있었지만, 그에게 돌아갈까 하는 생각은 들지 않았다. 그게 이 마음이 일러 주는 방향이었다.

"저는 여기에 남기를 선택했고, 후회하지 않아요."

하지만 그래도 로건이 불안하다면 몇 번이고 속삭여 주는 수밖에.

"다신 당신을 두고 홀로 떠나고 싶지도 않고요."

사랑은, 그리고 몸과 마음은 모두 여기에 있다고. 엘레노어가 그렇게 속삭이며 시선을 똑바로 마주치자, 어딘지 불안하던 로건의 눈동자가 차분해졌다.

"어디 가지 않고?"

"가지 않고."

"……나를 버리지 않고."

"당신을 버리지 않고."

엘레노어가 대답하기 무섭게, 봉긋한 이마가 닿았다.

"영원히?"

올리비아처럼. 그러니까 어린아이처럼 애정을 갈구하고, 영원의 맹세를 강요하는 남자의 서툰 구애였다. 그러나 그게 엉망진창으로 보이지는 않았다.

콩깍지래도 좋았다. 하지만 로건의 서툰 구애가 좋았다. 그게 모든 일에 능숙하고, 담대한 사내를 서툴고 작아지게 만드니까. 그렇게 만든 게 자신이라는 사실이 못내 좋았다.

"영원히."

엘레노어가 속삭이듯 대답했다. 로건이 희미하게 웃는 얼굴로, 입을 맞출 듯 고개를 숙였다. 그러나 엘레노어가 눈을 감고도, 그의 입술이 엘레노어의 입술에 닿는 일은 요원했다.

"아."

슬그머니 뜬 두 눈 사이로, 두 눈을 질끈 감은 로건이 보였다. 엘레노어가 짧게 탄식했다. 갑작스럽게 느껴진 통증인 듯했는데, 그 때문에 괴로워하는 그가 안타까우면서도 귀여웠다. 로건 클래번이 누군가 귀여워할 만한 외형은 아니라는 걸 알면서도 그랬다.

그러나 그 고통을 오래 지켜보고 있기는 힘들었다. 엘레노어는 로건의 허리와 목을 다시 세우도록 만들었다. 그러곤 조용히 발꿈치를 들어, 그의 입술에 짧게 입을 맞추었다. 뜻밖의 접촉에 로건이 눈을 크게 떴다.

"……로건!"

엘레노어가 웃으며 몸을 뒤로 물리던 순간이었다. 통증도 잊은 사람처럼, 그가 단단한 팔을 뻗어 엘레노어의 허리를 감싸 안았다.

그러고는 더 닿아도 모자란 사람처럼 입술 사이로 깊게, 또 깊고 농밀하게 파고들었다. 파들파들, 떨리는 까치발로 선 엘레노어의 뒤통수가 어느샌가 벽에 닿아 있었다.

신체의 아픔 같은 건 아무래도 좋은 사람들처럼, 그렇게 서로에게만 기댄 채.

* * *

뒤늦게 알아차린 사랑을 만끽하되, 정신을 놓고 있었던 건 아니었다. 엘레노어는 여전히 제게 마음 상한 티를 감추지 않는 올리비아를 잊지 않았다.

사실, 로건과 입을 맞추면서 올리비아의 현재 기분을 알게 된 터였다. 그건 단순한 배신감 같은 게 아니었다.

"올리비아, 잠깐 얘기 좀 할 수 있을까?"

"싫어."

엘레노어에게 보여 주듯, 음식 하나 흘리지 않고 깔끔하게 식사를 마친 올리비아가 톡 쏘아붙이듯 이야기하고, 자리에서 일어났다.

"잠깐이면 돼."

"……."

"밖에 더울 텐데 모자라도 쓰고 가지."

올리비아는 이제 아예 대답하지 않았다. 그저 조용히 흘겨보았다가, 모른 체 고개를 돌려 버릴 따름이었다.

상처가 지나간 자리에 남은 것 … 421

이렇듯 일주일 사이에 수없이 올리비아의 거절에 직면했지만, 엘레노어는 포기하지 않았다. 엘레노어는 조용히 산책을 나서는 올리비아의 뒤를 따랐다. 물론, 사용인들은 모두 따르지 못하게 했다.

"……더워."

그리고 얼마 지나지 않아, 엘레노어의 짐작대로 올리비아가 인상을 구기며 자리에서 멈추어 섰다. 지금은 뙤약볕이 내리쬐는 한여름이었고, 점심시간 이후는 가장 더운 때였다.

"내 모자라도 쓰자."

엘레노어는 기회를 놓치지 않고, 제 머리 위의 모자를 벗었다. 그리고 올리비아의 머리 위로 가볍게 얹어 주려던 때였다.

"싫다니까!"

고집과 제법 앙칼진 모습을 보니, 다행히도 제 어미의 피가 어디 가지는 않은 모양이었다. 올리비아가 신경질을 내며 엘레노어의 손을 쳐 냈다. 흰 모자가 힘없이 바닥으로 추락했다.

엘레노어가 떨어진 모자에 시선을 두자, 올리비아가 불안한 얼굴로 엘레노어와 모자를 번갈아 보았다. 저도 잘못한 일이라는 걸 알고 있기 때문이었다. 엘레노어가 그렇게 가르쳤으니까.

"올리브가 시, 싫다고 했잖아."

그러나 배운 대로 미안하다고는 하지 않았다. 엘레노어를 용서한 것도 아니니, 사과하는 건 싫다는 고집이었다.

"알아. 올리비아가 싫다고 한 거."

그러나 어쩐지 처연해 보이는 엘레노어의 옆모습을 보고 있자니 가슴이 따끔따끔했다. 올리비아는 모자를 주워 드는 엘레노어를 보며, 불만스럽게 입을 옴죽거렸다.

"내가 매번 올리비아가 싫어하는 행동만 하네."

엘레노어의 중얼거림에 올리비아가 조용히 눈을 굴렸다. 싫어하는 행동을 한 건 사실이지만, 매번 그런 건 아니었는데.

"미안해."

엘레노어가 사과하던 순간이었다. 올리비아는 심장이 쿵 내려앉는 기분을 느꼈다. 엘레노어는 아이에게 한 잘못이라도 솔직하게 사과하는 사람이었고, 미안하다는 말을 처음 들어 본 건 아니었다.

'가? 엘리도 올리브 버리고?'

'미안해.'

하지만 가장 기억에 남은 것은 이별의 인사였다. 최근의 일이며, 가장 충격적인 일이었기 때문이었다. 그 사실을 떠올리자, 부지불식간에 올리비아의 커다란 눈에 눈물이 고였다.

"또 가게?"

올리비아가 질문했다. 엘레노어는 놀라서 눈을 크게 뜨고 올리비아의 얼굴을 응시했다. 턱밑에 오그라든 주름이나, 일그러진 입술에 울먹거림이 한가득이었다.

"올리비아."

"또 갈 거면서……."

눈물이 그렁그렁 맺힌 눈동자에는 원망이 가득 배어 있었다. 엘레노어는 들고 있던 모자도 놓아 버리고, 바로 올리비아에게 달려갔다.

"아냐, 올리비아. 안 가."

"거짓말."

"정말로 안 가. 이제는 정말로⋯⋯."

"그때도, 그때도 안 간다고 해 놓고 갔잖아! 올리브 두고 갔잖아!"

엘레노어가 올리비아를 품 안에 안은 채 속삭였다. 그러나 올리비아는 엘레노어의 품에서 벗어나려, 소리를 지르고 발을 동동 굴렀다.

"거짓말해서 미안해, 올리비아. 내가 잘못했어. 약속 지키지 못해서 미안해."

그러나 엘레노어는 올리비아를 안은 팔에 힘을 풀지 않았다. 그렇게 악을 쓰면서도, 제 옷소매를 붙잡은 손의 힘은 풀리지 않았으므로, 그것은 이렇게 밀고 원망해도, 놓지 말아 달라는 애원처럼 느껴졌다.

"이젠 정말로 안 갈 거야. 올리비아가 가라고 해도 갈 수 없어."

엘레노어가 올리비아의 머리 위에 얼굴을 묻은 채 중얼거리듯 이야기했다.

"로건이 싫다고 해도 안 갈 거야."

엘레노어는 몇 번이나 갈 수 없다고, 가지 않을 거라고 말했다. 계속된 약속이 마음을 흔들었다. 몸에 힘을 푼 올리비아는 따뜻한 체온과 익숙한 체취에 묻힌 채 훌쩍거렸다.

"올리비아, 나는 이곳을 사랑해."

"⋯⋯."

"올리비아 클래번이 나고 자란 집을. 로건 클래번이 지키는 이 저택을."

그러니까 밀어내도 떠날 수 없다고. 엘레노어의 말에 올리비아가 슬그머니 엘레노어의 품에서 벗어나며 얼굴을 올려다보았다. 엘레노어의 눈에도 올리비아처럼 투명한 눈물이 비치고 있었다. 올리비아의 얼굴이 멍해졌다.

　"하지만 무엇보다도 내가 사랑하는 사람들이 사는 곳이라서, 나도 아끼고 사랑해."

　"……"

　"떠났다가도 몇 번이고 돌아올 만큼."

　모르겠다. 가지 말라던 저를 버리고 돌아서던 엘레노어가 죽기보다 미웠는데, 우는 걸 보고 싶지는 않았다.

　"그러니까 나도 여기 있게 해 주라, 올리비아."

　부탁하고 애원하는 모습에 가슴이 아프기까지 했다.

　"……올리비아를 사랑해?"

　"사랑해."

　"로건도?"

　"세상 무엇보다도."

　눈은 우는 주제에, 입은 웃으며 사랑을 고백한다. 올리비아가 엘레노어보다 어려도, 똑똑하지 않아도 그것이 진심이라는 사실만은 똑똑히 알 수 있을 만큼 솔직하게.

　밉다. 버리고 간 건 너무 미운데.

　"……"

　그래도 좋아. 좋아서 보내기 싫어.

　입을 다물고 그 모습을 물끄러미 지켜보던 올리비아가 힝, 하는 소리를 냈다. 그러곤 엘레노어의 품으로 다시 안겨들었다. 엘레노어를 미워하는 동안에도 그리웠던, 익숙한 체온과 향기가 좋았다.

"각서, 각서 쓰는 거야. 이번이 마지막이야."

다시는 그들을 두고 떠나지 않는다고. 각서를 쓰고도 또 그렇게 떠나 버리면, 엘레노어에게 다시는 기회를 주지 않겠다고.

올리비아는 그렇게 경고했다. 엘레노어는 고작 그 정도 경고로 자신의 잘못을 관대하게 용서해 준 올리비아를 품에 안은 채 그저 고개만 끄덕였다.

이 사랑스러운 소녀의 마음은 로건 클래번의 솔직한 마음과 같았다. 자신을 상처 입힌 엘레노어를 용서하고 끌어안은 로건 클래번의 깊은 가슴속, 솔직한 원망과 욕망. 그것과 크게 다르지 않을 터였다.

그러니 올리비아가 상처받은 수준이, 표현하는 방식이 과했다고 생각하지 않았다. 오히려 올리비아가 선명하게 원망을 드러낼 때마다, 로건의 것까지 대신하고 있다는 기분이 들었다. 그렇게 생각하면, 그저 감사했다.

"고마워."

뒤늦게 깨달은 마음을 죽이지 않도록 해 줘서. 로건의 심연까지 이해할 수 있게 해 줘서.

* * *

"그래서, 이게 그 각서입니까?"

로건의 질문에 엘레노어가 푸스스 웃으며 고개를 끄덕였다. 로건의 시선이 제 손에 잡힌 종이를 향했다. 기특하게도 엘레노어와 상의해 올리비아가 한 글자, 한 글자를 또박또박하게 작성한 각서였다.

"쿠키를 받았을 때보다 더 감동적인데."

무뚝뚝한 목소리였으나, 글자를 훑는 시선만은 솜털처럼 부드러웠다. 아직 한참 어린 동생이 대견하다는 것을 숨기지 않는 얼굴이었다.

"이만하면 잘 배웠죠?"

엘레노어가 따스한 시선으로 로건의 옆모습을 응시하며 질문했다. 마치 자식을 잘 가르친 부모처럼 으스대는 태도였다. 로건이 입꼬리를 말아 올리며 웃었다.

"누가 가르쳤는데, 아무렴."

로건의 대답에 엘레노어가 배시시 웃었다. 면면에 만족스러움이 가득 배어 있었다.

"그렇게 좋아요?"

"좋아요. 하지만 단순히 올리비아의 성장이 기쁘다기보다는……. 올리비아가 제 주장을 뒷받침하는 존재가 될 거고, 그로 말미암아 같은 처지에 있는 수많은 아이를 구할 거라는 게 기쁜 거예요."

로건이 조용히 고개를 끄덕였다. 엘레노어의 말대로, 올리비아는 특수 아동이 격리되지 않고, 사회의 일원으로 살아갈 수 있다는 증거가 될 터였다.

"곧 지원 센터가 설립되면 그렇게 되겠군요. 당신이 이야기한 대로 진행하고 있습니다. 참여를 원하는 교육자들과 아동들의 모집은 끝났습니다."

그러니 로건은 엘레노어의 소망을, 그리고 올리비아의 세상을 지원하지 않을 수 없었다.

"그 아이들에게도 올리비아에게 그랬던 것처럼, 세상을 보여 줘요. 당신이라면 할 수 있을 겁니다."

엘레노어가 감격한 얼굴로 고개를 끄덕였다. 제 오랜 꿈이 이루어지는 셈이었으니까, 당연한 일이었다. 그리고 이 대화 덕분에 로건은 잊고 있던 사실을 하나 떠올렸다. 센터 개관일이 얼마 남지 않았다.

"일주일 뒤 개관식에는 당신 혼자 참석하면 되겠군요."

"……제가요?"

"이 몸으로 참석하는 건 무립니다."

로건의 담담한 목소리에 엘레노어가 느리게 눈을 깜빡였다.

"제가 해도 되는 건가요?"

"내 곁에 남기로 했으니까, 당신이어야죠."

"……."

"세상에 보여 주고 와요. 로건 클래번의 약혼자가 이렇게 멋진 사람이라는 걸."

시선이 마주쳤다. 가감 없는 진심을, 자신을 향한 사랑을 전하는 그가 좋았다. 엘레노어는 순간의 격정을 이기지 못하고 두 손으로 로건의 얼굴을 붙잡고 입을 맞추었다.

로건은 그 기회를 놓치지 않았다.

몸이 섞이듯 이어진 입맞춤 끝에, 어느새 허리를 세워 일으켜 앉은 로건의 입술이 엘레노어의 목덜미를 지분거리고 있었다. 엘레노어는 반사적으로 몸을 움츠리면서도, 그의 목에 감은 팔에 조금 더 힘을 줄 뻔했다.

그러나 순간, 번쩍 정신이 들었다. 마음이나 몸이 준비되지 않은 것은 아니었다. 그러나 로건 클래번은 환자고, 이 이상으로 분위기를 타서 몸을 붙이는 것은 안 될 일이었다.

"……안 돼요."

엘레노어의 내키지 않는 거절에 로건이 몸을 뗐다. 그러나 그 짧은 순간, 짧은 행동에서도 희미한 미련이 보였다.

"당신이 싫어서가 아니에요."

"압니다."

엘레노어가 그의 접촉을 거절하고 싶어서 거절한 게 아니라는 걸 알았으니까. 로건이 낮은 한숨과 함께 침대 위로 드러누웠다. 제 몸 상태가 싫은 상황 중에서도, 가장 싫은 순간이었다.

엘레노어는 로건이 한쪽 팔을 이마 위에 얹은 채 눈을 감고 한숨을 내쉬는 모습을 가만히 내려다보았다. 그리고는 조용히 그의 옆에 몸을 누였다. 침대 한쪽에 무게가 실린 것을 느낀 로건이 조용히 눈을 떴다.

"대신 옆에서 잘게요."

설마 이 여자는 그게 선물이라고 생각하는 걸까?

어처구니가 없는데, 이 작은 머리통에서 떠올렸을 그 발상이 귀여워 웃음이 났다.

"선물인지, 폭탄인지."

고개만 측면으로 튼 로건과 모로 누운 엘레노어의 시선이 정면으로 마주쳤다. 엘레노어는 눈을 동그랗게 뜨고 그의 말을 고민했다.

"숙녀에게 폭탄이라뇨?"

아무리 그래도 폭탄이라니, 로건을 타박하던 때였다. 엘레노어는 그의 눈매에 고인 웃음기와 장난기를 발견했다.

"로건."

엘레노어가 미간을 찌푸리며 으름장을 놓듯 로건을 불렀다. 로건이 낮은 웃음을 터뜨렸다. 물론, 웃을 때마다 통증이 있는지 반사적으로 몸이 움찔거리긴 했지만.

"그만 웃어요. 아프잖아요."

그 모습을 보다 못한 엘레노어가 조용히 손을 뻗어 로건을 막았다. 물론, 그의 흉통을 차마 다독이지는 못하고, 조심스럽게 쓸기만 했다. 그 행동에 로건이 또 한 번 길게 한숨을 내쉬었다.

"하지만 지금은 당신이 나를 고통스럽게 하니, 폭탄과 크게 다를 것도 없는 것 같습니다만."

그제야 로건의 말뜻을 알아들은 엘레노어가 당황한 눈을 굴렸다. 로건의 몸통 위에 올려뒀던 손이 슬그머니 떨어져 나갔다.

"……제 침실로 건너갈게요."

그러곤 그만 로건의 침대에서 일어나려던 때였다. 엘레노어가 막 상체를 일으켜, 바닥으로 발을 뻗기가 무섭게 로건의 커다란 손이 엘레노어의 가는 손목을 붙들었다.

"함께 있어요."

"당신을 고통스럽게 하는 폭탄 같다고 했잖아요."

그러니 눈에 보이지 않게 제 침실로 돌아가겠다는 뜻이었다. 물론 그가 사랑하나, 손도 댈 수 없는 여자가 바로 옆에 누워 그의 인내심을 갉아먹는 것은 괴로운 일이었다.

"그래도 같이 있어요."

그러나 그 고통보다 환희가 더 컸다.

"사랑은 원래 고통스러운 법이라고 하더군요."

로건 클래번은 엘레노어 허드슨을 잃지 않았다. 엘레노어는 한 차례 로건을 떠났지만 결국 그에게 돌아왔고, 마침내 그의 곁에 머무르기를 선택했다. 그의 마음은 끝내 보답받았다.

"그러니 내가 감내하겠습니다."

엘레노어의 입이 조금 벌어졌다. 저 무표정한 얼굴로 이처럼 말랑한 말을 내뱉다니. 믿기지 않아서였다.

로건은 엘레노어가 당황해 눈만 깜빡이는 사이, 엘레노어의 손목을 움켜쥔 손에 조금 더 힘을 주어 제게 끌어당겼다. 엘레노어가 주저주저 다시 침대에 누웠다. 사실 무슨 일이 일어난 건지, 감이 잘 오지 않았다.

"좀 더 가까이 와요."

그저 로건의 부상 부위에 닿을까, 조금 거리를 유지하고 누워 있는데, 로건이 낮게 가라앉은 목소리로 이야기했다.

"하지만 혹시라도 다친 곳에……."

"괜찮으니까."

엘레노어가 망설이자, 로건이 한 번 더 재촉했다. 결국 로건의 요구를 이기지 못한 엘레노어가 몸을 좀 더 바짝 붙였다.

"자요, 이제. 혼자 종종거리고 돌아다니느라 피곤한 거 아니까."

로건이 그가 할 수 있는 가장 부드러운 목소리로 속삭였다. 고개를 끄덕인 엘레노어의 얼굴은 다시 들리지 않았다.

부끄러운 모양이다. 하긴, 외간 남자와 이렇게 같이 침대에 누워 잠을 청할 일이 있었을 리 없으니. 로건은 그저 전등 빛에 희미하게 보이는 귓불의 붉은 기운으로 엘레노어의 생각과 기분을 추측했다.

"잘 자요."

"로건, 당신도요."

엘레노어가 작게 이야기했다. 로건은 다치지 않은 팔을 협탁으로 뻗었다. 탁, 하는 소리와 함께 불빛이 꺼지고 침실 안은 완전한 어둠과 떨리는 숨소리로만 가득 찼다.

긴장, 떨림, 설렘, 그리고 사랑이 만들어 낸 소음이었다.

* * *

새벽이 막 지나간 시간, 엘레노어가 눈가를 간질이는 빛을 느끼고 눈을 떴다. 모로 누워 잠든 탓에 로건의 얼굴이 제일 먼저 보였다.

제 마음을 솔직하게 드러낼 수 있게 된 로건은 표현에 있어서 조금의 망설임도 없었다. 엘레노어의 침실을 마치 제 침실인 양, 벌써 부부인 양 나누어 쓰는 태도가 가장 큰 예시였다. 결혼도 안 했는데 이래도 되나 싶었다가도, 또 막상 그가 손목을 붙들면 그저 휩쓸리게 됐다.

"……아직도 떨리네."

처음 함께 잠든 뒤로 일주일째였지만, 아직도 눈을 뜨자마자 로건이 제일 먼저 보이는 광경은 사실 그리 익숙하지 못했다.

흐트러진 갈색 머리카락 아래, 눈두덩 밑으로 보이는 긴 속눈썹. 깎아지른 듯 높고 날카로운 콧대. 그리고 부드럽게 휜 입매까지. 그의 분위기와 무표정한 얼굴, 군인이었다는 이력 때문에 싸늘하고 날카로운 생김새일 것만 같지만, 이렇게 잠들어 있는 로건은 아름답기만 했다.

"로건."

엘레노어가 작게 로건의 이름을 불러 보았다. 곤히 잠든 사내는 저를 부르는지도 모르고, 규칙적으로 숨만 색색 내쉬고 있었다. 불면증이 있었다던 남자였으나, 엘레노어의 옆에서는 수면제라도 먹은 양 곤한 잠을 잤다.

엘레노어는 작게 웃으며 그를 관찰하다가, 시간을 확인하고 침대에서 먼저 일어났다.

'수요일 오전에 특수 아동 지원 센터 개관식이 있을 겁니다.'

엘레노어가 로건과 함께 준비해 온 일이 결실을 볼 때였다. 개관식에 참석하려면 준비해야 할 때였다.

'원래대로라면 내가 함께 참석해야 할 테지만……'

'그 몸으론 안 돼요.'

홀로 다녀오라고 말한 적도 있으면서, 막상 홀로 보내려니 걱정이 되는 모양이었다. 그런 그를 걱정시키지 않으려면, 모든 준비가 완벽해야만 했다.

이른 아침부터 목욕을 마치고, 전신 거울을 보며 준비한 축하 연설문을 달달 외웠다. 로건이 잠에서 깨지 않도록, 미리 벽장에서 빼 두었던 옷도 갖추어 입었다.

"벌써 다 준비하셨습니까?"

덕분에 이제 준비해야 할 때라고 알리러 왔던 제프리가 당황했다. 1층에서 이미 완벽하게 준비를 끝낸 엘레노어를 마주치자, 제프리는 놀라서 제 시계를 다시 확인하기까지 했다.

"실수할까 봐 잠이 잘 안 와서 일찍 깼어요."

엘레노어는 제 이른 기상을 대충 얼버무렸다. 제프리는 로건 한정으로 입이 싼 편이었다. 그를 실망하게 만들지 않기 위해 이른 새벽부터 일어나 준비했다는 말을 옮기지 않을 가능성은 적었다.

"각하께서는요?"

"아직 주무시고 계세요."

보란 듯이 멋지게 행사를 수행해서, 로건에게 능력 있고 자신감 있는 여자처럼 보이고 싶었다. 그가 자신의 가장 나약한 내면까지 다 보았다는 것, 그리고 이 행사가 엘레노어가 가장 기대했던 것이라는 사실과는 별개로. 기묘한 욕망이었다.

"가능하다면 지금 출발해도 될까요?"

"이른 출발이긴 하지만 안 될 건 없습니다."

서두르지 않아도 되니, 오히려 가서 둘러보고 준비할 시간도 되겠지. 그렇게 생각한 제프리가 고개를 끄덕였다.

"잠시만요. 인사만 하고 올게요."

제프리의 허락을 얻은 엘레노어가 서둘러 계단을 올랐다. 로건은 여전히 잠들어 있는지, 엘레노어의 침실 근처에는 고요함이 맴돌고 있었다.

엘레노어가 조심스럽게 문을 열어 침실 안으로 들어섰다. 마치제 자리라도 되는 것처럼 남의 침대에 드러누워 잠든 사내. 로건을 물끄러미 응시하던 엘레노어가 발소리를 최대한 죽이고 침대근처로 다가갔다. 그러고는 몰래 숨어든 첩자처럼 침대 위에 올라, 아직 잠든 로건의 볼에 입을 맞추었다.

"……엘레노어?"

그것까지 눈치채지 않기는 어려웠는지, 로건이 눈을 떴다. 푸른눈에 고인 의문과 잠기운을 발견한 엘레노어가 짧게 웃었다.

"다녀올게요."

"지금?"

로건이 시계에 시선을 던지며 물었다. 엘레노어는 가타부타 말을 덧붙이지 않고 고개만 끄덕였다.

"잘하고 올게요. 식사 거르지 말고요."

로건은 별다른 응원을 더하지 않았다. 그저 자리에서 일어나는엘레노어의 손을 한 번 꼭 붙잡아 주었을 따름이었다.

그러나 손에 도는 그 온기가 마음을 차분히 진정할 수 있도록도와주었다.

　　　　　　　　　　＊ ＊ ＊

"여깁니다."

엘레노어가 막 차에서 내렸을 때였다. 제프리의 손을 따라 시
선을 돌린 곳에는 커다란 건물이 있었다. 거의 기숙학교와 같은
형태였다.

"······학교인가요?"

엘레노어의 질문에 제프리가 애매한 얼굴로 관자놀이 근처를
긁적였다.

"학교는 아니지만, 언젠간 학교가 될 수도······."

지원 본부와 아이들이 수업받을 공간은 각각 분리되어 있었고,
수업 역시 예체능 계열과 일반 사회 계열로 나뉘어 있었다. 부모가
낼 비용이 적다는 것만 제외하면 사립학교의 형태와 크게 다르지
않았다.

단순히 사회성 교육을 제공하는, 엘레노어와 소피아가 궁리한
자선 사업과는 규모와 내용 모두 다른 형태였다. 엘레노어가 저택
을 떠나 있는 동안 로건이 살을 더했기 때문이었다.

"각하께서 아이들의 특성과 선호를 고려한 수업을 진행하는 게
낫지 않겠느냐 하신 터라······."

"······."

"이후 교육부 인가를 받는 일도 생각하고 있긴 했습니다."

다시 엘레노어가 돌아오며, 어떻게 될지는 모르게 되었지만. 제
프리가 코를 찡긋거렸다.

"좋은 생각이네요."

단순히 지원 센터를 세우고 교육을 지원하는 형태가 아니라, 특수학교로 만들어 아이들을 위한 공간을 세우는 것. 로건에게 어떠한 피해도 끼쳐선 안 된다는 강박적인 생각에 매몰된 엘레노어는 미처 생각하지 못한 일이었다.

"물론 오랜 시간이 걸리긴 할 테지만……."

"클래번 재단은 튼튼하니까요."

제프리가 짧게 대답했다. 그러니 시간과 돈쯤은 문제가 되지 않는다는, 무척이나 든든한 대답이었다. 그리고 그건, 클래번 공작가의 일원이 될 엘레노어에게도 해당하는 말이었다.

로건 클래번이 입버릇처럼 하던 말처럼.

"맞아요."

당신이 원한다면, 언제든, 무엇이든.

엘레노어가 푸스스 웃었다.

* * *

엘레노어가 연설문을 낭독하기 위해 연단에 섰다. 제법 많은 사람이 개관식에 참석해, 엘레노어를 올려다보고 있었다. 연설문을 외고 또 외고, 달달 외웠는데도 수많은 눈동자를 마주하자 가슴이 떨렸다.

엘레노어는 손바닥 안에 땀이 축축하게 배어드는 것을 느끼며 빠르게 눈을 깜빡였다. 손안에 들린 종이가 바스락거리는 소리를 냈다.

'세상에 보여 주고 와요. 로건 클래번의 약혼자가 이렇게 멋진 사람이라는 걸.'

문득 로건의 담담한 응원이 생각났다. 로건은 지금 물리적으로는 곁에 없지만, 그의 마음만은 함께 있었다. 그러니 나약해지면 안 된다. 엘레노어가 깊게 심호흡을 하며, 눈을 감았다 떴다.

그래, 나는 로건 클래번의 약혼자인걸. 그에게 멋진 여자가 되고 싶다면, 겁먹고, 할 말도 하지 못해선 안 된다.

"안녕하세요, 엘레노어 허드슨입니다."

게다가 오늘의 행사는 엘레노어 자신이 늘 염원하던 일이었고, 줄리엣과 올리비아를 위한 일이었다. 줄리엣과 같은 슬픔을 이겨 내고, 수많은 올리비아를 만들어 내기 위한 한 걸음이기도 했다.

"일단, 오늘 클래번 재단의 특수 아동 지원 센터 개관식에 함께 해 주신 모든 분에게 감사 인사를 드립니다."

자신이 무슨 일을 하는지도 모를 만큼 자신감이 부족해 보인다 거나, 확신이 없어 보여선 안 된다. 엘레노어는 두 발을 나란히 맞추고, 허리를 곧추세웠다.

"왜 클래번 재단에서 갑자기 특수 아동의 처우에 관하여 관심을 갖게 되었는지 궁금해하시는 분이 계실 줄로 압니다."

직전까지 불미스러운 일도 있었으나, 고깝게 보는 시선은 없었다. 엘레노어는 그 점이 다행이라고 생각하며 빙긋 웃었다.

"그것은 로건 클래번이 동생인 올리비아 클래번의 삶이 그와 같이 평범하기를 염원하였기 때문이며……."

엘레노어가 흘끗, 들고 있던 종이로 시선을 내렸다. 내내 달달 외운 내용이고, 머릿속에도 박혀 있었으나 판에 박힌 말을 하고 싶지 않아졌다.

"허드슨 자작가의 불행한 운명을 반복하고 싶지 않았기 때문입니다."

엘레노어가 들고 있던 종이를 내려놓았다. 느리게 불어온 바람에 팔락거리며 종이가 날아갔다. 무대 아래 있던 제프리가 황급히 종이를 낚아채서 그의 재킷 안으로 감추었다.

엘레노어는 자연스럽게 말을 이어 갔다. 그 가족을 제외하곤 존재를 아는 사람이 없었던 줄리엣 허드슨의 불운한 삶. 정신 병동에 갇힌 채 죽어 가던 어린아이들. 신디 클래번의 학대를 받으며 저택에 갇혀만 있던 올리비아 클래번.

"여러분은 제가 말한 아이들에게 죄가 있었다고 생각하십니까?"

엘레노어가 질문했다. 좌중은 고요했다.

"그 아이들은 그저 짐승이라고 생각하십니까?"

잔인한 질문이었다.

"저는 결단코 아니라고 말할 수 있습니다."

몇 번이고 물어도, 몇 번이고 확답할 수 있다. 직접 보고 경험했으니까. 엘레노어는 목소리를 높였다.

"궁금하시겠지요. 엘레노어 허드슨은 무엇으로 저토록 확신하는가?"

엘레노어가 자신감 있는 얼굴로 미소 지었다.

"사실상 모든 인간은 사회성 교육과 학습으로 살아가기 때문입니다."

"……."

"여러분이 정글에 버려진 채 홀로 살았다고 생각해 보세요. 우리는 지금과 같은 모습일까요?"

절대 아닐 것이다. 열매를 따고, 짐승을 잡아먹고 사는 일에는 문자도, 인간성도 중요하지 않으니까.

"물론, 부모들이 정신 병원에 보낸 아이들에게 교육을 하지 않은 건 아닐 겁니다. 보통의 자녀들을 가르칠 때와 똑같은 방식으로 교육했겠죠. 그게 실패해서 그랬을 거예요."

하지만 그 아이들은 일반 아이들과는 다르다. 간과한 건 그 사실이었다.

"그렇다면 왜 실패했을까? 어쩌면 우린 조금 다른 접근 방식도 필요하다는 걸 몰랐던 게 아닐까?"

차이를 인정하고 받아들이되, 틀린 것으로 여기지 않아야 한다. 엘레노어는 그렇게 믿었다.

"그 생각에서 시작한 지원 사업입니다."

개관식이라고 많은 사람을 불러 모은 게 머쓱할 만큼, 참여자도 적은 사업이었다. 전문가라고 할 사람들조차도 없었다. 애초에 관심받은 적이 없는 분야니까.

"일반 학교와는 다른 수업일 겁니다. 특히 초반에는 그저, 그 애들의 눈높이에 맞추어 기초 교육의 이해를 돕고, 사회성을 기르도록 하는 정도에 지나지 않아요."

하지만 애초에, 정규 교육 과정이 아니라, 그저 사회 구성원으로 살아가도록 돕는 일 중 하나일 뿐이었다.

"이제 막 시작한 사업이, 전문가가 아닌 여자가 벌이는 일이 불안하시다면 아이를 보내라고 권하지 않겠습니다. 저도 오랜 시간이 걸릴 것을 예상해요."

이제 엘레노어의 목소리는 관심을 끌 정도로 높거나 크지 않았다. 그러나 나지막하게 말하는 목소리에 모두가 빠져들어 있었다.

"하지만 아실 겁니다. 그간 누구도 이 일에 관심을 두지 않았어요. 어차피 전문가는 어디에도 없습니다. 여기서부터 모든 게 시작할 거예요."

"……."

"그러니 아이가 성장하는 것을 기다리듯, 시간을 갖고 지켜봐 주세요. 사실 여러분이 할 수 있는 일은 그뿐이고, 그러면 언젠가는 이 센터의 존재 이유를 알게 될 겁니다."

그저 조금 다른 방식과 이해를 제공하는 일. 그리고 인간을 인간으로 사랑하는 일.

말을 마친 엘레노어가 깊게 숨을 내쉬었다. 빨리 말한 것도 아닌데, 어쩐지 숨이 가빴다. 엘레노어가 공손히 손을 모은 채 좌석에 앉은 사람들을 향해 허리를 숙여 인사했다.

동시에 박수가 쏟아졌다. 기자들이 사진을 찍을 때마다, 허공에 매달린 빛이 보석처럼 반짝거렸다. 여름의 이파리가 보석처럼 보였다.

허리를 펴고 다시 정면을 마주한 엘레노어는 숨김없이 방긋 웃었다. 해냈다는 성취감과 설렘으로 가슴팍이 가쁘게 오르내렸다.

"……."

그때였다. 온통 초록빛으로 가득 찬 시야에 익숙한 색채가 엘레노어의 시선을 사로잡았다.

좌석에 앉은 사람들의 가장 뒤, 흔하다면 흔한 갈색. 그러나 조금 더 부드럽고, 조금 더 연한. 자신에게만큼은 그저 다정하고 상냥하기만 한 색채.

부러진 팔 때문에 재킷은 입지 못하고, 셔츠에 트라우저 차림을 한 로건이 보였다. 로건은 한쪽 바지 주머니에 찔러 넣은 손을 빼, 제게 오라는 듯 엘레노어를 향해 팔을 벌렸다.

"……로건."

여기까진 어떻게 온 걸까? 사고 이후 2주 정도 지났고, 이전보다야 로건의 움직임이 다소 편해지긴 했다. 그러나 차로 제법 먼 거리를 올 정도는 아니라고 생각했다. 그래서 로건도 저를 혼자 보냈다고 생각했다.

그러나 놀랍게도 그 사내가 제 눈앞에 있었다. 무대 위에서 센터 소개와 수업 과정 등에 대한 안내가 이어지는 동안, 엘레노어는 걸음을 서둘렀다.

"여기까지 어떻게 왔어요? 아니, 애초에 저택에서 쉬고 있어야 할 사람이 여기까지 왜……."

"엘레노어, 진정해요."

마침내 로건의 옆에 다가가, 속사포처럼 말을 쏟아 내던 엘레노어가 입을 멈추었다. 로건이 흐트러진 머리를 귀 뒤로 쓸어 넘겨 주었다.

"잘 해낼 거라는 걸 아는데."

"……."

"내 눈으로 보지 못하면 영 서운할 것 같아서."

엘레노어가 해내는 모습을 직접 눈으로 보고 싶어서, 그래서 왔다고 했다. 순간 눈물이 핑 돌았다. 로건 클래번이 쏟아 내는 사랑의 목격자가 되는 순간마다 그랬다.

"원래 늑골 골절은 자주 걷고 움직여야 한다니까 걱정은 그만하고."

"그래도……."

"한 번 안아 주기나 하는 게 어때요."

엘레노어가 눈물이 그렁그렁 맺힌 눈으로 로건을 올려다보았다. 로건의 입매가 부드럽게 말려 올라가 있었다.

"그건 안 돼요……."

그래도 안 되는 건 안 된다며 엘레노어가 두 손에 얼굴을 묻었다. 가녀린 어깨가 흐느낌으로 흔들리고 있었다.

"안 된다니까요. 놔줘요……."

로건은 낮은 웃음을 터뜨리며, 멀쩡한 팔로 엘레노어의 머리통을 자신의 품으로 당겨 안았다. 엘레노어가 작게 바르작거리며 반항했으나 잠깐이었다.

로건이 제 머리통 위에 잘게 입 맞추는 것을 느낀 엘레노어가 로건의 가슴팍에 이마를 편안히 기댔다. 따뜻한 온기, 그리고 규칙적으로 뛰는 그의 심장박동이 엘레노어의 격정적인 감정을 진정시켰다.

"잘했어요."

로건이 그렇게 말하며, 엘레노어의 턱을 잡아 들어 올렸다. 여전히 젖은 발긋한 눈가는 엄지로 쓸어 닦아 주고, 오늘의 성과를 칭찬했다.

"당신 덕분에 해낸 거예요."

엘레노어가 의아한 대답을 꺼냈다. 로건이 한쪽 눈썹을 치켜올렸다.

"당신이 준 기회를 놓치기 싫어서."

"……."

"그리고 당신한테 자랑스러운 사람이 되고 싶어서."

아. 로건이 짧게 탄식했다. 그저 그대로의 자신이 얼마나 사랑스러운지도 모르고, 더 사랑스러워 보이려고 용쓰는 여자를 향한 마음을 억누르기가 어려웠다.

"아직도 안는 건 안 됩니까?"

로건이 낮은 목소리로 질문했다. 그게 끓어오르는 감정을 가라앉히기 위한 것이라는 것을 모르는 엘레노어는 순진한 눈망울을 깜빡였다.

"안 돼요. 움직이는 건 이전보다 나은지 몰라도, 부상 부위에 닿기라도 하면……."

그러고는 단박에 거절하는 대답을 내어놓았다.

"그럼 입을 맞추는 건?"

그러나 로건은 물러서지 않았다. 엘레노어가 당황한 얼굴로 입술을 달싹였다. 뭘 발랐는지, 평소보다 유난히 붉고 반짝거리는 입술이 로건의 시선을 끌었다.

"그, 그건······."

여기선 안 된다고 대답하려던 찰나였다. 그것마저 거절당할 것을 알았는지, 로건이 망설이지 않고 엘레노어의 턱을 잡아들어 올리며 고개를 숙였다.

미, 미친 남자!

그렇게 외치고 싶었는데, 우습게도 로건이 파고드는 순간 속절없이 눈이 감겼다. 엘레노어는 로건의 어깨에 손을 얹은 채, 제게 쏟아지는 그의 마음을 삼켰다.

손님들이 애써 모른 척 눈을 돌리고, 키득거리고 있는 줄도 모르고.

* * *

개관식 행사가 기사화되었다. 엘레노어의 연설문은 큰 반향을 일으켰다. 생각해 본 적도 없는 분야에 공작 부인이 보인 진심에 대해서는 대체적으로 긍정적인 반응이었다. 모두가 의도적으로 외면한, 사회의 어두운 부분에 관한 관심은 칭찬할 만한 일이었다.

물론 예비부부의 애정 표현이 기사에 포함되었다면, 연설문 따위는 묻혔을 테지만. 다행히 그건 참석자들의 입소문으로만 떠돌았다.

"사람들 앞에선 다신 그러지 말아요."

엘레노어는 그게 다행이라며 가슴을 쓸어내리곤, 로건을 타박했다. 로건은 그저 눈썹만 으쓱할 뿐, 다신 그러지 않겠다는 대답

같은 건 하지 않았다. 로건 클래번은 지키지 않는 약속 같은 건 하지 않는 사람이었으므로.

"특히 오늘 교수님 앞에서는 절대로."

그러나 뒤이은 조건에는 선선히 고개를 끄덕여 주었다. 누가 눈앞에 있건 신경 쓰지 않는다고 대답했다간, 엘레노어가 울음이라도 터뜨릴지도 모르니까.

"약속한 거예요."

"알았습니다."

로건이 확답했다. 엘레노어가 그제야 안심한 얼굴을 했다.

"교수님께서 오시기 전에, 저는 먼저 응접실에 가 있을게요."

"제프리하고 잠시 얘기만 하다가 따라가겠습니다."

엘레노어가 고개를 끄덕이고 자리를 떴다. 로건은 앉은 자리에서 제프리를 기다렸다.

"각하."

두어 번의 노크 끝에, 제프리가 문을 열고 들어왔다. 소매의 커프스를 조정하던 로건이 문을 돌아보았다. 제프리는 말없이 로건에게 다가와, 들고 있던 것들을 건넸다.

로건은 무심한 얼굴로 제프리가 스크랩한 기사 두 개를 내려다보았다. 하나는 특수 아동 지원 센터 설립에 관한 내용인데 엘레노어에게 주목한 기사였고, 다른 하나는 왕실에 대한 폭로였다.

"설마 했는데, 역시 설마가 사람을 잡더군요."

제프리가 혀를 차며 이야기했다. 로건은 그리 놀라지 않은 얼굴로 왕이 제 침실을 청소하던 하녀를 정부로 삼았다가 버렸노라는 기사를 빠르게 훑었다.

"이 일로 왕실의 이미지가 말도 안 되게 안 좋아졌습니다. 그렇지 않아도 왕실의 존재 가치가 뭐냐는 말이 나오는 시기인데……"

'먼 방계인 클래번 공작가에서는 특수 아동의 인권과 그들을 사회에 편입할 방법을 논의하고 있는데, 왕실은 복에 겨워 허튼 짓이나 하고 있다.'

기사는 그런 내용으로 대놓고 왕실을 조롱하고 있었다. 본래 공화정을 지지하는 색채가 강한 신문사라, 꽤나 독설적인 기사가 실린 것이 그리 놀랍지는 않은 일이었다.

"한동안 각하께 시비를 걸어올 여유는 없을 겁니다."

제프리는 그 사실이 못내 즐거웠다. 뭘 하려고 할 때마다, 왕이 사사건건 걸어오는 시비에 돌아 버릴 지경이었으니까.

물론 그중에서 가장 최악이었던 건, 후계자도 없는 가문의 주인을 전쟁터로 몰아넣은 일이었다. 제프리는 아직도 그 일만 떠올리면, 한나절은 왕을 욕하며 보낼 수 있었다.

"제프리가 한동안 바쁘겠지만, 할 수 있는 일은 지금 다 몰아서 하도록 해요."

"그렇게 하겠습니다."

제프리가 싱글벙글 웃는 얼굴로 대답했다. 사실 제프리는 최근 로건이 왕실에 보이는 공격적이고, 잔인한 행동이 무척 마음에 들었다. 이 신문은 그 단면적인 예시 중 하나일 뿐이었다.

"아, 그리고 퍼시스 후작가의 일은……"

로건이 신문 기사 두 개를 책상 위로 올려놓던 때였다. 제프리가 조심스럽게 퍼시스 후작가의 이야기를 꺼냈다. 어느 정도는 그의 책임도 있어 그랬다.

로건이 엘레노어를 빨리 잊었으면 해서, 로건의 허락을 받자마자 퍼시스 후작가에 연락을 취했다. 마침 결혼 시장에 나서려던 퍼시스 후작의 차녀는 모든 활동을 멈추고 로건의 연락만을 기다렸다.

"다행히 잘 마무리되었습니다."

그러나 엘레노어가 돌아왔다. 장녀와 차녀의 일이 모두 일방적으로 어그러질 뻔한 터라, 퍼시스 후작가에서 불쾌하게 여길 수 있었다. 로건은 몸을 회복하는 동안, 제프리를 통해 사과 편지와 선물을 보냈다.

"퍼시스 후작의 둘째 따님도 이해한다고, 두 분의 사랑을 응원한다고 하셨다더군요. 하루빨리 결혼하셨으면 좋겠다고요."

세 사람의 복잡한 연애사가 레던을 떠들썩하게 했던 영향이 컸다. 퍼시스 후작의 차녀는 로건을 연애 상대로 보기보다는, 통속소설의 주인공쯤으로 바라보는 듯했다.

그러니 로건이 엘레노어를 다시 곁에 두게 되었다는 이야기에, 오히려 소설 속 주인공들이 마침내 이어진 것을 응원했다.

"……그래요."

어처구니없지만, 일이 더 커지지는 않았으니 다행이라고 해야 할까. 로건이 허탈한 웃음과 함께 중얼거리듯 대답했다.

"알았습니다. 이해해 줘서 고맙다는 답장을 좀 부탁하죠."

로건의 말에 제프리가 고개를 끄덕였다. 그쯤이야, 어려울 것도 없는 일이었다.

"두 분은 언제쯤 결혼하실 예정입니까?"

볼일은 다 봤으니 금세 자리를 비울 것 같던 제프리가 갑작스럽게 질문을 던졌다.

"두 분 다 나이가 있으니, 하루라도 빨리 식을 치르셔야 하지 않겠습니까?"

엘레노어도 로건도, 레던을 기준으로 하면 결혼 시장에서 혼기가 꽉 찬 나이였다. 사실, 조금 늦은 편이었다.

"미리 말씀해 주셔야, 저도 염두에 두고 여러 일정을 조정할 수 있을 테고요."

제프리의 말에 로건이 눈을 깜빡였다. 엘레노어를 곁에 두게 된 것만으로도 만족해서, 결혼에 관한 얘기는 완전히 잊고 있었다. 그 여자를 영원히 곁에 묶어 두려면, 결혼이라는 과정이 필수적임에도.

"엘레노어 님과 이야기해 보시고, 넌지시 언질을 주십시오."

오랫동안 로건을 모신 비서답게, 제프리가 시의적절하게 로건의 옆구리를 찔렀다. 로건은 자신이 잊고 있던 일을 떠올리고 심각해졌다.

"알겠습니다."

로건의 대답에 제프리는 할 일을 다 했다는 듯, 시원스레 방을 나섰다. 대화를 마친 로건도 엘레노어와 애들런 교수가 있는 응접실로 향했다.

그러나 응접실로 향하는 내내, 로건의 머릿속은 제법 복잡했다. 어서와 약속했던 시간이 지나고도, 그러고도 엘레노어가 곁에 있으면 제 아내가 되어 달라 이야기하긴 했지만, 그건 청혼이 아니었다. 엘레노어가 그 말을 청혼으로 생각할 가능성은 적었다.

"······."

그런데 여태 청혼하지 않았다. 무엇부터 어떻게······.

불행하게도, 충분한 생각을 이어 가기에는 저택이 좁았다. 로건이 필요한 것을 하나하나 꼽던 사이, 응접실이 코앞에 있었다. 어쩐지 얼이 나간 듯한 로건을 발견한 사용인이 조용히 문을 열어 주었다.

로건은 열린 문 너머로 걸음을 옮겼다. 습관적으로 옮기던 걸음은, 너른 응접실 중간에서 애들런 교수와 이야기를 나누던 엘레노어를 발견한 순간 멈추어 섰다.

동시에 의식이 돌아왔다. 엘레노어와 같은 공간에 있으면서 다른 생각을 하기란 어려웠다.

"그러니까 그 시설이 아예 교육 시설로 인가를 받을 가능성이 있다?"

"네. 그렇게 진행할 생각도 하고 있어요."

애들런 교수가 로건을 먼저 발견하고, 손을 뒤집어 테이블 위를 두어 번 두드렸다. 엘레노어가 뒤를 돌아보았다.

"로건."

그러곤 로건을 발견하곤 소녀처럼 배시시 웃었다.

"계속 만나고 싶다고 하셨죠, 교수님? 이분은 로건 클래번, 이 공작저의 주인이세요. 로건, 이분은 제 담당 교수님인 애들런 교수님이에요."

"만나 뵙게 되어 반갑습니다, 클래번 공작."

"편히 로건이라 불러 주십시오."

악수를 마친 로건과 애들런 교수가 자리에 앉았다. 로건은 이제 움직임에 조금의 불편함도 없어 보였다.

"저를 계속 만나고 싶어 하셨다고요."

"아무래도 도움을 청할 일이 많다 보니 그렇게 되었습니다."

애들런 교수가 넉살 좋게 웃었다.

"저도 앞으로 도움을 청할 일이 많아, 자주 뵙게 될 것 같은 생각이 드는군요."

로건 역시 편안하고 소탈한 태도로 애들런 교수를 대했다. 그 모습을 지켜보는 엘레노어의 눈에 가득한 애정을 발견한 애들런 교수가 수염을 쓰다듬으며 눈을 반짝였다. 마치 딸의 연애를 지켜보는 아버지 같은 눈빛이었다.

"제가 도움을 드릴 수 있다니, 영광이군요."

"지금처럼 신분이 유명을 달리한 시대에 영광이랄 것까지야 있겠습니까."

로건의 느긋한 대답에 애들런 교수가 껄껄 웃었다.

"그리 받아들이지 않는 사람이 더 많은 시대이니까요. 클래번 공작이 현실적이고 실용주의적인 사람이라는 얘기는 들은 적이 있긴 한데, 과연 듣던 대로군요."

만족스러웠다. 이런 로건의 태도라면 이야기가 잘 통할 것 같아서였다.

"좋습니다. 본론부터 이야기해 보지요."

"편히 말씀하십시오."

"뭐, 이미 지원 시설 설립이나 강제 시설 격리 조항은 이야기를 나누었으니 넘어가고……. 사실은 한 가지를 더 생각했습니다."

애들런 교수가 로건과 엘레노어가 앉은 방향으로 몸을 낮추어 기울였다.

"기초 교육법 명문화입니다."

* * *

사실 애들런 교수는 특수 아동의 인권에 그리 관심이 있는 편은 아니었다. 그러나 그는 모두에게 적합한 교육이 제공되어야 한다고 믿는 사람이었다. 그러니 엘레노어의 일을 돕는 것만으로는 완벽하다고 생각하지 못했다.

"미처 생각하지 못했어요."

기초 교육법을 제정하여, 모두에게 일정 나이까지 공평한 교육을 제공하는 것. 그것은 특수 아동의 교육 문제를 넘어서는 일이었지만, 다른 법과 더불어 그들에게까지 영향을 미칠 수 있는 일이었다.

기초 교육법에 따라 기준 연령까지는 교육을 받아야 할 아이들이 정신 병동에 격리당하는 일은 있을 수 있는 일인가? 당연히 아니다. 그렇다면, 교육의 기회를 제공하되 같은 교육 과정을 수행하기 어려운 아이들은 어디로 가야 하는가?

그러한 질문이 뒤를 이을 테니까.

"일단 다음 학기부터 바로 복학부터 해야겠어요. 법 제정이 하루아침에 이루어지진 않겠지만."

골똘히 생각에 잠긴 엘레노어가 정원을 걸으며 조잘거렸다. 로건은 조용히 그 곁을 따라 걸었다.

"일단 무엇이든 간에 결혼식 일정과 겹치지만 않으면 될 것 같기는 한데, 그렇죠?"

그러나 문득 엘레노어가 떨어뜨린 폭탄에 로건이 동상처럼 얼어붙었다. 등 뒤에 인기척이 느껴지지 않자, 몇 걸음을 더 걷던 엘레노어가 뒤를 돌아보았다. 로건이 멈추어 서 있었다.

"로건?"

엘레노어의 부름에 로건이 그제야 의식이 돌아온 사람처럼 움직였다. 싱싱한 풀이 밟히며 자박거리는 소리가 나는 만큼, 로건이 엘레노어와 가까워졌다.

"……나와 결혼을 생각하고 있었습니까?"

로건의 질문에 엘레노어가 당연한 걸 질문한다는 듯 고개를 끄덕였다.

"당신의 아내가 되어 달라고 했었잖아요."

물론, 청혼이라기보다는 어서와 약속했던 3년 안에 그가 돌아오지 않으면 그 후에 그렇게 해 달라는 부탁에 가까웠지만.

아무튼 엘레노어는 그것을 청혼으로 받아들였다. 로건과 마음을 확인하고 연인이 되었으니, 당연히 그와 결혼하리라 믿어 의심치 않았다. 로건 역시 엘레노어에게 매달리고, 애정을 숨기지 않았으므로 당연히 그럴 줄로만 알았다.

"왜……."

하지만, 그게 아니었던가?

곧, 엘레노어는 아차 싶은 얼굴로 눈을 내리깔았다.

"바로 결혼하자고 한 게 아닌 건 알아요."

결혼하여 아내가 되어 주면 좋겠다곤 했지만, 로건이 그 시기를 언급한 적은 없었다. 엘레노어 자신도 로건에게 자신을 데려가 달라 조르고 매달릴 작정은 아니었다.

"어차피 지금 당신 몸도 좋지 않고, 이것저것 정리되지 않은 일도 많고……."

문득 억울한 마음이 들었다. 그렇게 얘기한 건 로건이었다. 게다가 엘레노어는 지금 당장 나를 데려가 달라, 요청한 적도 없었다.

그러나, 이렇게 되기까지 여러 일이 있었던 것을 생각하면, 그가 결혼까지는 재고해 보자 생각했을 가능성도 전혀 없지는 않았다. 그런 생각을 하자, 바늘에 찔려 바람 빠진 풍선처럼 억울함조차 빠져나갔다.

이제 이 남자가 아니면 안 될 것 같은데, 그는 나를 그만큼 원하지 않는다고 하면 어떡하지…….

"이제 원하지 않는 건가요?"

엘레노어가 조용히 질문했다. 작고 자신 없는 목소리였다.

그러나 들리지도 않을 만큼 작은 목소리 속 상처가 로건의 귀를 파고들었다. 로건이 황급히 고개를 저었다.

"그런 게 아니라……."

그러곤 엘레노어의 두 팔을 잡고 해명하려고 했다.

"그간 제가 당신을 힘들게 했던 것을 생각하면, 시간을 두고 생각해 보는 게 당연한 일이죠."

엘레노어가 씁쓸한 얼굴로 어색하게 미소 지었다. 전혀 괜찮지 않은 얼굴인데, 상처받지 않은 척하려는 얼굴이 가엾게 보일 만큼.

로건은 망설이지 않고 엘레노어의 앞에 한쪽 무릎을 꿇었다. 이 순간, 청혼할 준비가 되지 않았다는 건 변명에 불과하다는 걸 알았으니까. 바로 지금이 엘레노어에게 영원을 맹세할 타이밍이라는 것을 알았으니까.

마음을 깨닫고 전할 타이밍을, 자신의 것으로 만들 순간을 놓쳐 멀리 돌아왔다. 그리고 그 어리석음의 대가는 오랜 고통이었다. 이제는 그러고 싶지 않았다.

"로건!"

엘레노어가 놀란 얼굴로 로건을 일으켜 세우기 위해 손을 뻗었다. 그러나 로건은 움직이지 않았다.

"일어나요. 대체 왜……."

"나와 결혼하는 것을 생각했느냐고 물어본 건, 그때 내가 했던 얘기를 당신이 청혼으로 받아들였다고 생각하지 못해서였습니다."

"……."

"당신과 결혼하고 싶은 마음이 없어져서가 아니라."

마치 땅 위에 뿌리를 내린 나무처럼, 엘레노어의 만류하는 손길에도 조금도 흔들리지 않았다.

"그때도, 지금도 감히 맨몸으로 청혼하는 걸 용서해요."

다만, 말 한마디로 엘레노어를 뒤흔들었다.

"꽃다발도, 프러포즈를 위한 반지도 미처 준비하지 못했지만……."

"……."

"당신과 다시 만난 걸 후회한다고 생각하게 하는 것보다는, 내가 당신과 결혼하기를 원하지 않는다고 짐작하게 만드는 것보다는 나을 것 같으니까."

말을 잃은 엘레노어가 조용히 로건을 내려다보았다. 무릎을 낮추어 앉은 사내는 이제 엘레노어보다 시야가 낮았다. 하지만 그러한 사실이 견디지 못할 정도로 어색하거나 하지는 않았다.

"엘레노어 허드슨. 나의 사랑스러운 아가씨."

로건 클래번은 엘레노어 허드슨의 앞에서 늘 몸을 낮추고 있었다.

"아무것도 준비하지 못한 부족한 청혼이지만, 감히 소망하고 애원하니……."

저보다 한참 작은 여자가 놀라거나 상처 입을까, 겁먹고 도망갈까, 전전긍긍하면서. 그의 공포는 언제나 엘레노어였다.

"나, 로건 클래번의 아내가 되어 주십시오."

그건 아주 뒤늦은 깨달음이었다. 엘레노어는 그의 마음이 자신의 상상 이상으로 오래되었으며, 짐작보다 더 깊었다는 사실을 알게 되었다.

"그리고 나와 영원히 함께해 주기를 바랍니다."

당신은 늘 나를 그렇게 보고 있었구나.

새처럼 작고, 비 맞은 새끼 고양이처럼 가엾고, 노을처럼 마음을 뒤흔들되, 어둠처럼 두려운 것으로.

로건과 시선이 마주친 순간, 엘레노어는 울음 섞인 웃음을 터뜨리지 않을 수 없었다. 그의 고백이 사랑스러워 웃고 싶은데, 불가항력으로 눈물이 났다.

같은 시간에, 같은 마음이었더라면 얼마나 좋았을까. 그렇다면 당신을 그렇게 아파하도록 두지 않았을 텐데.

"……로건. 지금 여기에 없는 것들은 내 대답과는 아무런 상관도 없어요. 나는 한 송이의 꽃도, 하나의 반지도 필요하지 않아요."

"……."

"하나면 충분해요."

젖은 얼굴을 손으로 대충 훔쳐 낸 엘레노어가 로건을 부르며 입꼬리를 끌어 올렸다.

"무엇이든 말해요."

로건이 말했다. 어떤 것이든, 엘레노어가 원하는 것이라면 구해 올 것이라고. 엘레노어는 로건의 담담한 확신을 믿었다.

"로건 클래번. 내가 사랑하는 남자."

그저 진심을 말해 주고 싶었다. 과거에는 그랬더라도, 지금은 당신을 사랑한다고.

"내게 영원을 약속할 연인."

당신만 사랑한다고.

"내가 사랑하는 건 당신 하나예요. 당신이 가진 저택, 명예……. 그런 건 모두 당신에게 속해 있기에 애정을 나누어 주었을 뿐."

엘레노어가 조용히 손을 뻗어, 로건의 턱을 감쌌다. 로건이 느리게 눈을 감았다. 격정을 내리누르는 듯, 힘이 들어간 턱이 움찔거렸다.

"내게 그 하나만 준다면, 나는 백 번이라도 당신의 청혼을 받아들일 거예요."

엘레노어가 부드럽게 웃으며 이야기했다. 로건이 떨리는 한숨을 내쉬며 다시 눈을 떴다. 분명히 눈물을 흘리는 건 아닌데, 마치 눈물이 맺힌 것처럼 로건의 푸른 눈동자가 흐려져 있었다.

"……얼마든지."

믿기지 않는 일이었으니까. 언제나 잃을까 무서웠던 여자가 원하는 것이 오로지 자신이라고 말해 주는 순간의 감격은, 감히 꿈꿔 본 적도 없는 일이었으니까.

"모두 내어 줄 테니, 나를 전부 가져요."

"……."

"당신은 그래도 됩니다."

그러니 로건은 스스로를 모두 내어놓았다. 고작 자기 자신으로 눈앞의 여자를 온전히 얻을 수만 있다면, 이건 손해 보는 거래일 수 없었다. 다소 세속적으로 말하자면, 이건 오히려 그에게 이득인 장사였다.

"당신이 그렇게 말한다면 거절하지 않을게요."

그리고 엘레노어는 순순히 로건 클래번이 내놓은 그 자신을 받아들였다. 아니, 사실은 아주 꽉 움켜쥐었다.

"감히 내가 그래도 되나는 물음 같은 것도 이젠 하지 않을 거예요. 그러다 당신을 놓쳐 버리면 내가 손해니까. 죽을 때까지 후회할 테니까."

손해 보지 않으려는 이기적인 마음에서 비롯된 것이었다. 그러나 사랑이었다. 그 비겁하고 치열한 마음은 사랑이 아닐 수 없었다.

"나 엘레노어 허드슨은……."

로건이 고개를 들어 엘레노어와 시선을 똑바로 마주쳤다. 영혼과 영혼이 닿는 느낌이 들었다. 엘레노어는 그때, 로건과 자신이 완전히 통해 있다고 믿게 되었다.

"로건 클래번의 청혼을 받아들이겠습니다."

엘레노어의 완전한 허락이 떨어졌다. 로건은 조용히 두 손을 뻗어, 엘레노어의 작은 손을 붙잡았다. 그리고 안도하듯 그 손등 위로 이마를 가져다 댔다. 놀랍게도 그의 손은 조금 떨리고 있었다.

사내를 연약하게 만든 감정의 이름은 기쁨이며, 감격이었을 것이다.

"나를 영원히 당신의 곁에 묶어 줘요. 이 영혼마저도."

엘레노어가 나지막이 속삭였다. 로건은 말없이, 제 이마에서 떼어낸 엘레노어의 손등 위로 길게 입을 맞추었다.

기사의 맹세처럼, 혹은 절대로 깨질 수 없는 맹약처럼.

"얼마든지."

로건이 낮게 잠긴 목소리로 대답했다. 로건의 손에서 제 손을 빼낸 엘레노어가 허리를 굽혀 로건의 머리통을 품 안으로 당겨 안았다. 따스한 체온과 부드럽고 향긋한 엘레노어의 체향이 고스란히 그에게 넘어왔다.

"얼마든지……."

로건은 탐욕스레 그 모든 것을 흡입했다. 그리고는 두 팔을 뻗어, 가느다란 허리를 감싸 안았다. 제 몸으로 완전히 집어삼킬 것처럼 그악스러운 욕심이었다.

그 순간, 로건이 턱을 기댄 엘레노어의 어깨 너머로 더운 바람이 불었다. 로건은 흔들리는 앞머리 너머로 시선만 들어 올렸다. 그제야 그를 격정으로 빠뜨린 감각이 무뎌지고, 그들을 둘러싼 주변의 모습이 보였다.

미지근한 밤공기가 환기한 것은 계절, 언젠가 그들이 만났던 날과 같은 여름밤이었다. 그것을 깨닫자 그가 사랑을 깨닫던 밤처럼, 풀벌레가 요란하게 울었다.

언젠가 완전히 떠나갈 엘레노어를 생각하며 절망을 느끼던 날처럼, 시커먼 아가리를 벌린 어둠 속, 여름밤의 별이 쏟아질 듯 반짝였다.

그러나 그 소란스러움이 조금도 들리지 않았고, 별은 쏟아지지 않았다. 쏟아진대도 두렵지 않을 것 같았다. 이 땅으로 떨어지는 빛은 모두 희망일 것이었으므로.

이 사랑으로 말미암아 그렇게 되었다.

로건은 다시 눈을 내리감은 채, 사랑스러운 여자의 목덜미에 어린 짐승처럼 얼굴을 문댔다.

행복했다.

그래, 행복이었다.

* * *

어느새 가을의 초입이 되었다. 길다고 말할 수는 없는 기간이었지만, 로건은 엘레노어의 과보호 아래 몸을 거의 회복했다.

그리고 그만큼 결혼 준비도 차근히 이루어지고 있었다. 로건은 이미 돈을 아끼지 않고 클래번 공작저의 행사 홀을 꾸미도록 명령했고, 신혼여행지로 향하는 배도 대여했다.

물론, 그는 엘레노어를 위한 웨딩드레스에도 관심을 기울였다. 왕족을 위한 옷을 만든다는 디자이너를 데려와 엘레노어를 위한 드레스를 짓게 했다.

과연, 왕실을 위해 일해 온 사람답게 그 실력은 우수했다. 그러나 얼마 지나지 않아 로건은 디자이너를 데려온 것을 후회했다.

'신랑은 결혼식 전까지 웨딩드레스를 입은 신부를 보면 안 됩니다.'

디자이너는 결혼 전에 신랑이 웨딩드레스를 입은 신부를 본다면 부정을 탄다고 믿는 사람이었다. 가봉과 마지막 피팅을 보기 위해서 엘레노어가 몇 번이나 드레스를 입어 보는 동안, 로건은 단 한 번도 그 모습을 보지 못했다.

'그런 법이 있다는 소리는 듣지 못했습니다만.'

로건은 그런 법이 어디 있느냐며 나지막이 불평했다. 물론, 언성을 높이거나 어린애처럼 투정을 부리는 건 아니었다.

'인내가 쓸수록 열매가 단 법입니다, 각하.'

보통 로건의 말이면 그 의지가 꺾일 만도 한데, 강퍅한 디자이너는 끝내 고집을 꺾지 않았다. 로건은 결국 그녀의 고집에 두 손두 발을 다 들고 말았다.

덕분에 로건은 결혼식을 보름 앞둔 지금까지도 엘레노어의 드레스라면 그 천 조각 하나도 보지 못한 형편이었다. 그저 '천사 같다.' 혹은 '공주님 같다.'는 올리비아의 토막 난 표현으로만 전해들을 수 있었다.

"그렇게 고집스러운 사람일 줄은."

로건이 짧게 혀를 찼다. 그러나 차창 밖으로 스쳐 지나가는 풍경을 보는 그의 얼굴에는 짜증보다는 부드럽고 평화로운 기색이맴돌고 있었다.

"하지만 그분이 한 말을 납득했으니 물러나신 거잖아요."

창턱에 올린 팔로 턱을 괴고 있던 로건이 엘레노어에게 시선을돌렸다. 편안하게 셔츠에 긴 치마 차림을 한 엘레노어가 로건을보며 씩 웃었다.

"글쎄요."

로건이 눈썹을 한 번 들었다 내리며 대답했다. 엘레노어가 몇번이나 같은 웨딩드레스를 입은 것을 봤더라도, 그는 변함없이 감탄할 자신이 있었으니까.

'나중에 완벽하게 준비가 된 후에 보여 주고 싶어요. 지금은 좀부끄러워서.'

로건이 순순히 물러난 것은 그저, 엘레노어가 그러기를 바랐기 때문이었다. 그가 존중하는 것은 오로지 그가 사랑하는 여자, 엘레노어의 의견뿐이었다.

"엘리!"

로건이 무어라 이야기하기도 전이었다. 올리비아가 손가락으로 창문을 두드리며 엘레노어를 돌아보았다.

"그래, 지난번에 왔던 공원이네."

엘레노어가 그렇게 대답하며 웃었다. 서턴의 번화가에서 다리하나를 건너면 나오는, 이전에 와본 적 있는 공원이었다. 오늘의 목적지이기도 했다.

"아직은 크게 차이가 없네요."

한여름과 비교하면 햇빛이 한풀 꺾이고, 나뭇잎의 초록색 역시 어두워지긴 했다. 그러나 아직은 크게 차이가 나지 않았다. 하늘도 새파랗고, 기온도 적당해 올리비아가 원하는 피크닉을 나서기에는 오히려 지금이 더 좋았다.

"그래도 모자는 꼭 쓰자."

엘레노어가 모자를 고정하기 위해 올리비아의 턱 밑에서 묶은 매듭을 한 번 더 확인했다. 올리비아는 순순히 고개를 끄덕였다.

사실 올리비아는 각서를 쓰고 난 후에도 종종 엘레노어를 불안하게 보았다. 그런 불안이 가신 것은, 엘레노어가 제 입으로 로건과의 결혼 계획을 일러 준 이후부터였다.

저에게라면 오라비를 허락할 수 있다고 이야기해도 시큰둥한 반응을 보였던 엘레노어가 직접, 그와의 결혼을 논하다니. 그것은 진실로, 엘레노어가 영원히 클래번 공작저에 묶이겠다고 선언한 것과 같았다. 아버지는 죽었어도, 어머니는 클래번 공작저에 남은 것처럼.

"바람이 좋네요."

로건의 손을 잡고 차에서 내린 엘레노어가 웃으며 이야기하자, 로건이 고개를 끄덕였다.

기실 그렇게 특별할 날씨는 아니었다. 그러나 특별할 것 없는 날씨조차, 엘레노어가 특별하다고 이야기하면 대단한 날이 되었다. 자존심도 없다고 생각하면서도, 그저 그렇게 되곤 했다.

"저기, 또 비어 있네요."

자리를 잡을 만한 위치를 찾아 걷던 중, 엘레노어가 어딘가를 바라보며 이야기했다. 언젠가 엘레노어와 올리비아가 공원으로 피크닉을 왔을 때 앉았던 그 자리였다.

"여기 앉죠."

그 자리를 일별한 로건이 엘레노어와 올리비아를 이끌었다. 두 여자는 거절하지 않고 로건을 따라왔다.

로건이 매트를 깔고, 피크닉 바구니를 한쪽에 밀어 둔 채 엘레노어를 매트 위에 앉혔다. 어느새 매트 위로 올라앉은 올리비아는 이 나들이의 목적을 잊지 않고, 그림을 그리기 위한 도구를 바구니에서 끄집어내고 있었다.

데이트를 하려던 본래 목적은 둘 사이에 낀 불청객으로 인해 완전히 흐려졌지만, 기분은 나쁘지 않았다. 그건 아마, 두 사람의 몸 사이에서 조용히 겹쳐 잡은 손 때문이었을 것이다.

"아버지에게 연락이 오지는 않습니까?"

문득, 로건이 정면으로 시선을 던진 채 질문했다. 조용히 그림 그리는 데 몰두한 올리비아를 지켜보던 시선이 로건의 옆모습을 향했다.

"아뇨, 전혀."

"그렇다면 다행입니다."

"혹시 아버지께서 당신에게 접근했나요?"

엘레노어는 로건이 잡고 있는 자신의 손을 빼내고 다급하게 질문했다. 갑작스러운 질문에 혹시나 하는 마음 때문이었다.

"혹시 돈을 달라고 한다거나, 협박을……."

엘레노어가 로건의 소매를 꼭 움켜쥐며 입을 열었을 때였다. 로건이 낮게 웃었다.

"그가 협박한다고, 내가 당할 사람으로 보입니까?"

"그건 아니지만……."

아무렴 로건 클래번이 찰스 허드슨 따위를 어쩌지 못해 당할까. 로건이 느긋한 얼굴로 고개를 저었다.

"그냥 이 자리에 있으니 당신 아버지가 생각나서."

"……."

"뺨을 맞아서 부은 얼굴로 이 자리에 돌아왔던 당신도 생각이 나고."

그러나 과거를 회상하는 그의 얼굴에 드리운 감정은 느긋함이나 평온과는 거리가 멀었다. 적을 향해 겨눈 총의 방아쇠를 당길지 말지 고민하는 얼굴에 가까웠다.

어쩔 수 없는 일이었다. 로건은 찰스의 이름을 떠올릴 때마다, 엘레노어를 낳고 키워 주었다는 감사함보다는 불쾌함과 분노를 먼저 느꼈으므로.

"켄트에서 그렇게 떠나온 뒤로 연락한 적 한 번도 없어요. 결혼 소식을 들으면 찾아오려고 할지도 모르지만……."

엘레노어가 고민하듯 미간을 조금 찌푸렸다. 사실 로건은 결혼식에 찰스를 초대할 생각이라고는 손톱만큼도 없었다. 엘레노어에게는 차마 말하지 못했지만, 그 여린 뺨을 갈긴 손목을 부러트리지 못한 게 아직도 마음속에 앙금으로 남아 있었다.

"결혼식에 그를 초대하기를 원해요?"

그러나 엘레노어가 원한다면, 그를 결혼식에 초대하는 일은 어렵지 않았다.

"아뇨!"

그러나 예상과는 다르게, 한 치의 망설임도 없는 대답이 떨어졌다.

"이제 내게는 아버지가 없어요."

엘레노어의 특징은 어두운 심연의 그림자 같은 잿빛 눈동자. 그러나 제 아버지를 부정하는 동안, 늘 그 안에 고요히 고여 있던 온기와 다정함은 찾아볼 수 없었다. 오롯한 진심이었다.

"올리비아를 보살피고, 당신과 결혼을 결심하면서 더욱 그렇게 생각하게 됐어요."

"……."

"나는 지금의 올리비아가 너무 예쁘고 사랑스러워요. 당신과 나

사이에서 태어난 아이에게 어떠한 문제가 있더라도 매한가지일 거예요."

아이가 아프면 제 심장을 갈라 그 피라도 먹이고 싶은 심정이 들 것 같았다. 배 아파 낳은 게 아닌 올리비아에게도 그러고 싶었으니까.

한데, 어떻게 제 자식을 정신 병원에 처박아 죽이고 장례식도 치러 주지 않을 수가 있지? 그리고 남은 자식은 돈으로 팔아먹으려고 했다. 말로는 가문을 살리기 위한 돈이라 했지만, 엘레노어는 찰스가 그 돈을 쓸 곳을 알았다.

"그러니 그 사람을 더욱 이해할 수 없게 되었어요. 그게 그 사람이 내 아버지일 수 없는 이유예요."

자신은 고작 찰스가 도박장에나 갈 돈을 마련해 주려고 태어난 게 아니었다. 그러기 위해 여태 삶을 꾸려 온 것도 아니었다.

"내가 이렇게 말하는 게 무척 안 좋게 들릴 거라는 거 알지만……."

"당신의 마음을 존중해요, 엘레노어."

엘레노어가 머뭇거리며 말을 이어 가려던 때였다. 로건이 부드럽지만 단호한 목소리로 엘레노어의 고민을 끊었다.

"그러니 나를 설득하려고 하지 않아도 됩니다."

네 마음은 네 것이니, 내게 확인하고 정당하다는 증명을 받을 필요 같은 건 없노라고.

엘레노어는 이 사내의 서느런 다정함이 좋았다. 어쩌면 퉁명스럽다거나, 무뚝뚝하게 들릴 수 있는 표현 사이에서도 꿀이 뚝뚝 떨어지는 상냥함이 좋았다.

"……고마워요."

엘레노어가 작게 속삭이며 로건의 단단한 어깨에 조심스럽게 머리를 기댔다. 그러자 로건은 팔을 들어, 엘레노어의 가녀린 어깨를 당겨 안았다.

언제까지고 그렇게 기대어 있다고 해도 자신을 받아 줄 것만 같은 든든한 남자. 로건을 향한 맹목적인 신뢰가 안도를 불러일으키고, 마음을 풀어지게 했다.

올리비아가 종이를 넘기고 사각거리며 그림을 그리는 소리, 물이 흐르는 소리, 새가 울고 날아가는 소리. 거기다 로건의 따뜻한 체온을 더하자 자연스럽게 졸음이 쏟아졌다.

"졸리면 좀 자도 됩니다. 아침 일찍부터 간식거리를 만든다고 바빴던 거 알아요."

엘레노어는 로건의 말에 거절하지 않고 조용히 눈을 감았다. 그러자 마치 그 순간을 기다린 것처럼, 엘레노어의 어깨를 감싸고 있던 로건의 손이 팔로, 손으로 흘러내렸다.

* * *

그렇게 깜빡 졸았다. 엘레노어는 마디가 굵은 손가락이 제 손가락 사이사이로 얽혀 드는 것을 느끼며 눈을 떴다. 가을 햇빛을 받은 호수가 반짝이는 모습이 가장 먼저 보였고, 그다음에 보인 건 로건이 조몰락거리는 제 손이었다.

"……."

막 잠에서 깬 데다, 반짝거리는 물 표면을 제일 먼저 본 터라 시야가 흐릿했다. 하지만 아무리 그렇다고 해도, 손가락에서 낯설게 반짝이는 푸른빛의 보석을 발견하지 않기는 어려웠다.

"로건, 이거……."

잠이 달아나는 기분이었다. 엘레노어가 로건에게 기대어 있던 머리를 들고, 로건과 마주 보았다.

"당신은 괜찮다고 했지만, 청혼할 때 아무것도 없었던 게 마음에 걸려서."

로건이 다소 흐트러진 머리를 귀 뒤쪽으로 쓸어 넘겨 주며 나지막이 속삭였다.

물론, 청혼하던 밤에도, 그 이후에도 엘레노어는 괜찮다고 이야기했다. 그러나 그건 사내로서 자존심이 허락하지 않았다.

"맞춤이라 시간이 조금 걸렸습니다. 늦어서 미안해요."

그러나 엘레노어는 로건이 덧붙인 말에도 이렇다 할 반응이 없었다. 혹시 보석이나 반지의 디자인이 마음에 들지 않는 걸까. 로건은 다소 초조해진 마음으로 엘레노어의 눈치를 살폈다. 엘레노어의 시선은 제 손가락에 끼워진 푸른 사파이어 반지에 고정되어 있었다.

"혹시 마음에 들지 않는다면……."

"그럴 리가 없잖아요."

엘레노어가 울먹거리며 로건의 말을 부정했다.

"……마음에 듭니까?"

엘레노어는 로건이 조심스럽게 건넨 질문에 몇 번이고 고개를 주억였다. 그러곤 애교 부리는 고양이처럼 로건의 목덜미에 제 머리를 깊숙이 기댔다.

"마음에 들어요. 무척이나."

이 사내의 눈동자를 닮은 아름다운 사파이어 반지가 어떻게 마음에 들지 않을 수가 있을까.

그가 정도를 모르고 밀려들 때마다, 속절없이 젖어 드는 마음이 먹먹할 정도로 행복했다. 무슨 행운으로 이 남자를 만난 걸까. 엘레노어는 물기에 젖은 한숨을 느리게 내뱉었다.

"엘리! 로건!"

그 순간, 자신만 빼고 자기들만의 시간에 갇힌 두 사람이 마음에 들지 않는다는 듯 올리비아가 둘을 불렀다. 로건이 제 등을 두드리는 손길에 뒤를 돌아보았다. 엘레노어 역시 로건에게 반쯤 기댄 몸을 떼고 올리비아를 보았다.

"이거 봐. 올리브가 그렸어!"

어느새 둘의 곁으로 바짝 다가온 올리비아가 제가 그린 그림을 보여 주었다. 팔락거리는 종이가 말리지 않도록 끄트머리를 꼭 붙잡은 채였다.

"올리비아, 이거……."

올리비아가 화사한 얼굴로 웃었다. 엘레노어는 말을 잃은 채 그림으로 손을 뻗었다.

"엘리랑 로건이야!"

아직은 가을의 빛이 완전히 스며들지 않은 공원, 호수 앞에 나란히 앉은 연인의 뒷모습이 올리비아가 그린 그림 안에 갇혀 있었다.

"잘 그렸구나, 올리비아."

엘레노어가 아무 말도 하지 못하는 사이, 로건이 부드러운 목소리로 올리비아를 칭찬했다. 실제로도 따스한 색감으로 그려진 올리비아의 그림은 무척이나 아름다웠다. 평화 그 자체이기도 했다.

"엘리는 별로야?"

엘레노어가 검지 끄트머리로 피크닉 매트 위에 기대어 앉은 연인을 쓸었다. 로건이 그랬던 것처럼, 올리비아도 엘레노어의 눈치를 살피며 조심스럽게 질문했다.

"아니."

"……"

"정말 예뻐, 올리비아. 무척 마음에 들어."

오늘 자신을 울리려고 작정한 것처럼 구는 두 남매 때문에, 울음을 터뜨리고 싶은 충동을 참느라 대답이 늦었을 뿐이었다.

엘레노어는 그 이상 말을 덧붙이는 대신, 조용히 두 팔을 벌렸다. 올리비아가 나비처럼 엘레노어의 품 안으로 날아들었다.

가족이었다. 그것 이외의 이름으로 그들을 설명할 방법은 없었다.

"엘리, 행복해?"

올리비아가 눈을 반짝이며 질문했다. 제 오라비와 같은 푸른 눈이 행복과 기대감으로 빛나고 있었다.

"응…… 행복해."

그러니 망설이지 않고 대답할 수밖에 없었다. 엘레노어는 올리비아에게 진심으로 대답하고, 로건을 향해 시선을 돌렸다.

두 여자에게서 잊힌 남자는 여전히 그들을 지켜보고 있었다. 그러나 서운함 같은 건 일절 비치지 않았다. 그것은 그저 행복이며 감사함이었다.

"당신도 행복해요?"

엘레노어가 질문했다. 로건이 부드럽게 미소 지었다. 어떤 대답도 없었으나, 엘레노어는 그것이 그의 대답임을 알았다.

행복합니다. 이루 말할 수 없이.

"나도 행복해요."

엘레노어가 그렇게 이야기하고, 올리비아를 품 안으로 더 강하게 끌어안았다.

"로건."

올리비아의 머리통 위에 잘게 입 맞추던 엘레노어가 로건을 불렀다.

"나는……."

감격으로 숨이 가빴다. 엘레노어는 잠시 말을 잇지 못한 채 나뭇잎에 반쯤 가린 하늘을 올려다보며 눈만 깜빡였다.

"당신과 올리비아를 만난 건 제 인생의 행운이라고 생각해요."

언젠가 엘레노어가 로건에게 했던 이야기였다.

그러나 결이 달랐다. 그때는 그저, 제 상처를 다른 이야기로 덮을 수 있게 해 주었던 로건과 올리비아에게 감사한 마음이었으나, 지금은 그 마음과는 뜻이 달랐다.

"그동안 살아온 게 다, 이 순간을 위해서인 것 같아⋯⋯."

태어날 때부터 가졌던 하나의 가족은 불완전하였으나, 새롭게 만난 다른 가족은 완전했다. 남들이 볼 때는 무언가 하나 부족하게 보일지라도, 엘레노어에게는 완벽했다.

"으아, 엘리! 올리브 숨 막혀!"

엘레노어가 올리비아를 좀 더 힘주어 끌어안았다. 분위기를 보아 그 힘을 감당해 보려던 올리비아의 얼굴이 조용히 구겨졌다. 결국 그 힘을 견디지 못한 올리비아가 버둥거렸다.

그 모습을 지켜보던 로건이 낮은 웃음을 터뜨렸다.

* * *

제프리는 화창한 늦봄까지 기다려 결혼식을 치르는 편이 좋겠다고 이야기했다. 5월의 신부라는 단어가 괜히 있는 게 아니라고도 설명을 덧붙였다.

그러나 로건은 제프리의 의견을 묵살했다. 그때까지 기다릴 마음이 조금도 없었기 때문이었다. 같은 침대에서 잠들지만, 여태 엘레노어에게 손 한 번 대 보지 못한 처지였다. 조용히 기다릴 마음의 여유랄 게 없었다.

그리하여 결혼식은 완연한 가을, 10월에 치러지게 되었다. 다행히 날씨도 맑고 좋았다.

"좋으십니까?"

제프리가 놀리듯 물었다. 이전 같았으면 감히 로건에게 그런 장난을 쳐 보지도 못했을 터였다. 그는 지나치게 곧고 딱딱했으니까. 그러나 로건은 엘레노어를 만난 뒤로 '말랑'해졌다.

"손님맞이까지 할 필요는 없습니다, 제프리."

로건은 제프리의 질문에 대답하지 않았으나, 제프리는 그의 속을 알 것 같아 남몰래 웃었다.

"제가 없다면 불편하실 겁니다."

제프리가 씩 웃으며 이야기했다. 제프리는 이미 결혼 경험이 있고, 손님맞이를 해 본 경험도 있었다. 게다가 그가 누군가! 로건 클래번의 속내를 누구보다 잘 아는 비서 제프리 앤더슨이었다.

"그만 들어가서 예복으로 갈아입고 준비하고 계십시오."

제프리가 로건에게 실내로 들어가라는 듯 눈짓했다. 하객들이 슬슬 몰려들기 시작했는데, 그 사이에 하객으로 가장한 기자들도 섞여 있기 때문이었다.

"그럼 염치없지만, 도움을 구하겠습니다."

"도움이랄 것까지야 있나요. 제가 좋아서 하는 일인데."

제프리가 씩 웃었다. 로건도 한쪽 입꼬리를 끌어 올리며 시원스레 웃었다. 흔치 않은 웃음이었다.

"부탁하겠습니다."

"맡겨 두세요."

"아, 맥플런이라는 기자가 오면 출입 허가해 주십시오. 엘레노어가 요청했으니까."

어지간히도 좋은가 보지. 제프리는 그렇게 생각하며 고개를 끄덕였다.

"초대장을 보여 주십시오."

제프리는 자연스럽게 초대장을 검사하는 일을 맡았다.

"초대장이 없다면 입장이 불가합니다, 기자님."

"아니, 서던 포스트의……."

"불가합니다."

초대받아 온 손님들은 초대장을 건네고, 하객인 척 몰래 스며든 기자들은 엉덩이를 걷어차여 쫓겨났다.

"브라운 부인을 정해진 좌석으로 안내해 주세요."

제프리는 그 선봉에 서서, 기계적으로 초대장의 유무를 통해 사람을 걸러 내며 뿌듯함을 느꼈다. 모시는 분과 결이 맞는 데에는 다 이유가 있는 법이었다.

"맥플런 기자입니다."

"아, 맥플런 기자님. 들어가세요. 엘레노어 님께서 기다리시던 분이시군요."

물론, 그중에는 예외 설정도 있었다. 제프리는 그 사실을 잊지 않고 성실히 역할을 수행했다.

"초대장을 보여 주십시오."

그러나 그런 일을 한 시간 가까이하고 있자니, 아무리 제프리라도 지치지 않을 수 없었다. 제프리는 제 앞에 선 부부의 얼굴도 쳐다보지 않고 관성적으로 질문했다.

"초대장은 따로 없는데, 입장할 수 없나요?"

귀부인의 나긋나긋한 목소리가 귀에 꽂혔다. 제프리는 그 발음이 무척이나 우아하다고 생각하며, 고개를 들었다.

"초대장이 없으면 입장이 불가하······."

막 그렇게 말을 내뱉은 순간, 눈이 마주쳤다. 아무리 제프리가 문외한이래도 모를 수 없는 존재였다.

"레던의 왕과 왕비라고 해도?"

국왕이 쓰고 있던 안경을 치켜올리며 조용히 질문했다. 제프리는 차마 말을 잇지 못한 채 입을 뻐끔거렸다.

초대장도 없이 남의 결혼식에 방문한 국왕은 불청객인가, 환영받아 마땅한 손님인가?

아무리 로건의 속내를 잘 안다고 해도, 로건 본인이 아닌 이상 제프리로서는 그걸 구분할 방법이 없었다.

"클래번 공작님을 불러 주십시오."

"예?"

"국왕 부처께서 오셨다고. 지금 바로. 당장!"

그러니 로건을 호출할 수밖에.

* * *

"왕과 왕비가 결혼식에 왔다고요?"

엘레노어의 질문에 로지가 고개를 주억였다.

"그래서 각하께서 예복만 갈아입고 바로 나가셨다고 하네요."

이미 파다하게 소문이 난 터라, 클래번 공작저 근처에 기웃거리는 인파가 많았다. 그래서 결혼식장이 아수라장이 될까, 로건의 신경이 곤두섰다고 했다. 그를 모시는 사용인들이 예민해진 것 역시 당연한 일이었다.

"갑자기 두 분이 여기에 왜……."

엘레노어가 믿기지 않는다는 듯 중얼거렸다. 사실, 왕과 왕비는 아예 초대하지 않은 손님이었다.

본래 국왕 부처가 귀족의 결혼식에 참석해 자리를 빛내 주는 일은 드물긴 했다. 그러나 귀족으로서 왕실을 향한 예우를 갖추기 위해, 초대장은 예의상이라도 보내 주어야 했다.

그러나 로건은 왕실에 단 한 장의 초대장도 보내지 않았다. 어셔를 충동질해, 엘레노어와 자신의 명예를 더럽힌 왕실에 대놓고 불만을 드러낸 셈이었다.

"네. 들어오세요."

그때였다. 급하지 않은 노크 소리가 두어 번 이어졌다. 엘레노어는 이해할 수 없는 상황에 팔려 있던 정신을 가다듬었다.

"엘레노어."

엘레노어의 허락이 떨어지자, 조심스럽게 문이 열리며 방문객이 모습을 드러냈다.

"……어셔."

하객으로서 말끔하게 차려입은 어셔였다.

엘레노어는 어떤 말도 쉽사리 내뱉지 못한 채, 생기 있게 반짝이는 입술만 달싹였다. 그 모습을 물끄러미 지켜보던 어셔가 희미하게 미소 지었다.

"로지, 잠깐 자리를 비켜 주겠어요?"

엘레노어의 부탁에 눈치를 살피던 로지가 조용히 대기실 문을 닫고 나섰다. 그러나 로지가 자리를 비운 후에도, 어셔는 다섯 걸음 정도 떨어진 거리에서 가까워지지 않았다.

"왜 그런 얼굴이에요?"

어셔가 나지막이 질문했다. 이제 어셔에게 죄책감을 느끼지 말자고 마음을 다졌으나, 막상 그와 얼굴을 마주하자 괜히 마음이 무거웠다. 특히나, 로건과 결혼하기 위해 웨딩드레스까지 갖추어 입은 지금은 더욱.

"그간 힘들었으니 이제는 행복하라고 했잖아요."

"알아요. 그래서 고맙고."

엘레노어의 대답에 어셔가 낮게 웃었다. 그가 남긴 말의 뜻을 안다면서, 어째서 이렇게 어쩔 줄 모르는 얼굴일까. 답은 하나였다.

"미안하게 생각할 필요 없어요. 오늘 내가 여기 온 건 나를 위해서니까."

결국, 마지막에는 엘레노어를 감당하는 것이 두려워 포기하고 물러난 겁쟁이를 가엾게 여기는 것이겠지. 그럴 만한 가치가 없다는 것도 모르고.

"당신이 완전히 다른 남자의 여자가 되었다는 것을 눈으로 직접 확인하고 나면, 마지막의 마지막 미련까지 완전히 털어 버릴 수 있을 것 같아서 온 거예요."

어셔의 목소리는 상냥하지만 단호했다. 그건 그가 스스로 세운 벽이었다. 그에게 부드럽고 무른 사랑만을 받았던 엘레노어는 모를 수 없는 분명한 차이였다.

"두 사람의 결혼을 축복하고, 나도 행복해지고. 그러니 모두에게 이득인 일 아니겠어요?"

그게 서운하게 느껴지지는 않았다. 당연한 일이었으며, 오히려 그래서 안심이 되었다. 말만 그런 게 아니라, 어셔는 정말로 엘레노어를 그의 인생에서 과거로 넘기고 있었다.

다행히도 지나간 사람으로 만드는 일은 어렵지 않은 모양이었다. 물론, 기억을 잊어버렸던 것처럼, 혹은 아예 없던 일처럼 지우는 일은 불가능하겠지만.

"그리고 오늘 결혼식에서 초대받지 않은 손님들 때문에 놀랄 것 같아서. 얘기도 좀 해 줄까 하고 왔어요."

엘레노어가 눈을 동그랗게 떴다. 어셔가 불청객들의 존재를 이미 알고 있었다는 사실에 놀랐기 때문이었다.

"국왕 부처께서 여기 오실 걸 알았어요?"

엘레노어의 질문에 어셔가 고개를 끄덕였다.

"이미지 쇄신이 필요한 시기라서 움직일 거라고 생각했어요."

그건 무슨 뜻이지. 엘레노어는 말의 행간을 읽어 보려, 입을 다문 채 눈만 깜빡였다.

"당신을 얻고 나니 화를 낼 기운이 났던지, 로건이 화난 걸 숨기지 않았거든요."

"……."

"오히려 그간의 일까지 한 번에 앙갚음해 주었다고 해야 하나."

최근 왕실의 실체를 폭로한 내용이 기사화됐다. 왕이 침실 청소를 담당하던 사용인을 정부로 삼았다가, 강제로 낙태를 시킨 후

버렸다는 사실이 제일 먼저 알려졌다. 왕실은 사실무근이라는 입장을 내놓았다.

'모두 낭설입니다.'

왕실 변호사는 공식 석상에서 손수건으로 이마의 땀을 닦으며 그렇게 이야기했다. 오히려 거짓 폭로자가 실제 왕궁에서 일한 사람이라는 것은 어떻게 아느냐고 질문했다.

'제가 왕궁에서 보고 들은 것을 말씀드리면, 그 증거의 신빙성을 입증할 수 있을까요?'

그러자 폭로는 거기에서 멈추지 않았다. 실제 왕궁에서 일한 것을 어떻게 믿느냐는 말에 제가 보고 들은 것을 모두 폭탄처럼 터뜨렸다.

사이좋은 척하는 국왕 부부의 데면데면함, 왕이 로건에게 품고 있었던 뿌리 깊은 열등감, 어셔의 부탁을 이용해 로건의 명예를 실추시키려던 음습함, 그 과정에서 엘레노어의 삶이 엉망이 되더라도 신경 쓰지 말라던 잔인함, 어셔의 해명을 축소하라던 비겁함까지.

바로 옆에서 왕을 모시지 않았더라면 알기 어려운 일이었다. 그리고 그쯤 되자, 왕궁에서 일하던 이들은 모두 그 폭로자의 정체를 알게 되었다.

'이건 진짜다.'

알음알음 퍼져 나간 소문은 이제 통제하기 어려운 수준이 되었다. 엘레노어도 그런 사실은 잘 알고 있었다.

"악에 받친 폭로자의 뒤에 로건이 있어요. 신문사와 연결해 준 사람 역시 로건이고."

"아……."

그러나 로건이 그 배후였다는 사실은 미처 알지 못했다.

"그건 몰랐어요."

"당신에게는 선하게 보이고 싶었던 모양이네요."

로건은 엘레노어를 제외한 사람에게는 그러한 사실을 굳이 감추려고 들지 않았다. 이전의 로건이라면 절대로 하지 않았을 행동이었다. 그러나 지금의 로건은 해묵은 열등감으로 자신을 할퀴다 못해, 제 연인까지 장난감처럼 갖고 놀려던 왕을 향한 분노를 숨기지 않았다.

"덕분에 당신도 알다시피 왕실 이미지가 개국 이래로 아주 형편없어졌어요."

위대한 레던의 영광에 해악만 끼치는 왕실의 존재 이유는 무엇인가, 세금을 그런 곳에 사용해도 좋은가. 그런 질문이 오래 이어지는 것은 당연히 왕실의 존립에 좋은 영향을 끼치기 어려웠다.

"그러니 왕이 자존심을 좀 굽히더라도 먼저 손을 내밀러 왔죠."

수도를 뜨겁게 달구었던 세 사람의 스캔들이 사실은 왕의 열등감 때문이었다니! 명예로워야 할 왕실의 주인이 고작 사감을 이기지 못해 사람을 괴롭혔다니!

로건의 평판이 좋았던 만큼, 사건은 왕에게 불리해졌다. 그간 왕이 로건을 홀대했다는 증언마저 터져 나왔다. 왕이 전쟁의 기미를 눈치채고도 모른 척했다는 이야기까지 떠돌았다.

모든 게 최악을 향해 달려갔다. 왕은 서둘러 일을 봉합하려고 나섰다. 그는 가장 먼저, 일의 시작인 폭로자에게는 거액의 돈을 떠안겨 입을 막았다. 그리고 전쟁 영웅인 로건을 홀대하고, 열등 감으로 괴롭혔다는 소문을 무마하기 위해 이 결혼식에 온 거였다.

"로건은 그럴 줄 알았다는 듯이 초대장도 보내지 않았죠."

국왕 부부는 수치심을 감내하고 이곳까지 왔다. 아무리 그들과 대치하듯 군 로건이라도 그 손을 잡지 않을 수는 없을 터였다.

"물론, 그 이상으로 보복할 순 없겠지요."

로건은 왕과 악수하며, 아무 일도 없었다는 듯이 미소 지을 것이다. 그가 노린 것은 노린 것은 왕의 부끄러움과 수치스러움 이었다.

"내가 당신에게 더 질척거리지 않았다는 게 다행이에요."

만일 엘레노어가 로건에게 돌아가려는데 자신이 막았더라면, 그리고 그 사실을 로건이 알았더라면. 로건은 결코 자신을 가만두 지 않았을 것이다. 어셔는 그 사실을 잘 알았다.

"그 덕분에 나도, 당신도, 로건도 다시 평화를 얻었으니 그거면 충분하죠."

그렇게 말하는 어셔의 얼굴에는 평온함만 오롯하게 남아 있었 다. 그걸 느낀 엘레노어는 마침내 마지막 불편함을 내려놓고 그와 마주 웃었다.

"엘레노어 님! 입장 준비를 하셔야 한대요!"

그 순간, 로지가 다급하게 문을 두드리며 노크했다.

"이제 공작 부인으로 데뷔할 시간이네요."

그 소리를 들은 어셔가 문 앞으로 다가가, 손잡이를 당겼다. 문이 열리자 로지가 급히 대기실 안으로 들어왔다.

"준비는 다 되었으니 바로 나가시면 될 것 같아요."

엘레노어의 옷차림이나 화장이 망가진 곳은 없는지 살피던 로지가 마침내 허가를 내렸다. 엘레노어는 로지의 도움을 받아 문으로 걸음을 옮겼다. 어셔는 여전히 엘레노어의 등 뒤에 남아 있었다.

"엘레노어 님?"

몸이 반쯤 대기실을 빠져나갔을 때쯤, 엘레노어가 걸음을 멈추었다. 로지는 의아한 얼굴이었다. 엘레노어는 로지에게 설명하는 대신, 가만히 몸을 돌려 어셔를 바라보았다.

"……내 평화를 지켜 줘서 고마워요, 어셔."

엘레노어의 진심에 어셔가 잠시 멈칫했다. 그러나 이내, 눈을 휘며 편안히 웃었다.

"잘 가요."

어셔의 인사에 엘레노어가 두어 번 고개를 주억이고 다시 몸을 돌렸다. 엘레노어가 가는 길마다 드레스 자락이 길게 늘어졌다. 꿈결처럼 움직이며 멀어졌다.

두어 걸음 물러서는 것조차 애가 탔던 때가 있었는데, 이제 엘레노어가 제게서 멀어진다는 사실을 받아들이는 게 어렵지 않았다.

그저 좋았다. 그의 결정이 옳았다는 것을 눈으로 확인할 수 있어서. 한때 헛발질을 하긴 했지만, 자신이 누군가의 평화와 사랑을 지켜 줄 수 있을 만큼 괜찮은 사람이라서.

그리하여 굴곡 많았던 첫사랑이 완전히 지나간 후에도 남은 것이 허탈함 따위가 아니라서.

"아, 나도 가야지."

조금 열어 둔 창문 너머로 하객들이 웅성거리는 소리가 들렸다. 닫힌 문을 물끄러미 보며 생각에 잠겨 있던 어셔가 그 소리에 뒤늦게 정신을 차렸다.

서두르는 걸음으로 대기실을 빠져나가는 어셔의 뒷모습이 건물을 비추는 햇빛 속으로 잠겨 들었다.

사랑스러운 소년 같았던 사내는 어느새 한 뼘 더 자라 있었다.

* * *

국왕 부부가 나타나며, 좌석 배열이 조금 바뀌었다. 이미 개인에게 배정된 하객석을 변경할 수는 없었으므로, 가장 앞쪽에 신디까지 총 세 사람이 앉을 수 있는 의자만 두 개 더 놓았다. 아무리그래도 왕과 왕비를 맨 뒷줄에 배석할 수는 없었으니까.

자연히 하객석과 신랑 신부의 위치가 가까워졌다. 그러나 지나치게 가깝지는 않았다. 로건은 이미 이런 상황을 예상하고, 처음부터 거리를 적당히 벌려 두도록 지시한 상태였다.

"그래도 민망할 만큼 가깝지는 않아서 다행이야. 그렇지 않소?"

왕이 크흠, 작게 기침하며 중얼거렸다. 왕비는 한심하다는 눈으로제 남편을 흘겨보고는 정면으로 시선을 돌렸다. 그러나 클러치를움켜쥔 왕비의 손가락 끝에는 희미하게 힘이 실려 있었다.

사실, 인성 하나 간수하지 못해 이 사달을 만든, 이 개차반의 얼굴을 죄다 쥐어뜯고 싶은 심정이었다. 아무렇지 않은 척 표정 관리를 하는 것만도 힘들었다.

"공작 부부는 동반 입장할 예정이래요."

"허드슨 자작 없이요?"

"그런가 봐요."

국왕 부부의 뒷자리에 앉은 사람들이 속닥거렸다. 왕은 거기에 귀를 기울이고 있었다. 또 무슨 짓을 하려고. 그렇게 생각한 왕비가 이를 악물고 왕의 허벅지를 꼬집었다. 왕은 고통으로 움찔거렸으나, 소리를 내지르는 추태만은 참았다.

"하긴, 뭐. 국왕 부부께서 결혼식까지 참석했는데 허드슨 자작의 참석 여부가 얼마나 눈에 띄겠어요?"

클래번 공작의 결혼식과 관련한 기사가 찰스 허드슨으로 도배될 리 없었다. 왕과 왕비의 참석, 소문이 사실인지, 그리고 공작가와 왕실이 화해한 것인지로 가득 차 있을 터였다.

그리고 그건 로건이 노린 일 중 하나이기도 했다. 만일 찰스를 초대하지 않고 결혼식을 치르면, 분명히 아버지를 초대하지 않았다는 이야기가 기사를 탈 테니까.

"각하, 위치에 서 주십시오."

로건은 안내에 따라, 길게 이어진 카펫의 가장 끄트머리에 섰다. 그러곤 신부가 올 방향으로 몸을 돌리고 멈추어 섰다.

그리고 마침내, 엘레노어가 모습을 드러냈다.

"저 아가씨가 엘레노어 허드슨이에요?"

로건은 제게 가까워지는 엘레노어를 홀린 듯 응시했다. 엘레노어는 베일 안에 갇혀 있었지만, 그에게만은 엘레노어의 모습이 선명하게 보였다.

분홍빛이 돌아 생기 있는 흰 피부, 한때는 처연하다고 생각했으나 자신을 볼 때만은 반짝이는 회색 눈동자, 찬란하게 반짝이는 틀어 올린 금발. 베일 아래서도 붉게 반짝이는 말랑한 입술까지.

"로건."

마치 사냥감을 관찰하듯 제 신부를 관찰하던 로건은 엘레노어와 시선이 마주치자 완전히 굳어 버렸다. 배시시 웃는 아름다운 그의 여자가 드레스를 완벽히 소화하는 역할마저 충실히 해내고야 만 탓이었다.

"저 드레스의 디자이너는 누구죠? 드레스가 무척 아름답네요. 빛을 받으니 반짝이는 것 같아요."

드레스는 가슴 밑에서부터 아래로 자연스럽게 벌어지는 엠파이어 형태였는데, 어깨와 쇄골을 드러낸 네크라인부터 가슴 아래까지 덮은 자수가 극도의 섬세함을 보여 주었다.

"레이스는 또 어떻고요? 패턴 섬세한 것 좀 보세요."

디자이너가 직접 짰다는, 부드러운 실크 드레스 아래 덧댄 풍성한 레이스는 말할 것도 없었다.

"공작 각하께서 심혈을 기울이셨다잖아요."

귀부인들이 소곤거리며 이야기했다. 그 사이에는 제프리의 아내인 소피아도 있었다. 소피아는 로건이 엘레노어를 얼마나 아끼는지에 대해 기탄없이 털어놓았다.

"팔불출이신가 보네요."

"지금 웃으시는 걸 좀 보세요."

누군가 놀란 듯 숨을 크게 들이켜며 이야기했다. 로건이 제 아내가 될 엘레노어에게 손을 뻗으며 부드럽게 미소 짓고 있었다.

"세상에……."

충분히 하객들이 놀랄 만한 일이었다. 로건 클래번은 늘 무표정한 잿빛 사내에 가까웠다. 존경할 만한 사람이고 귀한 분이지만, 곁에 있으면 어쩐지 긴장되고 무서운 존재였다.

"오늘의 주인공인 로건 클래번 공작과 엘레노어 허드슨 양이 입장합니다!"

그러나 그런 사내도 제 연인의 앞에서는 별것 아닌 존재였다. 로건은 태양 아래 허물어지는 얼음처럼 녹아내리고 있었다.

"기다린 보람이 있었으면 좋겠네요."

엘레노어가 속삭이듯 말하자, 로건이 느리게 눈을 감았다 떴다. 당장이라도 품에 안고 싶은 충동을 내리누르기 위해 선택한 방법이었다. 당장 엘레노어에게 고개를 돌리고 싶었으나, 입장하고 있는 지금은 그럴 수 없었으므로.

"……아름다워요."

결국 그가 남긴 것은 모르는 사람도 할 수 있을 만큼 짧은 찬사였다. 그러나 로건의 목소리는 감격으로 잠겨 있었다. 그리하여 엘레노어는 그 짧은 말속에 숨겨진 다정한 진심을, 그리고 뿌리 깊은 애정을 알 수 있었다.

사실 로건은 원래 그런 사람이었다. 외면은 차고 냉정하게 보여도, 그 속은 그렇지 않았다. 그걸 발견하지 못한 사람들이 로건을 무섭다고 말할 뿐.

"오늘, 결혼식에 참석할 영광을 준 클래번 공작과 허드슨 양에게 감사 인사를 드립니다. 또한, 이 결혼식에 엄중한 증인으로 참석한 하객들에게도 대신하여 감사를 표합니다."

엘레노어와 로건이 단상 앞에서 손을 놓고 멈추어 섰다. 주례를 위하여 초대한 성직자, 패트릭 워너가 로건과 엘레노어, 그리고 하객에게 차례대로 인사했다.

"태어난 지 1년도 채 되지 않았던 클래번 공작을 보았던 것이 바로 어제의 일 같습니다만, 결혼이라니, 시간이 이처럼 빠릅니다."

푸근한 인상의 패트릭은 전 클래번 공작의 친구로, 로건의 대부가 되어 준 사람이라고 했다.

"하지만 오늘을 맞이하게 되어 무척이나 기쁜 마음입니다. 이제는 신의 곁에 있을, 제 친우인 전 클래번 공작에게도 그러할 테지요."

그는 한 번 더, 오늘의 축복을 그가 할 수 있음에 감사한다고 말했다. 그리고 그가 준비한 대사를 읊으며 하객들의 시선을 사로잡는 사이, 로건은 엘레노어에게 시선을 돌렸다. 지금은 죽은 아비의 이름마저도 로건의 관심을 끌지 못했다.

"……."

온통 순백인 웨딩드레스를 입은 그의 신부가 거기 있었다. 아무리 시선을 돌려 보려고 해도 시선은 떨어지지 않고, 가슴만 속절없이 뛰었다.

문득, 영원히 가지지 못할 여자라고 생각했던 순간이 스쳤다. 다른 남자의 연인이 되었던 여자. 그리고 다른 남자의 아내가 되어 평생을 살아가리라 생각했던 여자. 영원히 마주 볼 수 없다고 생각했던 사랑.

그러나 오늘, 그 여자가 자신의 반려가 되겠다고 맹세하기 위해 이 자리에 섰다. 그는 그저 이 사랑이 믿기지 않았다.

"부부 사이에는 늘 사랑만 있지는 않습니다."

그리고 그 순간, 패트릭이 희미하게 웃는 얼굴로 로건의 시선을 끌어갔다.

"상대 때문에 미워지고, 괴로워지고, 슬퍼지고, 비참해지고, 억울하고, 파괴적인 감정에 휩싸일 때도 있을 겁니다."

패트릭이 느리게 이야기했다. 함께 긴 세월을 함께하다 보면 느낄 수 있는 자연스러운 감정의 나열이었다.

"인간이라 당연히 느낄 수 있는 감정이지요. 그러나 그것은 당신이 그를 사랑하기에 느낄 수 있는 애정의 파편입니다."

어쩌면 느끼게 될 오욕마저도 사랑이다. 패트릭이 애정 가득한 눈으로 로건을 응시하며 이야기했다. 그것은 그가 로건에게 꼭 해 주고 싶던 조언이기도 했다.

"두 사람은 반드시 기억하십시오. 사랑이라는 이름이 꼭 격정이나 열정이라는 감정을 몰고 오는 것만은 아닙니다."

엘레노어가 눈을 깜빡이며 패트릭을 직시했다. 언젠가 조용히 스며든 로건을, 그의 마음을 무시했던 자신이 떠올라서였다.

"언젠가는, 상대가 너무 익숙해져 이게 사랑인가 의심하는 순간도 있을 겁니다. 그러나 그것마저 사랑의 일부라는 것을 받아들였을 때, 당신이 진실로 누군가를 사랑한다고 말할 수 있을 테지요."

그러한 오해로 시간을 낭비하고, 로건을 괴롭게 했다. 그것만은 여전히 후회하는 바였다.

그러나 아이러니하게도……. 이미 그 감정을 겪어 보았기에 이후에도 오해하지 않을 자신이 있었다.

"그것을 사랑이라 받아들이고, 평생 서로를 아끼며 살겠노라 맹세할 수 있습니까?"

패트릭이 물었다.

"모든 것을 걸고 맹세합니다."

"저 역시 맹세합니다."

로건이 단호히 대답하고, 엘레노어도 담담한 목소리로 그리하겠노라 대답했다. 패트릭이 흡족한 얼굴로 미소 지었다. 그의 친구도 이 자리에 있었다면 만족하리라.

"두 사람의 마음만 같다면 어떠한 풍파도 어렵지 않게 이겨 내리라 믿습니다. 신께서도 당신들을 보호할 것입니다."

패트릭의 시선이 눈을 반짝이며 로건과 엘레노어의 결혼식을 지켜보는 올리비아를 향했다.

"엘리, 너무 예뻐!"

"아가씨. 쉿."

가장 앞줄에 앉은 신디의 얼굴이 우중충한데 반해, 올리비아는 이 둘의 결혼 자체로 무척이나 행복해 보였다. 그런 올리비아를 잠시 돌아보았던 엘레노어의 얼굴도 웃고 있었다. 그리고 그런 엘레노어를 보는 로건의 얼굴에도 희미한 미소가 돌았다.

제 친구의 사후, 유일한 걱정이었던 어린 딸. 그러나 패트릭은 이제, 제 친구의 걱정은 무용한 것이 되었다는 것을 알 수 있었다.

"두 사람은 맹세의 키스를 해 주십시오."

그러니 그가 할 수 있는 유일한 것은, 새로운 부부를 축복하고, 그들이 이룰 새로운 가정을 응원하는 것뿐이었다.

"부인의 베일을 머리 뒤로 넘겨 주십시오, 각하."

옆에서 다가온 사용인이 로건에게 엘레노어의 베일을 머리 뒤로 넘기라 조언했다. 로건은 주책없이 조금 떨리는 손으로 엘레노어의 베일을 머리 뒤로 넘겼다. 흰 베일 아래 가려졌던 색채가 온전히 드러났다.

"……엘레노어."

저를 부르는 목소리에 담긴 애정을 안다. 엘레노어는 조용히 반쯤 내리깔고 있던 눈을 들어 올렸다. 긴 속눈썹이 파들거리며 끝을 향해 올라간 순간, 로건이 두 손으로 엘레노어의 얼굴을 붙잡았다. 그리고 망설이지 않고 고개를 내렸다.

나는 당신을 사랑한다.

로건은 마음을 조금도 숨기지 않는 몸짓으로 애정을 표현했다. 엘레노어는 로건의 예복 팔 부분을 붙잡은 채 그의 입맞춤에 응했다.

그러나 로건은 평소의 그와는 달리, 담백한 키스만 남긴 채 입술을 뗐다. 여긴 사적인 장소가 아니었으니까. 대신, 그는 가만히 이마를 부딪쳐 왔다.

그리고 당신도 나를 사랑하는 것을 알아.

무언의 속삭임이 전해졌다. 엘레노어는 부케를 쥐지 않은 빈손으로, 로건의 턱을 쓸어 만졌다.

사랑…….

사랑은 간단하지만, 동시에 가장 복잡하다. 만일 10가지의 기준이 있다면, 그중 9가지를 충족해도, 단 한 가지가 부족하다면 이루어지지 않으니까. 자신이 상대를 좋아하고, 상대가 자신을 좋아하며, 그 순간의 모든 이해가 맞아떨어질 확률은 얼마나 될까?

제 인생에서 그 조건이 전부 들어맞은 순간은 오로지 로건 클래번과의 사랑뿐이었다. 그러니까, 이번의 생애는 모두 그에게 가기 위한 여정이 아니었을까.

"맞아요."

그렇게 생각하자 가슴이 벅찼다. 제 마음을 그에게 전하고 싶었다.

"나도 당신을 사랑해요."

그러니 엘레노어는 망설이지 않고 고백했다.

사실 그 마음은 훨씬 복잡하지만, 표현할 수 있는 방식 중 가장 간단하게. 패트릭이 사이좋은 두 사람이 마침내 부부가 되었음을 선포할 기회를 빼앗아, 로건을 끌어 내려 입을 맞추며.

"꺄악!"

신디는 경악하고 올리비아는 감탄하며 소리를 질렀다. 그러는 사이, 하객들은 저돌적인 클래번 공작 부인의 애정 표현에 아낌없는 박수를 쏟아 주었다.

결혼식에 초대받지 못한 찰스가 공작저 근처를 헤매다 털썩 주저앉고, 국왕 부부의 존재가 완전히 지워지더라도 아무런 문제가 되지 않을 만큼 완벽한 결혼식이었다.

입매를 느슨하게 풀고 미소 짓던 로건이 엘레노어의 허리에 두 팔을 감았다. 그러곤 제 아내를 꼭 끌어안으며, 고개를 옆으로 조금 기울였다.

행복했다.

마침내, 이 사랑이 교차하여.

약속 한 번 깼었지

꿀이흐르는 지음

제국의 8황자 에제트.
죽은 줄 알았던 그가 살아서 귀환했다.

때마침 터진 황태자의 자살과 맞물린 그의 귀환으로 인해
황실과 귀족들은 혼란에 휩싸이고 황권은 흔들리기만 하는데.

그와 함께,
아름답기만 한 인형이자, 사라졌던 8황자의 임시 혼약자였던 여자.
그리고 양부의 마리오네트로 알려진 영애, 디아린.

이미 깨진 임시 혼약을 어떻게든 다시 이어 가고자 하는 양부의 욕심에 따라
디아린은 에제트에게로 향한다.

하지만 에제트에게 매달릴 거라 생각했던 디아린의 입에서 나온 말은
모두의 생각과 달랐다.

"혼약을 파기해 드릴게요. 황자 저하."

제로노블(Zero Novel)은 판타지를 사랑하는 여성들을 위한 신감각 로맨틱 판타지 시리즈입니다.

그림자 없는 밤

김미유 지음

깊은 숲에 들어가면 그림자에게 잡아먹힌다.
숲의 그림자는 사람이 보지 않을 때 움직인다.
깊은 숲에는 사람을 흉내 내는 그림자가 있다.
숲의 그림자는 말을 한다.

사냥 대회에서 적국의 습격을 받고 실종됐던 하얀밤 기사단의 '로젤린'
절벽 아래에 큰 부상을 입은 채 의식을 잃은 그녀를 간신히 찾아냈지만,
며칠 뒤 깨어난 로젤린은 간단한 언어조차 구사하기 힘든 중증의 기억상실 상태였다.

잠옷을 입은 채 맨발로 집 안을 배회하지를 않나, 여기저기 반말을 하고 다니지를 않나.
심지어는 바닥에 떨어진 음식을 주워 먹기까지!

아무리 봐도 어딘가 이상한 그녀. 정말 로젤린이 맞긴 한 걸까?

제로노블(Zero Novel)은 판타지를 사랑하는 여성들을 위한 신감각 로맨틱 판타지 시리즈입니다.

두 얼굴의 황녀
류주연 지음

"저는 왕자와 결혼 안 할래요. 아버지 곁에서 평생 살고 싶어요."

유약하고 아둔하기로 소문난 황녀, 아폴로니아.
시녀들에게 약혼자를 빼앗기고 거듭 파혼당해도 화조차 내지 못한다.

그럼에도 황녀가 거슬렸던 황제의 여동생 페트라 리페르는
그녀를 제거하기 위해 암살자를 보내고.

언제나처럼 임무를 전달받고 궁에 침입했던 유리엘 비체는
자신을 기다리던 황녀의 덫에 걸린다.

"알다시피 너는 돌아가면 죽어. 아마도 무척 고통스럽게.
나는 너에게 다른 선택지를 줄 수 있어."